いきすぎた悪意

サンドラ・ブラウン
林　啓恵 訳

集英社文庫

目次

いきすぎた悪意 —— 5
解説　大矢博子 —— 473

主な登場人物

ザック（ザッカリー）・ブリジャー……元アメリカンフットボール選手
ケイト（キャサリン）・レノン……ジョージア州検事
レベッカ・プラット……ザックの元妻
ネッド・〝ビング〟・ビンガム……元大学アメフト部コーチ
エバン・クラーク……アトランタの有力者の息子
テオ（セオドア）・シンプソン……エバンの友人、図書館司書
カル（カルビン）・パーソンズ……エバンの友人
シッド・クラーク……エバンの父親
アプトン・フランクリン……シッドの友人、弁護士

いきすぎた悪意

プロローグ

パーティは最高潮に達していた。

はじまったのは夜の十時前後、ほどほどで穏やかな幕開けだった。それが真夜中にはアルコールと規制薬物と肉欲とが重なって、たがが外れはじめた。

さらに夜が更けて未明となったいま、文明人らしいふるまいはことごとく投げ捨てられた。招待客の多くが体を布でおおうという慣習を忘れ、全員がつつしみを失っていた。そこらじゅうにさりげなくスピーカーが設置されているこの大邸宅では、壁そのものが耳障りなラップを奏でているようだった。その響きがバックヘッドという瀟洒《しょうしゃ》な住宅街を揺さぶり、アトランタ市警察の当該地区管轄署には数時間前から騒音の苦情が殺到していた。

このパーティのホストを務める男は招待状をばらまいていたので、邸内にあふれかえる参加者の大半を知らず、内腿《うちもも》に粉末コカインの線を引いて吸引させてくれた若い女もやはり、男にとっては名前も知らない参加者のひとりにすぎなかった。

ふたりはさっきから多少のプライバシーが保てるソファでくつろぎながら、白い粉の入った小瓶とウォッカの瓶を分けあっている。その酒瓶から複数の陰茎という思いつきが生まれた。

彼女から名前を聞かされていたものやらどうやら。いずれにせよ、酔いが深すぎて男は覚えていなかった。ふだんはなにをしているのか――職業として――と尋ねると、彼女は「これ」と答えた。

「これって?」

「パーティよ」

満点の答えだった。彼女がここに来たのは楽しむためで、それは奇遇にも彼の得意分野だった。

とびっきりの美人だった。黒っぽい瞳の縁にクレオパトラのように太いアイラインを引き、やはり黒くて艶めいた長いストレートの髪のすぐ下にはむしゃぶりつきたくなるような尻があった。体の線が浮きでるドレスを着て、ゆったりと広く開いた胸元に形のいい乳房がのぞき、極細の糸で織られた煌《きら》めく金色の薄地に乳輪が浮かびあがっている。

彼がドレスを褒めると、彼女は「レッドカーペットを歩いたときに着たのよ」と答えたが、どこのレッドカーペットだかわかったものではない。そんなことより、彼は残りのコカインを吸いあげながら、短いスカートの奥の光景を楽しんだ。

こいつはしとやかさとは無縁の奔放な女だ。

彼はいきおいよく息を吸い込んで上体を起こすと、頭を後ろに倒し、陶酔感もあらわに天井に向かって卑猥《ひわい》な言葉を大声で放った。

女はくすくす笑いながら瓶に口をつけてウォッカを飲み、むきだしの足で彼の腿を撫《な》でて、股間の手前で止めた。「さっき、のぞいてたわよね？」

「どうかな？」彼はにやりとした。「おれはやんちゃなんでね」

「やんちゃな男は得意よ」

「そうなのか？」

彼女の形のいい両眉が持ちあがった。

彼は笑い声をあげた。「だったらおれたちのこと、気に入るよ」

あたりを見まわし、部屋の向こうに親友ふたりを見つけた。ふたりの近くにあるビュッフェカウンターはオオカミの一群に荒らされたあとのような惨状だった。エビ料理がのっていたレタスのうえで丸くなって眠る裸の女の体を、友人ふたりが残った柑橘《かんきつ》類のスライスで飾り立てている。

「来いよ」彼はクレオパトラの手を取った。

女はあらがった。ソファのクッションにもたれかかり、片膝を立てて前後に揺すりながら尋ねる。「ここじゃだめなの？」

「人目がありすぎる」彼女を立ちあがらせ、しなだれかかってくる腰を抱えた。

ビュッフェカウンターに向かう途中で、彼女が後ろをふり返った。「サンダルを置いてきちゃった」

「いいから、おれの友だちを紹介するよ」ビュッフェカウンターに着くと、彼は言った。

「おい、おれたちはこれから上の階に行って大人のお遊びだ。おまえたちも行くか？」彼は笑いだす。「行くったって、べつにそっちのいくじゃないぞ」

男ふたりは澱《よど》んだ目でクレオパトラの全身を眺めまわした。女たちの目を集めずにおかない、けだるげな笑みを浮かべた長身のブロンド男がゆっくりと答える。「もちろん」

もうひとりがレタスを敷いて眠る女を見おろした。「この子はどうする？」

「あとで戻ってくればいいさ」ホストが言った。「まだエネルギーが残ってたらな」

「残ってるわけないでしょ」クレオパトラが甘えた声でつぶやき、ホストの袖に指先を這《は》わせた。「あたしはひと晩じゅういけるの」

「おれにぴったりだ」ブロンドの色男が言った。

彼女は全身を舐《な》めあげたそうな目つきでブロンド男を見た。たいがいの女はこの男を見ると、そんな目つきになる。「あたしたち、楽しくやれそう」

ホストは一瞬、嫉妬に胸を焦がしたが、そんな思いは、ひと筋のコカインとひと口のウォッカで解消できる。クレオパトラの今夜の記憶に残るのは、女受け抜群の友人ではなくて自分のほうだ。

「あそこのテーブルにコカインを置いてきた。彼女のサンダルといっしょに取ってきてくれ」ホストは三番手の男に指示した。「エレベーターにしよう。この調子じゃ誰も階段をのぼれない」

コカインと金色のサンダルが手元に届いた。四人は客たちのあいだを縫って進んだ。どの客もすでに気絶しているか、でなければ肉欲にふけっているかだった。

弧を描く階段の下にあるエレベーターは居住者専用だ。それとわからないように、壁材との継ぎ目を見えなくしてある。四人が乗り込むと、せまい庫内で丸みのあるクレオパトラの体をホストとブロンドがはさむ形になり、残るひとりが腕を広げて三人を抱え込んだ。

二階まで一瞬だった。一同はわれ先にとエレベーターを出て、だだっ広い廊下を千鳥足で寝室に向かった。まっ先に部屋に入ったホストは腰を折ったおじぎの姿勢になり、一方の腕を大きく開いて三人を部屋へいざなった。そしてドアを閉めて鍵をかけた。

彼はクレオパトラを自分のほうに向かせ、笑顔で告げた。「おれたちのゲームにルールはひとつしかない。仕切りはおれだ」

彼女は華奢《きやしや》なストラップを肩からすべらせてドレスを床に落とすと、裸身で部屋を横切り、ベッドに寝そべって両腕を頭上に伸ばした。「さあ、はじめましょう」

1

　ザック・ブリジャーの人生がひっくり返されたのは、ケイマン諸島滞在中のことだった。プールサイドのバーで冷えたビールを飲みながら、しらけた気持ちでジミー・バフェットの〈チーズバーガー天国〉を聴いていた。

　まだ朝の八時半だというのに、日光浴に絶好の場所を確保したがる〝一時的な彼女〟にベッドから引っ張りだされたのだ。豪勢なリゾートホテルの滞在客もそろって同意見らしく、屋外レストランの朝食ビュッフェには列ができ、バーのほうも活況を呈していた。

「あれ、あなたの元奥さんじゃないですか?」

　プールを囲む女たちの艶やかな肉体を楽しんでいたザックはふり返り、ヤギヒゲを生やした顎をテレビに向けているバーテンダーを見た。女性キャスターが映しだされた画面の右上にレベッカの顔写真がある。

　ザックはバーテンダーの質問と写真の両方に対して、冷淡なうめき声で応じた。吊《つ》りあがった瞳でカメラを魅了している女と、〝奥さん〟という単語を結びつけることはできない。どうしたらこんな女に永遠の愛と貞操を誓えたのか、いまとなっては不明だ。誓いを守らなかったのはお互いさま。ただし、レベッカのほうは彼から多額の財産を手に入れた。

ザックは言った。「おれにとって人生最高の時期は、離婚からのこの五年間だ」

「でしょうね」バーテンダーは親しみを込めてにっこりした。「ぼくは離婚して三年です」

ザックが空けたプラスチックのグラスをつかんでタップからビールを注《つ》ぎ、テレビをふり返った。レベッカの別の写真が映しだされている。「最近はホッケー選手とつきあってましたね。ほら、むずかしそうな名前の選手と」

「そいつも気の毒に」ザックは言った。

バーテンダーが喉の奥で笑った。「別れたみたいですよ」

「興味ないね」

生身のレベッカを最後に見たのは、彼女が離婚裁判の法廷から飛びだしていったときだ。表のエントランスを抜けた彼女は、待ちかまえていたパパラッチの餌食となり、一方ザックは弁護士の手引きで裏口からこっそり外に出た。

その後は騒々しいセレブの追っかけ番組でたまに彼女の名前を耳にした。彼女は毎度、ソーシャルメディアで注目されている男の腕にぶらさがる豪華なアクセサリーとして登場した。

バーテンダーがこぼれたビールを拭いた。「あなたがきっかけで、プロスポーツ選手好きに拍車がかかったんじゃないですかね」

ザックは注がれたばかりのビールのグラスをバーテンダーに向かって掲げた。

「ぼくたち従業員は有名なお客さんにも淡々と対応しろ、大騒ぎするなって言われてるんです。でもあなたには黙っていられない。じつは大ファンでして」

「ペンはあるかい？」

「え、はい、もちろん」バーテンダーはボールペンを差しだした。ザックはカウンター上にあったホルダーからカクテルナプキンを一枚抜いて、サインを走り書きした。

バーテンダーは一瞬の早業でナプキンをポケットにしまった。「ありがとうございます」

「おやすいご用だ」

グラスを傾けて口につけたザックは、テレビの画面が変わったのに気づいた。ドローンもしくはヘリコプターから送られてくるライブ映像が流されている。どうやら警察や救急車両に囲まれた、広大な私邸の上空を旋回しているようだ。画面下のテロップにはいまだレベッカの名前が表示されていた。

ザックはビールを置いて、サングラスを頭上にずらした。「音を大きくしてくれないか」

バーテンダーは応じ、ビーチボーイズの〈グッド・バイブレーション〉が流れるなかでも女性キャスターの声が聞こえる程度にボリュームを上げた。

キャスターが言っている。「捜査当局によると九一一通報があったのが今朝三時八分、ただし通報者はいまだ特定されていません」

ザックとバーテンダーは目を見交わした。ザックはスツールから立ちあがり、より近くからテレビを観るためにカウンターの内側に入った。

「レベッカ・プラットは、九一一通報から十三分とせず現場クラーク邸に到着した初動警官によって二階ゲストルームで発見されました。現時点で詳しいことは不明ですが、反応のない状態だったということです。その後エモリー大学病院に搬送されたものの、彼女の状態ならびに原因に関する説明はなされていません。

現場に残った警官は豪邸で行われていたパーティの参加者全員から話を聞いています。招待客は四十人から六十人ほど。警察は邸内の複数の部屋から違法ドラッグとドラッグ関連の器具が見つかったと発表しました。犯罪行為が行われていた可能性も排除されていません。

注目度の高い人物とともにレッドカーペットを歩く姿でおなじみのレベッカ・プラットは、スーパーボウルでMVPに輝いたクォーターバックのザック・ブリジャーと二〇一七年に泥沼離婚して以降は、独身生活を続けています。元夫からのコメントはいまのところ発表されていません。この速報については新しい情報が入りしだい続報をお届けします。続いて、ある発言をめぐってワシントンで起きている政争について――」

ザックはバーテンダーの手からリモコンを取って、音声を切った。さっきまでかかっていたビーチボーイズはいつしかライオネル・リッチーの〈オール・ナイト・ロング〉に変わっていたが、周囲の動きが止まって、会話がやんでいた。

ザックは周囲の人々の注目を一身に浴びているのを肌で感じた。

カウンターを出て、サングラスを鼻梁《びりよう》に戻し、誰とも目をあわせないようにした。レベッカとは短いながらも苛烈な結婚生活を送り、どちらも後腐れなく別れた。だがふたり以外の世間はそれを過去にさせまいとしているようだった。

彼女が婚前の名字に戻ったにもかかわらず、ふたりの名前はいまだ結びつけられ、どちらかが一方への言及なしに単独で話題になることはまれだった。ザックとしては気に入らないの域を超えて、彼女の評判が現在進行形で困惑の種でしかないので、うっとうしくてたまらない。だが、これも有名税のうち、いたしかたのないことだった。

彼女に対しては関心がなさすぎて、かなり深く掘らないと感情が見つからないものの、かといって不幸を願ったこともなかった。〝反応のない状態〟とは穏やかでない。ザックはぶらぶらとプールサイドに戻りながら、〝一時的な彼女〟を置いてきた場所と彼女の名前を思いだそうとした。

ようやく見つけた彼女は、競技用水着姿の細くてつるんとしたヨーロッパ系の男と談笑していた。男は彼女の隣で半分倒された寝椅子に座っているが、その寝椅子からザックが去ってまだ二十分とたっていない。

ザックがそちらに向かって日光浴する人たちのあいだを縫って進んでいると、携帯電話が鳴った。絶対に携帯を手放さないことを、よく人から笑われる。まるで手の延長のようになっていた。

アトランタの市外局番だったので、金で自分の連絡先を買ったマスコミだろうとあたりをつけた。その日の目玉にできる、レベッカに関する端的なコメントが欲しいのかもしれない。

ザックは頭のなかでこんなときにふさわしい言葉を組み立てた。誰からも非難されず、無関心を感じさせずに気遣いを伝える言葉を。親指で携帯を操作した。

「ザックだ」

　三十秒後には電話に出たことを後悔していた。

　グランドケイマン島にあるホテルのプールを離れて、アトランタの病院にたどり着くまでに、十二時間ほどかかった。

〝一時的な彼女〟を置き去りにすることについては、それほど悪いと思わなかった。ヨーロッパ系の男と意気投合しているようだったからだ。彼女には、支払いはすべてホテルに記録されている自分のクレジットカードですませていいから、残る滞在期間を楽しんでと伝えた。そしてコンシェルジュに三百ドルのチップを与えて直近の合衆国行き航空券と、その前後で必要となる地上の移動手段を確保してもらった。

　アトランタ空港で彼を待っていた車は、無難な黒のセダンだった。型どおりのあいさつを終えると、すでに行き先が病棟である旨指示を受けていた運転手は、乗客であるザックが車内で話をする気分でないのを察知したらしかった。

　ザックなりに心構えをしていたつもりだったが、思っていた以上の修羅場だった。彼が到着するとそれに拍車がかかり、車から降りる姿を目にするや、メインエントランスで待ちかまえていたマスコミの一団が雪崩《なだれ》を打ったように襲いかかってきた。新鮮な血のにおいを嗅ぎつけたサメの群れのようだった。

「ザック、いつ知ったんですか？」

「ドラッグの過剰摂取でしょうか？」

「彼女が鬱状態にあったということはありませんか？　最近別れた恋人の——」

女性リポーターが聞き取りづらい名前を叫んだ。ザックはうつむいたまま、連発される質問に対して〝ノーコメント〟というひとことすら与えなかった。リポーターとカメラマンをかき分けると、両開きのエントランスのガラス扉越しにビングの姿を見つけた。

ネッド・〝ビング〟・ビンガムはクレムソン大学時代のコーチだった。学生時代に結ばれた絆《きずな》は、ザックがプロになるとさらに強まった。すでにコーチ業を引退したビングは、いまも窮地に陥ったときに頼りにできる人物だった。

ビングがドアを守る制服姿の男たちに大声で指示を飛ばすのが見えた。誰もがびくりとするその声に、警官たちもご多分に漏れずぴょんと飛び跳ねて、ドアを開けた。ザックは隙間をすり抜け、取り残されたマスコミ連中はがっかりしつつも、さらに興奮の度合いを深めた。

彼の登場によって、すでに注目度が成層圏レベルにあった煽情《せんじょう》的な事件にさらなる強い刺激が加わった。ふだんのザックならゴシップに目がないマスコミの飽くなき強欲さを柳に風と受け流すが、今回の状況はふだんとは呼べず、自分のプライバシーが侵害されているのみか、レベッカとその両親までが餌食にされていることが無性に腹立たしかった。

なかに入れてくれた警官ふたりに礼を言ってから、友人兼メンターに近づいた。「あんたの顔が見られてありがたいよ、ビング」

「そっちは悲惨なツラをしてるぞ」

「実際そんな気分だ。どこかの部署の管理者だかなんだか、この病院の誰かから電話があって、至急こちらに来る義務があると言われた」

ビングが陰気にうなずいた。「四階だ」

そしてエレベーターのならぶ一画をザックに示した。ビングとともにロビーを横切りながら、ザックは人々が平然と携帯電話を掲げて、自分にカメラを向けていることに気づいた。自分の一挙手一投足、表情のひとつひとつ、言動のいちいちが、ほんの数秒のうちにサイバースペースを旋回飛行することになるのだ。

ザックはビングとふたりでエレベーターに乗り、ドアが閉まると言った。「来てくれて恩に着る」

ビングは眉をひそめた。ただ、皮膚がなめし革のようになって深い皺《しわ》が寄っているので、表情の変化がわかりにくい。「行くとメールしただろうが」

「ああ、見たよ。ただし携帯がパンクしそうだったんで、途中からは見てなかった。あんたがここにいてくれて、ほんとに助かった」

「おまえがさらし者にされてるんだぞ。ここ以外のどこに行ける?」

いつもどおりの彼のぶしつけさが心地よかった。「なにが起きたか知ってるか?」

ビングは首を振った。「誰も知らんか、あるいは言ってないかのどちらかだろう」

「クラークというのは誰なんだ?」

「エバン・クラーク。シッドという地元の大物の息子でな。誰もが認める大金持ちだ。エバンはレベッカが意識を失ったとき、彼女といっしょに寝室にいた」

「ニュースじゃ、反応がないと報じてたが」

ビングは暗い目でザックを見た。「おまえが来るのを待つあいだに、エントランスを警備する警官たちと話をしてたんだが、そのなかに彼女が搬送されてきたとき救命士と話したやつが何人かいてな。心臓はまだ打ってると言ってたそうだ」

ザックは不安のままに黙って続きを待った。

ビングがため息をついた。「だが、連中には頭のなかのすべての信号が永遠に消えたように感じられたそうだ」

ザックは手で口をおおった。「なんてことだ」

「ああ」

ザックはエレベーターのドアの隣でともっているパネルを見た。三階を通過しつつあるので、早口で言った。「おれに電話してきた管理者は、書類がどうのと言ってたが」

「医療行為事前指示書だな」

「レベッカと離婚して五年になる。離婚すると自動的に失効するはずなのに、なぜそれがまだ有効なんだ？」

「おれにわかるか、ザック。ともかく彼女の父親が書類を持ってて、それを振りまわしながら唾を飛ばして話をしてたぞ」

エレベーターの速度が落ちた。ザックは急いで言った。「ずばり要点を言ってくれ」

ビングが哀れみの目になった。「詰まるところ、おまえがレベッカの生命維持装置を外すかどうかの決断をしなくちゃならんってことだ」

2

四年後……

今朝の滝の光景はザックから見ても格別だった。

今夏のノースカロライナは記録的に雨が多かったため、おびただしい量の水が岩がちな山肌を轟々《ごうごう》と音をたてながら八十メートル下の川へと流れ落ちていく。しぶきに日射《ひざ》しがあたって虹がかかっていた。

ザックは崖のきわに立ち、自分と滝のあいだにある大きな亀裂を見ていた。前夜、嵐が豪雨をもたらした。色とりどりの落ち葉が幾重にも散り敷いてできた絨毯《じゅうたん》の下の大地は、たっぷりと水気を含んで、ハイキングブーツの靴底で踏み鳴らされている。

だが前線は東に移ったため、いまの空は青く透明に澄みわたり、空気はきりりと冷たい。薪が燃えるにおいが鼻をつき、見ると、小渓谷の向こう側で煙突から煙が立ちのぼっていた。濃い常緑樹の森に鬱蒼《うっそう》とおおわれた山肌は、秋も盛りとなると、広葉樹が生き生きとした色合いを添える。

そして感覚に負荷がかかる。

残酷にもフットボールシーズンを思いださせられるからだ。四年前、レベッカに関する運命的な電話を受け取ったころから、選手として下り坂に入った。二年後には底を打ち、プロスポーツ界から完全に追いだしを食らった。いまだ後悔の痛みは生々しい。

ザックは口元に添えていたコーヒーのマグカップに向かって悪態をついた。立ちのぼる湯気で一瞬、視界が曇る。だが、近づいてくる車の音が遠い瀑布《ばくふ》の轟音によってかき消されることはなかった。

ＳＵＶが自宅の正面玄関へと続く歩道の両側に積み上げた川石の柱の向こう側で停《と》まった。山間部でカーブの多いのぼり道を走るため、このあたりの住人はほぼ例外なく未舗装路でも走行できるこの実用的な車を持っていた。

だがこの一台は標準仕様から外れている。これ見よがしな新車で、フロントグリルとタイヤが特別仕様のマットブラックでそろえてある。まるで、こっちを見ろ、悪党だぞ、と叫んでいるようだ。

あからさまな脅しをザックは鼻を鳴らしてあざけった。人生の四分の三をディフェンスの選手をかわすことに費やしてきた。クォーターバックを機能不全に陥れるという確固たる目的がある彼らにしても、ザックにタックルを決めるのは容易ではなかった。それはいまも変わらない。この挑戦者がどこのどいつであろうと、いかに売り込みがうまかろうと、ノーの答えがひっくり返ることはないのだ。

運転手が車から降りてきた。女だ。

グリーンリッジ社から派遣されてきた当初の三人の使節は、気さくで善良なおじさんタイプで、アメフト界におけるザックの栄光の日々を話題にして感傷を誘った。仲良し大作戦が失敗すると、こんどはクールな色男が送られてきた。スポーツカーに乗り、着色レンズのサングラスをかけ、高価な香水と胡散《うさん》くささが同程度ににおう男だった。

おつぎは五十がらみの母性的な女性で、日曜日にポットローストを作らせてと言ってきた。続いて現れた魅力的な離婚経験アリの女性は、元夫による養育費の支払いがつねに遅れがちななか、自力で子どもふたりを大学にやりたがっていた。ザックの同情心に訴えかけようとする意図が見え見えで、やっぱり失敗に終わった。

そのあときれいな若い娘がやってきた。ザックは彼女が歩合制ではなく時給で働いているのではないかと見立てた。点線の上に署名するのと引き換えに、望まれれば思いどおりになるという意思がそのボディランゲージからあけすけに伝わってきたからだ。ザックは契約にも応じなかったし、彼女の好意も受け取らなかった。

その娘のつぎが今回の女だ。彼女のせいで穏やかな朝の時間が台無しとはいえ、こんどはどんな戦略で来るのか興味がある。ザックはコーヒーマグを、そのために木を切って作った切り株に置いて、腕組みをした。

女はSUVの前に出てきて、笑顔になった。「ミスター・ブリジャー、ザッカリー・ブリジャーですか？　おはようございます」

「ここは売り物じゃない」

石積みの柱のあいだまで来ていた女は、ぴたりと足を止めて、軽く頭を振った。「いまなんと？」

「ここは売り物じゃない。永遠に足留めを食らう前に帰ったほうが身のためだ」彼女の足元を指し示した。ピンヒールの細くとがった踵《かかと》部分が、敷石のあいだの水を吸ってぬかるんだ地面に沈んでいる。

女はとくに困ったふうもなければ、あたふたすることもなかった。泥から片方ずつヒールを引き抜くと、ヒールの高さからしてむずかしいだろうに、つま先立ちで進んだ。

かといって背丈にはさほど変化がなかった。ザックのところまで来ると、女は彼の顔を見るために仰向いた。だいたいの人はそうなるが、この女の場合は通常よりもさらに大きく体をそらさなければならなかった。

「ミスター・ブリジャー、ケイト・レノンです」

女から差しだされた名刺を受け取ったザックは、それを見ようともせずにフランネルのシャツのポケットに突っ込んだ。女が手を差し伸べて握手を求めても無視した。

「あんたたちはいつになったらあきらめるんだ？」彼はあたりの景色をざっくりと手で示した。「なぜおれがこれを手放さなきゃならない？」

女は手を引き戻してあたりを見ると、何秒か滝を眺めてから、彼に顔を戻した。「そんなことは想像もつきませんね。息を呑《の》む美しさですもの」

「そのとおりだ。それより大事なのは、これがおれのもので、死ぬまで手放す気がないということだ。わかったか？」

怯《ひる》んだのを見ると、女には通じたらしい。よし。一点加算。

ところが、そんな反応を見て、妖精の横っ面をはたいたような気分になった。ピクシーカットの髪に、ハート形の顔。それに、絶え間ない滝の轟音があるからといって、声を荒らげていい理由にはならない。それも多少はあるにしろ。「いいか、おれも無礼なことはしたくない。だが――」

「でも、実際はそう。無礼そのものです」女は特大のショルダーバッグに手を伸ばし、封をした灰色の封筒をつかんだ。「わたし個人としては怒っていませんが、いまの状況からすると、あなたの無礼さはまったくの的外れです」

女は彼に封筒を押しつけた。アメフトのオールスターゲームに選抜されたセンターポジションの選手のように正確な手つきで。ザックは取り落とすことがないよう、封筒を胸で受け止めた。

女は言った。「この封筒にはいくつか書類が入っていますが、なかでも重要なのが――」

「前に見たことがある」

「ええ、でもずいぶん前です」

「記憶力はいいんだ」

「よかった。それなら――」

彼は封筒をなかの書類ごとまっぷたつに引き裂いて、地面に落とした。

女はゆっくりとうつむいてそれを見おろすと、あわてることなく顔を戻し、彼の頑として揺るがない目を、やはり揺るがない目つきで見た。

その目は青く透明に澄みわたったさっきの空を思わせた。

女は言った。「あすの朝十時に」

ザックは足幅を広げてより強硬な姿勢になったが、女はすでに背を向けていたので、むだに終わった。「あすの十時に、なんだ？」

「会いましょう。場所は名刺の裏に手書きしてあります。二〇三号室です」

「あてにするなよ」

多少辛辣な言葉をつけ加えたかったのだが、彼女のふくらはぎに目を奪われた。引き締まっていて、つま先立ちでもふらつかずにSUVまで戻れるだけの強さがある。

そして彼女の尻を見た。政治的に正しかろうが正しくなかろうが、彼にもそれなりのものがついていて、反応するのは避けられない。

彼女の車が急角度でUターンして家の前を離れたのを確認してから、破り捨てた封筒を拾って、家に入った。

すぐに捨てなかったのは好奇心ゆえだ。キッチンのアイランドテーブルに投げて、コーヒーを注ぎ、いつも座っているカウンタースツールに腰をおろした。ほかに三脚あるが、ビング以外は座ったことがない。

注いだばかりのコーヒーを口に運んでから、二分された封筒から中身を取りだした。見るからに形式張った書類がホッチキスで留めてあり、べつに添え状がある。破れた二枚の端をあわせて置き、なかを読む前に署名を見おろした。〝敬具　キャサリン・カートライト・レノン〟という印字の下に手書きで〝ケイト・レノン〟とある。

「さて、ケイト・レノン、きみはどんな条件を提示するつもりかな？」

そのときレターヘッドに気づいた。

タウンスクエアにある郡庁舎は伝統的な赤煉瓦《れんが》造りの建物で、エントランス上部の破風を四本の白い柱が支えていた。ブルーリッジ山脈の陰にあたるノースカロライナ西部にあり、ほぼ全域が農業地帯である人口密度の低い郡の建物にしては堂々としている。

しかし、キャサリン・レノンから会合場所として指定されたのはそこではなかった。手書きされた住所は、道路をはさんで郡庁舎の向かいだった。ここまで不格好な建物をザックは見たことがなかった。

平らな屋根と歩道にはさまれて押しつぶされたような二階建てだ。ファサードらしきものもなく、地区検事長事務所であることを示す金色の文字を掲げたガラスのドアの両脇には、窓が一列ならんでいるだけだった。

なかに入ると、古い庁舎らしいにおいがした。湿気と金属とカビのにおい。ザックは一段飛ばしで階段をのぼった。のぼり終えた先から続く長い通路にはすり切れたカーペットが敷かれ、二〇三号室に近づく彼の足音を消した。部屋のドアは半開きになっていた。ザックは肩をまわし、首を鳴らしてから、ドアをノックした。

「どうぞ」

ドアを押し開けたあとも、その場を動かなかった。せまい室内は建物同様ぱっとしなかったが、においはましだった。デスク奥の窓枠でいいにおいのするキャンドルが揺らめいている。

ケイト・レノンはL字型のデスクの短辺に置かれたコンピュータから顔を上げると、椅子を回転させてメインデスクのほうを向いた。おのずとザックと向きあう形になった。

前日とほぼ同じだった。小柄で、プラチナブロンドのショートヘアは頭頂の部分だけふわっとさせて、頬のあたりは輪郭に沿わせてある。耳たぶには小粒のスタッドピアス。左手首には実用的な腕時計、右手首には細いブレスレットをはめている。ネイビーのテイラードジャケットはミリタリー風のカットで、前身ごろには真鍮《しんちゅう》のボタンが二列ならんでいた。デスクに隠れているのでスーツの下半分がどうなっているかはわからないが、賭けてもいい、前日のペンシルスカートと同じように細身だろうし、同じようにハイヒールをはいているのだろう。それが法廷に立つ彼女を、愛車であるSUVのフロントグリルと同じくらい大胆不敵に見せるはずだ。

前日とちがうのは赤いフレームのメガネをかけていることだった。彼女はそれを外してデスクに置き、さらりと言った。「おはようございます、ミスター・ブリジャー。時間どおりにお越しいただいて、感謝いたします」

「いや、ここへ来るのが待ち遠しくてならなくてね」

「ドアを閉めて、おかけください」

ザックはなかに入り、わざとらしくドアを閉めると、デスクの向かいの椅子に腰かけようとして、デスクの幕板に膝をぶつけて音をたてた。内心ばつが悪かったが、それを気取られたくなかったので、迷惑そうに顔をしかめ、長い脚にあわせて大げさに椅子を引いた。

この段階で彼女が気づいていないとしたらそうとうなにぶさだが、ザックは頭に来ていた。

彼女が言った。「コーヒーをお出ししたいところだけれど、軽食堂で淹《い》れているのは泥水みたいで飲めたものではないので――」

「いや、いい」

「お水は？　水なら――」

「いや、いい」

彼女は卓上で手を組みあわせて顔を伏せた。その姿は忍耐力をお与えくださいと祈っているか、数を数えて心を落ち着かせようとしているかのようだった。顔を上げると、彼女は言った。「書類には目を通しましたか？」

「イエス、マダム。がらくたの入った抽斗《ひきだし》からテープを出してきて、貼りあわせた。おれが思ってたものとちがった」

「なんだと思っていたんですか？」

「土地測量図とか、建物の図面とか、地形図とか。そういうものだ」

「よくわからないんですが」

「わからなくていい。その部分は飛ばそう。無関係だ」

「わかりました」彼女は言った。「重要な部分を強調しておいたのですが――」

「黄色の蛍光ペンじゃ、見落としようがない」

「――その部分について、話しあう必要があります。確認してもらえましたか？」

「書類の内容はとっくに理解している」ザックはブレザーの前ポケットに手を伸ばし、テープで貼りあわせた書類を取りだした。デスクに置いて彼女のほうに押しやり、制するように手を上げた。「おれにはきみがうちに来てこれを押しつけていった理由が、ひとつとして思いあたらない」

「これは医療行為事前指示書です、ミスター・ブリジャー。本人と証人ふたりの署名もあります」

「石に刻まれていようとおれには無関係だ、もはや重要なことじゃない」

「それが重要なことなんです」

「いや、もうちがう。この何年かは。そう、正確に言うと四年はちがった」

「いまだ有効で重要なことでなければあなたに連絡はしません。この書類のポイントは――」

「説明不要だ。以前ダグ・プラットにしてもらったからな。あの男はこの書類のポイントをこの宇宙に住む全人類に言って聞かせた。病院の廊下で、たいした見世物だったとも。十数人もの人間が携帯電話でその姿を撮影し、高値で買ってくれる相手に売りはらった。きみもその動画を見てるはずだ」

彼女の返事はなかったが、やましそうな表情からして、彼がレベッカの父親と何度となく衝突してきたことを承知しているのだろう。ふたりの争いは毎回ひどかったが、なかでも初回は熾烈《しれつ》だった。

あのときダグはザックが病院に到着したことを知らされていたらしく、四階のエレベーター前で待ち受けていた。ドアが完全に開くのを待たずに怒りのままに唾を飛ばしてザックを責め立て、どういう状況なのか、レベッカがどんな状態にあるかを教えられてもいないザックを、攻撃的に非難した。

野次馬が撮影した動画はテレビを通じて拡散され、あらゆるメディアのプラットフォームで延々と流された。いまも消滅していないし、いまいましいことだが、このまま永遠に残るのだろう。

いま、ザックは怒りをなだめるために座ったまま軽く体を揺すっていた。「レベッカの運命は両親にゆだねたし、おれの気持ちとしてはもとよりそのつもりだった。きみがどういう経緯でこの仕事を引き受けたか知らないが、ミズ・レノン、この件についてはプラット夫妻と相談してくれ」

彼女はしばしためらいを見せたが、ザックがデスクに置いた数枚の書類に手をのせて、彼のすぐ前まで押し戻した。

「元の書類は法に適《かな》ったもので、記述内容はいまだ有効です、ミスター・ブリジャー。十一月に有効になり――」

「十一月といっても九年前のだぞ。あと少しで十年だ」窮屈な場所に押し込められているような閉塞感があったので、椅子を引いて立ちあがった。「それだけの月が、いやそれだけの日々が、あれから……」ザックは書類を指さした。「なんと言った？」

「事前指示書です。この場合は医療行為事前指示書になります」

「そうだった。現実には、インクも乾かないうちにおれたちは別れた。離婚した。もう婚姻関係にはない。どんな関係にもないんだ」

「そういう問題ではないんです、ミスター・ブリジャー。これが作成された州では、離婚すればおのずとこれも、遺書も、ほかの事前指示書も無効になるはずでした。ただし、とくに指定がないかぎり、です」彼女は言葉を切って、その部分を強調した。

「レベッカ・プラット・ブリジャーは但し書きを追加し、医療行為事前指示書として、たとえ離婚してもあなたが主たる代理人であることを希望し、それ以外の代理人を指定しなかったのです。あなたひとりを信頼し、自分で決断できなくなったときの医療と人生の終わり方の決断をあなたにゆだねたということです」

ザックはうんざりした声でその発言をしりぞけた。「誤解するなよ。これは信頼がどうのの問題じゃない。情でもないし、愛でもない。レベッカは自分の得にならないことはしなかった。きみが言うところの但し書きとやらを書くことで、おれを意のままに使えるようにしておきたかったのさ、逆じゃない」

彼は小さな円を描いて歩き、壁に向きあった。指で髪をかきあげると、腰に手をあててうつむき、深呼吸して心を鎮めようとした。

自分ではもう終わったと思っていた。自分に関する問題は解決して、レベッカの両親ともおおむね平和な関係に戻ったと。ところがときおりその残滓《ざんし》がふいに現れ、決まって大きな苦痛を残していく。ソロモン王をも悩ませたであろう選択を迫られた四年前となにも変わらない苦痛を。

奇特にもミズ・ケイト・レノンは、人生のどん底にあった最悪の日々が呼び起こされたという現実に向きあう時間をザックに与えてくれた。

当時の記憶は意識下にある暗い洞窟の奥にひっそりと隠れていた。できることなら思いだしたくない。はるかその深みまでおりていくたびに、そこから這いだすのに苦労するからだ。この四年間はそのためにあったようなものだ。少し前進しては、なにごとか、あるいはこの天使の顔をした地獄の死者のような何者かによって、ふたたびどん底へと引きずり戻されるのだ。そのあたりの機微を彼女にわからせなければならない。

ザックは彼女を見た。「ミズ・レノン、きみはわかってないようだが、おれとレベッカは悲惨な別れ方をした。腹を割って話しあったり、対処したりするより先に、お互いに相手の存在に耐えられなくなった、ほとほといやになったのさ。それなのに……」改めて事前指示書を指さす。「重要な決断を任せるほど相手を信頼してるわけがないだろ」

「だったら、無効申し立ての書類を提出すべきでした」

「そうしたさ。離婚してすぐ」

「でも、レベッカはしなかった」

「おれは弁護士を通じて、ずっと申し入れをしてきた」

「むだな努力に終わったようですね」

「それでも、離婚関連の書類にはさっさと署名したんだぞ。ボーイフレンドが袖で待ってたから。それはべつにどうでもよかった。とにかくおれは離婚したい一心で、彼女の勇ましい離婚弁護士から要求された金額を払った。それも長引かせたくなかったから、分割じゃなくて一括で支払って、けりをつけた。

それきりいっさい接触がなかった。まったくだ。ただの一度も」言葉を切り、一瞬顔をそむけてから、彼女に戻した。「その状況が一転したのが四年前だ。休暇でケイマン諸島にいたら、突如アトランタに呼びだされ、望みもしないのに恐ろしく陰惨な義務に向きあわされた。レベッカが望んでないこともよくわかってた。それなのにおれを指定したのは、当時の彼女がおれに対していだいてた純然たる悪意からだ。

おれの病院到着とともになにが起きたかは、知ってのとおりだ。彼女の父親が公衆の面前でおれに投げつけた言葉がすべてを語ってると思わないか？　〝レベッカに家に帰るべき時が来たと告げられるのは神であって、おまえじゃない、神のみだ〟と」

ザックは言葉を切り、息継ぎをした。「しかも彼女の回復の見込みはないに等しかった。

これぞ悲劇だ。おれは彼女の検査や診察にあたった医者たちの勧告をことごとく無視して、彼女の両親の望みを聞き入れた」ふたたび書類を指し示した。「ふたりが強硬におれにそうするよう主張してたからだ。あとの判断はすべて喜んで彼らにゆだねた」

ケイト・レノンは深々と息を吸い、何秒か止めてから、吐きだした。書類を軽く叩《たた》く。「これは口頭では無効にできないんですよ、ミスター・ブリジャー。もし責任を手放してレベッカの指名代理人を辞めたければ、あなたと彼女のご両親は、ご両親に後見任務を正式に移すべく申立書を裁判所に提出する必要があります」

「向こうが言えばそうしたんだろうが、制御不能の異常事態だったし、彼女の家族の願いに反対なわけじゃなかったんで、裁判所だなんだは不要だったんだ」

「でしたら、この書類は有効なままです」

「そうだな。ただ、いま言ったとおりプラット夫妻とのあいだでは合意してる。それでなんの問題がある？」

デスクの奥で彼女が判決を宣告するように立ちあがった。「状況が変わりました。ミスター・プラットにはすでにお知らせずみです。あなたにはじかにお話ししたかったので」

「なぜ？」

「四年前の決断をくつがえしたいと思われるかもしれないからです。生命維持装置を外すことがレベッカに最善の利益をもたらす可能性があります」

3

彼女の提案でふたりはタウンスクエアを横切り、〈ホーリー・グラウンド〉という名のしゃれたコーヒーショップに入った。ザックもそこに店があることは知っていたが、自分向けの店ではないので、入るのははじめてだった。彼女はデカフェに、スキムミルクとバニラフレーバーをカスタムしたものを頼んだ。ザックはふつうのブラックコーヒーにした。

店内には頭を寄せあってクロスワードパズルを解く年配カップルや、トレーニングウェア姿の女性三人組、それにコミュニティカレッジの学生とおぼしき若い人たちがちらほらいて、学生たちはイヤホンをはめてノートパソコンの画面を見ていた。

ケイト・レノンは店になじんでいたが、ザックはこぢんまりとした空間で自分が悪目立ちしているように感じた。とはいえ、ありがたいことに誰もザックが何者か気づいていない。求められてサインをしたり、赤の他人といっしょに写真におさまったり、最近どうしているかという質問に答えたりする気分ではなかった。

なにはさておき、ケイト・レノンの心づもりを知りたい。

彼女が払うと言うので、支払いは任せた。ケイトは蓋つきのカップをザックに渡すと、外の席でもいいかと尋ねた。ザックはうなずき、先を行くよう身振りで示した。ふたりはドアを抜けて苔《こけ》むした煉瓦敷きのパティオに出た。周囲の壁はツタにおおわれ、人はほかにいなかった。

「ここなら人に聞かれる心配がないわ」彼女は言い、ふたりはふつうのピザより小さい錬鉄製の丸テーブルの席についた。

ザックが座ると、でこぼこの煉瓦の上で華奢な椅子ががたついた。「きみのオフィスでも人に聞かれる心配はなかった」

彼女はショルダーバッグを椅子の隣の、思ったとおりハイヒールをはいた足の近くに置いた。スーツの下半分はタイトスカートではなかったが、スラックスは細身で小柄な体にフィットしていた。

「外の空気を吸いたいかと思って」彼女はカップからプラスチックの蓋を外し、息を吹きかけてから口をつけ、上唇についた泡をなにげなく舐め取った。

ザックはその動きに目を奪われたものの、すぐにわれに返った。「そうだな、外の空気は悪くない」彼は言った。「だが、おれがきみに求めてるのは代理人の権利を完全に無効にすることだ。さっききみが言った申立書を提出する。ダグとメアリーも異論がないのはまちがいない。喜んでレベッカの正式な後見人になるだろう」

ケイトは小首をかしげ、いぶかしげに彼を見た。「ご存じなかったんですか？　メアリー・プラットは亡くなられました」

青天の霹靂《へきれき》だった。「メアリーが死んだ？　いつ？」

「何カ月か前、四月です」

「どこからも話が入ってこなかった。死因は？」

「死亡記事には〝長患いの末〟と。なんの病気だったのか、あるいはどのくらいの長患いだったのかは書いてありませんでした」

ザックは顔をそむけて、いま聞いた話を消化しようとした。訃報を聞かされなかったことを残念がっている自分が意外だった。

それを察してか、彼女が言った。「ミスター・プラットから知らせがあってしかるべきでしたね」

「おれに対してそんな義理はないってことさ。じゃあ、いまは彼がひとりで面倒を見てるんだな？」レベッカの世話のことだ。

「たぶんそうだと思います」

ザックはカップを手にして蓋を外したものの、口をつけずにテーブルに戻した。「愛する人がいまのレベッカのような状態にあるとしたら、四年は長い。ダグの考えに変化は？」

「わたしが話をうかがった時点では、心変わりを示す兆候はありませんでした」

ザックは少しほっとして息をついた。ダグがいまの姿勢を堅持してくれているかぎり、ザックは究極の決断に向きあわずにすむ。

だが、今回呼ばれた理由をまだ聞いていない。「現状維持なら、なぜわざわざこうやって会ってる？　地区検事長事務所がなぜ出てくる？」

「これから話します」

「頼む」不安定な椅子が壊れないことを願いつつ、聞く姿勢を示すために横木が渡された椅子の背にもたれた。

「あなたに会いにここへ来る前に」彼女は言う。「医療行為事前指示書を無効にする手立てを探してみました。取り消しの知らせを受け取ったことはないんですか？」

「ない」

「レベッカは離婚後、新しい遺言書を作り、両親を受益者に指定しました」

「ああ、新しい遺言書については知ってる。世間向けの長い演説のひとつでダグがぶちまけた。自分たちが〝金を手に入れる〟ために、レベッカの寿命を縮めるつもりはないと」

「レベッカは遺言書だけを書き換えました。わたしにはそれが奇妙に思えて」

「おれはそうは思わない」ザックは言った。「多額の離婚解決金が一セントたりと減らされないように手を尽くす女だ」

　辛辣に聞こえたであろうことに気づいて、ため息をついた。「いいか、彼女の悪口が言いたいんじゃないんだ。そんなことをしても得はないからな。ただ、状況を明らかにして、おれが置かれていた立場をはっきりさせたい」

「それは理解しているし、誠実さを評価もしています」

「彼女にとってもおれとの結婚生活は少しも楽しいものじゃなかった。うそじゃない」

「あなた方のどちらかや、あなた方の結婚生活を裁くために来たんじゃないんです」

「そもそもおれたちのあの生活が結婚という言葉でくくれるんだかどうだか。十カ月もすると離婚の手続きを開始して、最後の三カ月は死闘を繰り広げた」

ここではじめてコーヒーに口をつけた。冷めている。「どうしておれのところへ来た？　なぜいまになって？　きみはこの書類のどこかにおかしな箇所を見つけたんだろう？　そうじゃなきゃ、なんで無効にする手段を探す？」

「あなたがこの書類の永続性に気づいていないか、忘れるかしているかもしれないと思ったからです。どちらにしても、この件を持ちだせばあなたを動揺させることになると思っていました」

「ああ、そのとおりだ。〈衝撃と畏怖〉作戦で急襲したつもりかもしれないが、役に立たなかったな」

澄んだブルーの瞳に嵐雲が浮かぶ。「計画当初は、あなたに対して思いやりとか同情心を持って接する予定でした。でも、あなたの態度は最悪でした。きょうは改まっていることを願っていましたが、だめでしたね。

それで、ミスター・ブリジャー、いまわたしたちは期せずして敵対関係にあります。こちらとしては、感情的な要素を多分にはらんだこの刺激的かつ微妙で物議を醸すような局面を切り抜けるべく、お互いに協力できたらと思っていたのですが」

フットボール史に残るタックルの名手たちの標的になってきたザックだが、ボールを持って走りだす隙間を塞がれた。華奢で小柄な妖精に押さえ込まれたのだ。

いらだちに満ちた彼女の目を見て、一歩も引かない構えだとわかると、ザックは言った。

「カートライトというのはどこからきた？」虚を衝《つ》かれたような彼女の顔を見て、言葉を足した。「添え状にフルネームが書いてあった。旧姓なのか？」

「ミドルネームよ」

「ミドルネーム？」

「出生証明書にも記載されています」

「スーとかベスとかジェーンじゃだめだったのか？」

ケイトは笑いを漏らした。「だめではないけど。どれも申し分のない、すてきな名前よ」

「そうだ、女の子につけるなら。その点、カートライトは……」

「母方の祖父の名前をもらったの」

「ふーん。その人も弁護士だったのか？」

「判事でした」

「ふーん」ザックはコーヒーをもうひと口飲むと、ことさら慎重な手つきでカップを置いた。

「自己弁護させてもらうと、きのう、おれが最悪な態度を取った時点では、きみから押しつけられた封筒の中身を知らなかったから、てっきり新手の餌が来たのかと思ってた」

「新手の餌？」

ザックはしりぞけるように手を振る。「この件には無関係だ」

「建物の図面と地形図？」

説明してはいけない理由が見あたらない。ザックは肩をすくめた。「山の斜面の反対側を開発している業者がおれの側も狙ってる」

「たしかに手に入れたくなる景色だわ」

「何度断っても聞き入れない」

「価格の問題だと思っているんでしょうね」

ザックは指の腹をカップの縁にのせて左右に何度か行ったり来たりさせた。「肝心な話題を避けるために別のことをしゃべってるような気がするんだが？」

「ええ、そうね」彼女は軽く胸を張って息を吸うと、上半身の緊張をゆるめた。

その動きでジャケットの上から三列めの真鍮のボタンふたつに目を引きよせられた。たちまち脳裏に広がった地形図は、自宅のある山のそれではなかった。

「あなたの無礼さには、情状酌量の余地があるってことね」

「どうも」ザックは胸を見ていたことなどおくびにも出さなかった。「今後は最悪の態度じゃなくて、適度に悪い態度に留《とど》めるよう、気をつける」

彼女はふたたび笑いを漏らすと、うつむいて耳につけている小さな金色の球のスタッドピアスをいじった。ほかの女がこんなしぐさをしたら、媚《こ》びていると思ったかもしれない。だが、彼女にとっては思考を本筋に引き戻す時間でしかなく、つぎにザックを見たときには完全に仕事の顔になっていた。

「医療行為事前指示書作成のいきさつからはじめましょう。なぜ作成することに？」

「それが重要なのか？」

「可能性はあります」

「これから問題にしようとしている件でか？　いつからその話になるんだろうな。できれば、そう遠くない未来だといいんだが」

「そういうのが最悪の態度なんだと思うけど」

ザックは短く笑うと、テーブルに両腕を置き、ひっくり返らないよう祈りながら前のめりになった。「おれがフットボールの選手だったのは知ってるのかな？」

彼女ににらまれた。

「そうか。その日はアウェイのデトロイトで試合だった。第二クォーターでセイフティポジションのチャドウィックという、恐ろしく才能のあるすごい選手が、相手方のチームのランニングバックと衝突した。どちらも真剣勝負だった。向こうのランニングバックはエンドゾーンを狙ってたし、チャドウィックはタッチダウンを阻む最後の砦《とりで》だった。それはともかく、激突の瞬間、チャドウィックの背骨が折れた。サイドラインの外からでも音が聞こえた。彼はその後の人生を両下肢麻痺《まひ》の体で生きることになった」

ケイトは深い同情が込められた言葉にならない音を発した。

「帰りの飛行機がやけに長く感じた。帰宅するなりレベッカを起こし、話をしようと持ちかけた。彼女はボトル半分のウォッカでぐでんぐでんだった。薬もやってたかもしれない。やけに不機嫌で、話したくない、明朝まで待てないのかと言われたが、待てないと答えた。おれはさっさと、そう、あすにでも弁護士に会おう、と彼女に言った。レベッカからなぜかと訊《き》かれ、事前指示書を準備するためだと答えた。そのときは正式な呼称を知らなかったが、おれの言いたいことはそういうことだった」

ザックはコーヒーをのぞき込んだ。「フットボールはコンタクトスポーツだ。右に行くべきときに左に行けば、それで終わる。選手生命の終わり、不自由のない人生の終わり、悪くすれば命の終わりだ。ボールをスナップするごとにリスクが発生する。

だが、通い慣れた道を走るため車に乗り込むときには、さらに大きなリスクが発生する。そう、シャワーを浴びるときだってそうだ」ザックは言葉を切り、自分の理屈に彼女が反論するのを待ったが、反応がなかったので、ふたたび話しだした。

「チャドウィックの身に降りかかった災難にびびりあがったのは認める。まばたきするあいだのできごとで一生が変わり、引き返すことができなくなることがある。選手をやめようとは思わなかったが、頭部に損傷を負って日常生活もまともに送れなくなったとき、どうありたいか考えるきっかけにはなった。反応のない状態になったときとか。

そういうときの指示を準備しておきたかったが、その手の決断をペディキュアの色もなかなか決められないレベッカにゆだねるつもりはなかった。で、以前のコーチだったビング、ビンガムに頼んで第一代理人になってもらった。自分のスポーツエージェントに第二代理人を頼んだ」

「レベッカは気分を害さなかった？」

「彼女には言わなかった。気にするものか。すでに結婚生活はがたがただった」

ケイト・レノンは眉を吊りあげた。「地震だってがたがたするわ」

ザックは笑い声をあげた。「たしかに。おれたちの場合は破局のビッグバンだった」目をすがめて、ケイトを見た。「きみは記憶にあるぐらいの年齢だったのか？」

「あなたのチームがスーパーボウルで勝った年、わたしは大学生だった。法律の本も『ピープル』誌の最新号には勝てなかったわ」

ザックはうめきながら、手で顔を撫でおろした。

「〝いまもっともホットな男〟特集」彼女は言って、舌を鳴らした。

「おれはリストのうんと下のほうだった。四十二番かなんかだ」

「いいえ、あなたは六番だったし、あの年は接戦だった」

ザックはため息をついて半笑いになったが、おもしろかったからではない。その時期の彼はどたばたに巻き込まれていた。私生活の失敗が世間に知れわたって、誰からも好奇の目を向けられていた。その短い期間についてはどこをどう切り取っても笑顔にはなりにくく、レベッカと共有したほんのつかの間はとくにそうだった。

「指示書に戻るが」彼は言った。「実現しようとしたら、レベッカが弁護士との面談をすっぽかした。おれのほうは指示書のすべてに署名をして、認証を受け、万事を整えた。弁護士はレベッカが記入すべき書類とともにおれを家まで送ってくれた。おれはつきっきりで彼女に基本事項を説明し、いちいち内容を教えて、なぜそれが大切かを説いた」

「生命維持に関する項目がすべて消してあるのはどうしてなの？」

「彼女が〝悲惨〟と言って、話し合いそのものを拒否したからさ。考えなおすように言ったんだが、結局はそのままになった。ばかなことをした。だが、そのときは彼女じゃなくて、おれの身に取り返しのつかないことが起こるのを心配してたんだ。

彼女はおれを代理人に指定したいと言い、おれは了承した。のちに彼女がおれを永遠に代理人に指定するという条項を書き加えていたのを知った。おつむの軽い彼女の友人ふたりが連署人だ。おれをはめてやったと三人で大笑いしてる姿が目に浮かぶようだ」

ケイト・レノンは笑わず、厳粛に言った。「その後エバン・クラークとつきあうのを知っていたら、レベッカももっとまじめに考えたでしょうに」

4

名前を出したせいで悪いものが呼びよせられたのか、いきおいを増した風がふたりをめぐって吹き抜け、パティオを囲む壁を這う赤褐色に色づいたツタが揺れた。ケイト・レノンはバッグに手を伸ばしてスカーフを取りだし、慣れた手つきで首のまわりに結んだ。

ザックは言った。「寒いんなら、なかに入ってもいいぞ」

「ありがとう。でも、だいじょうぶよ」両手の指先を突きあわせて三角を作り、顎にあてがう。「レベッカのことを聞いたとき、どう思ったか教えて」

「まさか、最悪だ、と。そのときおれはプールサイドのバーに座ってテレビを観てた。離婚からもう何年もたってて、彼女にはずっと会ってなかった。せいぜい彼女がなにかしでかしたときタブロイド紙に載ったのを見るぐらいだった。だからあのニュース速報には木材で殴られたような衝撃を受けた。

もう彼女を愛してなかったし、なぜ愛してると思ったのかも定かでなく、彼女といっしょにいた時間のことをどうにか切り抜けた災難のように感じてた。それでも、一度は妻だった相手だ。彼女の命はあやうい均衡のうえにあった。ああ、そうだ、おれは彼女のことを聞いてひどいショックを受けた。なにがどうなってるのか理解しようとして、彼女の身に恐ろしいことが起きたのだと思った。その数分後に、おれの電話が鳴った」

「誰がかけてきたの？」

「エモリー大学病院の誰かだ。その女性は名乗ったあと……いや、なにを言ったか正確には覚えてないが、主旨はわかったし、あのいまいましいクソ指示書のことを思いだし、クソを満載のダンプカーに轢《ひ》かれてクソまみれにされた気分になった」彼女の目を見る。「いまだその気分は続いてる」

ケイトは感想を述べなかった。

彼はコーヒーカップの蓋を手に取り、いじりだした。「汚い言葉を使って悪いな」

「わたしはそんなお堅い人間じゃないわ」

彼はプラスチックの蓋を折って、テーブルに落とした。「ああ、たしかにきみはお堅くない」

その発言に皮肉を感じ取り、ケイトが眉をひそめた。「わたしはあなたの味方よ、ミスター・ブリジャー」

「そうか？　いざというときには目配せするのを忘れないでくれよ」

聞き流してケイトは言った。「ダグ・プラットはレベッカの医療行為事前指示書の写しを病院に持ち込んだ」

「その書類の生命維持に関する項目はすべて消されてる。レベッカは世間を騒がせるのがなにより好きだったと思ったのを覚えてる。いまも騒がせつづけている。ひどい言いようだとは思うが」

ケイト・レノンは気にしないでと言うように手を振った。

「彼女は薬で昏睡《こんすい》状態にされた。脳を休ませるためだとかで。心臓と肺の動きをサポートするため、機器につながれた。その状態で数日待って機器を外して昏睡状態から戻す、と聞かされた。そのあと改めて損傷の程度を調べると。

その間、ダグとメアリーと尊厳死反対論者たちが病院の外に集まって、レベッカが生命維持に関する項目を消した理由は明らかだから、おれは彼女の願いを受け入れて、最大限に彼女の命を長引かせるべきだと訴えた。だが、医師団は彼らが言うところの〝代理判断〟を持ちだしてきた。それは――」

「それは、たとえ彼女の指示は残っていなくても、レベッカが望むところを考えてあなたが最善の決断をすることだった」

「そうだ。医師団は延命させた場合に待っている人生を説明しつつ、それと同じ口で、誰がなにを受け取るかを臓器バンクが決めるまでは生かしておくべきだと説いた。その話が持ちだされるたびに、メアリーは興奮して〝わたしの娘を殺さないで〟とおれに泣きついた。病院付きの牧師《チャプレン》たちが定期的にやってきて、レベッカの魂に、そしておれが正しい決断をできるようにと祈った。そのあと――」

ザックは言い淀《よど》み、折り曲げた蓋を見おろして、落とした場所から数センチ向こうに押しやった。

「そのあと……どうなったの？」

彼は目頭に親指と中指を押しあてて、小さく首を振った。

「どうなったの？」

彼が目から手をおろした。「マスコミが来た。信じられないほどの低俗ぶり、敬意も思いやりも良心も、かけらもない連中だ。血なまぐさい情報や、興味を引くうわさ話を飽くことなく声高に求めつづける。

ダグはおれに対して敵愾心《てきがいしん》をむきだしにしていたが、おれはメアリーと彼を気の毒に思ってた。レベッカに関するよくない話がいやでも耳に入ったろう。パーティ三昧の暮らしぶりやら、ドラッグやアルコールの乱用やら、乱交やら。ふたりには強い宗教的な信念があった。たったひとりのわが子のことでそんな話を聞かされるのは、地獄だったはずだ」

「それ以前は彼女のご両親とどんな関係だったの？」

「いがみあってた」ザックはあざけるように言った。「ああ、控えめに言う意味があるか？ふたりは出会ったその日からおれを毛嫌いし、おれはそれを屁《へ》とも思わなかった。だが、その後あんなことがあって、それを思えば、つまらないいざこざを脇に置いてどちらも相手に対する思いやりから歩みよれるかと思ったが——」

彼はテーブルに片肘をついて額をこすった。「そう、わかったんだ。ふたりの心はずたずただった。で、最終的にはふたりの立場を尊重して、なにも手出しをしない、つまりレベッカの望みに従うことにした。ふたりから頼まれないかぎり介入しないと伝えて、それきり関係を断った」

「ふたりはほどなく娘さんをアトランタからニューオーリンズに移し、特別看護施設に入れたのよね」

「よく調べてるな」

「ふたりにその許可を与えるあなたの手紙のコピーがあるわ」

彼は肩をすくめた。「それが理に適ってた。レベッカは生まれも育ちもニューオーリンズで、両親はまだそこに住んでた」

彼女が小声になった。「わたしは施設側が当初は彼女の受け入れを拒否したことも知っているのよ」

「施設を統括する医者がレベッカの生存可能性から将来を不安視したからだ」

「それであなたは永続的な介護費用の支払いを保証した」

ザックはがたつく椅子に座りなおすと、ケイト・レノンの肩の向こう側、木の枝にかかっている鳥の餌台に目を据えた。餌は少ししか残っていない。ふたたび彼女に視線を戻した。

「別口座から自動引き落としになってるから、おれ個人はかかわってない」

しばし間を置いてから、彼女は言った。「さっき話したとおり、この間に状況が変わって」

「ああ、そうだったな。状況に変化か。いい話であることを願う。なにか希望を持てることを言ってくれ。贅沢《ぜいたく》は言わない、ひとつでいい」

「お気の毒だと思っています。一度に多くのことをあなたに押しつけることになる」

「まったくだ」彼は腕時計をちらりと見た。「じつは悪い知らせを聞くにも時間の制限がある。すでに大幅に過ぎてる」椅子を引くと、椅子の脚が煉瓦にこすれた。だが、ケイトは彼が立ちあがる前に手を伸ばし、その手を彼の腕から浮かせた状態で言った。

「お願いだから。最後まで話をさせて」

「前置きに美しい思い出の小径《こみち》をたどるのをやめるんだな？」

「ええ」

「やっとだ」彼は両腕を横に開き、またもや感じの悪い態度で言った。「話してくれ」

彼女もこんどはすんなり本題に入った。「事件前からエバン・クラークのことを知っていましたか？」

「いや。速報で邸宅のことを聞くまで、そいつのこともその家族のことも知らなかった」

「なぜ彼の裁判を傍聴しなかったの？」

「きみも関係してたのか？」

「いいえ。最近になって調べたの。けれど、周辺情報を集めていたら、あなたが彼の裁判に現れなかったのがわかって。理由は？」

「エバン・クラークはその薄汚れた世界のなかで有名人だ。おれはおれの世界のなかで、やつ以上の有名人だった。やつの裁判がマスコミのかっこうの餌食になるのはわかってたし、実際、おれが不在でも大騒ぎになった。おれが行けば火に油を注いだだろう。〝元夫と現在の恋人が法廷で直接対決〟とかな。おれやプラット夫妻を苦しめることは避けたかった。

だが、裁判の推移は注意深く見守った。おれに言わせれば、あの野郎に対する罪は軽すぎた。しかも、数カ月前、減刑が審理されるという知らせを受け取ったときは、目を疑った」

ケイトは言った。「州ならびにレベッカの代理人となった検事に話を聞いたけど、あなたには審理に立ち会う権利があったのに、それを辞退した」

「立ち会いは断ったが、判事に意見書を送った」

「ええ、意見書は法廷で読みあげられた。クラークを刑務所に閉じ込めたまま鍵を投げ捨てろといった内容だった」

「むだになったが」

「あなた自身が読みあげていれば、意見書の重みが変わったかもしれない」

「どうだか。最終的にクラークは減刑された。判事がどれぐらいの減刑にするか考えているというのが、最後に聞いた話だ」

「ええ、それが決まったの。すでに二年受刑していることと、模範囚であることが勘案されて、釈放されるわ」

「仮釈放か？」

「無条件に」

「ありえない、うそだろ」

「うそならどんなにいいか、ミスター・ブリジャー」

「つまり、鳥のように自由に、世間に解き放たれるってことか?」

「残念ながら」

「いつだ?」

「きょうよ」

5

「早期釈放祝いに二十五万ドルのポルシェを買い与えるとは、いかがなものか」

シッド・クラークはふたつのグラスにバーボンを注いだ。ひとつは自分用、もうひとつは一家の顧問弁護士用だった。「最上級ラインのターボだぞ」

「車体はシルバー、内装は赤。表に停めてあるのを見た。わたしのグラスに水を少し入れてもらえるか」いつもはふたりそろってストレートなので、シッドは怪訝《けげん》な顔で友を見た。

「カロリーが抑えられる」アプトンは言った。

「自己欺瞞《ぎまん》だ」

「得意でね」

シッドは笑いながら求められたとおりに水を少し加えると、グラスを運んだ。ふたりはグラスをあわせた。「乾杯」

「乾杯」

どちらもグラスに口をつけた。シッドはアプトン・フランクリンとならんで、そろいの革張りの椅子に腰かけた。アプトンは大金を払って抱えている顧問弁護士であり、相談役であり、テニスのパートナーであり、ゴルフ仲間であり、ポーカーのライバルであり、ジョージア州一のエリート養成学校で最初の学期に出会って以来の親友であった。

ふたりの友情は、愚にもつかない理由をつけて虫の好かないクラスメイトをいじめること、そして紳士的なふるまいと学則固守を説く堅物の教職員にいたずらを働くことで育まれた。最終学年になるころには、事実上、シッドとアプトンで学校を牛耳り、活発なテロ行為によって厳格な校長をも脅かしていた。

学校を出て実業界に入ってもふたりのいじめ行為は続いたが、やり方はより洗練された。脳天気なＣＥＯから会社を盗み取る計画の首謀者はシッドだった。そしてアプトンが法的思考を担って、商法や規制を回避した。こんにち、ふたりが築きあげた国際的な複合企業には多数の業種が含まれ、その価値は数十億ドルにのぼるとされる。

ふたりは同類だった。どちらも無慈悲なほどの野心とあからさまな特権意識を持っていた。シッドがエバンの新車に関するアプトンの説教がましい発言に驚いたのは、そういうわけだ。

「どうして眉をひそめているんだ、アプ？」

アプトンは水で薄めたウイスキーを回転させた。「車を買う前にわたしに意見を聞いてくれたら、それほど金がかからず派手でないものを薦めていた。腕時計とか、大理石のチェスセットとか、珍しい種類の犬とか」

シッドは含み笑いを漏らした。「そうだ、わたしは散財した。それがなんだ？　息子は牢《ろう》に入っていたんだぞ」

額に皺を寄せて、弁護士は応じた。「まさにその点だよ、気になるのは、シッド」

「なにが言いたいかわからないが」

「世の中には早期釈放祝いに高級車を与えることを悪趣味だと思う人もいる」

「人がどう思おうと、知ったことか」

「だろうな」アプトンは言った。「だが、気にしたほうがいいのかもしれない。多少の思慮分別は働かせたほうがいい。つつしみとか。エバンは人目を引く行為を避けるべきだ。早期に出られたとはいえ――」

「〝とはいえ〟が登場したら、弁護士モードに横すべりした証拠だ」

「きみの顧問弁護士兼友人として話をしている。早期に出られたとはいえ、エバンは有罪判決を受けた。女性は――」

「被害者じゃないぞ。不幸な事故で、エバンと同じように彼女にも非がある」

「陪審員はそうは考えなかった」

シッドはせせら笑った。「十二人の陪審員以外の世間はみなそう思っている。レベッカ・プラットもその手の行為に走るのは、はじめてじゃなかった」

アプトンはせりだした眉の下から友を見た。「だとしても、彼女にはそれが最後になった」

シッドは負けを認めることなく、ただ悪態をついてバーボンを飲み、グラスをおろした。

「あの女は酒に酔い、薬でハイになった状態で、男三人と寝室に入った。その男たちも同じぐらい酔っぱらってハイになっていたと認めている」

「酒や薬に酔っていたのを認めれば、破滅的な結果を招いた責任が緩和されるからな」

「DNA鑑定の結果は覚えているだろう？　彼女は男たち全員とセックスしていた」

「そうだな、エバンの弁護士は最終弁論でその点を強調した。実際にどのようなセックスだったかを、一部つまびらかにまでして」

「色情狂の女曲芸師のありさまを」シッドは喉の奥で笑った。

「シッド、頼むからよしてくれ」

「わかったわかった、口がすべった。そこまで言わずとも、あの夜の前からあの女がパーティ荒らしであった証拠はいくらでもあるし、これでもあの女の人となりを語るのにもっとも穏当な言葉と言っていいくらいだ。しかもテオとカルはエバンの裁判で、宣誓のうえ、すべてのお楽しみとゲームはあの女の発案だったと証言した」

「彼らにはそう証言するのがもっとも有利だったからじゃないか？」アプトンは反論した。

「彼らの弁護士は執行猶予をつけさせるために取引していた」

「エバンは服役したぞ」

「実験を過激化したのが彼だったからだ」

「さも聖人君子のような口をきくじゃないか、アプトン。きみとわたしだってときには三人でプレイして楽しんできた」

「そうだ、そうしてきた。しかしレベッカ・プラットのようになった女性はひとりもいない。彼女は植物状態となり、いまエバンが自由の身になったからといって、人はそれを忘れない。

世間の目が注がれていることをエバンは自覚すべきだ。新しいスポーツカーをひけらかしてまわる――」

「ひけらかしてまわるとは、まさにぼくが思っていたとおりのことです」

話題の人物がぶらっと書斎に入ってきた。顔には満面の笑み、シッド名義のアメックスブラックカードによってもたらされた最高級のカジュアルシックな装いに身を包んでいる。息子のエバンはあと数カ月で三十歳の誕生日を迎える。誇らしいことに、まわりからは長ずるにつれて父親である自分に似てきたと言われている。父子ともに細身で、額が広く、顎が割れている。ただし瞳の色はちがう。エバンの瞳は、シッドとはまったく異なる涼やかなグレイグリーンだった。

部屋の中央に進みでたエバンは、シッドとアプトンを交互に見た。

「どうやら間の悪いときに来ちゃったみたいですね。ハッピーアワーに招かれたのに、これがハッピーと言えますか？　陰気そのものといった顔ですよ」

シッドは身振りでバーカウンターを指し示した。「酒を注いでおいで」

「ええ、そうさせてもらいます」エバンは元気に手をこすりあわせながら造りつけのホームバーに向かった。この部屋は一面ガラス張りの壁をのぞくと、床から天井までの優雅な高級家具にぐるりと取り囲まれている。

エバンはグラスに氷を入れ、ウォッカのデカンターに手を伸ばした。「どうしてそんなむずかしい顔をしてるんですか、アプトン？　それと、念のために言っておきますけどね、ちょっとふざけただけですから。ひけらかしてまわるつもりなんかありませんよ。あの新車にはベビーカーのつもりで乗ります。ボーイスカウトの栄誉にかけて、絶対に」

彼はグラスを持ってくると、ふたりのグラスと突きあわせてから、どさりとソファに腰かけた。亡き母の形見である繊細なクリスタルグラスに口をつけ、長いうめき声とともにウォッカを堪能し、飾り房のついたソファの背に頭をもたせかけた。

「服役中はこんな瞬間を思い浮かべることで正気を保ってました」大げさに身震いする。

「社会に対する負債を返し終わって、こんなに嬉《うれ》しいことはありません」

「それを祝って飲もう」シッドは乾杯のしぐさで、グラスを掲げた。グラスを掲げるアプトンの動きがにぶい。三人そろってグラスに口をつけると、シッドはエバンに言った。「フリーダが特上のリブを調理してくれているぞ。おまえの帰宅祝いだそうだ」

「うまそうですね。明日サンドイッチにしてもらいますよ。今夜は出かけるんで」

シッドはアプトンの視線を感じながらも、気づかないふりをした。「ここでわたしたちと食事をするんじゃなかったのか？」

「すみません。おふたりには極上のリブを堪能していただくことにして、ぼくには別の計画があるんです」

シッドはなにげなく尋ねた。「派手な計画なのか？」

「カルとテオが食事に誘ってくれましてね。ほんと久しぶりですよ、三人がそろうのは」グラスの氷を口に含んで、嚙《か》み砕いた。

アプトンが咳《せき》払いをした。「新しいスタートを切るのだから、新たな友情が育めるといいな、エバン」

「そうですね」エバンはふたりに笑顔を向け、ひと呼吸はさんで言った。「グラスを見てください。いけないなあ、空になりかかってますよ」立ちあがってふたりのグラスを持ち、酒を注ぎ足すためにバーに運んだ。

その酒を飲みながら、ビジネス関係者と知人の最新動向がエバンに伝えられた。途中、エバンが当意即妙に口をはさんだ。「善玉、悪玉、卑劣漢」

愉快な時間だった。ただアプトンはいつになく沈みがちで、お祝い気分に水を差した。エバンは気づいていないようだが、理由がわからないだけに、シッドはいらだった。

二杯めを飲み終わると、エバンは立ちあがった。「以前入り浸ってた店の一軒で落ちあう約束なんです。ふたりがこっそりむかしの仲間を呼び集めてサプライズパーティを企画してるといけないんで、遅れないように行きますよ」

エバンはアプトンの椅子に近づき、背後から両肩に手を置いて、愛情深げに揉《も》んだ。「じゃあこれで、アプおじさん。祝ってくださって、ありがとうございました」

アプトンは手を伸ばして、エバンの手の甲を軽く叩いた。「しゃれた車の運転に気をつけなさい」

「うまく立ちまわってくれたら、ドライブにお連れしますよ。試しにハンドルを握らせてあげるかもしれない」続いてシッドに近づいてきたので、シッドは立ちあがって握手をした。

手を放したとき、エバンは手に五、六枚の百ドル紙幣を含む札束が握らされていることに気づいた。

エバンは口笛を吹いた。「ありがとう、お父さん」

「楽しんできなさい。ただしアプの助言どおり、気をつけるんだぞ」

エバンは紙幣をポケットに突っ込んで、ドアに向かった。そこでふり返り、投げキスをする。「ふたりもあまり夜更かししないで」笑い声を響かせて、廊下を遠ざかった。

ふたたび椅子に腰かけたシッドは、私道のスポーツカーが息を吹き返す音を耳にして笑顔になった。見ると、アプトンは二杯めのグラスにはほとんど口をつけておらず、苦虫を嚙み潰したような顔をしている。

シッドは言った。「わかってる、わたしはあれを甘やかしている。それに対してきみが不満なのはわかる。だが、あれにも――」

「シッド」アプトンは手のひらを前に向けて手を挙げた。「きみはここでエバンになにが許されるかを議論したいわけじゃないだろう。わたしたちになにが許されるかという問題でもない」

「いったいどうしたんだ？　頼むから機嫌をなおしてくれ。さあ、グラスを空けて」

「いや、もういい」アプトンは肘の先にある小さなテーブルにグラスを置いた。

シッドは友人のようすをなおもうかがった。思春期以来の仲だ。アプトンは思わせぶりでもないし、怒ってもいない。むっつりしているわけでもない。気がかりなことがあるにちがいなかった。

「どうしたんだ？　話してくれ」

この三十分、ずっと目をあわせようとしなかったアプトンがいま目を上げて、シッドの目を直視した。「きみはエバンの早期釈放を祝いごとだと思っている」

「ちがうのか？」

「いや、そうだ。だが、きみたち親子はそこから派生しうる可能性に目を向けていない。わたしにはそれが信じられないのだ」

「たとえば？」

「キャサリン・レノンという名を聞いて、思いあたることは？」

「いいや、思いあたるべきなのか？　何者だね？」

「頭脳明晰《めいせき》、敏腕にして野心的な州検事だ。検事総長がみずから選んだと聞く」

「政治家志望か？」

「それはない。彼女の関心はもっぱら刑事事件に向けられ、難事件にも怯まず挑む。どういうことだかわかるな、シッド、エバンにとっては最大の悪夢になりうる」

6

ザックは急斜面をのぼっていた。厳しいワークアウトのなかでも、傾斜、苦しさともに、この最終局面で最高潮に達する。ほてる脚の筋肉、早鐘を打つ心臓、空気を取り込もうとやっきになって働く肺。しかも高地なので、その空気が薄いときている。週に五、六度は、安全に留意しつつハイペースで自宅と川を往復している。自分に対していっさいの妥協を許さず、最後の数百メートルには全力で挑む。

不名誉な形でNFLを去ったのちのザックは、肉体に余分な肉を十キロ蓄えた。あれは自分を早期退職に追いやったスポーツネットワークとの関係を清算したあとのことだ。ある日、特大の二日酔いとともに目を覚ました。五分ほど吐いたりえずいたりしたのち、バスルームの姿見で自分をじっくりと眺めた。現実は無情だった。血走った目で自分を見返しているこの男、ぶよぶよに肥大したこの情けない男はいったい誰だ？

自分にうんざりした。ほとほと嫌気が差した。このままではだめだと思った。

そのときその場で、彼本来の自我がこれ以上はこの道を進まないと決めた。容赦なく堕落する姿をさらすことで、どうせ自滅するぞと言ってサイドラインから見物している連中を喜ばせたくないのが理由のひとつだった。

まだ自分に活を入れると誓える程度の精神力は残っていた。過去に犯した失敗と態度の悪さのせいで、軽蔑されたり、あざ笑われたりするかもしれない。その叱責は報いとして受け入れよう。だとしても、ザック・ブリジャーが神の恩寵《おんちょう》を失って破滅したとは言わせない。

啓示を受けたその朝のうちに家じゅうにあった酒瓶を空にし、パントリーと冷蔵庫に詰まっていたジャンクフードとごっそり入れ替えるため、体にいい食材の買い物リストを作った。そして自分のために、あのビングでも文句がないであろう、徹底して厳しいエクササイズプログラムを組んだ。ビングが見たら、むしろもう少しゆるめろと言ったかもしれない。

以前ならウォームアップ程度の内容にもかかわらず、初回は死ぬかと思った。

しかし八週間後には余分についた十キロが落ち、続く二、三カ月のうちにさらに五キロ減った。NFL加入前の体重であり、そのすべてが筋肉だった。体が引き締まるにつれて精神の強度も増した。

いま、火がついたように熱くなっている大腿四頭筋を酷使して、終点である岩棚までの最後の数メートルを走りきった。ふつうに歩行する速度までペースを落とし、ぐるぐると地面に円を描いて歩きながら、リストウォッチのアプリで歩数とタイムとバイタルデータを確認した。記録はすべて残してある。キャップのつばを後ろにまわし、Tシャツの裾を持ちあげて顔の汗を拭いた。ウエストバンドに留めつけた水筒から水を飲むと、ごつごつとした松の木の幹にもたれかかり、目をつぶってふだんの呼吸に戻るのを待つ。

頭を空っぽにして、浮かんでくる思いを流れに任せようとする。ところが思いはまっすぐケイト・レノンへと引き戻された。「ケイトと呼んで」と彼女は言った。しかしその後彼女の名前を呼ぶ機会はなかった。彼女がエバン・クラークに関する超特大爆弾なみの情報を投下した時点で、この会合は終わりだと思ったからだった。

あのとき、ザックが急いで立ちあがったせいで、小さな椅子がひっくり返りそうになった。同時に腿が華奢なテーブルの端にあたり、テーブルがぐらぐらと揺れた。「もう行かないと。マーケットが閉まる前に戻りたい」

「営業は夜の七時までよ」

それで彼は言った。「株式市場のことだ」

すると彼女が言った。「ああ」腕時計で時間を見る。「わたしも時間切れになりそう。十五分後にオンラインでミーティングなの」そして一泊旅行に使えそうな大ぶりのバッグを肩にかけた。「でも、話はまだ終わっていないわ」

「いいや、ミズ・レノン、これでおしまいだ」

そのときだ。ケイトと呼んで、と彼女が言ったのは。

だが、呼ばなかった。そっけなく応じた。「じゃあな。コーヒーをどうも」

彼女や〈ホーリー・グラウンド〉にいるほかの客を怖がらせたくないがゆえに、急いで店を出なければならなかった。じつは爆発寸前だったのだ。〈グリーンベイ・パッカーズ〉のライトガードが思いのままに中傷の言葉を投げかけてきたときと同じだった。ザックは猛々《たけだけ》しい怒りに駆られて、自分のヘルメットをかなぐり捨てた。

自分でもなにをしでかすかわからなかった。気がつくと、殴りかかっていた。ザック本人はマットレス相手にやりあっているようなつもりでいたが、最後にはチームメイトによって文字どおり引きはがされた。審判は怒りを込めて笛を鳴らした。両チームのコーチも怒りくるった。相手選手はゲームから排除されたが、それでもあれほど腹が立ったことはなかったのに、今朝、ろくでなしのエバン・クラークが釈放されたと聞いたときは、その比ではなかった。

そんなことを許した法制度そのものをぶち壊してやりたい。

ケイト――いまさらながら、そう呼べばよかったと思う――には、誤った法の運用にザックが腹を立てたのがわかったのだろう。席を立った彼を引き留めることなく、ただその背中に向かって近いうちにまた連絡するといった意味の言葉を投げかけてきた。

ザックがその必要はないと言うために立ち止まることはなかった。もはや話をすることに意味が見いだせなかった。依然としてレベッカは植物状態にある。エバン・クラークは自由の身になった。それを思えば、話をするのも蒸し返すのも、無意味だった。

思い悩んだところで結論は同じ、惨めさがつのるだけだ。長い時間をかけてその闇から脱したいまも、薄暗さは残っている。ふたたび引き戻されるのはごめんだった。しかもほかの誰でもない、悪い知らせの権化のようなケイト・レノンの手引きで。

彼女はいい形の尻をしているだけでなく、上唇についたバニラ風味の泡を舐め取るしぐさでザックの目を奪った。だからこそ二度と彼女に会いたくないという思いがある一方で、彼女とベッドに入ることが誘惑的な夢想となった。

ザックは立てつづけに卑語を口にすると、もたれていた木の幹から体を起こし、みずからの足で踏みならしてきた木立のあいだのトレイルを進んだ。いまではどこにどんな障害物があるかを知り尽くしているので、ほぼ反射的にそれを避けることができる。

自宅に近づくと物音が聞こえてきた。歩調をゆるめ、やがて立ち止まって聞き耳を立てた。自然物の音ではない。風にそよぐ木の葉の音でも、短気そうなリスのおしゃべりでも、鳥が枝を行き交う音でも、絶え間ない滝の水音でもない。

人為的な音だ。

ザックはキャップのつばを前に戻して眉まで引きさげ、自分が接近しているのを気取られないよう、枝や岩を避けて歩き慣れた道を注意深く進んだ。

木立を抜けると、自宅が視界に入ってきた。まずは家屋の周辺に広がる青々とした芝地が見えてくる。続いて、大きな石造りの煙突がある北向きの外壁。そして南側の幅いっぱいにしつらえられたポーチだ。

ザックは足を止めた。

ポーチ中央に大きな玄関ドアがあり、その両側にふたつずつ大きな窓がある……窓のひとつから保安官の制服姿の男がなかをのぞいていた。両手を窓に押し付け、日射しをさえぎっている。

男のものであろう、山火事注意のマスコット〈スモーキー・ベア〉の帽子が、ザックのロッキングチェアに置いてあり、なによりそのことが彼の逆鱗《げきりん》に触れた。

ザックはそれでもまだ動かず、顔をわずかに左に向けた。家の前の道にフォードのブロンコが停めてある。実用的なタイヤは泥まみれ、ルーフには本物のパトライトが据えられている。グリルガードはごつく、ドアには政府のマーク。

ザックの家のポーチの厚板には、踏むと鳴るところが一箇所あった。さっき耳にしたのはその音だと、いまになって気づく。私道を近づいてくる車のエンジン音ではなかった。つまり、自分が斜面を走っているあいだに、男は敷地内を勝手にうろついていたということだ。

ザックは身を隠していた木立を出た。「なにかおもしろいものが見えるか？」

男ははっとふり返り、見とがめられたとまどいをあらわにした。やがて肩をすくめて、にこりとする。「ミスター・ブリジャー？　ザック・ブリジャー？　あなたのトラックがあったんで」親指でザックのトラックがある背後を示した。「在宅なのにノックの音が聞こえなかったのかと思いまして」

でたらめだ。ザックはポーチに近づきつつ、なにも言わなかった。まずはぴかぴかのバッジをつけた男の言い分を聞かせてもらおうか。

ポーチの階段をおりてくる男を見た。ザックよりも背が低くて幅があり、ウエイトトレーニングで鍛えてきた体つきをしている。短く刈り込んだ髪は、かつて軍隊にいたあかしだろう。首の片側にタトゥーがあり、なにかのシンボルのようだが、ザックにはわからない。肩を怒らせたその歩き方に、好戦的な気質が表れていた。

男のほうもザックを値踏みしている。「ハイキングですか？」

「そんなところだ」ザックは男がのぞき込んでいた窓に視線をやった。「なにをしてた？」

男はさらに近づいてきて、右手を差しだした。「デイブ・モリス保安官助手です」

ザックはその手を握った。

保安官助手がにやりとする。「もちろん、あなたのことは存じあげてます」

ザックは顎を小さくしゃくって返事の代わりにした。

「こちらに住んでしばらくになりますね」

「三年だ」

「一度もお目にかかる機会がなかったとは奇妙です」

「奇妙でもなんでもない」ザックは言った。「町にはめったに出ない」

「ええ、ですが自分もいつも町にいるわけじゃないんで。町を出て、そこらじゅうをまわってます」保安官助手は手を大きく広げてみせた。「あなたは人を寄せつけないと聞いてます。人づきあいがお嫌いとか」

「誰から聞いた？」

彼は返事をせず、西のほうを見た。太陽が川の向こうにある山の峰に沈みつつあり、ザックの家屋にその影を投げかけている。

モリスはこちらに向きなおると、ベルトを引っ張りあげた。保安官事務所の武器庫にあったものを手当たりしだいにくっつけてきたようなありさまだ。このしぐさが来訪の目的を告げる前触れなのだろう、とザックは思った。

「ミスター・ブリジャー、東側の連中が──」

「東側の斜面にはもう住民はいない。グリーンリッジ社がみな追っぱらってしまった」

「自分の言う連中とは、グリーンリッジ社の連中です」

もちろんそんなことは先刻承知だが、ザックは言った。「ああ、それは失礼した」

「あの、なんと言ったらいいか、彼らの敷地内で破壊工作が行われましてね」

「破壊工作」

「現段階ではさして実害はないんですが、不快だし、たび重なると、被害箇所の修理やら交換やら清掃やらに、お金がかかりましてね」

「どんな被害だ?」

「会社の標識が取り外されたり、傷つけられたり。建設中の建物の窓が割られたこともあります。きのうの夜は掘削機にスプレー缶で下品なメッセージが落書きされました」

保安官助手を見つめたまま、ザックは無言を通した。

「で、会社から自分に依頼がありましてね。こちらを訪ねて、似たような被害がないか、侵入者がないか、尋ねてもらいたいと」

「五分前までなかった」

モリスは友好的な態度をかなぐり捨てた。「自分は侵入者じゃないぞ」

「だったらのぞき魔だ」

「保安官事務所から来たんだ」

「だったら公務員だな」

「そうとも」

「だったら、つぎにうちをのぞきたいときは、家宅捜索令状を持参しろ。だが、あいにくスプレー缶は見つからないぞ、持ってないんでな。それと、おれが標識とか掘削機をやるんなら、グリーンリッジの連中に〝下品〟どころか卑猥そのもののメッセージを残してやる」

「あんたは感じが悪いとみんなが言ってる」

ザックは胸に手をあてた。「胸が痛むよ」モリスの脇をすり抜けてポーチの階段をのぼり、ロッキングチェアにあった帽子を持ちあげた。「忘れるなよ」フリスビーのようにモリスのほうに投げた。

まさにそのとき、見知った車が保安官助手の車の背後に現れた。

ザックは心のなかでうめいた。記録的に悲惨な日になりそうだ。

7

保安官事務所の人間がここでなにをしているの？　ケイトには想像がつかなかった。ご機嫌うかがい、それとも公的な訪問？　車から降り、石の柱のあいだを抜けて庭に入った。いや、こんなご機嫌うかがいはありえない。男ふたりのあいだには見て取れるほどの緊迫感がみなぎっていた。ケイトは笑顔をこしらえた。「こんにちは。あなたたち、お知り合いだったの？　お邪魔かしら？」

ザックは暗くなりつつあるポーチに立ち、無言で敵意を放っていた。ところが、対する保安官助手のほうは、笑顔でぶらっと近づいてくる。「やあ、ケイト」

「こんにちは、デイブ」

「きょうはどんな用事でここへ？」

「ミスター・ブリジャーにお話があって」

「そうなのか？」

「ええ」

彼女が用件を明かすつもりがないとわかると、保安官助手は言った。「マスはどうだった？」

「すばらしかった！　あなたの言ったとおりね、完璧な焼き具合だったわ」

「よかった」

「教えてくれてありがとう」

「なあに」

いまだひとこともしゃべらないザックが、腹立たしくも気になるけれど、これまでの態度からして意外ではない。ケイトは保安官助手に笑顔を向けつづけた。彼のことは町に来た直後に紹介された。事務所の内外でちょくちょく顔をあわせているうちに、ファーストネームで呼びあうようになった。

彼は言った。「ジップライン（自然のなかに架けられたワイヤーロープを滑車ですべるアクティビティ）はやってみたか？」

「まだ勇気が出なくて」

「たいしたことじゃない。こんどちょっとしたコツを教えるよ」

ケイトは彼の期待に応じて笑い声をあげた。

「ただし、急ぐ必要がある」保安官助手は続けた。「施設はハロウィーンには閉じて、イースターまで開かない。スケジュールを確認して都合のいい日を知らせてくれ」

ケイトはポーチにちらっと視線を投げた。「ありがとう、そうする」

彼は帽子をかぶり、つばに触れた。「じゃあ、近いうちに。道に気をつけろよ。土地勘がないと迷うことがある。霧に霧につかまらないように」

「覚えておくわ」

保安官助手は背後をちらりと見る。「じゃあ、ブリジャー」

「ああ、また」ザックはいっさいその気を感じさせない口ぶりで言った。

ケイトはザックに声をかけた。「すぐ行くわ。車から書類を持ってこないと」

保安官助手といっしょに停めてある車のほうへ歩いた。保安官助手が言った。「勤務時間外じゃないのか？」

「きょうは一日忙しかったの。仕事が終わらなくって」

「ブリジャーにはどんな用件で？」

ケイトは笑顔を保ったまま、きっぱり言った。「部外秘なのよ」

保安官助手はすんなり受け入れつつも、言った。「あいつには用心しろよ。不快なやつだからな」

「彼はこれまでに不快な経験をしてきてるから」

保安官助手は軽蔑をあらわに鼻を鳴らした。「スーパーボウルのMVP相手じゃ、同情するのもむずかしいがな」返事を期待するように彼女を見おろすが、反応がないとわかると、言った。「ま、べつにどうでもいいが。じゃあな、ケイト」

「さよなら」

保安官助手はさらに歩いてトラックに乗り込み、軽く手を振って、走り去った。ケイトは自分の車の助手席側のドアを開けたが、取りだしたのは書類ではなかった。

芝生に埋め込まれた石板の小径がポーチへと続いている。それをたどって階段の下まで行き、ワインボトルの首を持って掲げた。「これを持ってきたの」

「なんのために?」

「飲むためだけど」

「聞いてないのか?　おれは大酒飲みなんだぞ」

「だったら、ワインはわたしが飲んで、あなたは陰気なまま喧嘩腰《けんかごし》でいればいいわ。いずれにせよ、話はしなくちゃならないけど」

「話ならすんだ」

「はじまったばかりよ」

「だとしても、待ってもら——」

「いいえ、待てない。実際、時間がないの」

「なんの?」

「エバン・クラークには逃亡の恐れがある」可能性はさほど高くないにしろ、うそではない。「やつは釈放された。無条件で。本人がその気になったら、どこへでも飛べる」

「そのとおりよ」

「だったら、なにを——」

「日が落ちて寒くなってきたんだけど」ケイトはもう一度、ボトルを掲げた。「家に入れてもらえないかしら?」

十秒ほど間があった。彼はなにかしらとげとげしい言葉をつぶやくと、玄関のドアに向かい、ドアの横に取りつけられているキーパッドに暗証番号を打ち込んだ。ロックが解除される音がする。彼は大きなドアを押し開けて、ケイトを手招きした。

明かりはついていなかったが、彼が壁のスイッチを押すと、だだっ広い部屋のあちこちで照明器具が明るくともった。「すごい」思わず声が漏れた。「なんて豪華なの」

「どうも」

ケイトは何歩か進み、その場でゆっくりと三百六十度回転した。壁は割った丸太を積みあげ、クリーム色の漆喰《しっくい》で塗り固めてある。右手の壁には巨大な暖炉、左手の壁には幅の広い開放的な階段が取りつけられている。

そのあいだに広がる堅木張りの床に敷かれたさまざまな色と模様のラグが島のようだ。真正面には一面が窓になった二階分の高さの壁があり、窓の向こうには、小渓谷と滝からなる壮麗な景色が広がっている。二階は部屋を三方から囲む形で回廊のしつらえになっていた。

ぐるりと回転して彼に顔を戻すと、ケイトは言った。「正直に言って、びっくりしてる。それに壮観だわ」

「どんな家だと思ってた？」

「すてきだろうとは思っていたけど、建築雑誌に載るような家は想像してなくて。あなたが設計したの？」

「基本的なコンセプトはおれが出して、それを建築家に託した」

「みごとに実現されているわね。なによりすばらしいのは、あなたらしいってこと」

彼の眉が持ちあがる。「どんなふうに？」

「そうねえ……」

ケイトが言いたいのは、彼のような人にこの家ほどしっくりくる場所があるとは思えないということだった。彼の長めの襟足がのぞくキャップはお気に入りにちがいなく、長く愛用してきた雰囲気がある。Tシャツも年代物。フランネルのシャツを袖で腰にしばりつけている。アーミーグリーンのショートのカーゴパンツは洗いざらし。赤い靴紐《くつひも》のハイキングブーツからは厚手の靴下がのぞき、彼からは木々と樹脂と健やかな汗のにおいがした。

ザックが返事を待っていたので、ケイトは言葉を探して、口を開いた。「そうね、スケールの大きさでしょうね」

「なるほど」彼はうなずいた。「二メートル近い人間を想定して建てられた建物は少ない」

ケイトは声をたてて笑った。「わたしにはそれほど大きな人がどんな気分だか想像もつかないわ」

彼はケイトの体に上下に視線を走らせた。「だろうな。きみがここをうろついたら、迷子になるかもしれない」一拍、置く。「そしたら探し求めなきゃならなくなる」

からかっている口調ではなかった。言ったあとウインクもしなかった。冗談めかすふうもなく、その発言が重みを持った。わざとではないにしろ。

ふたりは同時に顔をそむけた。気まずい沈黙のあと、やはり同時にしゃべりだした。

「あなたたちは――」彼は手で彼女に発言をうながした。「モリス保安官助手となにをしゃべっていたのか、尋ねようとしてたの」

「まだ――」

「デイブか？」

こんどはからかうような口調だったが、ケイトは餌に食いつかず、ザックがさっきなにを言おうとしていたのか尋ねた。

「まだ寒いかどうか尋ねようとしてた。なんなら火を熾《おこ》すが」

ケイトは暖炉をちらりと見た。「たいへんな手間でなければ、そうしてもらえるとありがたいわ」

「手間じゃないさ。準備はできてる。あとは火をつけるだけだ。バーは向こう、コルク抜きは抽斗に入ってる」

彼は暖炉に近づきながら脱いだキャップをエンドテーブルに投げ、髪をくしゃくしゃっとかき乱した。腰に巻いていたフランネルのシャツをほどいて袖を通し、けれどボタンは留めなかった。炉格子を横に置いて膝をつき、巧みに積みあげられた薪の下にあるたきつけのたぐいにライターで火をつけた。

ケイトは壁のくぼみにしつらえられたバーに向かった。小さな冷蔵庫と製氷機がある。花崗岩《かこうがん》のカウンターの上部の、うっすらと明るんだガラス棚にグラスがずらりとならんでいた。

ハイボールグラスとワイングラスが四つずつ。専用の棚にバーボンのボトルが一本きり、淡い照明を透かし深い色合いを帯びていた。

ザックが近づいてくる音がしたので、急いで抽斗を開け、コルク抜きを取りだした。

「おれがやろう」彼が隣にならんだ。

「自分でできるわ」

「できるのはわかってる」彼はボトルとコルク抜きをケイトから取りあげて、手早く栓を抜いた。ワイングラスをひとつおろし、ピノノワールをたっぷり注いで、それをケイトに手渡しながら言った。「きみの好みは白ワインだと思ってた」

「どうして？」

「さあね。なんとなく。髪の色が明るいからかもしれない」

ふたりの目があったが、何秒かすると、ケイトは目をそらしてバーボンのボトルを見た。

「大酒飲みのために高級ウイスキーをストックしてあるのね」

彼の口角の片方が持ちあがる。「飲んだくれてだらしなく過ごすのはやめたが、ウイスキーをちびちびやるのはやめられない」ハイボールグラスのひとつに手を伸ばし、バーボンをツーフィンガー注いだ。「特別なときには、飲んでいいことにしてる」

「たとえばどんな？」

「そのシーズンではじめて暖炉を使った日とか」

「そう」

ふたりは暖炉のそばに移動した。ついたばかりの炎が煌めきを放っている。彼は手振りでケイトに暖炉と向かいあわせに置かれたソファを勧め、自分はソファの近くの、暖炉からは斜めの位置に置かれた椅子に腰かけた。いや、身を投げだすように座った。

ケイトは言った。「それがお気に入りの椅子みたいね」

「秋と冬のあいだは」

「春と夏は？」

「ポーチのロッキングチェアだ」

「バーカラウンジャーじゃなくて？」高級なリクライニングチェアのことだ。

「いや、当然それもある。上のテレビを観る部屋には」

ふたりで笑みを交わして、グラスの酒を飲んだ。「質問に答えてくれていないわ。あなたとモリス保安官助手のこと。過去になにかあったの？」

「いいや、さっきはじめて会った。お互い虫が好かなかった」

「みたいね。なにがあったの？」

彼は答えずに質問した。「あいつがマスを薦めた？　それを聞いておれが意外に感じてないのはなぜだ？」

「マスのなにがいけないの？」

「泳ぐこと」

ケイトは笑った。「地元のレストランでばったり会ったの。お店に入ろうとしたら、彼が出てくるところだった」

「仲良しみたいだな」

「仲良しっていうのではないけど」

「仲良し以上ってことか？　なにかが進展する兆しがあるとか？」

ケイトはワイングラスに向かってぼそぼそ言った。「まさか、よしてよ」

「やつのアプローチはうまくいかなかったってわけだ」

正直なところ、ケイト本人は望んでも歓迎してもいない関心をデイブ・モリスから寄せられていた。彼の浮ついた態度には胸が躍るどころか、うんざりだ。だが、自分のことをまだファーストネームで呼んでもくれない男にそこまで打ち明ける気にはなれない。

彼は言った。「モリスはきのうのきみと同じことをした」

「わたしがきのうなにをしたの？」

「きみはここへ来て、こう尋ねた。〝ミスター・ブリジャー、ザッカリー・ブリジャーですか？〟と。おれが誰だか知らないように。知らなかったら、どうしてその自宅まで来るんだ？」

「ほんとね。謝るわ。心から。もちろん、わたしはあなたを知っていた」

「だったら、なぜ知らないふりをした？」

「緊張していたから」

「緊張？　きみがか？」笑いを漏らす。「そんなことは思いもよらなかった」

「そう、よかった。自信ありげに見えたってことだから」

「なんで緊張してた?」

「あたりまえでしょう、ザック・ブリジャーなのよ」

「それは」彼は悲しそうに言った。「過去の話だ」

「それでも感激するものなの」

彼は無造作に片方の肩をすくめた。「そういう人もなかにはいる」

ケイトはワインをひと口飲んで、グラスのへり越しに彼を見た。「わたしのルームメイトはあなたのポスターをベッドの上に貼っていたわ」

彼がうめいた。「あれか。チャリティだった。がんの研究資金を集めるため、啓発活動用にリーグが販売したんだ」

「そして実際、評判になった」ケイトは笑いながら言った。ポスターの彼はジーンズを腰まで落としてはいた上半身裸の姿で、女性なら誰しも独り占めしたくなる〝勇気があるならこちらへおいで〟というような笑みを浮かべていた。「破壊的なかっこよさだったもの」

彼がたじろいだ。「話題を変えないか? こんなことを言うとはわれながら信じられないが、頼りになるモリス保安官助手の話のほうがまだましだ」

「わたしが来たとき、あなたたちふたりは牡牛《おうし》が地面をひっかきあってるみたいだった」

「山歩きから戻ったら、やつがポーチで目元に手をあてて表の窓からなかをのぞいてた」彼は手で表側の窓を示した。

「なんのために？」

「おれもそれを知りたかった」彼は保安官助手がやってきた理由を説明した。

「まさかあなたがそんなこと……？」

彼はケイトをにらんだ。「よしてくれ、おれが掘削機にむかつくいたずら書きをすると思うか？　森のなかにゴルフコースを造ったり、山の斜面にマンションを積みあげたりしてるやつらだぞ。おれ以外にだって苦々しく思ってる連中はいるさ」

「こちら側の斜面も開発したがっているの？」

「地獄が氷におおわれたって、許可しないが」

彼はコーヒーテーブルにグラスを置いて立ちあがり、心地よい音をたてて燃えている暖炉を見つめた。彼が火かき棒で薪をつつくと、火の粉が煙突をのぼり、かき立てられた新たな炎が茶色の髪に赤銅と黄金の色合いを添える。ケイトはさっき話題になったポスターでなにより魅《ひ》かれたのが、彼の体の中央に流れるように生えていた体毛であったことを思いだした。

ワインをひと口、さらにもうひと口飲んで、咳払いをした。「きょうの株式市場はどうだった？」

「上下はあったが、終値はよかった」彼は椅子に戻ってクッションのきいたビロードの背もたれに体を預け、ケイトに鋭い目を向けた。「それを尋ねるために終業後わざわざここまで来たのか？　株価なら携帯で確認できるぞ」

「見透かされてるみたいね」ケイトは前かがみになってワイングラスをコーヒーテーブルの

彼のグラスの隣に置いた。すきっ腹に飲むんじゃなかった。空っぽの胃が熱くなっている。とはいえ、軽く動揺しているのはワインのせいばかりではない。

ケイトはしばらく迷った。どう話を進めたらいいか考えてみたが、楽な道などないと腹をくくった。だとしても、唐突に突っ込むのではなく、慎重に進めなければならない。

「〝一年一日〟という言葉を聞いたことはある?」

「いや」

「これは判例法で何世紀にもわたって受け継がれてきた司法基準だったんだけど、時代が下るにつれて採用されなくなっていて、それでも場所や場合によっては限定的に使われる――」

「手短に頼む」

「わかった」ケイトは考えてきた説明を持ちだした。「一八八〇年代に銀行強盗があったとするわよ。強盗は威嚇のため適当に発砲して、その一発が窓口係にあたった。窓口係は重傷を負ったけれど、命は助かった」

「映画で観たような場面だな」

ケイトはかまわず続けた。「犯人は加重暴行罪に問われ、有罪判決を受けて、五年の懲役刑を課せられた」

「ここまではいいぞ」

「窓口係は命を落としかけるほどのケガから完全には回復しなかった。感染症と合併症をくり返すうちに感染した臓器の機能が落ちて、行為能力はさらに失われた」

ザックがしだいに背を起こして、ケイトのほうに身を乗りだしてきた。「その話はどこに向かってる？　あまりいい結末にはならなそうだが」

「もうしばらく我慢して。まずは前提を話さないとならないの。今朝のあなたがレベッカとの結婚生活を語ったのと同じよ。状況を明らかにしたいと言っていたわよね」

彼は眉をひそめた。「わかった。続けてくれ」

「もし銀行の窓口係の体調が悪化して、強盗事件から一年以内に亡くなったら、故殺罪、いえ謀殺罪にも問える可能性があった。でももし窓口係が事件から一年と一日生きたら、犯人にはその死の責任がないとされ、その罪に問うことはできなかった」

「一日でちがうのか？　正義もクソもあったもんじゃないな」

「それが理由で判例法は採用されなくなったの。医療の発達によって以前なら亡くなっていたケガでも生き延びられるようになったから。暴力犯罪の被害者のなかには、何年か生きた末に亡くなるケースもある。

加害者は、それより軽微な犯罪で有罪になっているにしろいないにしろ、被害者が亡くなれば故殺罪ないしは謀殺罪に問われうる。犯行時に負った傷が致命傷になったと証明できればね。こうしたケースの多くは最高裁まで争われて、判例となっているわ」

そこまでの発言を咀嚼《そしゃく》したうえで、ザックが尋ねた。「それがエバン・クラークにどう関係するんだ？」

「彼はレベッカの命を危険にさらす行為を行った。使ったのは手だけど、手は肉体を傷つけられるし、死を招くこともある。つまり、武器よ。彼は起訴されて、裁判にかけられ、加重暴行という重罪で有罪判決を受けた。

ところが、再審を担当した判事は、クラークにはレベッカを傷つける〝意図〟がなかったから、ただの暴行罪とみなしたの。これは軽罪よ。軽罪は懲役一年未満とされていて、クラークはすでに二十六カ月服役していた。それで……」ケイトは肩をすくめた。

「あんなやつに公道を歩かせるとは、なんてでたらめな法制度なんだ?」

「そうね、それは不快かもしれないけれど」ケイトは言った。「わたしたちには法制度があって、それを使ってエバン・クラークにしかるべき罰を受けさせることもできる。終身刑がふさわしいとわたしは思うけど」

「同感だ。だが、同一犯罪で再度、裁判を受けさせるのは二重危険として禁じられている」

ケイトはひとつ深呼吸してから、静かな声で言った。「謀殺罪で起訴して裁判にかけられれば、その規定は適用されないわ」

「謀殺罪で起訴することはできない。レベッカはまだ——」

ザックの声が途絶えた。彼が雷に打たれたかのように理解した証拠だった。

自分が同情していることが彼に伝わること、それが声に表れることを願いつつ、ケイトは言った。「レベッカが生きているかぎり、エバン・クラークを司法の場に引きずりだすことはできないの」

8

エバンは父とアプトンへの義務感から三人でのハッピーアワーに耐えたものの、その実、さっさと逃げだしたくてうずうずしていた。

罪のないうそをついた。本当は友人が計画してくれたのではない。自分で計画したのだ。どうしてもと言って、カルとテオを誘った。「断ることは許さない」

せっかくの機会なので、レストランは三人が好きだった店の一軒を選んだ。バックヘッドの中心街にある、客を選ぶ高級店で、流行に敏感な人間たちが集まってくる。

エバンが新車で近づくと、恐れをなした駐車係がひさしのあるエントランスに近いＶＩＰスペースに誘導してくれる。ああ、人にこびへつらわれる、この快感。この感覚がどれほど恋しかったか！　自分の〝犯罪〟のいわゆる〝被害者〟とされる女がザック・ブリジャーの元妻だったために、リーズビルの刑務所ではブリジャー・ファンから敬意を持った扱いを受けられず、しかも看守から囚人までほぼすべての人がブリジャーのファンだった。

だが、自由の身となったエバン・クラークはこれからパーティに参加しようとしている。そのことを世界じゅうに大声で触れまわりたかった。

ところがレストランに一歩足を踏み入れるや、圧倒されるほどの打撃を受けた。しばらく来なかったうちに、店が変質していたのだ。なにが原因で雰囲気がちがって感じるのかわからなかった。

いや、わかる。この店にはもはや雰囲気などない。息の根を止められたかのようだ。ホステスは黒髪の美女だった。ミニ丈のタイトな黒いドレスをまとい、胸の谷間をたっぷり見せていた。だがエバンがぶらっと近づいても目を輝かせず、彼の名を尋ねて、リストに書き込んだ。そう、リストに！

以前のバーテンダーは完璧なダーティ・マティーニを作り、おもしろいダーティ・ジョークを飛ばすやつだったのに、それも、味も素っ気もない機械人間にすげ替えられていた。こんどのバーテンダーはろくに話をせず、その男が作ったマティーニには心地よい刺激が欠けていた。

エバンは憂鬱になってきた。

そこへカルとテオがやってきた。ホステスはふたりを見て、けだるそうにバーを指さした。エバンはスツールからおり、両腕を開いてふたりを迎えた。「やっと来たか！　やけに遅かったな」

まずテオを引きよせて男同士のハグを交わし、背中を何回か叩いてから、腕を伸ばして体を離した。「髪をどこへやった？」

「クソったれ」

エバンは笑いながらカルを見た。「来いよ、ほら」カルのことも同じようにハグしてから、体を離した。「ちがうと言ってくれ。結婚したのか？　家庭を持った？」

「そうだ」

「おまえが望んで？」

「彼女に断られるのが怖かった」

「結婚生活はどうだ？」

「過去最高に幸せだ」

エバンはテオのほうを向き、口をへの字に曲げたまましゃべった。「こいつ、なにを言いだすんだ？」

テオがくすくす笑い、カルはほほ笑んだが、そのあとたあいないけなし言葉を返してくるかと思いきや、そうはならなかった。

ホステスが近づいてきた。「テーブルの準備が整いました、サー」

サーだと？　おれをいくつだと思ってる？

ホステスに導かれ、半円状のブース席にエバンを真ん中にして腰かけた。酒が運ばれると早期釈放を祝って乾杯した。だが、大皿に盛られた生牡蠣《なまがき》を食べ終わるころには、疑問が渦巻いていた。おれの遊び仲間はどこに行った？　この退屈な代役ふたりは何者だ？

エバンが思うに、しらけた雰囲気の責任の大半はカルにあった。結婚生活と一夫一婦制をめぐる議論をするなら、むかしのカルといまのこのおもしろみのない保守の権化みたいなやつをくらべてみるがいい。カルの陽気さやユーモアはすべて結婚生活によって奪い去られてしまった。

むかしのカル・パーソンズは絶対に誘いを断らなかった。どんなことでも、なにに対してでも、挑戦する気概があった。背が高くて四肢が長く、髪はブロンド。それらしい顔で笑いかけるだけで、女たちはパンティを脱いだ。とにかく女にもてることで、ジョージア大学友愛会《フラタニティ》では羨望の目を向けられていた。

そんなカルを誰よりも羨んでいたのがエバン・クラークだ。

そのカルが、どんな名前だか知らないが、妻によって抜け殻にされた。退屈きわまりない男にされてしまった。

テオ・シンプソンはもともと控えめで、勉強好きだった。エバンやカルのような大胆さはなく、ふたりの悪い影響のおかげで絶望的な本の虫にならずにすんでいた。ふたりに引っ張られたり、つつかれたりしていたあいだは、いくらか内気な自分を脱ぎ捨てていたが、いまはまた元の用心深い男に逆戻りしてしまったようだ。

テオは彼の特徴であるゆがんだ笑みを浮かべながら、エバンが大げさに語る〝動物園〟のなかの日々と、そこで出会った〝いまだ進化途上の種〟の話に熱心に耳を傾けていた。

そしてここぞという箇所で笑ったものの、その声の奥には生来の慎重さがあり、自分の軽薄さを認めてもらおうとするように、ちょくちょくカルのようすをうかがった。それがしだいにエバンの気に障ってきた。三人はジョージア大学に入った直後の、友愛会による新入生勧誘期間に仲良くなり、以来、三人を率いてきたのはエバンだったからだ。

　もちろん、リーダーの役割をまっとうするため、勘定はつねにエバンが持ってきた。

　三人はステーキとロブスターのコンボを食べ終えると、デザートを注文した。「チョコレートムースといっしょにルイ十三世のブランデーでもどうだ？」

「おれはいい」カルが言った。

「そう言うなよ。おれのおごりだ」

　カルは首を振った。「ありがとう、エバン、だが家まで車を運転しなきゃならない」

　エバンは高笑いした。「おまえはしらふより酔ってたほうが運転がうまい」

　カルは笑顔を作ったが、顔が引きつっている。「腕が落ちた」

　エバンは天を仰いだ。「なんだよ、まったく」テオに言った。「おまえは断らないよな、そうとも」

「ぼくもやめておくよ。きみは飲んだらいい」

　注文できるだけの財力があり、機械仕掛けのようなバーテンダーに金払いのいい客だと思わせたいという理由で、コニャックを注文した。

　ホステスは儀式でも執り行っているかのように、銀のトレイにのせたグラスをうやうやしくテーブルに運んできた。「お飲みになるのはあなたですか、ミスター・クラーク？」

「ああ。ただし、エバンと呼んでくれ」

　ホステスは笑顔で彼の前にブランデーグラスを置いた。「どうぞお楽しみください」

彼女が立ち去ると、エバンは言った。「彼女がひざまずいてくれたら楽しめるんだが。おまえたちもそう思うだろ？　百ドルでくわえてもらえるかな？」

「シーッ、エバン。頼むから」

そう言ったのはテオで、おどおどとあたりを見まわしている。カルは無言のままうつむいてテーブルクロスを凝視し、指先で生地の織り目をたどっていた。

エバンはブースの背もたれに体を押しつけた。「おまえたちふたりともなんなんだよ？」答えを求めてまずテオを見ると、テーブルの下で貧乏揺すりをしている。「で？」

テオは言った。「あんなことがあったんだから、きみがそんなことを言っているのを誰かに聞かれたら外聞が悪いだろ」

「なんだよ、クソったれ」

カルはテーブルクロスから顔を上げて、エバンをにらんだ。「よしてくれ、おれたちのために。おれとテオの。おまえは釈放された。だが、おれたちはまだ執行猶予が一年残ってるんだ」

エバンはふたりに視線を向けた。「そうか、わかったぞ。おれが制度を打ち負かしたんで、嫉妬してるんだな」

カルがじっとして動かないまま長い時間が過ぎた。と、彼は膝のナプキンをつかんでテーブルに置いた。「おまえは制度を打ち負かしたんじゃない、エバン。金で自由を買ったんだ」椅子を引いて、立ちあがる。「ごちそうになったな、ありがとう」

それだけ言うと、ふたりを置いて立ち去った。

エバンは顔がかっと熱くなるのを感じた。ゲストに置いてけぼりを食ったとまどいではなく、怒りのせいだった。コニャックを安酒のようにあおった。

グラスを叩きつけるようにテーブルに戻した。「おれがカンクンのパーティで大盤ぶるまいしてやったときには文句をつけなかったじゃないか。おれの買ったヤクを使い、おれの買ったアルコールをがぶ飲みし、おれの買った女の子たちとやりまくってた」

「あいつはそんなつもり――」

「そうだろうとも。それと、その貧乏揺すりをやめろ。気が散ってしょうがない」

テーブルの下でテオの脚が止まった。下唇を噛みながらチョコレートムースの飾りになっていたイチゴのへたをいじっていたが、ようやく勇気をふるい起こした。テオはそうでもしないと人に反論できないのだ。たとえホットドッグはコールスローとチリのどちらがうまいかといった、ささやかな話題でもだ。

「こういうことなんだよ、エバン」

エバンは両手を天に掲げて叫んだ。「ハレルヤ！　どういうことか聞かせてもらおうじゃないか」

なおも煮えきらない態度のテオを前にして、エバンは平手打ちして目を覚まさせたくなった。ついにテオがしゃべりだした。「つまりね、以前と同じようにはいかないってことさ。ぼくたちはばか騒ぎをしてきた。でも、それが手に負えなくなって……そのせいであんなことになった。大事件にね。あのときの一件、あれは警鐘なんだ」

「たんなる小休止の合図だ」

テオは首を振った。「あれでなにもかも永遠に変わった」

「おれは変わってないぞ」

「そうか、でもカルとぼくは変わった。とくにカルは。ぼくはもともときみたちほど騒いでなかったけど、カルには悔やまなければならないことがうんとある」テオはホステスの持ち場を見た。若い女はそこに戻って、つっ立っている。「カルはもう女をものにしようなんて思ってないんだ」

エバンは両手でハートを作った。「結婚したから」

「そう、そうだよ、夢中だよ。カルはメリンダを愛してるし、彼女はカルをあがめてる」

「そうでない女なんかいるか？」

「いいや」テオは苦笑いした。「カルはメリンダに出会って、真剣になると、過去を黙っていられなくなった。ぼくたちがしでかした悪事を洗いざらい打ち明けて、それでも彼女はカルを愛した」声を落として、言い足す。「レベッカ・プラットのことを知ってなお、愛してくれたんだ。女の人がそれを受け入れて許すのは、並大抵のことじゃない」

テオはふたたびイチゴのへたを手に取ると、なぜそれが自分の手のなかにあるのか不思議がるように見て、皿に落とした。「それにもしカルがそこまで奥さんに夢中じゃなくても、あと一年は清く正しく暮らすしかないんだ、エバン。じゃないと刑務所に叩き込まれる。ぼくだってそうだ」

エバンは釘《くぎ》をねじ込むように、人さし指をテーブルに突き立てた。「実際にぶち込まれたのはおれだってことを忘れるな」

テオはまれに見る大胆さを発揮して、言い放った。「そりゃそうさ、実際にやったのはきみだもの」

レベッカが生きているかぎり、エバン・クラークを司法の場に引きずりだすことはできないの。

9

ケイトの発言の余波が形を伴ってそこにあるようだった。小声だったにもかかわらず衝撃は強く、吐き気をもたらすような言外の意味が伝わってくる。

おのずとザックも強い調子で拒否した。「おれはそんなことはしない」椅子を離れて玄関に行き、ドアを引き開けた。

「ザック――」

「わざわざこんなところまで来たのに、むだ足になったな」

「お願いだから――」

「ワインは持って帰ってくれ」

ドアを開けたまま階段に向かい、ふり返ることなく二階にのぼって、回廊を通って寝室へ向かった。なかに入り、ドアを閉める。

ドアを背にして立ち、両手首の付け根で目をおおうように押さえて、一定のリズムでドアに後頭部を打ちつけた。「なんてことだ」

〝レベッカが生きているかぎり〟という言葉が幾度も頭をよぎる。ケイト・レノンはそれをあてつけのように言ったわけではない。ザックの頭のなかの小悪魔がむちゃくちゃな節をつけてくり返し歌っているのだ。

何分かすると、ドアを押して離れ、バスルームに入った。山歩き用のウェアを脱いでシャワーを浴びる。蛇口をいっぱいに開いて、降りそそぐ流水の真下に入り、仰向いて顔に水を受けた。

快適に日々を送れるようになるだけで、四年かかった。自宅と安定した経済基盤を持ち、体調は過去最高だ。もはやコーヒーショップに入っても、ファンやアンチに追いまわされない。完全に無名の人になることは無理でも、それに近い状態にはなった。

望んでやまなかった、レベッカの悲劇から距離を取るという願いは、おおむねかなった。それがいまになってこんなことになるとは。

だが、ザックは急に気づいた。予期せぬ変化があったからといって、なにも変わらない可能性もある。いままでどおりにして、この問題にはいっさい介入せずに成り行きに任せるのだ。おれはなんの手出しもしない。するものか。ケイト・レノンにもそんなことはしないとはっきり伝えた。

断固、拒否しよう。

考えが固まると、多少気分がよくなり、頭から足の先までをこすって洗った。スエットパンツとTシャツを着て、寝室を出た。見とおしのいい回廊から見るケイトの頭頂部は、銀色に輝く明かりのようだ。まだソファに腰かけたまま暖炉を見つめているが、玄関のドアは開いていないので、どこかのタイミングで立ちあがって閉めたのだろう。

ザックが裸足《はだし》で歩いているにもかかわらず、足音を聞きつけたケイトが顔を上げた。ザックは言った。「粘ってもむだだぞ」

「どういうこと?」

「きみがなにを言っても変わらない。帰ってくれ」

「あなたがむずかしい立場に立たされているのはわかっています」

ザックは苦々しい笑い声を放った。「わかるものか」

「だったら教えて、ザック。話してみて」

「おれの話はもう終わった。帰ってくれ」玄関のドアを指さして、キッチンに向かった。

明かりをつけてパントリーに入り、エナジーバーの箱をちぎり開けて、二本取りだした。パントリーを出ると、彼女がキッチンの入り口にいたが、驚きはしなかった。キッチンに近づいてくる足音が聞こえていたからだ。

だが、ザックは彼女が今朝はいていたハイヒールがいまはフラットシューズに替わっていることに気づいた。家に招き入れるときにやけに小さく見えたのは、そういうわけだったか。ソファに座っていたときも、ザックの近くに立ってワインが注がれるのを見ていたときも。そんなことに気づかなければよかった、とザックは思った。

エナジーバーの一本を掲げて尋ねた。「食べるか？」

「ありがとう、けっこうよ」

ザックは片方をアイランドテーブルに投げ、残る一方の包みをはいで口にくわえた。そのまま冷蔵庫まで移動し、オレンジジュースの瓶を取りだした。食器棚からグラスを出して、ジュースを注ぐ。

ふり返ると、彼女は移動して、これまでビング以外に使われたことのなかったカウンタースツールに腰かけていた。背筋を伸ばし、朝と同じスラックス姿だが、膝をきちんとそろえている。

ザックは彼女の向かいのスツールに腰かけ、エナジーバーを指さした。「気が変わったら」

彼女はさらりと聞き流して、本題に入った。「エバン・クラークを刑務所に戻して、その場に留めるには、それしかないのよ」

ザックはエナジーバーを齧《かじ》った。「フットボールの選手時代には、ぶ厚いルールブックを頭に入れなきゃならなかった」両手の間隔を十五センチほど空けてみせた。「記憶力はいいんだ。だが、この件については誤解してないかどうか確認させてもらう」ケイトを見据えた。「そのクラークとかいうウジ虫を謀殺罪でぶち込むために、おれにレベッカを殺す役回りを担えっていうことだよな」

ケイトが沈痛な表情になった。「そのまとめ方はあんまりよ」

「そうだ、それはあんまりだ」

「それに不公平でもある」

「それこそおれが言いたいことだ」花崗岩の上で両腕を組み、アイランドテーブルをはさんでケイトのほうに身を乗りだした。「きみはこの件にどうかかわってる？」

「わたしの名刺ぐらい見た？　裏に手書きした住所じゃなくて、浮き彫りになっている部分よ」

「アトランタの住所と郵便番号だな。ここの地区検事長事務所でなにをしてる？」

「便宜上、一時的に空きオフィスを貸してもらっていたの。いつもはジョージア州の検事総長のもとで働いているわ。州検事よ」

「ここはジョージアじゃない。こんなところでなにをしてる？」

ケイトが顔をしかめた。

ザックはくすくすと笑いだした。「なるほど、きみはむずかしい仕事が割り振られたわけだ。だが、その仕事もこれで終わりだ。荷物をまとめて、家に帰るがいい」

「あなたがクラークの釈放を苦々しく思っているのはわかっている」

「そりゃ苦々しいさ。クラークを刑務所に閉じ込めて、鍵を投げ捨てろと本気で言った」

「だったら、なぜ再審に行かなかったの？　じかに意見を言えるチャンスだったのに」

「行かなかった理由が聞きたいか？　教えてやるよ。おれが再審に出向いたら、お祭り騒ぎになったからだ。わかるだろ、ミズ・レノン。再審は下劣な騒ぎなしにはじまって終わった。世間の耳目を集めなかった。誰も気づかなかった」

「マスコミは来てたけど」

「そうか？　おれはテレビで観なかったぞ。スキャンダルと悲劇を生き血としてすするタブロイド紙の大騒動はなく、『ナショナル・エンクワイアラー』誌の表紙も飾らなかった」

ケイトは頬にかかっていた髪をかきあげた。「そうね。地元では報道されていたのよ。クラーク家はアトランタの名家だから。でも、あなたの言いたいことはわかった」

「どうも」ザックはスツールに座りなおして、エナジーバーを食べ終えた。その時間が流れを変えるきっかけになった。「それでよかったんだ。ダグにとっても、それ以外の人にとっても。おれがその場に近づかず、クラークの早期釈放に関しては文書で意見を伝えたほうが。おれがなにを書き、ダグがなにを言おうと、どのみち影響はなかったんだろう？　クラークは釈放されたんだから」

ケイトがため息をついた。「再審を行う前から結果は決まってたんだと思う。証明するのはむずかしいけど、シッド・クラークが判事を買収したか脅迫したか、おそらくはその両方だったんでしょう」

ザックはジュースを飲みきって、グラスをシンクに運んだ。「最低だな」ケイトに背中を向けてグラスを洗った。「反吐《へど》が出る。だが、おれはやらない」

手を拭いて、ふり返る。「あのな、レベッカってのは、写真を撮られてもいい状態じゃないと家を出ようとしない女だった。ジムに行くときでさえもだ。髪だメイクだアクセサリーだと、大騒ぎだった。あの事前指示書の〝悲惨〟な項目をことごとく消したときの彼女が、いまの屈辱的な状況を予見していたら、〝死んだほうがまし〟と言ったはずだ。だが、それがおれの思う彼女の願いだとしても、その願いをかなえるべく決断を下そうとすれば、ダグとまた一戦を交えることになる。彼にそんなことをさせたくない。メアリーを失ったばかりなら、なおさらだ。

それに、おれだってそんなことをしたくない。実際に具体的な日時を口にしなきゃならない個人的な苦痛もあるが、耐えがたいほどの非難が殺到するだろうし。二度めだぞ」

ザックは手で口と顎をおおい、足首のあたりで溜《た》まっているスエットパンツの裾を見おろした。「すまない」顔を上げて、ケイトを見た。「きみの問題意識はわかる。まっとうかつ正当なものだ。愚劣な金持ちに惨めな一生を送らせられるなら、これにまさる喜びはない。きみの成功を祈ってる」

「ええ、いずれはそうなるかもしれない」

「レベッカが自然に亡くなったときだな」

「ええ。でもわたしが恐れているのは、その〝いずれ〟が来るのが遅すぎることよ」

「時間切れになる理由は？」

「裁判所はエバン・クラークにパスポートを返したわ。謀殺罪で訴えられる可能性があると耳打ちされたら、父親のプライベートジェットでどこへでも飛べるってことよ。明日にはもう手の届かないところに逃げ去っているかもしれない。いえ、今夜こうして話しているあいだにも」ケイトは言葉を切って、声に滲《にじ》んでいた切迫感を抑えた。「それがあなたのところへ来た理由だった。もうひとつの選択肢を考慮してもらえるかもしれないと思って」

「すまない」ザックはいま一度言った。「やつを追い込めるかどうかが、レベッカの命を終わらせることにかかってるんだとしても、おれにはできない。おれはすでに一度、地獄を見た。二度はごめんだ」

彼女は片肘をアイランドテーブルについて、頬づえをついた。非難がましいところのない、どこか励ますような、説得力のあるまなざしをしている。そして、いまいましいことに、ザックはその目に背中を押されて話しだした。

「知ってのとおり、おれはダグとメアリーに任せて、身を引いた。これでおれの役目は終わったと思ったが、とんだ早とちりだった。レベッカとおれ、その嵐のような結婚生活と離婚が、ふたたび見出しになった。

当然マスコミは食らいついて放さなかった。それは予期していたことだ。しかし、ファンまでが近づいてきた。どこでなにをしてもつけまわされた。行儀がよすぎてその話題を持ちだせない友人までが、真相を知りたくてうずうずしていた。彼らの好奇心が手に取るようにわかった」

さっきから動きもしゃべりもせず、ただじっとザックを見守っていたケイトが、口を開いた。「ちょっとした被害妄想だった可能性はない？」

「ある。たぶんそうだったんだろう。だが肝心なのは、レベッカの置かれた状況が彼女ではなく、おれを縛るようになったことだ」

「そうね。気の毒だと思う」

「彼女にもいい迷惑だった。ともかく、キャンプのはじまりが待ち遠しかった。少なくとも集中すべき対象と訓練と日課ができる。つぎのシーズンがいい気分転換になると思いたかった。おれにとっても、みんなにとってもだ。ところが、キャンプ初日にはロッカールームで強烈なかわいがりがはじまって、すぐに耐えがたいまでになった。わかると思うが」

ケイトがうっすらほほ笑む。「よくわからないんだけど」

「ひどいもんだった。いやみ。侮蔑。あてこすり。なんでもありだ。なかにはこんなことを言うやつもいた。〝おれに元妻のプラグを引っこ抜くチャンスをくれたら、ひと息に息を止めてやるな。おっと、しゃれじゃないぞ〟」

「なんなのそれ、ひどすぎる」

「しかもそれを言ったのはチームメイトで、おれのことを好いてるやつらの冗談だった。対戦相手となるとさらに容赦がなかった。そういった言葉をフィールドで聞かされた。もちろん、おれの気をそらすための作戦で、おれはまんまとやられた。クソを投げつけられるようなもんだ。言葉は悪いが、そんな感じだった」

「気にしないで」

「きみはお堅いことを言わない」

ケイトはまた薄い笑みを浮かべた。「そうね」

「試合にも影響が出るようになって、ひと試合で二度インターセプトされた。そんなことはプロになってはじめてだった。試合後、おれはボールを受けるはずだった選手に食ってかかり、そいつらのせいにして責め立てた。それもプロになってはじめてのことだったし、いまもそのことを恥じてる。

シーズンなかば、おれは背中の筋を痛め、それから四試合は故障者リスト入りした。ふだんならかりかりするはずなのに、そのときは内心、ケガのことを執行猶予のように感じていた。控え選手はよくがんばったが、おれが加入してはじめてチームは負け越した。ファンは猛りくるい、スポーツライターはあら探しに走った。おれはヘッドオフィスから翌シーズンまでに態勢を立てなおせと厳命された。ただし無理はするなよ、とかクソ信じられないよな」

彼女は小声で笑った。「どこかでまたその言葉が出てくると思ってた」

「これでもう待たなくてよくなったな」ザックは首《こうべ》をめぐらせて、シンク上の窓から外を見た。「霧が出てきた」

「わたしならだいじょうぶ」

「デイブ保安官助手が霧での運転に気をつけろと言ってたぞ」

「ゆっくり行くわ」

ザックは顔を戻して、彼女を見た。「なんなら今夜はここに泊まったらどうだ」

10

ケイトは頬づえをつくのをやめて、アイランドテーブルに視線を落とした。

ザックは言った。「とくに条件はつけない」

彼女は顔を伏せたまま、黙っている。やっぱりお堅いタイプなのかもしれない、とザックは思った。あるいはほかに大切な人がいるか。自分と同じように彼女も自分に惹《ひ》かれていると感じたのは気のせいだったか。いずれにせよ、餌をつけた釣り糸は水に垂らしてある。彼女がそれに食いつくかどうか、興味を持って待った。

食いつかなかった。ようやくしゃべりだした彼女は、本題に戻った。「翌シーズンになると、あなたはもうスタメンのクォーターバックじゃなかった」

なぜ彼女はそれを知っている？　チームの動向を追っていたというわけではなく、たぶん予習をしてから、州境を越えてきたのだろう。いま一度、ザックの人生を地獄に叩き落とすだけの権力があって、そのつもりもあると伝えるために。

ザックはカウンタースツールに戻って、腰かけた。「そうだ。ドラフトでアラバマから選手を採ってきたんだ。おれにとってはこれがキャリア終了のはじまりとなった。そのシーズンはほぼベンチで過ごし、シーズンが終わると、チームはおれを手放した。そして誰も興味を示さなかった。三十三歳、二シーズン連続で活躍できなかったからだ」

「そのときネットワーク局から声がかかったのね」

「そうだ。もはや選手として出られなくなった試合の解説をさせるために。だがそのうちに、喧嘩腰にならずにはコメントができなくなった」

「酔っぱらって制御不能な時期に入ったのね」

「それが日曜夜のプレーオフで世間に明らかになった。ライバルチームとの試合で、スーパーボウルの名誉がかかり、たくさんの観客がいた。おれは酔ってセットに乗り込み、目の下のくまを消そうと奮闘してくれたメークアップアーティストをののしった。ろれつのまわらなさを目立たせまいとした音声係に暴言を吐いた。最初のコマーシャルまでのあいだにそれだけのことがあった」

　ザックは陰気に鼻を鳴らした。「おれはハーフタイム中にセットから放りだされた。それでおしまいだ。試合について話すこともできなくなった」

「恋しい？」

　彼女の質問に虚を衝かれた。「プレーすることがか？　ああ。小学校のときにはじめたから、プレーしてないときのほうが短かった。だからそうだ、フットボールが恋しい」

「名声は惜しくないの？」

「まったく」

「ほんとに？」ケイトは彼の腕にこぶしをあてた。「それまで大勢から愛され、あがめられてきたのよ」

「たしかに得をした部分はある」ザックはにやりとしたものの、それも一瞬だった。真顔に戻って言った。「正直なところ、すばらしいものだった。だが、その後名声は悪評に変わった。だからもういい、どちらも取り戻したいとは思わない」

「あなたの態度からそれがわかるわ」彼女は小声で言った。

ザックは彼女がここへ来た目的に応えられないことを謝りたくなっていた。彼女が求めているのは正義だが、ザックの決意がその追求を妨げている。けれど見えすいた謝罪など、かえって彼女を怒らせるだけだ。ザックは尋ねた。「それでこれからどうするつもりだ？」

「あなたが言ったとおり、荷物をまとめて帰るわ」

「きみをジップラインに連れていけないとわかったら、デイブのやつ、がっかりするかもな」

「百万年待ってもわたしをジップラインには連れていけない。高所恐怖症なの」

「それなのに山道をのぼっておれに会いにやってきた。しかも二度」

「取る価値のあるリスクよ」

「結果、きみの願いはかなわなかった」

「ええ。あなたの決意の固さは受け入れてるし、そのことで言いあうつもりもない」彼女の表情が一変した。ふいに閃《ひらめ》きを得たかのようだった。「でも、そうとも言いきれないかもしれない。あなたのメールアドレスは？」

「なぜ？」

「人がメールアドレスを尋ねるのはなんのため？　送りたいものがあるからよ。誰にも教えないと約束するから、わたしの携帯電話にアドレスを入力して。ソファに置いたバッグに入っているわ」スツールからすべりおりる。「わたしはもう行かないと」

「霧が深くなる前に」

「霧なんか怖くないけど」

ふたりはリビングエリアに戻った。暖炉の炎がおさまり、赤い熾火《おきび》になっている。ケイトがバッグから携帯電話を取りだし、それを手渡されたザックは、アドレスを入力して返した。

「いつメールが届く？」

「すぐに」

「ヒントをくれ」

「今夜のうちに」

「ちがう、メールの中身に関するヒントだ」

「読めば一目瞭然よ。読み終わったら電話して。わたしの携帯の番号は名刺に書いてある」

「おれの気が変わるのを期待するなよ。そこは変わらない」

「あなたのなかには葛藤がある。それを尊重するわ、ザック。ほんとよ。あなたにそれを信じてもらいたい」ケイトが右手を差しだす。

「信じるよ」ザックは彼女と握手した。「ケイト」

ケイトが口をつぐんだままほほ笑み、ザックも同じ笑みを返す。彼女が手を離したので、ザックは玄関まで送ってドアを開け、ポーチに出て天気を確認した。

「霧はたいして濃くないから、カーブで速度を落とせば問題ない」

ケイトはポーチの階段をおりきると立ち止まり、顔だけザックに向けた。「さっきのはうそだから」

「霧が怖くないって話か？」

「ベッドの上にポスターを貼っていたのは、ルームメイトじゃないの」

キャサリン・カートライト・レノンという女はひと筋縄ではいかない。最後に残していったひとことは、ザックを悩ませることが目的だ。だがおれがその罠《わな》にかかると思ったら、大まちがいだぞ。

気のあるそぶりで翻意をうながすつもりか？　だとしたらやり方が甘い。選手時代の取り巻きたちは刺激的な下着を投げてよこしたものだ。乳首のまわりに彼の名前のタトゥーを入れている女たちもいた。セクスティングという言葉ができる前から、卑猥な言葉や画像をメールで送りつけてきていた。

エゴに訴えて根負けさせる作戦も、ザックには効果がない。エゴなど数年前にちりと化したからだ。

それに、自分はたぶんあのくだらないポスターに十代の彼女が熱を上げていたという話を深読みしすぎている。彼女にとっても自分にとっても、そんな時代は遠いむかしだ。

夕食の材料を探そうと冷蔵庫のなかをあさり、デリで買ってきたスライス・ローストビーフを見つけた。ホースラディッシュをたっぷり入れてぶ厚いサンドイッチを作り、それとノートパソコンを持って暖炉前のお気に入りの椅子に移動した。暖炉に薪を足し、熾火をかき立てて火を熾すと、食事をするため椅子に戻った。

ノートパソコンを起動してメールソフトを開いた。もう彼女からメールが届いている。すぐにと言っていたが、まだ町にもたどり着いていない。帰る途中、車を道端に停めて送ったのだろう。そこまで重要なものとはなんだ？

メールの件名を読んだ。悪態とともに怒りに任せてノートパソコンを閉じた。

半分空になったワイングラスは、彼女がさっき置いた場所、コーヒーテーブルの上にある。グラスの縁には下唇の口紅の跡。見るなり妄想が燃えあがり、期待に性器が膨張した。期待してもむだだぞ。ザックは野蛮人なみの猛々しさでレアのローストビーフにかぶりついた。サンドイッチを平らげて両手のパン屑《くず》を払うと、再度ノートパソコンを開いた。メールの本文部分に一行だけ、添付文書の強調した部分のみを読めと指示する文章が記されている。

いやいやながら文書を開いた。

指定された箇所を――二度――読み終わるころには、暖炉の火はふたたび熾火になっていた。返信は送らず、画面が暗くなるまで見つめつづけた。

なんて女だ。

ノートパソコンを持つと、一階の明かりを消し、警報装置をセットして、階段をのぼった。バスルームに入り、さっきシャワーを浴びたときに脱ぎ捨てた衣類の山を引っかきまわした。カーゴパンツのポケットから携帯電話を取りだす。携帯電話を肌身離さず持っていた時代もあった。シャワーにも湯船にもベッドにも持ち込んだ。ケイマン諸島で電話に出る前のことだ。いまはどうしても必要と判断したとき以外は手放している。

携帯電話を手の内におさめて考え込んだ。だが、親指で画面に触れて連絡先を開き、電話をかけた。うんざりするメニューをつぎつぎにスキップし、ついに男性の声につながった。

「どういったご用件でしょう?」

「航空券を予約したい」

「オンラインで行えますよ、お客さま」

「わかってるが、オンラインで予約したくない。きみにお願いしたいんだ。頼むよ」

男がうんざりした調子で言う。「お名前は?」

「ザック・ブリジャー」

引き延ばされた沈黙のあとに、ざらついた笑い声が続く。「ふざけてるんですか?」

「いや」

「あのザック・ブリジャー?」

「VIPコードを持ってる」ザックはそれをすらすらと述べた。「まだ有効かどうかわからないが」万にひとつの奇跡で有効だった。

男は言った。「VIPだろうとなかろうと、あなたのお役に立てるとは光栄です、ミスター・ブリジャー。行き先はどちらでしょう?」

ザックは唾を呑み込むと、ひと息に悪態と祈りの両方を口にした。「ニューオーリンズ」

11

エバンは執拗《しつよう》なノックの音で目覚めた。「なんなんだよ！」横向きに転がって、片方の目を半分開く。「あとにしろ、フリーダ。なにもいらない」

父親がドアを開けて、頭だけをのぞかせた。「フリーダではないぞ」父は招かれてもいないのに、広い室内にぶらっと入ってきた。「フリーダから、今朝彼女と同じ時間だったと聞いたぞ。彼女は出勤、おまえはベッドにもぐり込むために帰宅。二階に上がってベッドに入るのに彼女の手を借りたとか。カルとテオから手荒い歓迎を受けたようだな」

エバンは仰向けになって伸びをし、枕を頭の下に敷いた。ベッドサイドテーブルの時計は午後の十二時四分を指している。口がからからに乾燥し、舌が口蓋に張りついている。シッドが息子の気持ちを汲《く》んだかのように、カラフェの水を注いでグラスを差しだした。エバンはいっきに飲みほした。「ありがとう、お父さん。フリーダに幸あれ」

ベッドに入れられるときフリーダに裸にされたが、とくになんとも思わなかった。エバンが誕生する前から両親のもとで家政婦を務めてきた女だ。その年齢たるや神のみぞ知るところだが、いまも小型機関車のように活発に動きまわっている。エバンの言うことならなんでも聞き入れ、エバンのことをときに〝ベイビー〟と呼んだりする。

シッドはベッドの端に腰かけて脚を組み、実際には存在しない糸クズをつまむしぐさをした。父がしばしば用いる先延ばしのテクニックのひとつだと、エバンにはわかっていた。父は尋ねた。「それで彼らはどうだった？」

彼ら？　ああ、カルとテオか。あのふたりとのディナーなど記憶から消してしまいたい。はじまりからしてぎこちなく、極めつきはエバンが実刑を食らったのは実際の行為者だから当然だというテオの発言だった。結局テオとは握手をして別れたが、そこに本物の友情はなかった。

それでレストランを出たあと、ひいきにしているドラッグの売人のもとへ走った。名字は知らない。〝シンプリー・サイモン〟の名で引きあわされたのは、エバンがまだヒゲも生えそろわない年ごろのことだった。以来、常連として彼を使っている。

父親をべつにすると、シンプリー・サイモンはアトランタでエバンに再会できたことを心から喜んでくれている唯一の人間ではないかと思われた。売人は、あちこちに金箔《きんぱく》を使った宮殿のような自宅に愛想よくエバンを招き入れた。邸宅じゅうに恍惚《こうこつ》の度合いに濃淡のある麻薬常用者がいて、また社会階層も、会社のＣＥＯからギャングまでとりどりだった。違法薬物の常用だけがここの人口を構成する者たちの共通点だった。

サイモンから刑務所に入る前の薬物耐性が戻るまではむちゃをするなと注意を受けたにもかかわらず、エバンはサイモンが提供している多種多様なブツを味わった。

サイモンは候補として女をふたり連れてきた。片方はクリーム色の肌、もう片方は深煎りのコーヒー豆色の肌をしていた。エバンはどちらかを選ぶのではなく、カフェラテにする、とサイモンに告げた。

若い女ふたりはその美貌、有能さ、奔放さにおいて甲乙つけがたく、また高価でもあったようだ。なぜならサイモンの邸宅を出たころには、父親に持たされた紙幣の束がなくなっていたからだ。

「ふたりは近ごろどうしてる？」

エバンは昨夜の三人プレイの記憶から自分を引き戻しながら、父が尋ねているふたりが娼《しよう》婦《ふ》のことではないのに気づいた。父はまだカルとテオの話をしている。

ふたりが近ごろどうしてたか、尋ねたっけ？　ふたりは語ったか？　できることなら、思いだしたいものだ。「カルは結婚した」エバンは言った。「信じられないだろ？　女ならよりどりみどりなのにそれを試しもしないで、あのばか、結婚しやがった。フリーダに頼んだらブラディマリーを持ってきてもらえるかな？」

「少し待ちなさい。話がある」

察していた返事だったが、エバンはだだをこねた。「あとじゃだめ？」

「だめだ。重要な話だ」

「わかった」エバンは上掛けをはねた。「ちょっと待って。トイレに行ってくる」

バスルームに入って用を足し、ウォッカのミニボトルをいっき飲みしてから、舌の上に歯磨きペーストをのせた。

「さあ、これでよし」ふたたび寝室に戻った。エバンはタンスからブリーフを出して身につけ、ベッドの端に腰かけて父親と向きあった。父は窓辺に置いた椅子に座っていた。

ブラインドに一箇所空いた隙間から入り込む正午過ぎの日射しがエバンの眼球を直撃して、頭蓋の奥に達した。父親の背後には明るい窓、頭部は逆光でシルエットと化している。この配置もまた、〝重要な〟話のあいだ優位に立つための戦略として、計算されたものであることをエバンは知っていた。

エバンは笑顔で言った。「で、お父さん、なに？　聞かせて」

「昨夜おまえが出かけたあと、アプから話があって、それが――」

「おじさんになにかあったの？」

「アプにか？　どうして？」

「あれじゃまるでぼくの知らない人だよ。年寄りくさくて、不機嫌で」アプトンのしかめ面をまねする。

「気がかりが多いからだ」

「気がかりが多いのはむかしからさ。おじさんは変わった」エバンは後ろに倒れて、肘で体を支えた。「ぼくの考えを言おうか？　ぼくに腹を立ててるんだ」

「ばかなことを言うな、エバン。アプはおまえを愛している。おまえの名づけ親なんだぞ」

「はいはい、あの〝事件〟があって、そう、ぼくが不当にも罪に問われたことを彼はそう言ったんだけど、ぼくが裁判にかけられたとき、彼はぼくの弁護士に表舞台を奪われて憤慨してた」

「あの弁護士を雇うにあたってはアプの推薦があった」

「ああ、だけど弁護を仕切ったのは彼だよ。ぼくは彼の助言を聞いた、アプのじゃなくて。アプは第二バイオリン担当だった」

「アプは法廷弁護士じゃないからな。刑事事件は扱わない」

エバンはくすくす笑った。「そうだね。法を犯罪的に運用することはしても」

シッドは乗ってこなかった。「弁護士協会関連の捜査ではなにも出てこなかったがな。それより、本題に戻ろう。アプから助言を受けた」

エバンは肩をすくめ、身振りで先をうながした。

それから数分、エバンは父親の話に耳を傾けた。アプから警告された、将来起こりうる法律上のごたごたについてだった。

父親が言葉を切ってひと息つくと、エバンは言った。「ほらね？　彼は暗い将来の預言者なんだよ。アプは二重危険禁止条項って聞いたことないのかな？　法科大学院に通った経験のないぼくだって、聞いたことがあるのに」

シッドはふたたび架空の糸クズをつまんだ。「アプはおまえが同じ犯罪で起訴されると言ってるんじゃないぞ、エバン。ある検事によって別の罪に問われる可能性があると言ってるんだ」

「別の罪?」

「同一事件に対する別の罪だ」

「たとえば?」

シッドは咳払いした。「よくて故殺罪、悪くすると謀殺罪」

エバンはむっつりと押し黙り、やがてがばっとベッドから立ちあがった。「ぼくは誰も殺してないぞ。誰ひとり死んでないんだ！　なんでそんなことを言ってぼくを苦しめるんだ？　ぼくのせいでもないことで、服役だってしたのに」

「そうだな、エバン。だが、アプの意見では――」

「アプの意見なんかどうでもいい。とうに盛りを過ぎた人間じゃないか。年寄りで、くたびれてて、しょぼくれてる。アプは――」

「座りなさい」

「――人生をむずかしくしてる。まるで――」

「座れと言っているんだ！」

「どなるなよ！」

ところが父はさらに声を張りあげた。「座って話を聞けと言っているんだ！」

むかっ腹を立てながらも、エバンはベッドの端にドスッと腰をおろした。

シッドは心を鎮めてから、ふだんの声で話を再開した。「おまえの名づけ親にして、信頼できる助言者は、その全人生において、あらゆる事柄に対し、わが家の利益のみを追求してくれた。その彼が目立つ行動を控えろと言っているんだ。後ろ指を指されないようにして、非難を招くようなことはいっさい避けろと。おまえはそのふるまいによって示さなければならない――」

「誰に対して？」

「誰と言わず、すべての人に対してだ。おまえは厳しい経験を通じて学んだことを示さなければならない――はめを外すことで、どんな目に遭いうるかを」

「彼女は死んでない」

「生きているとも言えない」シッドはすぐさま反論し、ここでまた深呼吸をして心を鎮めた。「アプから言われたことを、こんどはわたしがおまえに言おう。早期釈放をきっかけにして、ある検事が彼女の家族を説得して生命維持装置を外させようとする可能性がある」

「あの女の父親がそんなことするもんか。再審のときのあいつの話を聞いたよね？　娘のプラグは断じて抜かないと誓ってから、まだ三カ月もたってないんだよ。ぼろぼろ涙を流しながらさ」エバンは指で顔に線を描いた。「おいおい泣いちゃってたよね。娘の心臓が止まらないかぎり――」

「あの胸を締めつけられるような場面はわたしもよく覚えている。おまえに思いださせてもらうまでもないぞ、エバン」

「だったら、なんでそんなクズみたいな考えで頭をいっぱいにしてるの？」

「決めるのは父親じゃない。彼女の元夫だ」

「ああ、そうだね、ブリジャーだよ。でも、やつはもういない。手を引いた。ぼくの裁判にも再審にも来なかったから、どうでもいいんだろ。それに、やつは仕事面でもやらかして自滅したと聞いてるけど」

「アプが恐れているのは——」

「アプ、アプ、アプ。アプの話であっぷあっぷだよ」

「新たに検事がついた。アプは彼女がザック・ブリジャーに接触するのを恐れている」

「で、彼の決定をひっくり返すってこと？」

「そうだ、それがアプの案じていることだ。ブリジャーが説得に応じたら、そしてダグ・プラットの願いをむげにすることを選んだら……」シッドはお手上げのしぐさになった。

「維持装置のスイッチが切られて、彼女は死ぬ」エバンは裸の胸に手を置いた。「それをぼくのせいにすることはできない」

　父はまたもや存在しない糸クズをつまみ、かろうじて聞こえる程度の小声で言った。「起訴される可能性があるぞ、エバン。前例がないわけではないんだ」

　父親はアプトンから聞かされた法律上の複雑な事情を説明した。話を聞きながら、エバンは黙って怒りをつのらせた。父は話を終えると立ちあがり、近づいてきてエバンの肩をぐっとつかんだ。

「ハードルはたくさんあり、仮定も無数、道徳的にも法律的にも問題点が多い。そこからなにかが具体的に動きだすとは思えないが、おまえは危険性があることを知っておく必要があるし、望ましくない注目は避けるに越したことはない。ちょっとした慎重さがレベッカ・プラットという、なんというかな、汚点を消すことにおおいに役立つ」

「そうだね。わかった」

「わかってくれたか。というわけで、ふるまいには気をつけるんだぞ」シッドは息子の肩を叩いた。「夕食はうちで取るか?」

「ああ、そのつもりだよ」エバンは笑顔で父を見あげた。「そのあとビリヤードをしよう」

「よしきた」

部屋を出ようとしているシッドに、エバンは声をかけた。「彼女と言ってたよね?」

シッドがふり返った。「なんだ?」

「検事のこと。たしか彼女と?」

「そうだ。検事総長事務所の期待の星で、名をキャサリン・レノンという」

12

「あと何分かしたら、寝返りをさせる時間ですが、それまでどうぞ」ザックをレベッカの病室に案内した看護師が言った。

不安に喉を詰まらせて話せないままザックがうなずき返すと、看護師は彼を残して立ち去った。

暗くて静かな部屋だとばかり思っていた。死の床のイメージだ。ところが窓のシェードはすっかり上げられ、日射しに目を細めなければならないほど明るかった。天井の照明もすべてついている。ヘビーメタルが流れるワイヤレススピーカーは壁に取りつけられた棚の上にあり、その隣にはパリのスノードームが置いてある。

まぶしいほどの明るさと音楽は、ともすれば不適切と思えるほどだ。けれど、これこそがレベッカの部屋だった。彼女は注目を愛し、スポットライトを愛し、ハードロックを愛した。

ザックはそろそろと部屋に入った。右側には流し台があり、その隣のカウンターの上にはサイズちがいのプラスチックのたらい、たたんだタオルとおしぼりの山、液体ソープとシャンプーとボディローションの容器が置いてある。爪切り。唇用軟膏《なんこう》。ヘアブラシ。大人用のおむつの箱。

急いで目をそむけ、医療機器のすべてを視界に入れた。明かりが点滅するモニター類、点滴スタンド、ベッド周辺をうねうねと這う長いチューブ、そのチューブがもぐり込んでいるライトブルーのブランケット……その上に両手がのっている。

レベッカの手とは思えなかった。内側に急角度で丸まっていて、指先が手首につきそうになっている。爪は丸く短く切られ、なにも塗られていない。

ねじ曲がった手を見たザックは、深呼吸を何度かくり返してから、レベッカ本人に目を向けた。

息を呑んだ。


「どうぞおかけください、ミスター・ブリジャー」

医師の名はアナ・ギルブレスといった。デスクの端にある真鍮の銘板に刻まれている。名前のあとに続く肩書きのかずかずは、特別看護施設の施設長としてその資格を有していることを示している。

彼女の姿にザックはハイスクール時代の英語教師を思いだした。ザックたち生徒は彼女の導きで『ベーオウルフ』を読んだ。カーディガンをはおり、リーディンググラスを鎖で首からぶらさげ、やさしげな外見とは裏腹に高圧的な人だった。

医師はそれとない警告から話に入った。「わたくしがここへ来て二年になりますが、きょうにいたるまで、あなたにお目にかかる喜びにあずかれずにおりました」

ザックはいったん片方の足首をもう一方の膝の上にのせたものの、すぐにぎこちなく足を床に戻した。「今回はじめてここに来た」

「ようこそ。なぜいまなのか、理由をうかがってもよろしいですか？」

「まず、約束がないにもかかわらず、こうして会ってもらえたことに感謝する。空港からこちらへ直行した」

「双方にとっても運のいいことに、きょうの午後は予定が入っておりませんでした。どちらからいらしたのですか？」

「ノースカロライナ西部から、アトランタ経由で」

「それはまたずいぶん遠くから。どういった理由でこちらへ？」

「状況を確認して、レベッカのケアを監督する人物と話がしたかった」

「でしたら、こちらで正解です。ここまでの印象はいかがですか？」

ザックは座ったままもぞもぞ動き、肘掛けに腕をのせたが、すぐにおろした。「すべて申し分ない。場所もスタッフも。あらゆる面で最高点をつけられる」

「ありがとうございます。当方のスタッフは患者さまに優れたメディカルケアを提供すると同時に、敬意と尊厳を信条として看護にあたっております」

「その姿勢が隅々に見て取れるよ」

「恐れいります」短い逡巡《しゅんじゅん》をはさんで、彼女は言った。「レベッカの病室でしばらく過ごしてから、こちらにいらしたとか」

ザックはこぶしを口元にあてて、空咳をした。「じつはここへ来たのはあなた方をチェックするためじゃないんだ、ドクター・ギルブレス。ここは悪い評判ひとつないし、プラット夫妻がここを選んだのもそれが理由だ。おれが来たのは、レベッカの病状を明確に把握したいからだ。つまり、彼女に会ったいま、彼女が……ああ。おれが望むのは理解すること……いや、まったく」がっくりとうなだれ、音をたてて長い息を吐いた。

彼女がそっと尋ねる。「水をお飲みになりますか？」

ザックはうなずいた。

彼女は立ちあがって小さな冷蔵庫から水のボトルを取りだし、彼のもとへ運んだ。汗ばんだ額に冷たいボトルを転がしたいと思いながらも、ザックはキャップを開けて、水を飲んだ。

「どうも」

「お気になさらずに」医師はザックの肩にほんの一瞬、ごく軽く触れてから、デスクの奥の椅子に戻った。「どうかご自身の動揺にとまどわないでください、ミスター・ブリジャー。あなたがご存じだったレベッカは溌剌《はつらつ》とした若い女性でした。いまの彼女を見て深く感じることがなかったら、それこそ人間ではありません」

「彼女は具体的にはどういう状態なんです？　臨床的には脳死ではないと聞いてるが」

「そうです。脳幹の機能は最低限ですが、自発呼吸はできています。彼女はＰＶＳと呼ばれる状態、つまり持続的植物状態にあります。脳に外傷性の損傷を負ったのです。一定期間、酸素の供給が途絶え、その時間が長く続いたために脳に深刻なダメージを負い、それが原因で意識と反応のないいまの状態になりました。医学的見地から申しあげますと、彼女の状態が〝持続的〟と診断されるのは十二カ月以上その状態が続いているからです」

「もう四年になる」ザックは手で髪をかきあげて、そのまま頭を抱えた。レベッカの病室にいたときにかきはじめた汗のせいで、頭皮が湿っている。「彼女が目を開くとは思ってなかった」

「周期的に睡眠と覚醒をくり返しています。ただ覚醒といっても、周囲に気づいたり、反応したりすることはありません。認識機能はないのです。どんな刺激を与えられようとも、思考は働かず、反応もしません」

「まったくか？」

「ええ」医師はそこでためらった。「ただ希望が欲しい家族は、すがるものを求めて、自分たちの声や手の感触がなんらかの形で愛する人に伝わっていて、どこかのレベルでやりとりしていると思いたがります」

ザックは頭を抱えていた手をおろして、まっすぐ医師を見た。「彼女の父親は」

「毎日いらっしゃいますよ。奥さまと交代でいらしていましたが、彼女が亡くなられて、それでもほんの数日休まれただけです。午前中の早い時間にいらして、一時間かそこら病室で過ごされます。きょうはあなたと入れちがいになりましたね」

「よかった」

医師は唇を内側に丸めた。「ミスター・ブリジャー、レベッカがこちらに入院することになった経緯について知らないふりをするつもりはございません」

「広く報道されたからな」

「その後どうなったかは追っておりませんので存じませんが、レベッカのケアを引き継いだとき、前任者からあなたとミスター・プラットのあいだの口論について聞かされました。それで、おわかりと思いますけれども、スタッフはあなたの突然の来訪に浮き足立ちました。あなたの到着は、たちまち施設じゅうに広まりました」

「できることなら、あなた以外の人には知らせずに出入りしたかったんだが」

「それは不可能でしょうね」

「ああ、同感だね。できれば外には伏せておいてもらいたいんだが？」

「すでに通達してあります。わたくしのほうから勤務中のスタッフ全員に厳格な個人情報保護方針を再度確認するメッセージを送りました」

「助かるよ。ダグとレベッカのためにもお礼を言う」

「姿を見られる危険を冒してまでいらしたのですから、切実な理由がおありですね」

「そうなんだが、おれにはそれを表だって論議する権利がない。金銭的な問題でないとは言っておこう。タブロイド紙の記事は捏造《ねつぞう》だ。おれは破産してないし、家も失ってない。支払いが滞る心配なら無用だ」

「その心配はしておりません」彼女はデスクに寄り、ふたりの距離を縮めて、声を落とした。「なぜいらしたのですか、ミスター・ブリジャー？　なにをお知りになりたいのでしょう？」

　ザックは膝を開いて、その内側で手を組んだ。顔を伏せ、足のあいだの絨毯を見つめた。

「前任者からレベッカの経緯を聞かされたときのことだが、彼はすべてを説明したのか？　それとも要点だけを？」

「要点だけでしたが、そのあと自分で調べました。報告書や全医師の覚え書きならびに提言など、すべてに目を通して、あらゆるカルテを検討いたしました」

　ザックは顔を上げずにうなずいた。「じゃあ、レベッカがドラッグやアルコールを乱用してたことなんかも全部知ってるんだな？」

「はい。すべて承知しております」

　そこでザックは彼女を見た。

　医師は表情を変えずにファイルキャビネットを指さした。「レベッカの診療記録は、ここに転院する前のものも含めて、厳重に管理しております。見られるのはわたくしだけ。その点は慎重を期しておりますので、ご安心ください」

「助かる。ありがとう。今後また騒動になったら、実際そうなるかもしれないんだが、そのときもろもろが暴かれて、こまかな部分までひっくり返されるのはたまらない」ザックはファイルキャビネットに視線を投げた。

「なぜまた騒動になる可能性があると思われるのでしょう？　四年前の決断を再考されてい

るとか？」

「いや。それはないと思う。はっきりとは言えないが」

ザックがどっちつかずな自分自身にいらだっているのを感じ取ったのだろう。医師は言った。「どうぞ、お時間をかけてください」

いまの不安定な状況を言葉にできそうだと感じたところで、ザックは口を開いた。「レベッカの身に起きたことにおれは憤慨したが、誰か見ず知らずの他人に同じことが起きても、同様の反応をしたと思う。正直な話、おれたちのあいだには愛情がなかった。どちらも未練なく別れた。だが、病めるときも健やかなるときもという誓いが意識下に残っていて、なにもしないという決断に影響したんじゃないかと思う。ところがいまになってそれを再検討する決定的な理由が与えられた。

第一にレベッカはいつまでこの状態でいられるか教えてもらいたい。その際、頼むから、脳は神秘的な臓器だとか、なにが起きるかわからないとか、神じゃないからとか、そういったたぐいのおためごかしは言わないでくれ。

ここに書いてある肩書きと」ザックは顎で銘板を示した。「彼女同様の患者を診てきた経験からして、あなたの答えには誰よりも信頼が置ける。どれくらいこの状態が続く？」

彼女は自分に求められていることを理解したことを示し、率直に伝えようとしてくれた。「臓器にはなんら損傷がありません。いままで肺炎にかかったこともありませんし、当方でも肺炎ならびに感染症を防ぐために最善を尽くしています。生死にかかわることがありますからね。あらゆる面から見て、彼女の看護は万全です。身体機能はこまかにモニターされ、問題があれば対処しています。日々運動を欠かさず、じゅうぶんな水分と栄養が与えられています」

「チューブを通じて」

「そうです」

彼は額をさすった。「その口ぶりだと、なにも変わらず、この状態が永遠に続きそうだ」

「その逆です。衰弱する可能性があるのです。突然がくっと悪化することもあれば、緩慢なこともあります。まだ起きていないだけで、いつ起きてもおかしくない。たとえば脳幹の機能が停止して、人工呼吸器が必要になるかもしれません」

「すでにそうだと思っていた。チューブはなんのために？」ザックは喉に触れた。

「嚥下《えんげ》できないのです。気管切開チューブは気道の閉塞を防いで、呼吸を楽にします」

彼は医師の説明をすべて受け入れた。「つまり、悪くなることはありえても、よくなることはないと」

「外傷性脳損傷から回復する場合は、数日中にその兆しがあります。それを過ぎたら……」

医師は首を振った。「レベッカが部分的にでも意識を取り戻すのは、可能性としてほぼありえず、仮に取り戻したとしても知的能力はゼロです。最近行った脳波測定とＰＥＴ検査によると、電気的な活動、つまり脳機能は事実上、皆無でした」そしてやわらかな笑顔をザックに向けた。「ただ、なにが起きるかわからず、わたくしは神さまではありません」

ザックは喉を締めつけられて、唾を呑み込むのに苦労した。「もし神を演ずることを求められたとしたら、ドクター・ギルブレス、あなたならどうする?」

13

鍵を外す音が聞こえるまでに、ザックは三度呼び鈴を鳴らさなければならなかった。元コーチがドアを開けた。「どこから来た？」

「ルイジアナだ」

「そんなとこでなにをしてた？」

「雨が降ってるんだぞ」

ビングが脇によけて手招きする。ザックはジャケットを脱いで雨を振りはらい、玄関ホールのコート掛けにかけた。「呼び鈴を鳴らしたのになぜ出なかった？」

「来るんならなぜ前もって連絡しない？　ルイジアナからの帰り道だとしたら、サウスカロライナはいくらか遠回りじゃないか？」ビングはクレムソン大学でのコーチ業を引退したあと、コーチとしてのキャリアのはじまりとなった地元ハイスクールがある、グリーンビルの近くに戻った。「それでいまはここにいるとは……」回れ右をして、手振りでザックについてこいと指示した。

ふたりは薄暗い廊下を進んだ。壁にはフットボールのチームや選手や、とっておきの瞬間をとらえた写真が飾られている。数十年にわたるビングのコーチ業を彩る写真のかずかずだ。その多くにザックがいるが、懐かしさに立ち止まって眺めることはなかった。

ビングはザックを巣穴のような私室に連れていった。壁は濃い色の板張り、低い天井は吸音タイルで埋められ、小窓ふたつには一度として開いているのを見たことがないシェードがかかっている。家具は最低でも三十年物。そのくせ最新モデルの大型ハイテクテレビが時代物の革製リクライニングチェアの向かいの壁に設置されていた。

「いいとこだったんだ」ビングがぶつくさ言う。画面のなかでは、いずれも素っ裸の男女が豪華なベルベットのカバーのかかったベッドで激しく交わっている。

ザックは言った。「邪魔する気はない」

「いや、もう観終わってる」ビングはリモコンをつかみ、肉感的なうめき声やうなり声を小さくした。「歴史ドラマシリーズでな。馬とか剣とか城とかが出てくる血みどろの戦いの場面があって、騎士たちが叫ぶ。〝門を開けろ〟と」

「誰が勝つんだ？」

「戦いにか？　そんなもん、知るかよ。戦士連中も知らないんじゃないか？　戦うよりさかるほうに熱心でな」ビングはリクライニングチェアに腰かけた。「座れ。なにか飲むか？　冷蔵庫がどこにあるか知ってるな？」

ビングの右側にあるテレビ用トレーテーブルには缶ビールがあった。

「いらない」ザックはソファに腰をおろし、張りのないクッションに頭を預けた。

「もう一度、尋ねさせるつもりか？」

「喉は渇いてない。あとでもらう」

「そっちじゃない。ルイジアナでなにをしてたかと訊いたろ？　ルイジアナのどこにいた？」

「ニューオーリンズ」

「そうか」ふたりは長々と目を見交わし、ザックの旅行の用件を無言でやりとりした。ビングはビールをひと口飲むと、缶をテーブルに戻した。「まあな。おまえには彼女がどんな状態だか知る権利がある」

「権利か」ザックは片腕で目をおおった。「そんな権利、できることなら、喜んで返上する。返上しようとしたんだが」

「やり方が甘かったな」

「そのとき正しいと思ったことをした」

「おまえは結局、プレッシャーに屈したのさ。まるでルーキーだ」

「なんなんだよ。ここへ来たのを後悔させたいのか？」

「なぜ権利を放棄すると突っぱねなかったんだ、ザック？　もう何年も前に自由になれたんだぞ」

「いまさら当時の話を蒸し返すなよ。いまに集中してくれ、いいな？」

ビングは仏頂面だったが、やがてその表情をゆるめて尋ねた。「レベッカに会ったのか？」

「ああ」

「よくなかったんだな、その顔からして」

「あたりだ」

「彼女の父親がいたのか?」

「いいや」

「いま彼女を訪ねたのは、なにか特別な理由があってのことか?」

「ああ」ザックが腕をおろしてビングのほうを見ると、彼は荒れた手を組んで腹の上に置いていた。腰を落ち着けて聞く態勢に入っている。

「おとといの朝、おれが外でコーヒーを飲みながら滝を眺めてると、ぴかぴかのSUVがやってきた」ザックは出会いの場面からはじめて、すべてを語った。中断なしで三十分近くかけて話し終わると、目をつぶったまま、ビングがこの話全体に対してなにかを言ってくれるのを待った。

「それで、そのレノンとかいう女はエバン・クラークの裁判記録をよこしたんだな」

「それがきのうの夜だ」きのうの夜? 千年はたっている気がする。しかも、あれからザックはかなりの距離を移動していた。「メールで送りつけてきた」

「そしておまえは彼女が強調した箇所を読んだ」

「二度」

「最後に寝たのはいつだ?」

ザックは目を開けた。「はあ?」

「聞こえてるだろうが」

「彼女がうちを出たのが……わからない。記録を読んだあと航空券を予約して、荷作りをして、車でアトランタに移動した。空港の、離れた駐車場に車を停めて、近辺のホテルで数時間の仮眠をとった」

ビングが言った。「そして早朝便でニューオーリンズに飛び、施設に行って医師と話をし、空港に引き返してアトランタへと舞い戻った」

「車を拾ってここまで運転してきた」ザックはいらいらしながら言った。「いまじゃそれを悔やみかけてる。あんたに助言してもらいたくて来たのに、あんたはまるで旅行業者みたいな話をしてる。おれはどうしたらいいんだ、ビング？」

ビングはいっさい動じなかった。「そうだな、第一の助言は休めってことだ。いまのおまえは疲労困憊《こんぱい》してて、こんなやっかいな問題を扱える状態じゃない。ちゃんと食ってるのか？」

ザックは手を振ってその助言をしりぞけた。「ミズ・レノンは彼女の狙いをクラークがどこかから聞きつけて、高飛びすることを恐れてる。そうなると、彼女にはなすすべがなくなるからだ」

「彼女の決意のほどは？」

「使命感に燃えてるが、理由は聞いてない」

「彼女にとっちゃ仕事だ」

「まあな。だとしても個人的な事情がありそうだ」そう言いながら、ケイトからそんなことを感じ取っていたことをはじめて自覚した。体こそ小柄だが、彼女には聖戦の戦士のような粘り強さがある。

「男ぎらいなのか？」ビングが尋ねる。「一部の男がやったことで男全般を裁くような？」

「いいや、それはない」

「どんな女なんだ？」

訊かれたくない質問だった。だが、こうなったらよけいなことを言わないようにするしかない。「仕事一辺倒、理路整然としていて、頭がいい。今回の件にはひそかにあたり、秘密にできるかどうかが成功の鍵だと言ってる。ひとたび外に漏れれば、クラークが逃亡する。それがおれになるべく早く決断させたがってる理由だ」

「だったら、せかすなと彼女に言え。いいか、ザック、これはかつてない決断だぞ。そのレノンとかいう女を下がらせて、一日二日、考える時間をもらえ」

「そうする。ただ、その一日二日のうちにおれが直面している難問がテレビのトークショーのテーマになりかねない。ドクター・ギルブレスによると、おれが訪問したせいでスタッフが浮き足立ったそうだ。で、ドクターは厳格な個人情報保護方針があることをスタッフに再度周知した。外に出てテレビ局の車がないのがわかったときは、ほっとしたよ。

おれが訪問したことはまちがいなくダグに伝わる。怒るだろうな」ザックは顔を伏せて、ごろごろする目をこすった。「すごい男だと思うよ、ビング。おれはあの部屋にせいぜい五分いただけだ。それでも部屋を出るときは膝が震えて、ドクター・ギルブレスの部屋に入ったときにはくずおれそうになってた。悲惨だろうとは思ってた。だが、そんなもんじゃなかった。おれの想像を絶してた。

ダグはそんな恐怖に日々耐え、状況に対処してる。レベッカの運命は彼にゆだねられるべきだ、おれじゃなくて。後見人の立場を彼に移すこともできるが、秘密裏に行えるとは思えない。そこが引っかかる。ゴシップで食ってる連中がなぜいまなのかと騒ぎ立てる。それがクラークの警戒心を呼び覚まし、ミズ・レノンが彼を別の罪で起訴するチャンスがふいになる恐れがある。

それでなくとも、ダグやおれが世間の注目の的になるのはごめんだ。またうわさや憶測がそこらじゅうを駆けめぐるのか？　もうこりごりだ。もし施設内にレベッカの写真をマスコミに売るような下劣な人間がいたらどうなる？　想像しただけでも、耐えがたい。ドクター・ギルブレスはスタッフに信頼を置いていて、患者とそのプライバシーは守られると思ってるが、おれは大金が動けば簡単になげうたれるんじゃないかと思ってる」

気がつけば、ビングはしばらく口をはさんでいなかった。下唇を引っ張りつつ考え込んでいる。

「聞いてるのか？」ザックは尋ねた。

「ああ、一言一句。そのクラークとかいうできそこないのせいで台無しにされつづける人たちみんなの人生を考えてたんだ。レノンという女がうまいことやってくれるといいんだが」

ザックはケイトが裁判記録を送りつけてきたことをいまだに許していないが、そこからたくさんのことを学んだのは確かだった。検事の冒頭陳述と最終陳述も強調されていた。弁護士による苛烈な反論もだ。カルビン・パーソンズとテオ・シンプソンの証言も強調されていて、ふたりは一貫してレベッカは被害者ではないと主張していた。

レベッカが搬送されたときにERにいたエモリー大学病院の医師たちの証言も、また昏睡状態から戻したあとの彼女を診断した専門医たちの証言も、強調されていた。

ザックはビングに言った。「裁判記録は軽い読み物じゃなかった」

「だろうともさ。だが、そいつがおまえに拍車をかけた。おまえはすべてを投げだして山の隠れ家を出ると、レベッカが受けた損傷の程度をみずから確認しに行った」

「なにが言いたいんだよ？」

「レノンという女が言うとおり、クラークは自由の身でいられる。おまえが――」

「ビング、おれにはできない。これまで生命維持装置を外すというのは、人工呼吸器を切ることだと思ってた。スイッチを切るだけでも想像したら恐ろしいが、それなら少なくとも何分かしかかからない。いや、もっと短いかもな。

レベッカは人工呼吸器にはつながれていない。おれがなにを許可しなきゃならないかわかるか？　補給チューブを取り外すことさ。栄養の供給を止めるんだ」ザックは前のめりになって両膝に肘をつき、両手で顔をおおった。「数日はかかるぞ。ダグが強硬に反対するのもわかるだろう？　誰にそんなことができるんだよ？　おれには無理だ」

ビングは黙っていたが、やがてリモコンを取りあげると、中世の戦がいまだ続いているテレビを消した。フットレストを下げて、リクライニングチェアから立ちあがる。「おまえが前回来たきり、予備の寝室は誰も使ってない。たぶんシーツはカビくさいぞ」

ベッドの誘惑は大きいものの、芯から疲れていたザックにはいまいるソファから立ちあがる気力がなかった。ソファの背にかけてあったぼろぼろのアフガン編みをたぐりよせて、クッションをつかんだ。「ここでいい」

「好きにしろ」

ビングはドアの前で立ち止まって、ふり返った。「考え方をひっくり返したらどうだ?」

「どういう意味だ?」

「いやな、こう思ったのさ。どちらに転ぶにしても、おまえは自分の決断によってミズ・レノンと彼女の意図、不届き者のクラーク、ダグ・プラット、それにおまえ自身が受ける影響をさんざん考えてきた。だが、おまえの決断によってもっとも影響を受ける人物については考えてみたか? そう、レベッカのことを」

14

ザックはビングより先に目を覚ました。もっと寝ていたかったが、もう眠れないのはわかっていた。それでビングに、賢明な助言とひと晩泊めてもらったことのお礼に加え、近いうちにまた連絡すると記した書き置きを残した。

書き置きは食卓の塩入れで押さえ、曙光《しょこう》が射す前に家を出た。どのみち、雲が厚く垂れ込めていて日の出は見られなかった。

サウスカロライナのグリーンビルにあるビングの家からザックの自宅まで、車で五時間の道のりだった。なるべく迂回《うかい》しないでいいようにせまい州道を選んだが、それでもまっすぐには行けなかった。道が曲がりくねっているうえに、断続的に降る雨のせいで路面がすべりやすかった。

ようやく自宅の前に車を停めると、長時間座りつづけていた体はこわばり、思考しつづけた頭は悲鳴をあげていた。その両方からくる凝りをほぐすため、ホームジムで三十分運動してからシャワーを浴び、ベッドにもぐり込んで仮眠をとった。

目覚まし時計が鳴ると、服を着て、町に出た。もはや見慣れたSUVが不格好なオフィスビルの前に建物と平行に停まっているのを見て、ほっとした。ピックアップトラックを郡庁舎と向かいあわせのメーター付きの駐車場に停めた。

　六時二十分過ぎにケイトが地区検事長事務所から出てくると、トラックを降りて小走りに通りを渡り、彼女より五秒早く運転席側にたどり着いた。

　彼女は背筋を伸ばし、なじるような口調で腹立ちをぶつけてきた。「きのう、何度も電話したのよ」

「わかってる。きみと話すかどうか決められなかったんで無視した」

「ここにいるってことは、話すつもりになったのね」彼女は重たそうなバッグを肩にしょいなおした。山岳地帯に進軍しようとする兵士のようだ。「なにを言いに来たの？」

「マスの焼き方が完璧だという店は？」

　彼女の虚を衝いたのはまちがいない。しばらく返事がなかった。「〈ロッジ〉だけど」

「あそこならステーキもうまい。腹は減ってるか？」

　彼女はすぐには答えず、少しのあいだ考えた。「食べられないこともないわ。ワインを一杯飲めば」

「そんな気分になる日だったのか？」

「一杯じゃ足りないかな」

「そうと決まったら、店で落ちあおう」

　ザックは彼女を車のかたわらに残して、トラックに戻った。デートのようにはしたくなかった。無精ヒゲは剃《そ》っていないし、それらしい服装もしていない。お気に入りの着古したジーンズに古いブーツ、それに薄手のセーターの上に革のジャケットを重ねている。

トラックからレストランの入り口まで歩くあいだに雨に降られた。そこでケイトを待っていると、車から降りた彼女が傘を開くのが見えた。傘を準備しておくタイプの女性だ。

ドアを開け、彼女を先に通した。接客係の女性は人懐こい笑顔で出迎えた。「いらっしゃい、ザック」続いてケイトに言った。「先週いらしたわよね。すてきな髪。またいらしてくださって嬉しい。あなたたちふたりが知り合いだったなんて。窓辺がいい？　それとも暖炉のそばにします？」

ザックがケイトに意見を求めると、彼女は小さく身震いして見せた。「暖炉のそばに」

ふたりが暖炉脇のこぢんまりしたブース席におさまり、接客係が飲み物の注文を取りに来た。彼女が食事のメニューを残して立ち去ると、ケイトは膝にナプキンを広げながら言った。

「ここへはよく来るのね」

「料理のレパートリーがなくなったときは」

「あなたのために料理してくれる人がいるかと思ってた」

「なぜそう思った？」

ケイトはメニューをテーブルに叩きつけた。「そんなことわからないわ、ザック。ほんとはあなたにパーソナルシェフがいるかどうかなんて、考えたこともない。ただ気詰まりな沈黙を終わらせるために言っただけ」

「気詰まりだったか？」

　ケイトは険悪な目つきでなにか言いかけたが、そこへ飲み物を持った接客係が現れた。ザックは注文が決まったら合図すると伝え、ケイトは話が聞こえないところまで彼女が遠ざかるのを待った。「わたしがメールしたものに腹を立てて、それで話したくないのかもと思ったから」

「きみはブラインドサイドから攻撃した。見えない側からの攻撃は打撃が大きい」

「多少は読んだの？」

「ああ」

「それで？」

「追って話す」ザックはバーボンのグラスを彼女のワイングラスにかちんと触れさせた。「乾杯」

「そんな気分じゃないんだけど」言いつつも、彼女はワインに口をつけた。

「なにがそんなにいやな日だったんだ？」

「いろいろ重なったのよ。庁舎とのあいだを何回も行き来しなきゃならなくて――」

「どうして？」

「向こうのほうがインターネットの接続がいいから。わたしの苦情電話を受けたケーブル会社の女性によると、外が濡《ぬ》れているとよけいに接続が不安定になるんですって」

「実際そうだ」

「わたしがそんなこと知るわけないでしょ？　こんな山間部には住んだことがないもの。あのおぞましいオフィスにわたしを入れるんなら、ネット環境の悪さを事前に教えておいてもらいたかったわ。

とにかく、一日じゅう通りをまたいで行ったり来たりしていたの。いまや見た目も気分も溺れかけのネズミよ。そこへラルフローレンの広告写真から抜けでてきたみたいなあなたが現れた。ここまで来ると妨害工作だわ、ずるすぎる。ただの愚痴だけど」またワインをぐいっと飲んだ。

ザックは笑いたくなったが、ここで笑うほどばかじゃない。「アトランタに戻っていれば、そんな面倒な思いはしなくてすんだのにな」

「雨の日に山道を走りたくなかったのよ。それに、エバン・クラークの裁判記録に対するあなたの反応を知るまでは、こちらにいたかった」

その件を話すのは、彼女の怒りが鎮まってからにしたい。「ほかはなにに腹を立ててた？」すぐには返事がなかった。彼女は近くの暖炉で小さく燃えている炎を見つめていたが、やがて彼に目を戻した。「じつは、クラークを捜査員に監視させているの。今朝ようやく検事総長から許可がおりて。あなたなら口外しないと信じて話してるのよ。一般に知られていいことじゃないから」

「当然だ」

「オフィスを出る直前にその捜査員と話をしたわ。彼によると、エバンは二十五万ドルはするまっさらな新車を乗りまわしている。服も靴もブランド品を買い、王族のような暮らしぶりだって」指先を額の中央にあてがい、上下にこする。「それがどうにも不快で」

特別看護施設を訪れてからは、ザックも同じ思いを抱えている。

ほかの客席を見まわした。ありがたいことに人は多くない。いまでは住民たちも近辺でザックを見かけることに慣れたので、めったなことでは近づいてこない。ブースの高い背もたれがケイトを人目から隠し、ふたりの会話を盗み聞きされる心配もなかった。

ザックは言った。「きみさえよければ、いつでも料理を注文できる」

まだザックの準備ができていないことが口調で伝わったのだろう。もう少しあとでいい、と彼女は言った。

ザックはうなずいた。「きみに尋ねたいことがある」

「どうぞ」

「きみは花形検事なのか？」答えようと口を開いた彼女を制して、ザックは続けた。「謙遜するなよ」

「そうね、新人ではないわね。ある郡の、ここと同じような地区検事長事務所でも貢献をしてきた。その地域には覚醒剤の製造所や合成麻薬の販売グループがはびこっていたんだけど、わたしはそれを追って有罪判決まで持ち込んだの。勝率がよかったおかげで、検事総長事務所で働きたいと願う人の列を飛び越えることができたわ」

「やっぱりな」とザック。「おれが知りたいのは、検事総長がこの件をきみに担当させたのか、きみのほうから希望したかだ」

「前にも言ったけど、クラークの早期釈放についてわたしはその周辺情報を探った。彼の減刑に反対する声は圧倒的だったから、判事の裁定にはあ然としたわ。それで検事総長のもとに出向いて、クラークが釈放されたらもっと重い罪に問うべきだと説いた」

「レベッカが公式に亡くなったらだな」

「ええ」ケイトが悲しそうな顔になった。「検事総長は実際たじろいで、それに伴う困難さとデリケートな問題を列挙したわ。〝世論を二分〟とか〝扇動的〟という言葉を使ってね。どれもこれも検事にとっては落とし穴になると強い調子で言った。

つぎに出てきたのがエバンの名高い家柄だった。あの夜レベッカの命を奪ったようなものだとしても関係なし。結局のところ、検事総長が言いたいのは、十一月の選挙が終わるまではその件を避けたいということだった。

そこまで待ったらエバンが逃げるとわたしは言った。意見を曲げずに、先例となる案件を挙げてみた。新聞の見出しになったり、〈フェイス・ザ・ネイション〉みたいな全国ネットの報道番組で取りあげられた案件をね。検事総長にもエゴがある。わたしの言い分にぐらっときた。それでさんざんやりあった挙げ句、あなたに近づく許可をくれたの」

「ようすをうかがってこいってわけだ」ザックは言った。

「そう。でも、条件があった。道徳的、倫理的に問題になりそうな点をすべて確認したうえで、あなたには注意して近づくようにと釘を刺された。〈衝撃と畏怖〉作戦は避けるようにってこと」

ケイトはグラスに手を伸ばしたが、指のあいだで脚の部分をもてあそぶだけで持ちあげなかった。「検事総長からはほかにも条件をつけられたわ。あなたがレベッカに関する選択変更を考慮することすら断ったときは、きっぱりあきらめてそれ以上の圧力をかけるなって」告白した彼女は、まっすぐザックの目を見た。

ザックは彼女を観察しながら人さし指で唇をさすっていた。意味深長な凝視に彼女が音をあげた。「なに？」

「きみがきっぱりあきらめるとは思えない。きみが法と秩序のためにがんばっているのはわかるが、世の中には、そんな落とし穴のない、けれど有罪を狙える案件がごまんとある。なぜエバン・クラークにこだわる？」

「べつにこだわってなんか――」

「どうしてだ、ケイト？」

彼女が顎をそびやかす。「わたしは法の番人よ。レベッカに正義をもたらしたい。あなたに対する説明としてはそれでじゅうぶんだと思うんだけど」

それだけでないのはわかっていたが、これ以上は尋ねようがない。とりあえずいまは。ザックはバーボンで口を湿らせてから、声を落とした。「きのうレベッカに会ってきた」

ケイトの名誉のために言い添えると、彼女はザックを質問攻めにするようなことはなかった。ただ、思いやりと期待が入り交じった表情を浮かべた。

「大急ぎで行って帰ってきた」ザックは言った。「彼女の生活の質を完全に把握するのに長居は不要だった。質などなかったんだ」バーボンをまた飲む。「ビングのことは話したことあったよな?」

ケイトは深くうなずいた。

「帰りに彼のところへ寄った。頑固な男なんで、しばらくのあいだ彼の言うことを聞いてなかった。くだらないことばかり言うから、忠告されても聞き流してたんだ」ザックは乾いた笑い声をあげて、親指の爪で眉をかいた。「レベッカと結婚するときも、助言は求めなかった。その結果がこのざまだ。

それはともかく、きのうの夜は彼に洗いざらい打ち明けた。きみが忽然《こつぜん》とやってきたことからはじめて、爆弾を落としたことまで。三十分間、ノンストップで話しつづけた。ところが、ビングはあっさりしていた。脇道にそれまくりのおれの話を聞き終えると、やつはこの一点に話をまとめた」人さし指を立てる。「おれの決断によっていちばん影響を受ける人物のことを考えてないぞと」

ケイトが小さな吐息にのせて名前を挙げた。「レベッカね」

「そうだ。あのことがあったとき、たくさんの連中が彼女は泥酔状態で男三人と寝室に入ったんだから自業自得だと言った。やりたい放題、奔放に生きてきた、そのツケがまわったんだと」ザックは言葉を切ってグラスを持ち、バーボンをのぞき込んだ。「そういう辛辣な口をきいたやつらは、ごく短時間でいいから、病室で彼女と過ごしてみたらいい。あんな状態に置かれていい人間などどこにもいない」

バーボンをあおって、グラスを置いた。「まだ約束はできない、ケイト。おれが決断すべきことなんだ。決めるにあたって脅されたり、せかされたりしたくない。ただ、おれはここへ来て、レベッカはもうじゅうぶんひどい目に遭わされてきたかもしれないと思いはじめている。エバン・クラークからだけじゃない。彼女の父親からも、そしておれからも」

ふたりは料理を注文した。食事中はいっさいレベッカの話をしなかった。ケイトは、そしてたぶんザックも同じなのだろう、息抜きを必要としていた。

クリームをひと垂らしした食後のコーヒーをスプーンで混ぜながら、ケイトは言った。「あなたの人生において、ビングは信頼できる重要人物のようね」

「誰よりも信頼してる。交通事故で亡くなった両親の穴埋めになってくれたようなところがある」

「オンラインで記事を読んだわ。お気の毒に」

「まったくさ。クレムソンの一年生のとき、おれの試合を観戦した帰り道だった。誰のせいでもない、ただのひどい事故だ。合計で四人亡くなった。世間にとってはただの数字だが、おれにとってはとてつもない喪失だった」

「仲のいいご家族だったのね」

ザックが笑顔になる。「とても。おやじは最高の友人にして、最高のファンだった。おふくろはきれいで、やさしかった。本当にすばらしい人だったんだ、どちらも」

「いちばんの思い出は？」

「そうだな、たくさんあるが、クレムソンとの基本合意書に署名した日かな。おれが全額給付のスポーツ奨学生になったことにふたりとも鼻高々で、大々的に祝おうと、バーベキューパーティに友人全員を招待した。それから数カ月で亡くなった」パチンと指を鳴らした。

「ごきょうだいは？」

「いない、おれだけだ。で、ビングが親の役回りを引き受けてくれた。面と向かってそう言われたことはないし、そんなことを言われたら殴り倒してたかもしれない。おやじとおふくろの代わりになれる人など、いるわけがないんだから。だとしても、ビングはあいつなりの無愛想なやり方で面倒を見てくれた。おれが道からそれずに、すべきことができるように見守ってくれた。ビングのおかげで、二年生、三年生と強くなることができた」

「そしてあなたのおかげで、〈タイガーズ〉はあなたが四年生のときに全国大会で優勝した」彼がおやっという顔になったので、ケイトはつけ加えた。「下調べをしてきたのよ」

「そうだろうとも」ザックはにこっとしたあと、ふたたび思案顔になった。「そんな形で突然に両親を失うのは、きつい経験だった。でも、あとになってかえってよかったかもしれないと思いなおした。おれといっしょにスキャンダルに引きずり込まれなかったし、息子の落ちぶれようも見ないですんだ」

「もしご両親がいらしたら、あんなふうにはなっていなかったかもよ」

離れてた」

「それもありうる」乾いた笑い声。「レベッカは両親が義理の娘に選びたいタイプとはかけ離れてた」

ケイトは迷った末に尋ねたかった質問をした。「彼女とはどうやって出会ったの?」

「彼女はチームのたまり場になってたクラブに出入りしてた。いつも着飾って、いつでもオッケーな女の子たちがいるようなクラブだ。わかるだろ」

「ホットなスポーツ選手とお近づきになるためのね」

「あるいは、そのとき〝これ〟という要素を持った男と。それが彼女の仕事だった」

「仕事って、どういう意味?」

「彼女は美容学校だかなんだかに通ってた。だが、彼女はすてきな姿を人目にさらすことを仕事にしてた。イベントだよ。全米プロゴルフ選手権だったり、映画のプレミアだったり。どこでも煌びやかな連中と腕を組んで登場した」

「食べるためには、なにをしていたの?」

彼は喉の奥で笑った。「なにもさ。その日の獲物が彼女をホテルのスイートルームに泊め、買い物に連れていき、甘やかせてくれる。つぎの男が出てきてそちらに乗り換えるまで、それが続く」

「最終的にたどり着いたのが、あなただった」

「そうだ。あのシーズンはおれの強肩とチームのスーパーボウル進出で盛りあがってた」苦々しげに彼はつけ加えた。「で、勝利したあと、おれの新しい契約をめぐってなにかと憶測が流れた。

　その契約内容に報道が色めき立つと、レベッカが積極的になった。取り巻きたちのなかでひときわ目立つようになり、ふり返るといつも彼女がそこにいた。ある夜、自宅に連れ帰った。六週間後には酔っぱらったまま、ベガスのウエディング・チャペルで誓いの言葉を述べてた。どうやって結婚にいたったのか、途中経過があいまいで、実際にプロポーズした記憶もないくらいだ」

　ザックは面目なさげに首を振った。「まったく、完全に調子に乗ってた。無敵の気分だった。過去に一度だけビングとひどい仲違《たが》いをしたことがある。二日続けて春季キャンプをさぼったときだ。ビングはうちに乗り込んできておれをベッドから引きずりだし、壁に押しつけて言った。この地球上におまえほど傲慢で、胸クソの悪いクソったれはいない、おまえのうぬぼれ頭には金輪際、かかわりを持ちたくないと」

「でも、ふたたびあなたを受け入れた」

「ああ、結婚騒動から三カ月後、おれは彼に這いよった。レベッカが最初の浮気で面倒に巻き込まれてるのがわかったあとだ」

「あらら」

「いや、同情するなよ。彼女が浮気してるのがわかると、おれも楽しみだした。女には困らなかった。おれが取りこぼしていたのは、謙虚さ、感謝、常識、責任といった、生きるうえで欠かせない概念のほうだった」

「いくつだったの、ザック？　二十六、七？　その年齢であれだけの名声があったら、もてあますのも当然かも」

「たしかに若かった。だが、それ以上にばかで独りよがりだった」テーブルの上で腕を組む。「もういいだろう。おれのほうは全部さらけだした。きみのほうの重大な秘密をひとつ教えてくれ」

ケイトは大笑いした。「退屈よ」

「業界のロックスターがなにを言う」

「まだそこまでいってないけど、鋭意努力中ってとこ」

「両親は？」

「ボブとジェニーといって、結婚して四十数年、いまだ愛しあっているわ。わたしもひとりっ子なの」

「賢かったんだろうな」

「そこそこのＩＱの持ち主ではあるわね。両親のおかげ。どちらも医者で、いまはふたりとも引退してヒルトンヘッドに住んでいる。毎日ゴルフをして日焼け止めと食物繊維の重要性を伝道しながら、わたしからの電話が少ないと文句を言っているわ。ね、退屈でしょう？」

「退屈はしてないが、親のことしか話してないぞ。さあ、ひとつでいいからきみの秘密を。誰にも言わないと約束する」

ケイトは胸を開いて深呼吸すると、肩を落として息を吐いた。「二十歳のとき、髪が白くなったの」

「遺伝か？」

「両親とも白髪の一本もなかった。理由がわからなくて、専門医を渡り歩いたけど、だめだったわ。そりゃショックで、しばらくは染めてたんだけど、面倒だしお金もかかった。で、髪を失ったがん患者や脱毛症の人もいるし、そんなに気にすることじゃないと思ったの。つまり」頭蓋に両手をあてた。「人はわたしが脱色してると思うけど、これが地の色ってわけ」

「もとは何色だったんだ？」

「茶系」

「いまのほうが似合う」

「ありがとう。さあ、これであなたはわたしの重大な秘密を握ったわよ」

「もうひとつきみに打ち明けたいことがある」

ケイトはにこっとした。「あら、どうぞ話して」

「おれがここに座って九十数分、酒を飲み、サラダとステーキを食べ、コーヒーを飲んだ。そのあいだずっと、きみの唇に唇を押しあてたいと思ってた」

15

ケイトは顔を伏せ、コーヒーをかき混ぜるのに使ったスプーンをいじった。「そういうわけにはいかないの、ザック」

「わかってる」

「とてもよくないアイディアだわ」

「わかってる」ザックはスプーンをいじりつづけている彼女の左手を指さした。「きみは指輪をしてない。ミスター・レノンはいるのか?」

「父よ」

「おやじさん以外に」

彼女はかぶりを振った。「結婚したことはないの。何人かつきあった人はいるけど、毎回なにかしらの理由でだめになった。関心が続かないのがおもな理由ね」

「おれはつきあったことがない」

ケイトはいぶかしむように彼を見た。

「ほんとだ」彼は言った。「一夜かぎりとか、短期のお楽しみはあっても、つきあったことはない。結婚すら、つきあったと言えるかどうか。とくにあんな結婚生活じゃあな」

「とても悲しいわね」

「まったくだ」

「でも、わたしたちにはなにも起きないのよ」

「わかってる」

ケイトが気の抜けた笑みを浮かべたので、ザックも同じ笑みを返した。あたりを見まわすと、片手の数ほどの客しか残っていなかった。「さて、話がついたところで、行くか？」デートではないものの、彼女の腰のくぼみに手を添えてエントランスまで歩いた。ふたりで接客係にあいさつし、ドアを押し開け、ザックはケイトに続いて店を出た。雨が本降りになっていた。

ケイトが傘を開いた。「濡れないように車まで送りましょうか？」

「もっとひどい雨のなかでも四クォーター、プレーしてたんだぞ。雨で溶けるわけでなし」

「ごちそうさま。それと、フィレを薦めてくれてありがとう」

「礼には及ばない。おれは歩いて――」ザックは口を閉ざした。視界の端にピックアップトラックの近くで動くものをとらえたのだ。何者かが荷台の運転席側を歩いている。目で追うと、その人物は後部をめぐって車の背後に消えた。「おい！」

降りしきる雨をものともせずにザックは駆けだし、駐車場にできた水溜まりの水を跳ねあげて進んだ。トラックの後ろ側にめぐると、黒い雨具に身を包んだ大きな塊にぶつかりかけた。そいつはトラックの荷台をのぞき込んでいた。

　怒りが込みあげた。「なにをしてる?」肩に手をかけてふり向かせた。

　デイブ・モリス保安官助手だった。

　ケイトは急いでザックのあとを追った。傘が邪魔だったので、途中でたたんだ。トラックの後部にたどり着くと、ザックと保安官助手がまたしてもにらみあっていた。

　モリスはケイトを見ると低く笑った。彼のことを目にするたびに不快感が増してくる。

「やあ、ケイト」

　ザックはケイトの発言を制するように、横に移動して彼女と保安官助手のあいだに肩を割り入れた。「おれのトラックのまわりでこそこそとなにをしてた?」

　ビニールのカバーをかぶせたモリスの帽子のつばから雨粒がぽたぽた落ちている。「きのうの夜、グリーンリッジでまた破壊工作があった」

　ザックは歯を食いしばった。「おれじゃないぞ。もう一度尋ねる。おれのトラックのまわりでなにをしてた?」

「会社の連中が貴重な資産を破壊した犯人をあんただと決めつけて、復讐《ふくしゅう》したかもしれないと思ったのさ」

「どういうことだ?」

「これを見ろよ」モリスは向きを変えて助手席側のリアバンパーを曲がり、ケイトとザックもあとについて移動した。モリスは雨具の内側から大型懐中電灯を取りだすと、トラックに光をあて、車体側面に長く残されたギザギザの傷跡をたどった。

「何者かがキーでやったんだ」モリスは言った。「破壊工作に対する仕返しだろう」

「おれは破壊工作などやってないがな」

「きのうの夜、設置されたばかりの石膏ボードに穴が開けられた。丸頭ハンマーかなにかでやられたようだ」

ザックに身を寄せていたケイトは、彼から放たれる怒りを感じた。彼女は言った。「建設現場に監視カメラはないの?」

「設置を検討してる」

「設置できるまでは」ケイトは言った。「貴重な資産を守るために警備員を雇ったほうがいいかもしれないわね」

「そうなんだ、ケイト、おれもそう助言した」保安官助手はケイトが同盟相手でもあるかのようにウインクしてよこした。

なんて厚かましい男だろう。

ザックは言った。「たまたまレストランの脇を通ったら、おれのトラックの横腹に傷を見つけたってことか? こんなに暗い、雨の夜に?」

モリスはあてこすりに気づいた。「いや、持ち帰り用に料理を注文してあった。それであそこに車を入れた」頭を傾けて自分の車を示した。ケイトにはそれが帽子のつばについていた雨をわざとザックにかけるための動きに見えた。「ヘッドライトで傷が照らしだされた。この前、あんたの自宅じゃ見た覚えがなかったんで、近づいたんだ。犯人が手がかりを残してるかもしれないからな。なにも見つからなかったが」

「ああ、そうだろうとも」ザックは言った。「あんたに伝えたいことがあるやつがいるんだ」モリスはいま一度懐中電灯を深い傷跡に沿って動かし、気の毒そうにうめいた。「修理代が高くつかなきゃいいんだが」

ザックが保安官助手に飛びかかりそうで怖かったので、ケイトは言った。「注文した料理が冷めるわよ、デイブ」

「そうだな」保安官助手はふたりを交互に見てあいさつをすると、懐中電灯のスイッチを切り、レストランの入り口に向かって歩きだした。

「こんなことになって」ケイトは小声で言いながら、傘を開いてふたりの頭上にさしかけた。というより、さしかけようとした。彼の頭までは届かない。

こわばっていたザックの顔がゆるんだ。「いまさら遅いような気もするが、ほら」

ケイトの手から傘を奪って彼女の頭上に掲げ、彼女の車に向かって歩きだした。ケイトはリモコンでロックを解除し、ドアを開いた。ザックは車に乗り込む彼女に手を貸してから、傘を閉じて差しだした。「宿泊先《B&B》は？」

ケイトは人気のある朝食つき宿泊施設の名前を挙げた。

「本館か？」

「コテージのひとつよ」

「無事を確認したいから、送る」

「だいじょうぶよ」

「送らせてくれ」ザックが車のドアを閉めた。

ザックの車にぴったりとつけられながら、美しい市街地を抜けた。今夜はどの店も閉まっていて、通りは暗く沈んでいる。B&Bに到着すると、ケイトは泊まっているコテージの前にある所定の駐車スペースに車を停めた。荷物をまとめて持ってダッシュし、コテージの前でふり返ってザックに手を振った。

ところが、ザックはトラックをケイトの車の隣に停めて外へ出ると、ケイトのいる浅いひさしの下までやってきた。「ドアを開けろ」彼は言った。「なかを確認する」

彼の用心深さにあきれて首を振りながら、ケイトはむかしながらの鍵を使って錠を開けた。なかに手を伸ばして明かりのスイッチを入れる。ふたりは室内をのぞき込んだ。「ほら、なにも問題ないわよ。おばけはいません」

「笑いたければ、笑うがいい。だとしても、おれはあいつが気に入らない。信用できない男だ。きみに対して下心がある。レストランの駐車場におれたちの車が二台とも停まってるのを見てむかっとしたんだろう。それで車を停めて、腹いせにおれの車に傷をつけた」

「彼じゃないかもよ」われながら覇気のない声になり、自分でも半分も信じていなかった。

「鍵でつけた傷にしては深い。あいつのベルトにはチェーンソー以外、なんでもある。だが、やつがやったことを示すいちばんの証拠はあのにたにた笑いだ」

「独りよがりな人だから」ケイトは言った。「雨具だけは羨ましかったけど。あなたの革のジャケットが傷みそうで心配だわ」

「こういうのは、手荒に扱うほど味が出る」

彼がひそかに笑っているのを感じ取り、ケイトはジャケットの片側を開いた。セーターの胸元に有名なあのマークがあったので、笑いだした。赤面しつつ、頭を彼の胸に軽く打ちつけた。「やっぱり」

「ああ」

彼はケイトの後頭部に手を添えて、彼女の顔を胸に押しとどめた。広くて温かくて、いいにおいのする胸だった。彼は軽く触れているだけで、強引さはないけれど、そのことにかえってそそられた。すべてがしっくりきて、それでいて、絶望的にまちがっていた。

「ザック」

「ん?」

「だめよ」

「わかってる」

「さっきからそう言ってるけど、倫理的にどれぐらいまずいことか、このことが人に――」

「なあ、ケイト、このせいでただでさえやっかいな問題がさらにやっかいになることは、おれにだってわかる。説明してもらうまでもない」

「わかった」ケイトは顔を上げて、力なくほほ笑んだ。「だったら、おやすみを言わないと」

「おやすみ」

それでもふたりは動かなかった。ケイトの後頭部にあった彼の右手に左手が重ねられて、顔が近づいてくる。それでケイトははじめて、いつしかお互いに相手に身を預けきっていることに気づいた。

目をつぶった。頬に温かな吐息がかかる。ウイスキーのにおい。それが口の端をくすぐる。

彼はケイトの下唇をかすめるように口を動かして、ささやいた。「好きなだけおれの唇にきみの唇を押しつけてくれ」

16

呼び鈴の音が自宅じゅうに響き、めったに使われないだけに、アプトンはびくりとした。妻が物故して以来、人を招いたことはなかった。友人の来訪もなく、唯一シッドだけは例外だが、たまの来訪時は日時を決めている。

アプトンは読書中だった厚い伝記を横に置き、裸足を革のスリッパにすべり込ませると、玄関のドアへと向かった。嬉しくもないことに、玄関前の階段にエバンがいて、ふたたび呼び鈴を鳴らそうと手を構えていた。

「わたしならここだ」アプトンは玄関ドアにはめ込まれたガラス窓の内側から声をかけた。警報装置を解除し、ロックを外して、ドアを開いた。

「やあ、アプおじさん」エバンはパジャマとローブ姿のアプトンを見た。「寝るには少し早くないですか?」

「ベッドに入っていたわけじゃない。くつろいでいただけだ」アプトンはシッドを探してエバンの背後を見たが、目に入ったのは半円状の私道に停まっているぴかぴかのスポーツカーだけだった。「どうかしたのかね?」

「奇遇ですね！　ぼくもそれを尋ねたかったんですよ。入れてもらえますか？　世間話でもしましょう」

しぶしぶアプトンは答えた。「いいとも、入りなさい。いま書斎にいたところでね」

そして手招きでエバンを先に行かせた。彼は広い廊下の中央をきびきびと軽い足取りで進みながら、じろじろとあたりを眺めまわした。「最後にこちらに来てから、なにひとつ変わってませんね。ええっと、あれは、何年前でしたっけ？」

「わたしは習慣の生き物だ」アプトンは言った。「アリス亡きあと、彼女たちからはもっと生活を縮小したらと言われてるんだが、この家を出る気になれない。なじんだこの家なら、どこになにがあって、どうすればいいかがわかる」

〝彼女たち〟とは成人した娘ふたりのことだ。ふたりとも仕事と家庭の両立に追われている。ちょくちょく立ち寄ってくれるが、愛情よりも義務感にもとづく訪問であることをアプトンは感じ取っていた。

親の役割を正面から担ってきたのはアリスだった。妻は穏やかで愛情深く、やさしい口ぶりで、何十年ものあいだ家族を滞りなく動かしてくれる手入れの行き届いたモーターのような存在だった。その妻がいなくなったあとには、気のあう他人同士のような父と娘ふたりが残されて、共通の土台と話題を探している。いまさらながら娘たちのことをほとんど知らないこと、娘たちが個人としてなにに興味を持ち、なにを考え、どんな癖を持っているか知らないことに気づき、そんな自分を恥じた。

アプトンの時間の多く、つまり人生の多くは、シッドとその商取引に捧《ささ》げられてきた。シッドはさまざまな業界に広く包括的に手を伸ばしていたため、その業務も多岐にわたった。また、わが子よりもエバンとかかわる機会のほうがはるかに多かった。もしもう一度やりなおせと言われたら、過去の選択の多くを見なおして、優先順位を入れ替えるだろう。だが残念なことに、修正しようにも、その時機を失してしまった。

ふたりは書斎に入るとすぐにカクテルテーブルをはさんで座った。エバンはウォッカを注ぎ、アプトンは断った。歓迎せざる侵入者との面談を長引かせたくなかった。

「なにを考えてるんだね、エバン？」

エバンはだらしなく腰かけ、投げだした両脚の足首を交差させていたが、アプトンにはそれが虚勢だとわかった。気に病むことがなければここへは来ない。アプトンには心当たりがあったが、エバンのほうから言わせたかった。

エバンは口火を切った。「今朝お父さんから、びっくりすることを聞かされましてね」

それはなにかとアプトンは尋ねずに待った。

「お父さんが言うには、おじさんから警告があったって……」エバンが中空にぐるっと螺旋《らせん》を描く。「ぼくの将来という池にさざなみが立つ可能性があるって」音をたててウォッカを飲む。「いや、もうちょっと正確に言いなおさせてもらいますよ。お父さんが警告したのは大災害の可能性だった」一転して、猛々しい口調になる。「それなのに、なぜそれを防ぐためになにもしてくれないんですか？」

アプトンは両手を上げた。「いまの時点でわたしにできることはないからね。キーワードは可能性という言葉だ。わたしは立場上、シッドときみにそういうことが起こりうると知らせる義務があった」

「いや、いや、かんべんしてくださいよ」エバンは乱暴にグラスをテーブルに置いた。「じゃあ、おじさんは手をこまねいて待つつもり？　あの女がついに往生して、それを受けてその検事が殺人の逮捕状を手におれに襲いかかるのを？　そういうことなんですか？」

「彼女はレベッカ・プラットだ」

「名前ぐらい知ってますよ！　まったく！　忘れられるわけないでしょ。おれの人生を台無しにした女なんだから」

アプトンは舌を嚙んだ。なんと不作法な愚か者だろう！　エバンのどなり声やみずからの心の内の怒りとは裏腹に、アプトンは静かに言った。「世間は逆だと言うだろう」

エバンがこちらをにらんでいたので、アプトンは彼が怒りを抑えるのを少し待った。「もしレベッカ・プラットが回復してきみの裁判で証言できていたとしよう。彼女が陪審に与える影響は絶大であり、悪くすると刑期が長くなったかもしれない。

亡くなっていれば、さらに悪い。いまごろよくて故殺の罪でリーズビルの刑務所で刑に服し、ぴかぴかのポルシェで自由に走りまわるどころではなかった。いずれにせよ、彼女はいまの痛ましい状態にいることで、きみに多大な益をもたらしてくれたのだ」

エバンは仏頂面でバーまでグラスを運び、ウォッカを注ぎ足した。「いま彼女はどこにいるんですか？」

「ニューオーリンズの特別看護施設だ」

「彼女がどんな状態だか知ってますか？」

「スタッフのひとりから、定期的に報告がある。レベッカは最初に運ばれたときから、ほぼ変わらない状態だそうだ」

エバンは顔の前で手を上下に動かした。「反応なし？」

アプトンは、ない、とそっけなく答えた。

「彼女についてほかには？」

アプトンはレベッカの体調についてわかっていることを伝えた。

エバンは何口かのウォッカとともにその情報を取り入れた。「それで、そのまま無限にその状態が続く可能性もあるんですか？　年取るまでってことですけど。年取って、自然死するまで」

「理論上はありうる。ただ彼女のような状態だと、通常、長生きは望めないと聞いている」

「ふうん、そりゃいいや」エバンはグラスに口をつけたまま言ってから、酒を飲んだ。「ぼくの首筋には剣が押しあてられてるってわけですね」

「自然な経過をたどればそういうことになる」

そのひとことがエバンの発言を誘った。「もし誰かが自然な経過を早めたら？　彼女はどれぐらい持ちこたえられるんですか？」

「長くて数日」

「かんべんしてよ」

「助言が必要か?」

「そうだな、アプおじさん、お手数をおかけして恐縮ですけどね、ここにいるからには聞くしかないでしょう」

皮肉が口をついて出そうになったが、アプトンは衝動を抑えた。「国を出なさい、エバン」

「ええ？」

「地球上のこれと思う場所を選んで、そこで身をひそめるんだよ」

「身をひそめてたら楽しめません。期間はどれぐらい？」アプトンが黙って目だけ向けると、エバンは名づけ親の答えを察していきり立った。「ずっとなんて冗談じゃない。どうかしてる」

こんどもアプトンは苦労して怒りに蓋をした。「聞きなさい、エバン。こういった案件を立件しようとするのは、グランドキャニオンにぴんと張ったロープの上を歩くようなものだ。四方八方から風が吹きつけ、一歩まちがえば大惨事になる。

どんなに勇敢な検事でも、他国からの引き渡しとなると、困難さは十倍にふくれあがり、裁判まで持ち込める可能性は格段に低くなる」

エバンはじっくり考えてから、ブロッコリーを食べろと言われた聞き分けのない子どものような口調で言った。「いやだ。ぼくは国外に出たくない。家に帰ってきたばかりなんだから。それに逃げたり、姿を隠したり、いや、お父さんとおじさんが言うみたいに目立たないようにするだけだって、かえって罪を認めてるみたいに見える」

片方の手のひらを胸に押しあてる。「ぼくは彼女に言われたこと以外はしてない。テオとカルとぼくといっしょに寝室に入った時点で彼女はなにをするかわかってました。人に言われてヤったわけじゃないんだ」エバンは言葉を切り、笑いだした。「そう、ヤったんですよ」

もはや名づけ子に耐えられなくなったアプトンは、椅子から立ちあがった。「今夜はもう遅い、エバン。明日は朝早くからシッドとミーティングがある」

「待って。彼女の両親はいまも熱心な信者なんですか？」

「母親は亡くなった。父親のほうはいまも毎日見舞っているそうだ。彼の宗教的な信念はみじんも揺らいでいないのだろう」

「そっか」エバンは大げさに肩をすくめた。「じゃあ、信心家の心配はいりませんね。ぼくの誤解じゃなければ、父親はプラグを抜くのに反対してたし、彼女の元夫のほうはわれ関せずです。選手としての絶頂から叩き落とされたあと、酒に溺れて破滅したし」

アプトンは迷った。これ以上の情報は与えたくないが、同時に、シッドの延長線上にいると考えれば、エバンはクライアントだった。情報を与えられる権利があるということだ。

それにエバンが唾棄すべき人間であることがわかったいまも、名づけ子であることに変わりはない。わが子同然に遇するという誓いを立てている。

アプトンは重い口を開いた。「彼はニューオーリンズに行った」

「誰？　ブリジャーが？　いつ？」

「最近だ」

「最近ってどれぐらい最近なんですか？」

「きのうの午前中だ。レベッカを見舞い、そのあと施設長とふたりきりで会ったようだ」

エバンはやや青ざめて、ウォッカの残りをあおった。「べつにいいけど。彼女のところにはどれぐらい見舞いに行ってるんですか？」

「一度もだ、エバン。はじめてのことだけに、重大な意味があるかもしれないとわたしは思っている」

「うーむ、そうかね、シャーロック。いつになったらその重大な意味のある訪問とやらについて話してくれるつもりだったのかね？」

「きのうは情報提供者が非番だったので、きょうになってミスター・ブリジャーの訪問を知ったそうだ。ほかのスタッフのうわさを聞きつけたとか。そしてシフトを終えるこの午後まで、その情報をわたしに伝えることができなかった」

エバンは息を荒らげ、鼻をふくらませた。「彼の訪問がどう重大なの？」

「わたしの考えすぎかもしれない」

「じゃないとしたら？」

「きみの早期釈放への反応かもしれないし、検事からそそのかされたのかもしれない」

「お父さんからその検事の話を聞きましたよ。女だそうですね。キャサリンなんとかいう」

「レノンだ」

「彼女について知ってることは？」

「検事総長事務所で働きだして一年と少し、切れ者で果敢だということだけだ」

「それだけ？」

「それでは足りないかね？」

「足りないどころじゃない」

エバンの厳しい顔つきと口調の冷たさにたじろいだアプトンは、わずかに警戒心をいだいた。「エバン、自分のためを考えて行動するんだ。目立たないようにという、わたしたちの助言をないがしろにしないでくれ。わたしは義務としてきみたち親子に起こりうる事態を伝えたが、そこまで深刻に心配しているわけじゃない」

エバンはいましばらく虚空をにらんでいたが、まばたきをくり返して、アプトンに視線を戻した。端整な顔をゆるめると、笑顔になってアプトンの肩をつかんだ。「遅くまでつきあわせてすみませんでした。疲れてるみたいだから、もうおねんねさせてあげないとね。酒をごちそうさま」

エバンはそそくさと外に出て、アプトンが見送ろうと玄関にたどり着いたときには、車のエンジンをかけていた。アプトンは私道を出た車のテールライトが見えなくなるまでその場に留まった。車はエバンの不品行の象徴、彼はそれが与えられるのを当然と感じている。エバンの人格形成に自分も関与したことを思うと、忸怩《じくじ》たる思いだった。甘かった両親と同じぐらい、自分にも責任がある。賄賂のかずかずを容認し、実際交渉にあたることで、幼少時にさかのぼるエバンの問題行動を隠蔽するのに手を貸してきた。

階段をのぼって寝室へと向かうアプトンは、罪悪感と心配と鎖のように体に巻きついた疲れに打ちひしがれていた。

テオはいまもエバンが懲役を食らったときに住んでいたタウンハウス・ビレッジに住んでいた。ドアの色が異なるだけで、すべて同じ造りの三軒続きの中央が彼の家だ。

エバンはコバルトブルーのドアに取りつけられた真鍮製のノッカーを鳴らした。テオが出てきて、エバンを見ると困惑に顔をゆがめた。「エバン？」

「誰か来ることになってたのか？」

「きみが来るとは思ってなかった」少しためらってから、続けた。「でも、入って」

「そりゃそうだろ」

エバンはメインルームに入った。刑務所に行っているあいだに改装されていた。「きれいになったな。最近やったのか？」

「去年だよ」

エバンはリビングエリアとキッチンを隔てるアイランドテーブルまでぶらりと移動し、大理石をひと撫でして舌打ちした。「人造か。だまされて本物の値段を払わされたんじゃないといいが」

テオは玄関のそばを動かず、腰に手をあてている。「酔ってるんだね」

エバンはにやりとした。「酔ってはいるが、ケチにはなってないぞ」ズボンの前ポケットからプラスチックの錠剤入れを取りだした。「エクスタシーだ。投げるぞ」

テオはケースをキャッチすると、オーバーハンドで投げ返した。「いらない」

「きのうの夜、われらが友シンプリー・サイモンに会ってきたんだが、もうずいぶん長いことおまえに会ってないとぼやいてたぞ。売人を変えたかなんかしたのか？」

「もう遅い時間だよ、エバン。寝るとこだったんだ。来週の夜で都合のいい日を教えてくれ、食事に行こう。いつがいい？」

エバンは人さし指で顎をつついた。「なあ、それがどんなふうに聞こえるかわかるか？　失せろって言われてる気がするんだが。ていよく追っぱらうときの言い草にさ」

テオは力なくうなだれて、なにもはいていない足を見つめた。骨張って見苦しい足だ。つぎに顔を上げると言った。「なあ、エバン、きみが釈放されてよかったと思ってる。会えて嬉しい。でも、ぼくはもうそういうのはやらない」エバンが手のなかではずませて錠剤をじゃらじゃらいわせているプラスチックのケースを指さした。

「まじかよ？　向精神薬でひどい目に遭ったのか？」

エバンはテオを見るたびにフォレスト・ガンプを思いだした。悲しいぐらいうぶでたやすく他人に左右される。ところがいま、テオのしかめ面はきのう、夕食の席でカルが見せた非難がましい表情に似ていた。「ひどい目？」テオは言った。「ああ、ぼくたち三人ともひどい目に遭ったんじゃないのか？」

「おおっと」エバンは間延びした声で言った。「それってつまり……」大急ぎで指を鳴らす。「プラットって女のことだな。クレオパトラ似の。おまえから持ちだしてくれて助かったよ。今夜ここへ来たのは彼女のことが理由なんだ。ま、間接的にだけどな。めぐりめぐってというか。酒はあるか？」

「ない」

エバンはため息をついた。「わかったよ、ご機嫌斜めなんだな。寝ようとしてたところにおれが酔っぱらって現れたんで」

「そんなんじゃない――」

「いいっていいって、わかったから」両手で空気を抑えるしぐさをする。「ここからは大急ぎで話す。座ってくれ」

テオはとまどいつつも椅子に移動し、仮といわんばかりに座面の端にちょこんと腰をおろした。エバンはその部屋でもっとも座り心地のいい椅子を選び、どかりと腰をおろすと、父親から聞いたことをテオに話した。「おやじがもうろくしたかと思ったんだが、アプの話で裏が取れた」

テオは案じ顔になった。「二重危険だよね」

「だろ？　おれもそう思ったんだが、ちがうんだ。アプによると、たぶんなにも起こらない。レベッカ・プラットがまだ生きてるから、なにか追及しようとしても行き詰まる。ただし、わかるだろ……」

肩をすくめる。「ふたたびあの事件が裁かれることになったら、おまえとカルとおれは、最初の裁判のときと少しちがう形であの夜のことを思いだすかもしれない。まったくさ」エバンは笑い声を響かせた。「あのときのおれたちはぐでんぐでんで、つぎの日の朝、警察署で取り調べを受けているあいだも、ことの経緯がはっきりと思いだせないぐらいだった。

それからずいぶん時間がたってる。誰が誰になにを言ったとか、したとか、正確に思いだせるやつなんかいるか？」エバンはわかってるなと言わんばかりの目つきでテオを椅子に釘づけにした。「なあ、おれたちの記憶があいまいなままのほうが、都合がいいだろ？」

エバンは質問の意図が伝わるのを待って、再度ため息をついた。「その検事がどうでもいいことで大騒ぎしようとしてるのは明らかだ。その女が目に見えるようだろ？　垂れた乳に太い足首、ごつい手。どっかに見苦しいイボとかがあったりしてさ。

グーグルだかなんだかで彼女を見たいんだが、おれはコンピュータに関しちゃからきしだ。かといって会社の誰かに頼んで調べさせるのも気が進まない。おれが興味を持ってるのがわかったら、ただでさえ興奮しきりのおやじとアプにもそれが伝わる。で、おまえを思いついたのさ。おまえは司書だ！　司書ってのは情報の宝庫だろ？　おまえならふつうの人にはまねできない深さまで掘りさげて調べられる」

テオの表情からして、彼がエバンの話の行間を読んだのはまちがいない。眉をひそめ、脚を小刻みに揺すり、頰の内側を嚙んでいる。「彼女に関するどんな情報が欲しいの？」

「そうこなくっちゃ！」エバンは腿を叩いた。「おまえはやっぱり頼りになるな。なにもかも知りたい。その見苦しいイボのある場所まで」

テオが唾を呑み込む。うなずいた。「わかった、空いてる時間に――」

エバンはクイズ番組の外れ音を出した。「それじゃだめだ。最優先にしろ」

テオの顔にゆがんだ笑みが浮かぶ。不安そうな作り笑いだったが、案の定、テオは聞き入れた。

「彼女の名前は？」

17

目覚めたザックは、目を開く前から悪態をついた。

自分でもどうしようもなかった。彼女にキスしてしまった。倫理違反になるし、ただでさえややこしい状況にさらによけいな荷物を積む行為だった。

なんという思いちがいをしていたのだろう。少し試せば好奇心を満たせて、それでおしまいにできると思っていた。ところがキスに対して彼女から積極的な反応があったせいで、お試しどころの騒ぎではなくなってしまった。

ザックは悪態をつきながら上掛けをはねて起きあがった。山歩き用の衣類を一枚、また一枚と重ねながら、卵ふたつでスクランブルエッグを作り、濃いコーヒーを淹れて、それを急いで腹におさめた。早く山に入って鬱積した欲望を発散し、頭をすっきりさせたい。

しかしトレイル沿いにある見慣れた目印が見えてきても、頭は最初の――そして現実には最後の――キスによってもたらされたぞくぞくとした感覚に引き戻されつづけた。ついばむような唇と唇の触れあいが、慎重な舌の探りあいになり、それがたちまち燃えあがって、ふたつの口を溶け込ませようとする、より深く激しく熱烈な行為になった。

ケイトはつま先立ちで片腕をザックの首にまわし、ザックは彼女の腰に両手をまわしてぐっと抱えあげた。そして自分に密着させた。ちょうど彼自身がそこにあたるように。

だが、完璧な状態が続いたのは、鼓動にしてわずか数拍のことだった。ケイトがうめきながら彼の首にまわしていた腕をゆるめてすべりおり、ふたたび床に足裏をついて、手をザックの胸の中央にあてた。「ザック、だめよ」

「わかってる、約束したもんな」そう言った端からザックは動こうとした。

「だめよ」彼女の手に力が入る。

ふたりはその状態で一瞬停止したのち、短いうなずきとともにザックは彼女を解放し、後ろに下がった。「なかに入って、ドアをロックしろ」

「レベッカの件については、また聞かせて」

ザックはうなずいた。

「おやすみなさい、ザック」

「おやすみ」

ザックにはそれしか言えなかった。ケイトがコテージのなかに消えると、降りしきる雨のなかを駆けだし、トラックの運転席に乗り込んで家を目指した。ワイパーは最高速で作動しているものの、まだ足りなかった。音をたててルーフに降りそそぐ激しい雨が神経を鎮めるどころか、不快感をかき立てた。

自宅に帰り着いたとき、着ているものはぐしょ濡れ、皮膚は欲望に熱を帯び、ペニスは鉄のように硬く、頭は爆発寸前だった。

もしビングがその状態を知ったらおおいにおもしろがって、心も体もあるべき姿から逸脱している、見込みがないな、とこきおろすだろう。「なぜなら」ビングが言いそうな台詞を思い浮かべる。「そのキャサリン・カートライト・レノンなる女には、一途な目的意識と不屈の精神があるようだ」おそらくビングの見立ては正しい。

ビングから州検事はどんな人物かと訊かれたときに事実のみを答えたのは、そういう理由だった。ザックがたった一度のキスで健全な判断力を――ましてやプライドならなおさらやすやすと――なげうちかねないと察知されそうなことは、いっさい言わなかった。

いくら夢のようなキスだからと言っても、たかがキスだ。

トレイルを下るあいだもずっと成り行き任せのキスの記憶にふけっていたので、山裾にある岩がちの川底に着いたいまになって、ここまで来られたことが不思議なような気がした。ザックにとって滝の下にあるここは癒やしの源泉ともいうべき場所だった。最悪の状態のとき、自分を見つめなおし再生する足がかりを求めてここまで下ってきては、なぜかよりきついのぼりを歩いて戻る力を得てきた。

滝の音は耳をつんざくばかりだった。落下する水の下にある丸石が水面を白く泡立たせている。ザックは激しく渦巻く水をしばし陶然と眺めた。そこから下流に目を転じると、流れはゆるくなっている。とはいえ、延々と下りつづけ、長いあいだ水流に磨かれてすべらかになった石の上をすべり落ちていく。

何百回となくここに佇《たたず》んで美しい景色を堪能し、地殻変動による隆起に対して永遠の抵抗を続ける自然の辛抱強さに感嘆してきた。そのたびに畏れに包まれた。きょうはその景色によって肚《はら》が決まった。

骨の折れるのぼりに取りかかったザックは、これまでのタイムを丸一分縮めた。


グリーンリッジ社は木々に埋まった山肌を半月状に開拓して、地域本部の本拠地としていた。できあがっている社屋は営業所のみで、モデルハウスのほうは着工直後から完成間近まで進捗状況の異なる建設途上にあり、現場には作業員の姿が見える。開拓地の端には仮設の建物と移動式トイレがならんでいた。

ザックは営業所の前に停車した。なかに入ると、しゃれた建物であることを認めないわけにはいかなかった。左手には凝った造りのコーヒーカウンター、右手のカウンターにはソフトドリンクとペットボトルの水と果物を盛ったボウルが置いてあり、真正面が受付になっているが、いまは誰もいなかった。一面ガラス張りの壁の向こうには山の斜面が広がり、景観をそこねる移動式トイレを視界から排除してあるのが印象に残った。

若い女性がコーヒーカウンター側の開口部から出てきた。「あら、申し訳ありません。いらしているのに気づかなくて」

「いま来たところだ」

彼女は近づいてきて、祖母から真珠とマナーを受け継いでいる南部娘らしい完璧な笑みを浮かべた。「ペネロペです」

「ザック・ブリジャーだ」

緋色《ひいろ》の唇をきれいなOの形にして、彼女があたふたしはじめた。「あら、そうなんですね、ミスター・ブリジャー。ようこそ。どういったご用件でしょう？」

「ペネロペ、ここから先はわたしが引き継ごう」ザックはその声のしたほうをふり向いた。さっきペネロペが出てきた開口部に男がひとり立っていた。

ペネロペは救命具を投げてもらったようにほっとした声になった。「ミスター・パークスはこちらの本部長です。彼がご用件を承ります」

「どうも」ザックが近づくと、男は右手を差しだした。

「マッキー・パークスです」握手をしながら男は言った。「あなたのことは存じあげております。ようこそ」

血色のいい顔に薄い髪をした五十前後の男性で、長時間机の前で汗をかかない労働に追われている人物らしい太鼓腹をしている。ザックが案内されたオフィスは、ザックの自宅によく似ていた。マウンテンシックとでも言おうか。山岳地に似合う、けれど垢抜《あかぬ》けた調度で整えられていた。

ザックは勧められるまま、窓の前に円形にならべてある格子柄の椅子の一脚に座った。パークスは椅子に腰かけると、臆することなく時間をかけてザックの品定めをした。いよいよザックが検査に合格したかと尋ねようとしたとき、パークスは話しはじめた。「いつかあなたにお目にかかりたいと思っていました。じつは大ファンだったものですから」

「〝だった〟か。いまはそれほどでもないってことだ」

パークスはくすくす笑った。「困ったな」

「おれの邪魔をせず、うちに人を送りつけるのをやめてくれたら、態度を改めないでもない」

「喉から手が出るほどお宅側の斜面が欲しくて、売っていただきたいものですから」

「売る気はない」

「金に糸目はつけません」

「金額は関係ない。大金を積まれても売る気はないんだ。以上。この話はこれで終わりだ」

ザックは話題を切り替えるべく、椅子に腰かけたまま身を乗りだした。

「たしかに山のこちら側できみたちがやっていることは気に入らないが、だからといっておれはきみたちの所有物を破壊するようなことはしない。ペンキのスプレー缶を手に真夜中に忍び込んでるのはおれじゃないぞ。窓も割ってないし、標識を傷つけたりもしてない」

パークスは不思議そうに小首をかしげていた。「お話がよくわからないのですが」

「デイブ・モリスをおれにけしかけるな」

「保安官助手のですか?」

「ああ、そいつだ。帽子をかぶった男だ。あいつに二度ばったり会い、二度ともにらみあいになった。やつが最初に探りを入れにきたとき、こちらで起きてる破壊工作とはまったく無関係だと伝えたんだが」

パークスはあ然としつつも身構えた。「そうですか、わざわざ教えていただいてありがとうございます。でも、否定していただくまでもないんですよ、ミスター・ブリジャー。当社にはそんなことを疑う人間はひとりもおりませんので」


ケイトは自分のコテージの前を行き来する宿泊客の車の音に慣れていたので、ある車がやってきたときも、ドアにノックの音がするまで、とくに注意を払っていなかった。窓に近づいて、カーテンを引いた。ザックがこちらを見て、あいさつ代わりに顎をしゃくった。どきりとする心臓を無視し、カーテンを元に戻すと、ロックを外して、ドアを開けた。

ザックは言った。「おはよう」

「おはよう」

「訪問するには早すぎたか？」

「いいえ。もう起きていたわ」

「邪魔をしたかな？」

「いま荷物を詰めているところ」

「アトランタに戻るのか？」

「きのうの夜、あなたにレベッカの件に関する結論をせかさないでと言われたから。わたしも漫然とここにいてもしかたないんで、いったん戻ってあなたの返事を待つことにしたの」

「そうだな、それがいい」ザックは手の甲でむさ苦しい顎を撫でた。「きみの出発を遅らせるのは不本意だが、相談したいことがあって。なるべく手短にすませる。意味があるかどうか、いまの段階ではわからないが」

「それだけで興味を惹かれたわ。なかは散らかってるから、外で。いま上着を取ってくる」

ケイトはドアを開けたまま、ジャケットを着た。そしてスーツケースに入れてあったスカーフを引っ張りだして、おまけとして首に巻いた。ちらっと鏡に視線を投げ、髪の毛のトップをふわりとさせる。彼にはぜひとも、前触れなく訪れるという悪い癖をやめてもらいたいものだ。

部屋を出ながら言った。「遊歩道があって」道標を指さした。「ぐるっとまわってこられるようになってるの」

「連れてってくれ」

ふたりは縦一列で遊歩道に入ったが、そのうちザックが前に出てケイトの横にならんだ。遊歩道の地面には落ち葉が散り敷き、昨夜の雨のせいで各所に水溜まりができていた。それらを避けて歩いていると、ふたりの腰がぶつかったり、手が触れたりして、キスの記憶がよみがえる。ケイトはその記憶のせいでほぼひと晩じゅうそわそわして、よく眠れなかった。

なにを考えていたの？　自分のキャリアを台無しにしかねない危険性についてでも、正義をもたらそうとする意欲に生じさせかねない裂け目についてでもないのは確かだ。正義を追求できるかどうかは、この男性に課せられた悲痛な決断にかかっている。

あのときのケイトは、抱擁してはまずいなど、まるで考えていなかった。彼に抱きつきたい、すばらしい肉体にツタのように絡みつきたいと、彼の唇に溺れながらただそれだけを念じていた。

その思いはまだ続いている。

「今朝はちがって見えるな」

「どんなふうに？」

「ビジネススーツ以外のかっこうのきみは見たことがなかった」

「わたしのワードローブにはそれ以外もあるのよ」

ザックがにやりとした。「ジーンズもはかないともったいない」

頬が赤らむのを感じつつ、ケイトは軽妙さを保った。「ありがと。それが意味があるかどうか、いまの段階ではわからない話？」

「いや。いま言った話にはまちがいなく意味がある」ふたりの視線がしばし交わる。やがてどちらからともなく地面に視線を落とした。彼は泥まみれの石を蹴り、革のジャケットのポケットに手を突っ込んだ。「グリーンリッジの本部長と会って、その足でこちらに来た。マッキー・パークスという名の男だ。興味深い会話ができた」

ケイトはふふっと笑った。「でしょうね」

「きみが考えているのとはちがう興味深さだ、ケイト」

内容に入る前に、曲がり角から女性が現れた。ゴールデンレトリバー二頭に引きずられて歩いている。ケイトがその女性とあいさつしているあいだ、ザックはかがんで大はしゃぎする犬の耳の裏をかいた。犬と飼い主が通りすぎるのを待って、ふたりは散歩を再開した。

「おれが今朝グリーンリッジに出かけたのは、土地を売る気がまったくないことを伝えるためだ。そして連中の資産を破壊しているのがおれでないことをはっきり伝えたかった。モリス保安官助手をけしかけるのはやめてくれとパークスに頼んだ」

「彼の返事は？」

ザックが立ち止まったので、ケイトも足を止めて彼を見た。「パークスが言うには、おれを破壊工作と結びつけている人間はあそこにはいないそうだ。子どもとか、隣町のマリファナ常用者のグループとか、以前にもいたずら目的で破壊活動をして捕まったことのある人間のしわざだろうと。

破壊工作がらみでおれの名前が出たことはないと言ってた。もったいつけて土地を売らない困り者扱いはされているようだが。で、彼はおれの身辺を探るためにモリスを派遣したこともないし、モリスがみずからそんなことをする理由も見当がつかないそうだ」

「信じるの？」

「パークスをか？　ああ、信じる。彼が山の斜面に傷をつけてるのは気に食わないが、人としてはまっとうそうだった」

「わからないわね。デイブ・モリスがどうしてあなたにいやがらせを？」

「きみが原因とか？」

ケイトは考えてから、首を振った。「タイミングからしてそれはちがう。わたしがあなたの家に行ったら、彼はもういて、わたしを見て本気で驚いていたもの。あのときまでわたしたちが知り合いなのを知らなかったはず。ただしスーパーボウルのMVPにはむかっ腹を立ててる。本人がそう言ってたから」

ふたたび歩きはじめた。「その気になればいくらでも深読みが可能だ」ザックが言った。「あいつも元スポーツ選手らしい体つきをしてるから、おれの栄光の日々に嫉妬してるのかもしれない。好奇心に駆られた可能性もある。元有名人を調べたいと思ってて、破壊工作がいい口実になったとか。おれは公然と開発に反対してる」少し先まで行くと、ザックは肘でケイトの脇腹をつついた。「あいつ、きみが帰ると知ったらがっくりするぞ」

こんどもふたりは、周囲には誰もいないのに、声を忍ばせて笑った。遊歩道で会ったのは犬を連れた女性だけで、深閑とした森に落ち葉を踏みしめるふたりの足音が聞こえるばかりだ。それもまた、ふたりが同時に立ち止まって顔を見あわせるとやんだ。

ケイトは言った。「わたしは引き返して、出発する。午後のなかばにはオフィスにいなきゃいけないのを思いだしたから」

「この遊歩道はどれぐらいある？」

「あと二十分ぐらいで一巡できるけど」

「だったら、おれは先に進む。考えたいことがうんとある」

ケイトは共感を込めてほほ笑んだ。「ザック、どんな結論になったとしても、あなたが決めたことが正しいの。どちらに倒れてもいいから、あなたがこの後の人生を後悔せずに、あるいは自分を責めずに生きていかれる選択をして。あなたにとって正しいことを選んでね」

「おれはレベッカにとって正しいことを選びたい」

ケイトの喉は締めつけられた。レベッカ・プラットにはどれだけ同情しても足りないが、ともに過ごしたあいだにこの男性の価値がわからなかったとは、信じがたいほどの愚かさだ。

「あなたの返事を待っています」

「まだ雨の予報が出てるから、気をつけて運転してけよ」

「そうするわ」

彼が一歩近づいてきた。「お別れのキスは？」

「ザック――」

「だよな、わかってる。どうにも気に入らないが、わかってはいる」

ケイトはふっと息をついて、小声で言った。「頬なら」

彼はスカーフの両端を左右の手に分けて持ち、何度か手に巻きつけて彼女を引きよせると、頬に唇を押しあてて、そのまま温かな息を吐いた。と、彼は下がって手からスカーフをほどいた。

そのまま黙って遊歩道をたどりだした。

18

エバンはごく幼いころから、世間的に悪いとみなされることをしているのを見つかったとき、受動攻撃的な戦術を採ってきた。自分にはそのときその場でしていることに対して当然の権利があるかのようにふるまうのだ。

罰を回避するこの手法の心理学用語は知らなかったものの、効果があることだけは知っていた。影でこそこそするよりも有効だった。人目を忍んでの悪事には恥の感覚がつきまとうが、エバンには恥という概念が欠落していた。特権階級だったので、譴責《けんせき》も矯正も免除された。

今夜すべきことには避けがたくリスクがある。逃げおおせる可能性より、捕まる可能性のほうが高いが、それほど心配していない。問いただされたとしても、適当な言い訳をしてうまく切り抜けるのは大の得意だ。仮にそれがうまくいかなかったときは、父親の名前と小切手帳が頼みの綱となる。

テオはキャサリン・レノンの情報を提供するという約束を果たさなかった。図書館の便器のひとつから水があふれたために、勤務時間の大半、モップで床を拭いていたのだ。だが、テオは明日もう一度やってみると約束した。トイレ詰まりの原因となった汚れたおむつにしてやられるのは癪《しゃく》なので、エバンは遅れを取り戻すべく、レノンといういまいましい女について自分で調べることにした。

彼女の自宅の住所を教えろと迫ると、テオはそれをテキストメッセージで送ってきた。救いようのないばかだ。テオも刑務所に入っていれば、世間に公表されたくないことをテキストで送ってはいけないことを学んだだろうに。ときに、たった一通のテキストメッセージが命取りになる。

冒険にはフリーダの車を借りた。「雨になりそうだけど、新しいベイビーを濡らしたくないんだ」

悪天候のなかポルシェを運転したくないとはもっともらしい理由だ。だが、本当の理由は、フリーダが運転している中価格帯のシボレーなら公道で目立たない分、うんと尾行されにくくなることだった。

連中は――それが誰にしろ――おれが監視に気づかないと本気で思っているのか？　滑稽で笑いが止まらない。昨夜テオのタウンハウスを出たときは、二軒先に停まっている特徴のないセダンに乗っている男に手を振りたくなり、その衝動を抑えるのに苦労した。

フリーダはうるさいことを言わずに車のキーをよこし、かならず十時には戻ってほしいという注文だけをつけた。二百ドルの超過勤務手当を渡し、出発はフリーダがふだん帰宅する時間にした。夕暮れどきに門を出るとセダンはついてこなかったので、エバンはそのままキャサリン・レノンの自宅方面へと車を走らせた。

彼女の自宅は魅力的な家屋が立ちならぶ通りにあり、鎧戸《よろいど》と花壇のある家々の軒には、星条旗が掲げられていた。エバンは彼女の自宅前をいったん通過してブロックをぐるりとめぐり、〝売り家〟の看板が出ている空き家の前に車を停めた。ゆったりとしたなにげない足取りで角を曲がり、敷地のなかばで煉瓦敷きの歩道に折れて彼女の自宅玄関に向かった。

近所の目を気にしてあたりをうかがうようなまねはしない。三十秒とかけずに刑務所で教わったツールと技術で錠を開けた。マジックさながら。むかしから奇術師の巧妙な手つきに憧れてきた。

警報音が鳴りだすのを予期しながら、家に入った。ところがなにも起きない。つまり、サイレントアラームが設置されているか——その可能性が高い——今回の侵入が気づかれずにすむかだ。いずれにしても、探索時間は十分と決めた。警報モニターの反応を受けて警察が派遣されるまでの平均時間がそれくらいだからだ。

ハーバード大学よりもプリンストン大学よりも学びの多い場所、それが刑務所だった。

十分という制限時間のうちに、エバンの天寿を刑務所でまっとうさせたいという妄想に取り憑《つ》かれている州検事について、できるだけのことを知りたかった。

「おかどちがいもいいところだ」せまい玄関でエバンはささやきながら靴を脱いだ。窓から街灯の明かりが射し込むおかげで、なかを歩きまわるには困らない。

靴下のままリビングに入った。外から想像するよりずっと現代的なしつらえだった。木綿の更紗《さらさ》や古物でも飾ってあるかと思いきや、薄暗がりのなかで見るかぎり癖のない室内で、装飾も控えめで上品だった。

そしてテオが大喜びしそうな立派な本棚があり、退屈そうな文学作品から熱いロマンス小説まで、幅広いジャンルの本が詰まっていた。ふーん。彼女が好んで読むのはどっちだ？

エバンはそこからキッチンに移り、やはりここでも少し意外に思った。最新式の調理器がそろっているものの、どのがらくたもあまり使われていないようだ。シンクはがらんとして、端にフキンがかけてある。アイランドテーブルの中央に鎮座するのはランの花の鉢だった。エバンは白い花のひとつをつまみ取り、においを嗅いでポケットに突っ込んだ。

「整理整頓が行き届いてるな、キャサリン。料理はしないようだが」

引き返してもう一度リビングを通った。直観の命ずるまま廊下を進み、ゲスト用の寝室と書斎の前を通りすぎると、廊下のいきあたりで彼女の寝室とおぼしき部屋にたどり着いた。

ここも片付いているが、ほかよりは生活感がある。キングサイズのベッドに、背もたれのついた長いソファ。どちらにも装飾的なクッションがふんだんに置いてあった。

上掛けはベッドの足元にかけてある。エバンは手をやって贅沢な触り心地を味わった。キッチンはこぎれいに、寝室は豪華に。ここは彼女が丸まってみだらな小説を読む場所だ。

ウォークインクローゼットのドアを開くと、自動で明かりがついた。ブラインドがおりているので、危険は感じない。なかはきちんと整頓されていた。三段のオープンシェルフにならぶのは、ハイヒールの靴のかずかず。ほとんどがピンヒールだった。

ということは、キャサリンの足首は太くない。

そこでエバンは腕時計を見た。あと二分と少しで退散しなければならない。造りつけのタンスの抽斗を調べた。指紋を残さないように手に袖をかぶせていちばん上の抽斗を開けた。下着だ。垂れた胸や見苦しいイボのある女が着るような下着じゃない。ブラジャーはレースの薄地でいつもなら魅力を感じないサイズだが、ほどほどの大きさのカップの乳首のあたるあたりを人さし指で触れていたら昂《たかぶ》ってきた。

パンティのほうも股間に心地よい窮屈さをもたらした。Tバックもあれば実用的なものもあるが、どれもうぶな印象はない。黒いレースのTバックを取りだして、ランの花の入っているポケットに突っ込んだ。

腕時計を確認する。残すはあと九十秒。それだけしたら出なければならない。まだ帰りたくなかった。もっとキャサリンのことを知りたかった。まだまだ知りたい。

クローゼットのドアを閉めると、明かりも消えた。部屋から出ようとしたとき、ソファ脇のサイドテーブルに置いてある写真立てに気づいた。三人の人物が写っているが、よく見えないので、危険を覚悟で携帯電話の懐中電灯アプリを使うことにした。

ビーチで撮られた写真だった。三人がお互いの腰に腕をまわしている。砂まみれの足、水着、笑顔、笑顔、笑顔。エバンの父親と同じぐらいの年ごろの男女ひとりずつが、背の低い、プラチナブロンドの髪をした女をはさんで立っている。中央の女が着ているのは、抽斗にあった下着に合致するサイズのビキニだ。

晴れやかな笑みとぎらつく太陽のせいで潑剌とした顔をしわくちゃにしているが、それでもなお愛らしくて欲情を誘った。エバンはやさしく語りかけた。「やあ、キャサリン」

ザックは一日じゅう気分が冴《さ》えなかった。

B&Bの遊歩道を一巡して戻ると、ケイトのコテージの前にはもうSUVがなかった。わかっていたことだし、それでよかった。別れも二度めとなるとさらにつらかっただろう。だとしてもなお、彼女がいなくなったとわかって意気消沈した。

取引所が閉まる前に帰宅して、株式市場をチェックすることができた。思った方向に上昇していたので、嬉しかった。一時間かけてデータを分析し、興味を持ちそうな相手にメールを送ったが、気がそぞろで集中できなかった。午後はほぼ窓から外を眺めて過ごした。

懸案となっているレベッカの命にかかわる問題が、寒々としたうなじに幽霊の吐息のようにまとわりつき、また足かせとなって足取りを重くしていた。せかすなとケイトには言ったものの、道徳的にも感情的にもひと筋縄ではいかないうえに、時間のことも気にしなければならない。

もしエバンが身柄の引き渡しに積極的でない国に飛んで、こちらの手の届かないままのうのうと暮らしつづけることになったら、自分を許せるか？　許せるとは思えなかった。だが、もうひとつの選択肢は――

考えることすらできない。

太陽が沈んだ。夕食の時間がめぐってきた。めぼしいものがキッチンになかったので、町のバーベキュー店まで行くことにした。タウンスクエアから一ブロック先のこの店は、ザックの行きつけだった。いつもどおりコンボプレートを注文し、小川のさざなみが見わたせる外のデッキに出てピクニックテーブルで食べた。寒さを寄せつけないようにヒーターがつけられているのだが、ザック以外には誰も外におらず、それがきょうはありがたかった。食事を終えるやいなや、沈んだ気持ちのまま、自宅に引き返すことにした。

自宅までの道のりで、つぎに曲がる脇道の手前まで来たとき、ザックのピックアップトラックのまん前に横道から一台の車が突っ込んできた。ザックがその車とそれを運転しているとびきりの愚か者をよけるため、ブレーキを踏みハンドルを切ると、湿った路面にタイヤが横すべりした。

車体を揺らしながらトラックが停まったとき、後ろのタイヤから崖まではわずか三十センチしかなかった。シートベルトで身動きできなくなっていたザックは、ベルトがゆるむのを待ってサイドブレーキをかけ、ドアを開けて飛びおりた。怒りと心配が同時に襲ってきた。

「だいじょうぶか？」セダンに近づきながら声を張りあげる。

デイブ・モリスが運転席から降りてきた。制服を着ていない。「だいじょうぶなもんか、クソ野郎」

のっそりと近づいてくるモリスに、ザックは腰を落として身構えた。「おれが通りかかるのを待ってたな。なぜおれが来るのがわかった？」

「バーベキュー店の駐車場にトラックがあった。そのうち自宅に帰るのは確実だろ」

「で、待ち伏せしたわけか。バッジはどこにやった？」

「停職処分になった。おまえのせいだぞ。おまえがマッキー・パークスと話をしたあと、あいつがミーカー保安官に電話してきて、おれへの苦情を申し立てたんだ」

「そうか、そんなことになったのか、気の毒に」

モリスは歯をむきだしにして腕を振りまわしながら突進してきたが、その動きを見切ったザックは、保安官助手の肉厚のこぶしをかわして、反撃の一発を腹にみまった。会心の一撃と思いきや、まるでセメント袋のような感触だった。

体重でも筋肉量でも重心の低さでもモリスのほうが有利だったが、ザックには機敏さがあった。いったん後ろに引き、突撃してきたモリスをぎりぎりで横によけた。モリスのこぶしはザックではなくて彼のトラックに激突し、モリスは跳ね返って膝から路面に崩れ落ちた。

ザックは大きな手をモリスの後頭部にあてがい、硬い金属に顔を押しつけた。

モリスが悲鳴をあげて、前のめりになった。そのとき保安官助手のベルトの後ろ側に留めつけられたホルスターが目に入ったので、ザックは拳銃を抜きとり、世に知られた強肩を用いて鬱蒼と茂る道路沿いの森に向かってそれを投げた。

モリスが意識とバランスを取り戻す前にタトゥーのある太い首に腕を巻きつけて引き、上下でにらみあう形になった。

「おまえはおれがグリーンリッジでの破壊工作に関係ないのを知ってて、おれにいやがらせをする口実に使った。おれが知りたいのはその理由だ」

「くたばれ」

ザックはモリスの頭を後ろに引いて、彼の腎臓に膝をねじ込んだ。「うっぷんばらしにいたずらをする歳でもないだろ？　おれの車に傷をつけたのか？　どういうことだ？　おれになんの恨みがある？　ケイト・レノンか？」

モリスがかすれ声を出した。「放せ」

「やなこった」

「クソ食らえ、ブリジャー」

「なぜおれにいやがらせをした？　ケイトのことで嫉妬したのか？」

「おまえに嫉妬だと？　おまえにか？　よしてくれ」

ザックは膝を一度引いてから、改めて背中のやわらかい部分にねじ込んだ。ザックにも試合中に腎臓を痛めつけられた経験があるので、激痛があるのは知っている。

モリスは悲鳴をあげたかと思うと、息を切らして情けない声を出した。「わかった、わかった、そうだ」

「ケイトの件で嫉妬したのか？」

「ちがう」

「どっちだ、モリス？」

「放してくれ……話すから」

モリスは思っていたよりはやばやと音を上げた。作戦として降参したふりをしているのかもしれないので、モリスを押さえつけている力を徐々にゆるめてからゆっくりと身を離した。

保安官助手は車のフロントグリルをつかんで体を起こした。ようやく立ちあがると、よろよろと向きを変え、ボンネットに斜めにもたれかかってザックに痛めつけられた側をかばった。唇は裂け、鼻と目は早くも腫れて黒ずんできている。

どんな損傷を見てもザックは同情しなかった。とっさにトラックを停めていなければ、自分を乗せたまま車は崖から落ちていた。凶暴かつ狡知《こうち》に長《た》けたラインバッカーたちを相手にしてきた長年の経験がなければ、このろくでなしのせいでいまごろ自分は原形を留めていなかっただろう。撃たれていた可能性もある。それを考えたら、デイブ・モリスに対してやさしさなどいだきようがない。

「話せ」ザックは言った。

「おれの拳銃は？」

「三、四十メートル先だ」ザックは頭で方角を示した。「心ゆくまで探したらいい。おれにいやがらせをした理由は？」

モリスは手を唇にあて、垂れている血をぬぐった。「おまえの監視を頼まれた」

ザックには予想外の答えだった。「おれを監視？　スパイするってことか？」

モリスは片方の肩を持ちあげて認めた。

「なんのために？」

「自分で探れよ、クソ野郎」モリスは悪態をついた。「こちとらおまえのせいで馘《くび》にされかけてるんだぞ」

「いいや、身から出た錆《さび》だ、モリス、おれのせいじゃない。おれはおまえの家をのぞくために、偽の申し立てをしたりしない。誰に頼まれておれを監視した？」

「たいそう頭のできがいいようだから、自分で見つけたらいいだろ」

モリスはやっとのことで体を起こして、よたよたと歩きだしたが、ザックはその腕をつかんでトラックのボンネットまで引き戻した。「誰の差し金だ？」

モリスは好戦的な態度を崩さず、かたくなに沈黙を貫いた。

「金を受け取っておれを監視したのか？」

モリスがザックをにらんだ。

「受け取ったな。汚職は車に傷をつけるよりはるかに重大な犯罪だぞ」ザックは言った。「おまえを使った人物をいま明かすか、保安官の前でおれに話すか。おまえが賄賂を受け取ったと聞いたら、保安官はさぞかし興味を示すだろうな」

モリスは顎を動かしながら考えていた。「わかった」彼は言った。「話す。代わりにボスには内緒にしてくれ」

「だめだ。不正には手を貸さない」

「だったら死ぬまで悩んでろ」

ザックは低い声で笑いだした。「それはないな。おまえに教わるまでもないからさ。おれはもう知ってる」

保安官助手は鼻をふくらませ、あざけるように鳴らした。「そんな古くさい手に引っかかるかよ」

ザックは言った。「エバン・クラークだ」


自宅にたどり着いたときのケイトは、かつてないほどへとへとだった。まもなく十一時になろうとしている。アトランタへ車で戻ったあと、当初の計画どおりオフィスに寄った。予定では立ち寄るだけのつもりが、七時間の労働になった。

そのあいだにアシスタントとともに溜まっていた手紙やメールに返事を書き、なんらかの形でかかわっているほかの案件について遅れを取り戻した。

しかしもっとも頭を占めているのは、エバン・クラークのことだった。ケイトは帰宅する前に検事総長にメールを書いた。〝ザック・ブリジャーと何度か会合を持ちました。当初は及び腰だったものの、エバン・クラークの状況について話しあうまでになり、いまはレベッカ・プラットに関する彼の決断によってわたしたちが前進できるかどうかが決まることを理解しています。彼から考える時間を求められました。

彼から返答があるまでは、クラークに対する無期限の監視を続行すべきと考えます。クラークにはその手段も悪知恵も、そして社会的な影響力のある父親からの支援もあるため、いつなんどきいまいる場所を引きはらって逃亡するかわかりません〟

上司である検事総長がこの要求を受け入れるかどうかわからない。エバン・クラークは自由の身であり、現時点では監視下に置くことを正当化できる相当な理由がない。王子さまのような暮らしはしていても、法に反することはしていないのだ。

ケイトはキッチンに通じるガレージのドアから自宅に入った。明かりをつけると、アイランドテーブルに近づき、ほっとしながら肩にかけていた重たいバッグをカウンターにおろした。

ランの鉢に植わっているサルオガセモドキの小枝が何本か落ちていたので、手のなかにはき入れて鉢に戻した。

冷蔵庫には開封済みのシャルドネのボトルが入っていた。グラスに注ぐと、悲しげな笑みを浮かべてつぶやいた。「ときには白も飲むのよ」

バッグの外ポケットから携帯電話を取りだした。それとワインを持ってキッチンの明かりを消し、リビングを抜けた。表の窓から射し込む光だけが頼りだった。

だが、寝室に続く廊下まで来ると、確たる理由のないまま立ち止まってリビングをふり返った。出かけたときと変わりなく、なにもおかしなところはないが、なにかが彼女に玄関に戻って表のドアに鍵がかかっているか確認しろと言っていた。鍵はかかっていた。

子どものころから怖がりではないし、この奇妙な感覚には理由がない。ただ震えのようなものに襲われるだけだ。ケイトはそれを疲れのせいにして、廊下を進んだ。

寝室に入り、ベッドサイドのランプをつけた。ワイングラスと携帯電話をソファ脇のテーブルに置いて、クローゼットに向かって歩きだした。

19

クローゼットの取っ手に触れたちょうどそのとき、携帯電話が鳴りだした。

とっさに思った——願った——のは、ザックかもしれないということ。急いでテーブルに戻った。電話をつかもうとあせるあまり、ビーチで両親と撮った写真を倒してしまい、ゴールドのフレームがガラスの卓面にあたってけたたましい音をたてた。

フレームを立てなおしてから、呼び出し音が四回鳴ったところで発信者を確認することなく息を切らして電話に出た。「はい？」

「ミズ・レノン？」

ザックではなかった。思春期めいた失望を抑えつけた。「そうです」

電話の向こうにいる男は名乗り、警報システムをモニターしている会社の人間だと説明した。「パスワードを教えていただけますか？」

ケイトは逡巡したうえで、まちがったパスワードを教えた。

「申し訳ありませんが、そのパスワードはこちらで記録しているものと異なります」

「それをご存じでよかった。あなたを試したんです」

正しいパスワードを告げると、彼は言った。「今夜九時十八分にお宅のサイレントアラームが作動しました。電話にお出にならなかったので、メッセージを残して警官に出動を依頼しました」

そういえば山積みの仕事を片付けていたときに電話が鳴った。見慣れない番号だったので迷惑電話だと思い、そのまま出ずに留守番メッセージも聞かなかった。

「巡査ふたりがお宅と庭を調べ」男は説明している。「不法侵入された形跡はないとの報告がありました。数分前には警報装置が解除され、あいだを置かずにリセットされています」

「わたしがやりました。いま帰ったところで」

「警察からすべて問題なしの連絡を受けたあと、こちらからお宅の警報装置にリセットをかけました。バッテリーの残量不足で反応することがあります。万事問題がないかどうか、確認のために電話をさせていただきました」

ひょっとしたら、さっき不安に襲われたのは、動物的な勘のおかげかもしれない。ケイトは視線をめぐらせた。クローゼットのドアを起点に、ベッドの足元、少しだけ開いているバスルームのドア、開いたままの寝室のドア、その向こうにある暗い廊下へ。「家のなかを見てまわりたいので、しばらくつないでおいてもらえますか?」

「はい、もちろんです」

携帯電話を持ったまま最初に見たのがバスルームだった。誰もおらず、物の位置も変わっていない。膝をついてベッドの下をのぞき、続いてクローゼットに移動した。心臓が喉までせりあがった状態で水平の持ち手をおろして、ドアを開けた。ぴかっと明かりがつく。異状なし。

急いでふり返ってこんどは寝室のドアに近づき、廊下を見る。誰もいない。廊下に踏みだすと、まず書斎に入って明かりをつけ、クローゼットをのぞいた。ゲスト用の寝室とバスルームでも同じようにした。自分の寝室にあるバスルームとちがって、ここのシャワーにはガラスのドアの代わりにカーテンがかかっている。それをおそるおそる横に引き、そうやって怖がる自分を愚かに感じた。

リビングには侵入者が隠れる場所などない。またガレージにひそんで待ち伏せしていたとしたら、車を降りたときに襲われていたはずだ。

となると、残るはキッチン。小枝が折れていたサルオガセモドキのことが頭をよぎった。声の震えを抑えながら、ケイトは言った。「まだいらっしゃる？」

「はい、マダム」

「ありがとう」

スイッチひとつでキッチンじゅうの明かりがつき、まぶしさにまばたきした。身を隠すとしたらウォークインのパントリーしかない。勇気をふり絞ってドアを開けた。異状なし。

側柱にもたれかかり、膝が笑っているのにはじめて気づいた。服の下の肌がべたついている。「どこにも異状はなさそうです」

「だいじょうぶですか？」

「はい」

「脅迫状態通報コードをお願いします」侵入者等に警報の解除を強制されたときに送る偽のコードのことだ。

脳が疲弊していたが、どうにか思いだしてコードを伝えた。

「けっこうです、ミズ・レノン。ゆっくりおやすみください」

「ありがとう」

電話を切るのをためらったけれど、いま調べた場所以外に隠れられるところはない。通話を切るや、呼び鈴が鳴った。

まっ先にザックの口から飛びだしたのは、「どうした？」という言葉だった。

「なにも」

「うそだ。髪と同じくらい顔が白いぞ。どうした？」

「どうしてわたしの家を知っているの？　ここまでつけてきたの？」

「いや、おれが出発したのはきみが発《た》った数時間後だ。だが、記録的な速度でまっすぐこちらに来た」

「そんなに急いでどうしたの？」

「あることがわかった」

「電話ではだめだったの？」

「この件については」

「どうして？」

口では反対のことばかり言っているが、彼女のようすからして、自分の来訪を迷惑がっていないのがザックにはわかった。彼女の頰にキスしてさよならを言ってからいままでのあいだに、どちらの身にもなにかが起きたということだ。「お互いの話を聞こう」

青ざめていつになく怯《おび》えたようすの彼女は、ザックを招き入れるため横にずれた。ケイトを残して玄関を離れたザックは、背後で錠のかかる音を聞きながらリビングエリアに入った。すべての明かりが煌々《こうこう》とついている。あとからやってきた彼女が頭上の明かりを切った。

ザックはふり返った。「なにがあった？」

「先に話して」

「だめだ。きみは震えてる。さあ、こう聞くのは三度めだぞ。どうした？」

彼女は果敢にも顎を持ちあげたが、ザックが見おろすと、へなへなと安楽椅子に座り込んだ。ザックはジャケットを脱いで向かいのソファに腰かけ、両膝に肘をついて前のめりになった。ケイトはところどころ言葉につかえながら、警報モニター会社からの不穏な電話のことを話し、聞くうちにザックの不安と恐れはふくれあがった。

彼女が話を締めくくる。「ちょうど電話を切ったときに、あなたが呼び鈴を鳴らしたの。それで跳びあがるぐらい驚いてしまって」

ザックは立ちあがった。

「どこへ行くの？」

「家のなかを見まわってくる」

「言ったでしょ、わたしがもう見たわ」

ザックは彼女を指さした。「そこを動くなよ」

彼女の家はさほど広くなく、どこをどう進んだらいいかもすぐにわかった。一室一室クローゼットのなかまで見てまわり、ガレージの広い倉庫スペースにも足を伸ばした。この家にいるのはふたりだけだと納得できると、リビングエリアに戻った。彼女は脱いだブーツを床に残し、腰から下に膝掛けをかけて椅子で丸くなっていた。華やかなクッションをまるでテディベアのように胸に抱えている。

ザックは寝室のテーブルで見つけたワインのグラスを彼女に差しだした。

「ありがとう。あなたもなにか飲む？」

ザックは断って、ソファに戻った。「何者かに侵入されたと思うか？」

「取られたものがないか確認する時間はなかったけど、乱れがあったのはキッチンだけ、アイランドテーブルに置いた鉢に植わってるサルオガセモドキだけよ。それだって暖房がついたせいだろうし」

「バッテリーの問題で警報装置が作動したと思うか？」

「ありうることよね」

ザックは無言で彼女に目を向けた。

ケイトがワインをひと口飲む。「帰ってきて、家に入ったときに、ぞわっとする感覚があったの」

「留守中に誰かが家に入ったような」

彼女はもうひと口ワインを飲んだ。「わからない」

「そのはずだぞ、ケイト。きみが信じなくても、おれはきみの直感を信じる」

ソファの背にあるクッションにもたれ、頭頂に両手をのせた。「おれの番だな？」どうぞと彼女がうなずくのを待って、デイブ・モリスと一戦交えた話をした。詳しく状況を語るにつれて、彼女の目が見ひらかれていく。

「苦情を申し立てたのはあなたじゃない」彼女は言った。「グリーンリッジの本部長なのに」

「そいつのケツをむち打ってもモリスには自慢の種にならないからな。おれのケツならなる」

「あなたの命を奪ってたかもしれないのよ」

「やつは決してへなちょこじゃない。無事に切り抜けられておれは運がよかった。ただ、やつはごろつきではあっても、人殺しじゃない」

「彼の副業のことだけど」ケイトは言った。「ほんとにエバン・クラークに雇われてあなたを監視していたのかしら？」

「おれはぱったりでその名前を出し、モリスはその手には引っかからないと言った」頭から手をおろし、ケイトのほうに身を乗りだした。「だが、引っかかった」満足感とともにザックは言った。「まんまと。おれがエバン・クラークの名前を出すと、やつは地上最悪の愚か者を見るような目でおれを見た。そして言ったんだ。〝あの金持ちのか？　おまえの元妻のパーティ相手の？　あいつならムショにいる〟とな。そのあと、おれが地上最悪の大ばか者であることを証明するために、モリスはある名前をあげた。ダグ・プラットだ」

その名前がふたりのあいだで残響するなか、ザックはソファにもたれて言った。「夕食のバーベキューは消化しきった」

ケイトもアトランタへの帰り道、サラダランチで簡単にすませてからなにも食べていないことを認めた。ふたりはいったん問題を棚上げし、キッチンに場所を移すと、ハムとチーズのサンドイッチをそれぞれの好みにあわせて作った。ケイトはダイニングの一画で食べようと提案した。

「カウチのある側がいい」ザックは言いながら長方形のテーブルに皿を運んだ。

「バンケットよ」

「え？」

「壁際に置いた長椅子のことをそう呼ぶの」

「ふむ」ザックは腰をおろして角に落ち着き、クッションのきいた座面に両脚を伸ばした。

「キッチンにベッドか。最高だな」

ポテトチップスを噛みくだき、あのポスターのいたずらそうな笑顔、この世でいちばんセクシーかもしれない笑顔になった。

食べる合間におしゃべりをした。ケイトは言った。「モリスに出くわすまでになにをしてたか話してくれたときに、株式市場の確認って言ってたけど、その言葉が出てきたのはこれで二度めよ。暇つぶしとか、趣味とか、それとも本腰を入れてやっているの？」

ザックは空の皿を脇に押しやって、紙ナプキンで口をぬぐうと、姿勢を正して脚を引きよせた。「秘密を守れるほうか？」

「あら、わたしは法律家なんですけど」

「ああ、そうだったな。じつは、ＮＦＬの選手時代にやった数少ない利口なことのひとつは、給料を車やボート、あるいはサンルカス岬やアスペンのマンションに費やさなかったことだ。そのたぐいの贅沢品には。

おれの両親は地の塩タイプの堅実な人たちで、確固とした労働倫理を持ってた。たぶんそれを受け継いだんだろう。誤解するなよ、いい暮らしはしてたんだ。ただ、自分の稼いだ金だからといって使いたい放題にはしなかった」彼の顔にゆがんだ笑みが浮かぶ。「おれにとってもっとも金のかかる贅沢品はレベッカだった」

彼女の名前を出しただけで、自然と彼の目の輝きが曇った。

「なんにしろ、おれには稼ぎのあるうちに投資をはじめるだけの見識があった。しかも、いい機会をとらえる目があったようだ」

「どれぐらいい目だったの？」

目の輝きが戻る。「これまでうまくやってきた。貯金に手をつけることなく、土地を買って家を建てることができた」

ケイトは両の眉を吊りあげた。「うまくやったどころか、すごいわ。それが秘密なの？あなたは落ちぶれて貧乏してると世間が思っているあいだに、現実のあなたは隠遁《いんとん》した億万長者になってたってこと？」

「それは秘密の一部だ」

「それ以外の秘密も教えてくれる？」

「客がついてる」ザックはささやいた。「そうだ」ケイトの驚きを見て取り、彼は言った。「ひとたび世間の目を外れると、おれはそれぞれの競技でスターダムにのしあがりつつも、自滅の道に足を踏み入れている若い選手に注目するようになった。とくに気になる選手がいた。アスリートなら誰もが羨む天賦の才があった。だが、そいつはいきすぎた行為に没頭しはじめてて、いつ破滅してもおかしくなかった。おれはそいつに連絡を取った。そいつは最初、ザック・ブリジャーと話せたと言って喜んだ。

ところがおれが節制することを考えてみたほうがいいと助言すると、態度を硬化させて高飛車になり、〝自分が選手じゃないから、選手のおれに嫉妬してるんだ〟と言いだした。だったらいい、転落途中に電話してくるなよ、とおれは切り返した。肚を据えてまっすぐ進まないかぎり、すぐにそうなる、と言っておれは電話を切った。

そいつは二日後に電話してきた。おれの助言を聞き入れる気になったんだろう。どん底まで落ちたやつの助言なら、聞く価値があると思ったのかもしれない。人生の指針となる言葉を伝えながら、金の管理についてもコツを教えた。そいつはまったくの無知で、自分のケツと札《さつ》の区別もついてなかった。試しにいくらか預けて投資させてみろ、とおれは言った。うまくいかなかったときは、おれのポケットから全額返金すると約束して」

ケイトは笑った。「オチがわかったかも」

「そいつがおれの最初の客になり、いまも客のままでいる。去年のクリスマスにはゴルフクラブのセットをプレゼントしてくれたよ。ゴルフカートもいっしょに」

「うそでしょ」

「いや。クラブはいまもあるが、カートはゴルフの授業がある大学に寄付した」

「すごい話ね。秘密にすると約束したのを後悔しちゃう。まだあるの？」

「金融サービス仲介業のライセンスを取った。趣味を兼ねたビジネスだ。山中の自宅からでも仕事ができる」

「世捨て人でいられる」

「おれにとって、プライバシーはもっとも貴重な生活必需品だ。申し分のない基盤ができて、とても感謝している」

「あなたのお客さんたちもそうなんでしょうね。大勢断らなきゃならなかったはずよ」

彼が身を寄せて、ささやく。「おれが客を厳選してる。選ぶのは客の側じゃない。そしてひとりずつ投資委託者の正体を明かさないという守秘義務契約書に署名させてる。それがおれの取引条件、それが秘密だ。さて、こうなると、きみを殺さなきゃならないかもな」

テーブルの上に身を乗りだして、彼にキスしたくなった。とてもとても。だが、レベッカの幻影が大きくそびえていた。

ケイトは椅子を引き、テーブルを片付けた。バンケットから立ちあがったザックがコーヒーを淹れてもいいかと尋ねたので、必要なもののありかを教えた。自分にはお茶を淹れ、ふたたびふたりでリビングに戻ると、ケイトは言った。「ダグ・プラットはどうやってモリスに接触したの？」

「おれもそこを尋ねてみた。どうやらダグは隔週で発行されてる郡の新聞をオンラインで購読してるらしい」

「それが、彼なりのあなたの動向を追う方法なわけね」

「地元紙におれの名前が突如、登場するのを待ってたんだろう。そして、そうなった。おれはグリーンリッジ社の開発に反対する請願書に署名した。破壊工作が行われているという記事が出はじめて、捜査員のひとりとしてモリス保安官助手の名前が出てたんで、ダグは彼に連絡を取った。

実際、モリスによると、ダグは大げさに言い立てたらしい。おれが山を自分のものだと思っていて、そこに侵入する人間に対しては誰彼かまわず断固反対するとか、おれが環境保護活動家だとか、やれなにに反対してるだ、賛成してるだと言って。

モリスはそれを信じた。最初にうちをのぞきに来たときは、おれのことを容疑者だと思っていたと認めた。さらに、そのあときみがうちに現れ、しかも勤務時間後だったから、おれのことを嫌う理由ができた」ザックはにやりとする。「やつはひどいツラになってる。きみたちふたりのあいだに起こりえたいいことを台無しにしてないといいんだが」

「やめてよ」ケイトはうめき、彼と笑みを交わした。浮ついた軽いやりとりが続くことを願う一方で、そうはいかないことがわかっていた。「何者かがうちに侵入したと思ってるのね？」

「きみはちがうのか？」

「思いたくないけど」小声で答えた。「ええ、思ってる。でも誰が？」

「おれの推察が正しければ、やつだろう」

「エバン・クラーク」

彼は肩をすくめた。「あるいは、やつがよこした誰か」

ケイトは胸の前で腕を交差させて、上腕をこすった。「ぞわぞわする」

「おれもだ」

「でも、彼であるはずがないの。捜査員が――」

「優秀な捜査員なんだろうが、エバンは狡猾《こうかつ》だ。捜査員の目をすり抜ける方法を考えだしたんだろう」

ケイトはかぶりを振った。「今夜遅く、オフィスを出る前に捜査員に連絡したんだけど、エバンは四時にラケットボールから帰ってから、家を出ていないそうよ」

ザックはお手上げとばかりに、両手を持ちあげた。「さっき言ったとおり、手下をよこしたのかもしれない。だが、どうやってきみの名を突きとめた？　きみにしろほかの誰かにしろ、やつを別件で起訴する可能性があることは公表されてない」

「ええ、たしかに公表はされていない。でも、彼の父親のシッドには長年緊密な関係にあるお抱え弁護士がいるの。アプトン・フランクリンという有能な悪徳弁護士で、検事総長の事務所にも十人やそこらは情報提供者がいるはずよ。クラークの名前の横に危険信号が現れたら、ものの数分でこの弁護士の耳に届く。そしてただの擦り傷だとしても、彼がたちまち止血作業に乗りだす」

ザックは室内を見まわしてから、改めてケイトを見た。「きみはここにいないほうがいい。安全だと思えない」

「べつに怖くないわ」

「第一に、きみはうそをついてる。第二に、おれが死ぬほど怖い」

「だったら、どうしろって言うの？」

「あすおれといっしょにニューオーリンズに行こう」

20

ケイトはしばらくなにも言わなかった。「目的は？」

「ダグに会うことだ」

「だったら、その目的は？」

「言ってたよな、クラークが釈放されたことを彼に伝えたと」

「ダグは怒りと嫌悪という、いだいて当然の感情をあらわにしたわ。そして、あなたに知らせたかと訊かれた。その時点ではまだ知らせていなかった」

「だが、いまはもう知らせていて、きみがおれに会いに来たことをモリスを通じて知ってる。それで混乱しているのはまちがいない。おれは彼と話さなきゃならない、ケイト。じかに会って。そのとき、きみに同席してもらいたい」

「緩衝材として？」

「きみにはそれ以上の役割がある。きみは検事総長事務所の人間だ。きみがいれば話し合いの場が私的なものでなく公的なものになる。さもないとダグはおれと衝突する。それにきみがエバン・クラークの危険性を伝えられれば、ダグも考えを変えるかもしれない」

「逃亡の恐れはあるけど、危険性というのは？」

「やつが服役中に改心したり信仰に目覚めたりしたとは思えない。このまま野放しだと、またほかの女性が被害者にされるかもしれない」

ケイトは思案顔でザックを見た。「きのうの夜、あなたはレベッカがエバン・クラークのせいで〝ひどい目に遭った〟と言った。でも、その意見に賛成する人ばかりじゃないのよ」

「きみはどうなんだ？」

「そうね、パーソンズとシンプソンは、彼女は進んで彼らと部屋に入った、なにをするか知っていて参加したと証言している。しかもパーソンズの言葉を借りれば、〝熱心に〟」

「そこまではほぼ事実だろう」ザックは言った。「だとしても、レベッカは人生を愛してた。生きることを愛してた。どこかの時点でその人生が危険にさらされてると感じ取ったら、ストップをかける。実際のところ彼女は必死にあらがったはずだ」

「男三人全員が腕や顔にひっかき傷を負っていた」とケイト。「彼女の爪からは男たちの皮膚片が見つかった。クラークの弁護士もDNA鑑定の結果まではくつがえせなかったけれど、彼は陪審に向かって部屋のなかでセックス玩具が見つかったことを強調した。ひっかき傷は激しいセックスの一部だと筋の通る理屈をつけ、陪審員に疑念を植えつけた」

「クラーク家はそのためにやつを雇ったんだ。そうだろう？　理屈なんかどうとでもつけられる。空は青い。いや、灰色だ。実際はどちらもある。理屈のうえでは空は青いが――」

「わかった、あなたの主張はわかったから」

「これがおれの主張で、それに命を懸けてもいい。レベッカがプレイを中断するためのセーフワードを言えなくなっていたか、言ったのに聞き流されたかだ。ただ、たとえ彼女が抵抗しなかったか、できなかったか、ここまでという合図をするタイミングをのがしたかしたんだとしても、彼女は被害者になった」

それまで体をこわばらせて思い詰めた表情で話を聞いていたケイトは、見るからに緊張をゆるめ、肩の力を抜いた。「わたしもそうだと思う」

「だったらなぜ反論した？」

「わたしが給料をもらっているのはそのためだからよ。州からね」

「やられたよ。きみのせいでむきになった」

「あなたの本気度を知りたかったの」

「これでわかったろ。ニューオーリンズへは？」ためらうケイトを見て、彼は言った。「勝手ながら、明日の朝のフライトをきみとおれのふたり分、予約させてもらった」

「戻りはいつ？」

「ダグと、彼との話し合いの結果による。おれはあすの夜になるかもしれないし、数日滞在することになるかもしれない。きみは彼との話し合いがすんだら戻ってもらってかまわない。まったくのところ、ケイト、彼がなにを言い、どう出るか、おれにはまるで予想がつかない。それでも、きみがいてくれたらきっと助けになる。いっしょに来てくれるか？」

ケイトは考えてから、答えた。「あなたの言い分はもっともよ。クラーク釈放に関する審理の準備がはじまったとき、わたしはミスター・プラットに会った。彼がいまもわたしのことを仲裁者だと思ってくれるなら、役に立てるかもしれない。ええ、同行するわ」

「検事総長から許可はもらえるのか?」

「今夜のうちにメールして、明日の朝いちばんで読んでもらえるようにする。活路を開くチャンスだと感じてもらえるように書かないとね。実際そうだし」

ザックは立ちあがってジャケットをつかみ、腕にかけた。「空港のホテルのひとつに部屋を予約してきた。だが、そのときはきみの家に招かれざる客が侵入したことを知らなかった。というわけで、きみには選択肢がある」

「わたしに選択肢を与えてくれるなんて、あなたは何者なの?」

ザックは揶揄《やゆ》を聞き流した。「きみが荷物をまとめるのを待って、ホテルに連れていく」

「あるいは?」

「おれがここに泊まる」

ケイトは顔をそむけて検討した。「何時のフライトなの?」

「八時半だ」

「早いわね」

「かなり早い。ただ、空港にいれば問題ない」

ケイトはふたたび考えてから、言った。「じつはくたくたなの。今夜、旅支度をして空港まで車で移動なんて、聞いただけでうんざり。ここで寝ましょう」彼の目を見て、つけ加えていた。「ゲストルームに泊まって」

「チェッ！」ザックはふざけ半分に、小声ながら力を込めて悪態をついた。

ケイトはふっと笑った。

彼はケイトに近づいただけで、触れなかった。触れたら最後、キスしてしまい、キスしたら最後、彼女を撫でまわして服を剝ぎ取ってしまう。それがわかっているので、両手と欲望を抑えつけた。「きみはメールを送ってきてくれ。おれはトラックから荷物を運んできて、戸締まりをしておく」

「わかった。もしわたしより先に起きても、コーヒーの淹れ方はわかるわね。好きにして」

「ありがとう」

「おやすみなさい」ケイトは背を向けて廊下に消えた。

ザックは玄関に行きさっき彼女がかけた錠をすべて外すと、トラックの前の座席に置いてあったダッフルバッグを持ってきた。最後にもう一度ドアの錠を確認して、ゲストルームに入った。ほかの部屋と同じように過剰な飾りやひらひらがなく、ありがたいことに、キングサイズのベッドが置いてあった。

目覚ましをかけて、服を脱いだ。上掛けをかけて手足を伸ばしたとき、モリスとの小競り合いによってふしぶしが痛むのに気づいた。明日には痛みが強まるかもしれない。

壁の向こうからシャワーの音がする。「考えるな」

もちろん考えた。裸のケイトを。もう何時間も彼女のことを考えていた。裸のケイトがシャワーに濡れ、泡まみれになっている姿を想像すると、フローラルな香りのする上掛けが期待で持ちあがった。シャワーの音がやんで数分、彼女が動きまわる音が聞こえてきた。やがて壁の向こう側から気配が消え、静かになった。こんな形で眠らされるせいで苦痛を味わっているザックとしては、腹立ちまぎれに、ケイトが多少は悶々《もんもん》としていることを願わずにいられなかった。

悪態をつきながら手を伸ばし、ランプの明かりを切った。

キャサリン・レノンの家が暗くなった。エバンは通りの少し先に停めたフリーダの車の運転席で背を丸めていた。「おねんねか」ぼそりと言った。

さらに一、二分待ってエンジンをかけ、縁石を離れて走りだした。ブリジャーのどでかいピックアップトラックのかたわらを走り抜けながら、悪意を込めて中指を立てた。

ブリジャーがレノンの家に現れたときは目を疑った。どういうことだ？　トラックから大柄で長身の見たことのある男が出てきて、彼女の玄関に向かったときは、思わずどなり声をあげて、手首の内側でハンドルを叩いた。

それでも、いま自宅へ車を走らせながら自分に言い聞かせているのは、検事とレベッカの元夫が自分に対する攻撃を画策しているとしても、それを察知したことで優位に立てるのではないかということだ。そうとも。それを思えば、まだ自分は運に見放されていない。

さっきもレノンの家を出て車に徒歩で戻るや、通りにパトカーが現れた。自分のための覚え書き——レノンの家にはサイレントアラームが設置されている。

そのあと彼女の家の前を車で通ると、警官ふたりがまだあたりを探り、懐中電灯を出入り口や窓に向けていた。家を出たあと錠をかけなおして正解だった。

警官がいなくなったあとも、監視を続けた。すでに十時近くなっていたが、もうしばらく留まり、できることならキャサリン・レノンの姿を見たかった。生身の彼女、小さなビキニによってあらわになったうまそうな生身の彼女を。

フリーダに電話をかけ、古い友人にばったり会ってつきあえと言われたと伝えた。「ようございますよ、お坊ちゃま」彼女は言った。「わたくしはアプリでタクシーを呼びますので。出勤のときもそういたします。お友だちとお楽しみください」

番犬がフリーダを乗せたタクシーを尾行するかもしれないと思ったが、さほど心配はしていなかった。いざとなったらフリーダが適当にごまかしてくれるだろう。

どうしてみんなは、フリーダのように愛情深くなんでも聞き入れてくれないのだろう？たとえばアプトンだ。あの気むずかしい年寄りめ。父親だってそうだ。腐るほど甘やかしてきたくせに、いまになって手のひらを返したように厳しくするとは。

キャサリン・レノンの姿を拝むのをあきらめかけたころ、一台の車が逆方向から近づいてきて、彼女の家の私道に折れ、そのままガレージに進んだ。たちまちシャッターが下がったので、彼女を見ることはできなかった。屋内の明かりがついた。

ほどなく、落ちぶれた元クォーターバックがご登場あそばした。これで無防備な検事の不意をついて身ぐるみはぎ、ポケットに入っているようなTバック一枚にしてやるというエバンのどぎつい妄想は台無しになった。

ブリジャーに対する罵倒を吐き散らしながら、自宅のある通りに入ったところで、番犬が任務を解かれたか、あるいはタクシーを尾行していったことに気づいた。どちらにしても、そこに番犬はいなかった。

リモコンでゲートを開けて私道に入った。造園された敷地を照らす人工の月光と巧みに配置された防犯用のスポットライトがいっせいに点灯した。

父親の寝室の窓は暗く沈んでいる。助かった。今夜はなにをしていたのか、と父親にしかできないねちねちとしたやり方でうるさく尋ねられずにすむ。

邸宅の裏にまわり、フリーダの車をいつもの場所に停めたが、すぐには車を降りなかった。フロントガラスから虚空を見つめて、考えごとにふけった。

キャサリン・レノンの自宅や下着の抽斗を穢《けが》してやったという胸のすくような満足感は、ブリジャーの出現によって急速にしぼんだ。あのクソ野郎はところ構わず出没する。まずは前例のないレベッカ訪問、こんどはキャサリン・レノン宅へのお泊まりだ。

レベッカの運命のボタンに指をかけている元夫と州検事が親交を深めて、エバン・クラークの破滅を画策している。

考えようによってはおもしろい。エバンは声をあげて笑った。

21

ニューオーリンズは母なる自然の不機嫌と政治の腐敗という、致命的な要素によって踏みにじられた街だった。それでいて独特のおもむきがあり、魅力の大半をもたらしているのは退廃と堕落だ。こんなときでなければ、ケイトもその風変わりな街をザックと探索することを楽しんでいただろう。

だが、どちらにとっても気乗りする旅ではないため、キッチンのコーヒーメーカーのところで会ったときも、おはようと言い交わしたきり、会話がはずまなかった。ふたりとも不安に抑え込まれ、アトランタからの機内はほぼ寝たふりをして過ごした。

「いよいよだな」ザックは言った。

ザックはレンタカーを、屋根が緑色の合成樹脂で葺《ふ》かれ、差し色としてクリーム色を配した茶色の煉瓦造りの家の前に停めた。ザックの説明によると、プラット夫妻は結婚生活のすべてをこの家で営み、十八歳までこの粗末な住居で育ったことをレベッカは人に言いたがらなかったそうだ。

ふたりで車を降り、玄関に向かった。どう切りだすか決めているか、とザックはケイトに尋ねた。

「だいたいは」ケイトは答えた。「でも、かっちりとは決めていないわ。どんな内容でも準備したらスピーチみたいになる。ミスター・プラットに検事総長事務所の人間としてではなく、ひとりの人間として見てもらいたいの」

「うまくいくよう祈るよ。さあ、行こう」ザックは呼び鈴を鳴らした。

ダグが出てきた。カーキ色のズボンに、ゴルフシャツは裾を出して着ている。ケイトは初対面のときと同じように、今回もダグのことを、人目を惹く美貌と活力を持ったレベッカのような娘の父親だという以外に特徴のない人だと思った。どこからどう見ても、ダグは平均的な男だった。身長も体重も物腰も。

そのダグのごくふつうの顔立ちが、ザックを見るや敵意にゆがんだ。彼はケイトをにらんだ。「会いたいと電話してきたときは、この男が同行することを言わなかった」

「言えば、会ってくださらないと思いましたので」

「そのとおりだ」

ドアを閉めようとするダグを制して、ケイトは言った。「ミスター・プラット、ザックに同席してもらう必要があります。知性も合理性もお持ちのあなたになら、その理由がおわかりいただけるはずです」

「ああ、わかるとも。おまえらはそっちの考えを押しつけて、わたしに翻意をうながすつもりだ」

「誤解です」ケイトは言った。「ザックはあなたの願いをいまも尊重しています」

ダグは視線をケイトからザックに移した。「わたしまで叩きのめすつもりか？」

「叩きのめす？　なんの話だ？」

「あの保安官助手、デイブ・モリスから今朝電話があった。おまえにめちゃくちゃにされたと言っていたぞ」

「殴りかかってきたのは向こうだ。しかも、その前にはおれを崖から転落させようとした。おれは身を守ったまでだ、謝らない」

「強引にわたしの名前を聞きだしたそうだな」

「おれがクラークの釈放をどう思っているか知りたかったら、なぜおれに直接尋ねなかった？　電話でもメールでも。スパイを雇うまでもない」

ダグは歯を食いしばって、答えなかった。

ザックはいらだたしげに息をついた。「大人になってくれ、ダグ。重大な問題なんだ、おれとやりあってすむことじゃない」

会合が物別れにならないよう、ケイトが介入した。「ミスター・プラット、レベッカの運命はいまもあなたの手の内にあります」

「だとしたら、なにを話すことがある？」

「エバン・クラークの運命です。それもあなたの手の内にあります」ダグにその意味が届くのを待って、ケイトは続けた。「入れていただけますか？」

憤然としつつもダグは掛け金を外してスクリーンドアを開けた。「猫が出るといけないから、急いでくれ」

なかはむっとして息苦しかった。少し開いたブラインドのスリットから射し込んだ光のなかで埃《ほこり》が舞っている。ありがたいことに、ダグは家のなかを通り抜けて裏のスクリーンに囲まれたポーチにふたりを案内した。

「きょうはここならあまり蒸し暑くない」ダグは色褪《あ》せたクッションが置いてある枝編み細工のロッキングチェアに腰かけた。開いたドアから逃げるとはとても思えないよぼよぼのトラ猫が椅子に近づいてきた。ダグはかがんで猫を抱きあげ、膝に置いて撫でだした。

ケイトは、たぶん亡きメアリーの定位置だったであろうそろいの椅子に腰かけ、ザックはひとりで長椅子を占領した。

ザックは言った。「ダグ、メアリーのこと、お悔やみを言わせてくれ。ケイトから聞くまで知らなかった」

「おまえに知らせる理由などないからな」

「一時は義理の息子だったんだぞ」

「それも短いあいだだ」ダグは猫の潤んだ両目のあいだをかくと、手で背後を指し示した。「妻のようには家を保てない。それに、まだ毎日欠かさず病院に通っている」

ケイトが言った。「こちらにうかがう前に寄ってきました」

ダグは不審げに目を細めると、怒りに満ちた目をちらっとザックに向け、ふたたびケイトを見た。「なんのために?」

ケイトはそれを糸口とみなした。「読み聞きした内容からではありますが、わたしにもレベッカの状態に関するある程度の知識はあります。ただこの四年間、ザックに課せられた難問とあなたが耐えてこられた胸の痛みを受け止めるためには、じかに彼女に会う必要があると考えたんです。娘さんを見守りつづけておられること、頭が下がります、ミスター・プラット」

「子どもはいるのか?」

「いいえ」

「だったら、あんたにはわからん。あんなでもレベッカはわたしのかわいい娘だ。あのどこかに娘の魂がある。あきらめるわけにはいかん」挑むようにザックを見たが、ザックは自分を抑えて黙っている。

ケイトは言った。「あなたは日々レベッカへの愛情と献身を表していらっしゃる」

「義務だとは思っていないからな、話をそちらに持っていくつもりならば」

「そんなつもりはありません」ケイトは内心のいらだちを抑えて、辛抱強く続けた。「わたしがお話ししたいのは、あなたがそれだけの自己犠牲を払っておられるのに、彼女をそんな状態にした人物がいまや自由の身となり、なんの義務も責任も感じていないことです」バッグからフォルダを取りだし、ダグに差しだした。「これを置いていきます。読むかどうかはお任せします」

「なんだ？」

「ドクター・ホーキンスをご記憶ですか？　再審のとき証言した医師です」

「ああ、あの煮えきらない男だな」

「ドクター・ホーキンスというのは？」ザックが尋ねた。

「服役中のエバン・クラークを担当した精神分析医よ」

「煮えきらないというのは、どういう意味だ？」ザックはダグに質問を向けた。

「そいつは証言台で、クラークの壮大な妄想、特権意識、強烈なエゴなんかをだらだらと語った」

ケイトが補足した。「ところが反対尋問になると、クラークの辣腕弁護士に木っ端みじんにされたのよ。ドクター・ホーキンスは弁護士に攻められるまま、若い男性、とりわけ名家の子弟の場合はエゴが肥大化して自分に特権があると思い込むのはよくあることだと認めたの。

なにより不利に働いたのは、弁護士の口車に乗せられて、面談時にクラークが事件当夜の無鉄砲さに対する深い自責の念を表し、悲劇的な結果になったことを永遠に後悔すると表明したと、認めてしまったことよ。そういう主旨のことを」

「ホーキンスのうそなのか？」

「いいえ」ケイトは答えた。「クラークはドクター・ホーキンスが召喚されるのを見込んで、再審に向けた面談中にもっともらしく改悛《かいしゅん》の情があるように演じたの」

「なんてやつだ」ザックは憤った。「医師を操ったのか」

「でしょうね」ケイトは言った。「ドクター・ホーキンスはプロよ。彼にはクラークの演技などお見とおしだった。だとしても証言台でイエスかノーかと迫られたら、偽りは述べないと法廷で誓いを立てた以上、クラークが一度ならず罪の意識を表明したのを認めるしかなくなった」

「だったらこれはなんだ？」ダグは肘の位置にあるテーブルに置いたフォルダを示した。その下にあるのは使い古された厚い革装の聖書だ。

ケイトは言った。「ドクター・ホーキンスはクラークが釈放される直前に最後の面談を行いました。そのときの記録がフォルダにはさんであります。要約すると、クラークは再審時の医師の証言に礼を述べ、司法制度を打ち負かしたと勝ち誇りました。レベッカに関しては飽きあきしたようすで、冷淡ですらあった。悔恨の情などどこにもなかった」

ザックの悪態を聞きながら、ケイトはダグ・プラットから目をそらさなかった。いまや彼の手は猫の上で止まっていた。「ミスター・プラット、エバン・クラークは有害な人間です。利口で残酷なペテン師です。彼には良心が欠落している。身勝手な欲求をいだいてそれに満足することを知らず、みずからの欲望を追求する過程で他人を傷つけようとおかまいなしです。求めるものがスポーツカーだろうと、本人言うところの友人たちの絶対の服従だろうと、性的な満足だろうと」

ダグが顔をしかめた。

ケイトは同情を覚えながらも容赦なく核心に切り込んだ。そのためにここまで足を運んだのだから。「事件に関与したほかふたりの証言は覚えておられますか?」

「クラークの裁判でか? 当然だろう。どうやったら忘れられるんだ?」

「でしたら、レベッカの事件の前にも、多数の女性を巻き込む同様の〝セックスパーティ〟が何度もあったと認めたのを思いだしてください。パーティを取り仕切っていたのは毎回、エバン・クラークだったと言っていました」

いったん言葉を切る。「わたしはほかの女性が被害に遭うことを恐れています。別の状況で、レベッカとは別の結果になることを祈らずにいられません。ですが、クラークがふたたび女性に近づこうと近づくまいと、あの夜あなたの娘さんから人生を奪ったという事実は変わりません。あなたとメアリーから、娘さんの人生を奪ったんです。法を最大限に適用して、彼を裁きの場に引きずりだすべきです」言うべきことは言えた。そう感じて、ケイトは椅子に体を預けた。

ダグはスクリーン越しに裏庭に置かれているひび割れたコンクリート製の水盤を見ていた。水が澱んでいる。重い沈黙の末に、彼はザックを見た。「おまえの心の準備はできてるんだろう?」

ザックは一瞬つぶった目を開けて、それから言った。「準備できるようなことじゃないぞ、ダグ」

「だが、おまえの気持ちがそちらに傾いているのは火を見るより明らかだ」

ザックはまた一瞬の間をはさんで、言った。「おれはあんたの宗教的な信念や、おれの道徳的、倫理的な迷い、さらには加害者である特権的な人でなしのことすらいったん脇に置いて、レベッカのことだけを考えはじめてる。彼女は三百六十五日、週七日、二十四時間、屈辱的な状況に置かれつづけている。もし本人に尋ねることができたら、いますぐ終わらせてくれと言うんじゃないか？」

ダグは鼻から何度か息を吸った。「わたしの考えを聞かせてやる。おまえは娘に不貞を働いた罰を受けさせたいんだろう？」

「ダグ――」

「おまえは看護施設の入院費用を払うのがいやになったんだ。知ってのとおり、こちらから頼んだ覚えはないぞ。おまえのほうから言いだしたことなのに、いまになって分の悪い投資だったと悔やんでいるわけだ」

「自分がなにをしてるかわからないのか？」ザックは言った。「あんたはおれに腹を立ててる。だが、その怒りをレベッカになすりつけてるんだ」

「四年前もあの子を殺したくてたまらなかったんだろう？」

ザックは髪をかきあげた。「よしてくれ」険しさとむなしさをたたえた目でケイトを見る。ザックがこたえていると見るや、ダグはたたみかけた。「なぜ当時そうしなかった？」

「おれ自身の葛藤。あんたの、そしてメアリーの思い」

「ふん、わたしたちの思いなど、考えもしなかったろうに。元妻の命の火を吹き消したら、世間体が悪いからな。さあ、ミズ・レノンの前で認めたらどうだ。レベッカの命を奪わなかった理由はたったひとつ、熱烈なファンに嫌われたくなかったからだと」

「そうじゃない」ザックは小声で言った。

「どうして気が変わった？　うん？　今回はなにがちがうんだ？　おまえにとっちゃエバン・クラークが正当な罰を受けるかどうかなど、どうでもいいんだ。あれから時間がたって、失うものが減ったからだ」

彼がしゃべり終わるころには、ザックは立ちあがっていた。ケイトに言う。「外にいる」彼はきしむ床板を踏み鳴らして家のなかに入り、そのあと玄関のスクリーンドアがバタンと閉まる音がした。

ケイトは怒りで顔が紅潮するのを感じた。バッグを持って、立ちあがった。「言う必要のないことを言いましたね、ミスター・プラット。あなたらしくもない。わたしの連絡先はご存じかと」

ドアに向かいかけて、ふり返った。「なぜ四年前にザックを娘さんの代理人から外さなかったんですか？」

「そうするまでもなかった。やつは大わらわで逃げた。背番号十二番はレベッカをメアリーとわたしに投げてよこしたのだ。レベッカを殺せと医者に指示を出して、マスコミから袋叩きにされたくなかったから」

「彼に対してあんまりです、ミスター・プラット。あなたにもおわかりのはずだわ」

「わたしはその場にいた、あんたはいなかった」

彼が自分の発言に賛成するようにうなずくにいたっては、もはやこれまでだった。しかし、ケイトは彼にザックを弾劾させたまま、引きさがりたくなかった。「その後はどうだったんです？　どうしてご自身が正式な後見人になると主張されなかったんです？」

「その必要がなかったからだ。あいつはなんの口出しもしてこなかった」

「そうでしょうか。彼を拘束したまま苦しめるのを楽しんでおられたのでは？」

ダグはまさかと手で空気を叩くしぐさをした。「好きに思うがいいがな、実際はあいつがあの山のなかにいてくれるかぎり、それでよかった。ところが、やつは戻ってきて、お節介をやきはじめた。こちらとしても弁護士に話をして、代理人の変更に必要な手続きを取るつもりだ。当面、ブリジャーは優位に立とうと動きださないほうがいいぞ」

「レベッカに関してですか？　そんなことをする人ではありません」

「こっそりやってきて、あの子に会ったのだろう？　そしてドクター・ギルブレスと内々に話をし、さらにはあんたにひっついてきた」

いよいよ我慢ができなくなって、ケイトは言った。「いいえ、わたしが彼についてきたんです。彼は穏やかかつ冷静な話し合いを求めていました。エバン・クラークの釈放によって、あなたの考えが変わる可能性があったから」

「どうやら、あんたがやつの考えを変えたようだな」

「あなたにそうしたように、彼にも付随する法的問題を説明しました」

「だがあんたはやつの考え方をねじ曲げた。やつはくだくだ言ってた。わたしにはわかるぞ、あいつはわたしの裏にまわり、こっそり娘のチューブを外させるつもりだ」

無益な議論だった。ケイトはバッグを肩にかけた。「四年前、ザックはあなた方に言ったはずです。あなた方の知らないところで同意なく勝手なことはしないと。その約束を彼は守ってきた。不利益を承知でです、ミスター・プラット。不利益をこうむったのはあなたもだった。ですが誰より不利益をこうむったのは、レベッカでした」

ケイトはダグを年老いた猫ともどもロッキングチェアに残したまま、足早に家のなかを通り抜けた。ザックは車に乗っていた。ハンドルの下側に両肘をつき、手を握りあわせ、その手を顎と口に押しあてていた。フロントガラスから前方を凝視し、ケイトが助手席のドアを開けて乗り込むまでその存在に気づかなかったようだ。

「同情すべきなんでしょうけど」ケイトは言った。「見ていられない。でも、信仰を口にしながらあなたをひどくさげすみつづける人には、軽蔑しか感じられない」

「彼に腹を立てるだけエネルギーのむだだぞ。おれは苦労の末、それを学んだ。そんなことをしてもくたくたになるのは彼じゃなくて自分だ」

「そうね、いつまでも怒りつづけるつもりはないけど、しばらくは許して。彼がなぜレベッカから生命維持装置を外さなかったのかとあなたを責めるのを聞いてたら、むかむかしてきて。ずっと彼とメアリーのためにしてきたことだったのに。あなたの動機だけを問題視するなんて、卑怯《ひきょう》よ」

「そうでもないさ、ケイト。ふたりの気持ちを尊重することだけが、おれの動機だったんじゃない。世間の非難を避けたわけでもない」ザックはケイトを見ないままエンジンをかけ、ギアを入れた。縁石から離れると、彼は言った。「レベッカは妊娠してたんだ」

22

「エバン！」

父の大声を聞いて、エバンは水面に浮かびあがった。顔の水を振りはらい、水泳用のゴーグルを額に押しあげた。「なに？」

「出てきて、書斎に来なさい」

「いま泳いでるんだけど」

「いいから書斎に来るんだ」それだけ言うと、シッドはくるりと向きを変え、テラスにつながる両開きのドアを抜けて家のなかに入った。ドアが閉まり、窓枠がガタガタ鳴る。

エバンは水をかくついでに心のなかで悪態をつき、プールの端まで来ると、水から出た。プールそのものは温水だが、冷たい空気に鳥肌立った。持ってきていたビーチタオルを体に巻きつけ、プール用の靴に足を入れ、両開きのドアまでぺたぺた歩いた。

書斎に入った。「あと十往復はするつもりだったのに。重大事なんだろうね」エバンはアプトンがいることに気づいて、言い足した。「どうせ、いいことじゃないんでしょうが」

父が言った。「座りなさい」

「濡れてるから、立ったままで」

「いいだろう」父も立ったままだった。というより、父は室内をうろついていた。檻《おり》のライオンがわが子に腹を立てているようだ。「言ってやってくれ」父はアプトンに指示した。

アプトンが咳払いをした。「ニューオーリンズの情報提供者からいま入った話だ。ケイト・レノンとザック・ブリジャーがきょう施設を訪れたそうだ」

「きょう？」

「昼食どきだ」

「ふたりそろって？」

「そうだ」

態度に出したくはないが、エバンには心穏やかでいられない速報だった。前夜遅く、ふたりはレノンの自宅にしけ込んでいた。それがきょうの昼ニューオーリンズにいたとなると、時を置かずに駆けつけたということになる。エバンが思っていたよりもうんと早い動きだ。エバン自身よりも。人に出し抜かれるぐらい気分の悪いことはない。

「滞在は一時間にも満たなかった」シッドは言った。すでにアプから聞かされたことを述べているにちがいない。「施設長がじきじきにふたりをレベッカの部屋に案内した。そこにいたのはわずか数分で、そのあと施設長のオフィスに移動した」

エバンはアプトンを見おろした。焦げ茶色の革の椅子にちんまりと腰かけたその姿は、トロールさながらだ。「情報提供者は彼らの会話を盗み聞きしたんですか？」

「金の払い方が足りないのかも。額を上げたら、耳の聞こえがよくなるんじゃないかな」

「いや」

「話の内容は想像がつくと思うが、エバン」

「ええ、そう仮定していいでしょうね。で、どんな手を打つつもりですか?」

「なにも」

そっけない返事にエバンはびっくりしたものの、すぐに怒りに乗っ取られ、名づけ親に対して挑みかかるように言った。「なにもってどういう意味です?」

「なにひとつしないという意味だ」

シッドが足を止めた。「彼の言うとおりだぞ、息子よ。アプトンはここまでひとりで対処してきてくれたんだ」いやいやといったようすで、先を続ける。「ふたたび恐ろしく金がかかって自己評価ばかり高い弁護士を輪に引き入れなければならない」

「輪はないよ」アプトンが言った。「わたしはいないのでね」胸ポケットからレターサイズの封筒を取りだし、かたわらのカクテルテーブルに置いた。エバンには目もくれず、シッドに話しかけた。「辞表を提出する」

シッドは一歩下がった。「なんだって?」

「事情はここに書いてある」アプトンは封筒にうなずきかけた。「そのための準備は進めてきた。きみには弁護士が必要だからな。いますぐきみの手伝いができるよう、職務上の要求にこたえられる優秀な弁護士たちを待機させてある。フルタイムで雇うかどうかはきみが決めてくれたらいい」

「アプ、本気で言ってるんじゃないだろうな？」

「好きにさせてあげなよ、お父さん」エバンは言った。「いい厄介払いさ。死の天使のほうがまだましな顔色をしてるよ」

アプトンはにっこりすると、肘掛けに手をついて立ちあがった。「彼の言うとおりなのだ、シッド。わたしはもう長くない」

「長くない？」

「慢性の胸焼けと思っていたら、胃がんだった。もはや厳しい治療に立ち向かうだけの気力はない。長い目で見れば、苦痛に満ちた日々がほんの数カ月延びるだけのことだからね」視線をエバンに向けてから、シッドに戻した。「しかし、仮に死にかけていないとしても、エバンの悪行の片棒をかつぐのはやめていただろう」

アプトンの話を聞きながらウォッカをストレートで注いでいたエバンが言った。「創造主に会う前に罪悪感を晴らしておきたいってことですか？」

「晴らすことは不可能だ」アプトンはエバンの目を見据えた。「とはいえ、もはや一刻なりともきみの代理として働くことでその思いを強めたくない」

「アプ、こんなことは許されない」

アプトンは悲しげな笑みをシッドに向けた。「いや、そうさせてもらうよ、シッド。きみのことはきょうだい同然に愛してきたが、もうおしまいだ」しばらくシッドの視線を受け止めてからくるりと背を向け、エバンには一瞥《いちべつ》もくれることなく部屋を出ていった。

エバンはウォッカをあおった。「シェイクスピアの引用はなかったけど、感動的な別れのスピーチだったね」

「黙りなさい、エバン」

「そうだね、わかるよ、お父さんの気持ちは。親友が離れてったんだもんね、そりゃ胸も痛むだろうさ。でも、あいつはくたびれた年寄りで、末期がんでもある。あいつがいないほうが、弱腰の態度に引っ張られない分、うまくいくって」グラスを置いて、ビーチタオルをきつく巻きなおした。「冷えてきたから、上でサウナに入ってくる」

「持ち物をまとめてきなさい」

エバンは急停止したせいで、プール用の靴が脱げかかった。「持ち物を？　どこへ行くの？」

「アプトンから聞いたが、海外に出てしばらく向こうにいろと彼から助言されたそうだな。それが最善の策だろう」

「ふーん、ぼくはその選択肢はごめんだけどな」

「ジェット機の準備をさせておこう」

「聞いてないの、お父さん。ぼくは海外には行かない。逃げたらまるで罪があるみたいだ」

シッドはぴたっと動きを止めて、息子を見据えた。父が人に対してここまで激しい怒りを向けるのは見たことがなかった。しのぎを削る仕事上の競争相手にしろ、言うことをきかない従業員にしろ。ましてや息子である自分に向かって。それでエバンも立ち止まり、けれど意見は引っ込めずに戦術を変えることにした。

人懐こい笑みを浮かべ、両腕を左右に広げた。「ガルフストリームに乗る機会を断るなんて、ぼくもどうかしてるね。何日か出かけるのは悪くないかもしれない」

「いつまでになるかわからない。わたしが呼び戻すまで、帰ってくることは許さん」

もう良い子を演じてはいられない。「ふざけんな」

シッドがつかつかと近づいてきた。「わたしに向かってそういう口をきくな、エバン」

「いったい近ごろのお父さんはどうしちゃったの？　まったくお父さんらしくない。アプのせいだね。彼の悲観主義がお父さんにうつってしまった」

シッドは頑として引かなかった。「むかしの話だ。小学校に通っていたおまえは、トイレでほかの子の頭を押さえつけて、溺死させかけた。わたしは放校処分をまぬがれるために相手の両親と教育長に金を払おうとしたが、アプはそれをしぶった。結局、わたしの願いを聞き入れてくれたが、そのとき言われたのだ。厳しいようだが、自分の行動に責任を持つことを息子に教えるべきだと。

わたしはその助言に耳を傾けず、彼の言うとおりにしなかった。そのことは、どれだけ悔やんでも悔やみきれない。なお悪いことに、わたしは折に触れ金の力でおまえを救いだしつづけた。そのわたしの甘い態度のなれの果てが、いまのこのありさまだ。おまえの母親はおまえとおまえの悪事のせいで薬に溺れて死に、おまえは重罪で有罪判決を受け、いまやわたしは親友をも失った」

エバンは怒りを爆発させた。「ぼくはお父さんの息子だよ！」

「わたしには誇ることのできない事実だ」

エバンはこぶしに握った手にもう一方の手をかぶせると、怒りに声を低めた。「どうしてなにもかもぼくのせいにするの？　なにひとつぼくの落ち度じゃないのに。悪いのはレノンって女だ。全部、彼女のしわざだ」

その発言を聞くと、シッドの闘争心はしぼんだようだった。そこにあるのは敗北者の姿だった。悲しみと当惑と哀れみ――これがなによりエバンをいらつかせた――に満ちた目でエバンを見た。

「いいや、エバン、すべておまえが引き起こしたことだ。さらに言えば、まだおまえは自分の行動がどういう結果を招いたか、身に染みて理解していない」

エバンは強気の態度を崩さなかった。「だったら、愛《いと》しのお父さま、教えてくださいよ、その結果とやらを」

「わかっていないようだが、レベッカ・プラットが亡くなったら、その死の責任を負うことになるのはおまえなんだぞ。生命維持装置を外された結果にしろ、自然死にしろ」

23

レベッカは妊娠してたんだ。

ケイトに対してそんな爆弾発言を投下しておきながら、そのあとだんまりを決め込むのはずるい。ザックにもそれはわかっていた。誰にも話さないつもりだったのだ。ではなぜケイトに話したのか。レベッカの命を長らえさせるか終わらせるかを決断しなければならなかったとき、プラット夫妻の宗教上の教義や、ダグが言い立てたファンの反応以上に考慮すべき事項があったことを彼女に知っておいてもらいたかったからだ。

ザックを凝視したまま動かなくなっていたケイトが、ようやく声を絞りだした。「なぜ話してくれなかったの？」

「いま話した。その件について言えるのはそれだけだ」

それきりほぼ無言のままダグの家から空港まで車を走らせ、アトランタ行きの飛行機に間にあわせた。運のいいことにファーストクラスを二席確保できた。

離陸を待ちながら空港のレストランで遅いランチをとった。五、六人から声をかけられ、二度サインの求めに応じて写真におさまったが、かえっていい気晴らしになった。そっけない返答をしたせいで、ケイトとのあいだには気詰まりな空気が漂っていたからだ。

いま彼女は顔をそむけて、飛行機の窓から外を見ていた。気まずさの元凶はザックの発言だった。解消するかどうかは、自分にかかっている。「ケイト？」彼女が窓からふり向いて、こちらを見た。「マルディグラに行ったことはあるか？」

たあいない質問に虚を衝かれたらしく、すぐには返事がなかった。しばらくしてケイトは言った。「ニューオーリンズのカーニバルよね。何度か。あなたは？」

「五、六度かな。日曜のバッカスのパレードを担当するグループに招待されて、山車に乗ったこともある。おもしろい経験だった」

「ビーズを投げたの？」

「多少は」

「みんなに？　それとも胸をはだけて見せた女の人にだけ？」

困惑したふりをして、ザックは彼女を見た。「胸をはだけるもんなのか？」

ケイトから小さな笑いを引きだすことに成功した。「その目でたっぷり見たはずよ。山車に乗っている人のなかで、最初にビーズがなくなった人は誰だった？」

「ひとり見たら……」ザックはあくびをした。「それでもうよくなった」

「へえ、そう」

彼女はまたもや笑いだし、ザックもいっしょに笑ったが、笑いがおさまると、ザックは言った。「怒ってる？」

「いいえ、怒ってない。どう考えたらいいのかと思ってた」

「たとえば？」

「順を追って話したほうがいい？」

「思いつくままでいい」

「そうね――」ケイトはため息をついた。「まず第一に、わたしには不思議でしかたがなかったの。なぜ娘を愛していると公言し、日々その愛を実践している人が、娘を楽にさせてやらずにいまの状態に甘んじているのか。どうして娘と彼自身をいまの煉獄から解放しないの？　どちらも生きているとは言えない状態なのに」

「彼が言ったとおり、わが子じゃないと、理解できないことかもしれない」

「その点は彼の言うとおりよ。好ましい人じゃないけど、彼のことを思うと切なくなる」

「おれもだ。彼には複雑な感情をいだいてる。きつい言葉で責め立てられてるときは、怒りを抑えて聞き流すのに苦労する」

「でもそうしてる」

「言い返してもいいことがないからさ」ザックは肩をすくめた。「ほかになにを考えてた？」

「エバン・クラークは逃げきりそうだってこと。わたしはそれを恐れてる」

ザックは少し間を置いた。「まだ言う気になれないか？」

彼女はさらに首をめぐらせてザックと完全に顔を見あわせたが、なんのことかと尋ねなかったので、わかっているのだとみなした。

「州対エバン・クラークのこの案件は、ただの法廷闘争じゃないんだろう、ケイト？　これは個人的な闘いだ。じゃなきゃ、おれが的外れなことを言ってるか。そのときはいらない世話だと一蹴してくれ」

彼女のまなざしが揺らぐ。かすれ声で言った。「的外れではないのよ」

ザックは深追いしなかった。ドアは開けた。通るかどうかは彼女が決めればいい。

ケイトは正面に向きなおり、前の座席の背を見ながら声を落として話しはじめた。「大学三年生の秋学期のことよ。土曜の夜だった。ルームメイトのひとりから――キャンパス外の家に女子三人と暮らしてたんだけど――パーティに誘われてね。何週間も勉強しっぱなしだったから、ひと晩ぐらいはめを外してもいい気分だった。

個人宅でのパーティだったわ。わたしたちが着いたときには、家が揺れるぐらい大盛りあがりだった。音楽ががんがん鳴り響き、たくさんの人、たくさんのアルコール、マリファナがまわされていた。どんなふうかわかるでしょう」

「わかりすぎるほどに」

「それでわたしと友だちは約束をしたの。無法地帯にひとりで入っていかない、そこにいるあいだはお互いのことに気をつけあおうって。わかるわよね、相互に目を光らせて、気がついたら危ない状況に迷い込んでたなんてことがないようによ。

着いてすぐにその男性に会った。医学部進学課程の学生でね、見た目がよくて、ユーモラスだった。意気投合して、会話がはずんだ。パーティが下火になったころには、ロマンティックな雰囲気になっていた。そこへ友だちが来て帰ろうと言ったんだけど、彼が横から口を出して、あとで車で送ると言ったの。彼にうっとりしていたわたしは、ほろ酔い気分だけれど、まだ頭は働くからだいじょうぶと伝えて、友だちを先に帰した」

ケイトは話をやめて、咳払いをした。「彼とわたしはゲーム室でソファを見つけて、いちゃいちゃしだした。すべてが夢のようだった。やがてそれが悪夢に変わるんだけど。こんなふうに」指をパチンと鳴らす。「わたしはうつぶせで頭を押さえつけられた。彼はわたしに馬乗りになってスカートをめくり、下着に手を伸ばした」

そこでぴたりと口をつぐんだ。ザックは声をかけて、彼女の手か頬に触れたかったが、誤解を恐れて動かずに待った。

「わたしは抵抗したけど、五十キロ近くも重い相手よ。悲鳴をあげようとしても、クッションに押しつけられていて声が出せなかった。彼は乱暴だった。わたしを罵倒し、断った女が浴びせられがちな悪態を吐き散らした。わたしをレイプしたがってた。

でも彼が姿勢を変えようとしたとき、膝がソファからすべり落ちたの。彼はバランスを崩して、床に転がった。わたしは起きあがって、肘掛けを跳び越えた。彼は床から立ちあがろう、ソファとコーヒーテーブルのあいだから抜けでようとしていた。そのテーブルの上に大きな真鍮製のポプリ用ボウルがあった。わたしはそれをつかんで、思いっきり彼の頭頂に叩きつけた。気絶はさせられなかったと思うけど、ふらふらにはなっていた。

わたしはボウルを投げ捨てて、必死に走った。家までずっとよ。こそこそ家に入って、ラムコークを吐き、以来一度もラムコークを飲んでいない。シャワーの下にへたり込んで、お湯が水になるまで体を震わせて泣いた。そんなことが起きるなんて信じられなかった。このわたしに。そんなことわたしにはありえないと思っていた。

翌日の朝になると、すてきな医学生とどうなったのか全部教えてと、ルームメイトに言われた。それで、結局つまんない男だとわかったから、あなたが帰ってすぐ、別の女の子の車に乗せてもらって帰ってきた、と答えた。

そのあと二回だけ彼を見かけた。一度はキャンパスの近くのサンドイッチ屋さんだった。怪訝な顔でわたしを見ていた。どこの誰だかわからないみたいだったし、わたしもそうであってほしかったんで、こちらも気づかないふりをした」

ケイトがザックのほうを向いた。「彼を二度めに見たのはテレビに映しだされた顔写真でだった。連続レイプ犯として逮捕されたの。それに三件の脅迫暴行罪。各事件の手口はわたしの経験と合致していた。やさしく誘惑してから暴力を振るうの。彼は裁判にかけられ、有罪判決を受け、いまも服役中よ。

でもわたしは、自分を大ばかだと思っていたせいで、自分にも落ち度があったことを恥ずかしく思っていたせいで、世間に知られたらわたしの名誉が傷ついたり、取得するために必死にがんばっている法律の学位が取れなくなったりするかもしれないと恐れていたせいで、そのことをただのひとりにも打ち明けなかった。両親にも親友にも誰にも」

「いままで？」

「そう」

「なぜおれに、ケイト？」

「レベッカのために究極の決断をしなければならないあなたには、知る権利があると思ったから。わたしがエバン・クラークの収監になぜこうも熱心なのかを。

わたしがあの男の何番めの被害者かはわからないけれど、あのときわたしが口をつぐまなければ、ほかの女の人たちは暴行に遭わずにすんだかもしれない」ひとつ深呼吸をする。

「エバン・クラークの案件を個人的なものだと思うのはそういう理由よ。臆病だったことに対する罪滅ぼしなの」

「そうか、ケイト」ザックは肘掛け越しに彼女の手を握って放し、手を元の位置に戻した。

ケイトは弱々しくほほ笑んだ。「性的なトラウマになったわけじゃないから触ってもだいじょうぶよ、ザック。もう知っていると思うけど」ケイトは手を伸ばして彼の手を握り、つないだ手を肘掛けの上に置いた。「男性は好きよ、とっても。でも、性別によらず力や策略で許可なく他人の体を自分のものにしようとするのは、犯罪だわ」

「ケイト、誓ってもいい。おれは初体験のときから、騒々しいパーティのかずかずでも、さらには数えきれないほど重ねてきた一夜かぎりのセックスでも、一度として――」

「シーッ、ザック、自己弁護に走る必要なんてないの。デイブ・モリスの件だって先に殴ってきたのは彼のほうだし、あなたが女性に無理強いするなんてありえない。きのうの夜は同じ屋根の下に泊まったのに、わたしに触れもしなかった」

「考えはしたけどね、何度も」

ケイトは小声で認めた。「わたしも」

お互いに相手のことで頭がいっぱいだったので、ＰＡシステムから機長の声が流れてくるとびくっとした。着陸まであと二十分だという。

ふたりして倒していたシートを戻しながら、ザックが尋ねた。「エバン・クラークの件に関してだが、つぎはどうするんだ？」

「打つ手があるかどうかわからなくて。もしダグが正式な後見人になったら、そこで終わりよ。彼が考えを変えるとは思えないもの。そしてレベッカが自然死するころには、エバンがどこに高飛びしていてもおかしくない」ためらってから、言い足した。「でも、ダグが後見人になるには、あなたがその立場から降りなきゃならない」

「そのときは降りるさ、ケイト。ダグとメアリーの望みや宗教的な信念に反することはしないと約束してある」

「わかってる」

「きみには申し訳ないが」

「それもわかってる。最高に皮肉なのは、約束を守るあなたをわたしが人としてすばらしいと思っていることよ」

「それはどうも。だが、そうなるとおれはきみの役に立たない。おれがもしダグにまた近づいて説得したいと思ってたとしても、おれの言うことはことごとく撥《は》ねつけられる」

ケイトは思案顔で下唇の端を噛んでいる。

「どうした？」

「あなたがなにを言っても、彼の気持ちは変わらない。でも、もし……もしカル・パーソンズとテオ・シンプソンから事件当夜について信頼できる話を聞かされたらどうかしら？　当初の証言を引っ込めさせて、レベッカがセーフワードを言ったとか、言おうとしたけど言えなくなっていたとか、認めさせられたらどうなると思う？」

「おれは大賛成だが、やつらがそんなことを証言するか？　クラークの裁判のときに、証言台でうそをついたと認めなきゃならない」

「そうね。だったら偽証に対して寛大な処置が与えられるとしたら？　そして、執行猶予期間を短縮させることができたら？」

「実際にあったことを話すのと引き換えにか？」

「そのとおりよ。レベッカの身に起きたことをふたりから直接聞いたら、ダグの決意も揺らいで、クラークに断固とした罰を与えたいと思うかもしれない」

「だとしても、それにはレベッカを生命維持装置から外さなきゃならない」

「そうね」

ザックが疑わしそうに顔をしかめた。「わからないんだ、ケイト。きみはダグと会ってるし、話もしてる。彼を納得させるのはたいへんだ。それに法的に見て、やつらがやったことすべてに対して寛大な処置を約束できるのか？」

「わからない」ケイトは認めた。「検事総長が断固ノーと言ったら、それでおしまい。だとしても、わたしにとってはこれが最後のプレーよ」

「最終攻撃《フォースダウン》、十五ヤード、残り二秒。絶体絶命の状況できみはそのプレーにかける」

「わたしの神頼み、最後に残されたロングパスってわけ」

ザックはにやりとした。「キックオフはいつ？」

「着陸しだい、なるべく早く」

数分後、ふたりを乗せた飛行機が着陸した。ターミナルに向かうその長い誘導路を滑走するあいだに、ザックは携帯電話をチェックした。「ビングからメッセージ二件と、ボイスメールが三件届いてるな」

「なんて？」

「短いひとことがすべてを語ってる」ザックは最新のメッセージが読めるように、携帯の画面をケイトに向けた。

〝めちゃくちゃだ！〟

24

自宅の私道に車を入れながら、カル・パーソンズとその妻メリンダは幸福のもやにふんわりと包まれていた。車のエンジンを切ると、顔を見あわせてほほ笑み、どちらからともなく自然と笑い声をあげた。

外出中に地元のクリニックからメリンダの携帯電話に連絡があった。血液検査で陽性になって、二日前に使った市販の妊娠検査キットの結果の確認がとれたのだ。ふたりとも完全に舞いあがっていた。早く家に帰って、お祝いしたいばかりだった。

カルはコンソール上に身を乗りだし、メリンダのうなじに手をまわして引きよせた。「愛してるよ」

「わたしも愛してる。とっても」

とろけそうなキスを交わすと、カルは左手を妻の平らな腹部に押しあてた。「おれの子がここにいるなんて信じられないよ」

彼女はカルの豊かなブロンドを指ですいた。「心音が聞こえるようになるのも、そう先のことじゃないわ。ドップラー超音波キットを買いましょう」

「そんなことができるの？」

「ええ」

カルはもう一度軽くキスして車を降り、助手席側にまわって車を降りる妻を支えた。彼女はカルの腰に手をまわし、カルは彼女の肩に腕をかけて、ふたりで家に向かって歩いた。

いまは家賃を払っているが、この家には買い取りオプションがついている。カルは晴れて執行猶予期間が終わったらローンを組みたいと考えていた。カルの雇い主でもあるメリンダの父親は、頭金を出すと言ってくれたが、ありがたいと感謝しつつ断った。わが家は自力で手に入れたい。プライドの問題もさることながら、自分自身を含むすべての人に自分には罪をあがなって救済されるだけの価値があると証明する必要を感じているからだ。

それとはべつに、自分の家に住んだことがないという事情もある。父親がギャンブラーだったために、一家の収入は父の運の善し悪しに左右され、おのずとジェットコースターのような暮らしになった。小さいころのカルは、それ以外の生活を知らないがゆえに、不安定さを受け入れていた。だが知ってしまったいまは、頂点を疑うようになった。人生の早い段階で、絶頂のあとには必然的に急降下がやってくることを学んだからだった。

そのとき、うなるようなモーター音を聞き、靴底に振動を感じて、カルは逃げ場のなさからくる息苦しさという、おなじみの感覚に襲われた。

ふり返ると、エバンが新しいポルシェを私道に入れて、カルの車に寄せたところだった。これでカルの車は外に出せない。

テオならこの状況を見て、エバンからは逃げられないという隠喩だと解釈するだろう。

メリンダはエバンに会ったことがなかったが、写真で見て知っていた。エバンを目にしたとき、彼女はとっさに不安そうな反応を見せた。「カル?」

「心配しなくていい。追い返すから」

エバンから夕食に招待されたときも、メリンダは断らせたがった。心配のあまりカルが帰ってくるのを起きて待っていて、カルがしらふでどこにも変わったようすがないとわかると、見るからにほっとした。カルは再会の宴の気まずさを伝え、懲役刑を受けてもエバンは謙虚さを身につけていなかったと話した。

「まったくだよ。むかしどおり、不愉快なままだった。スーパースター気取りで、まわりに金をばらまいてる。ちやほやされるのがなによりの好物なんだ。テオとおれに向かって刑務所生活にまつわるたわごとをほざいてたが、おれたちはもうむかしみたいにありがたく拝聴する観客じゃない。あいつもそのうちもっと生きのいい友人を見つけるさ。というより、雇うって感じかな。おれが彼に会うのもたぶんこれが最後だ」

ところが、それからわずか三日後、ここに現れた。車高の低い車から満面の笑みで降りてきて、ぶらりとこちらに近づいてくる。「へえええ、あとは白い柵があれば、景観として完璧だな」

両手で枠を作り、枠を通して家を見る。「そうだな、それにつるバラ」手をおろして、ふたりに近づく。「きみがメリッサか」

「メリンダよ」彼女は言った。

「おっと、失礼。むかしからカルの彼女の入れ替わりについてくのには苦労させられたよ。すごい数だった」

カルは言った。「なんの用だ、エバン？」

「なにって、おまえのかわいい花嫁さんに会いにさ」彼女の全身に視線を走らせてから、カルにウインクする。「おめでとう。いい女じゃないか。まあ、おまえには女の質を見る目があるからな。女の肉体をさ」

カルはエバンの顔面を殴りたくなったが、エバンがそれを狙って挑発している可能性があった。カルのふるまいをどの程度操れるか探っているのだろう。ここで切れてもエバンをほくそ笑ませるだけだ。カルは妻に言った。「なかに入ってて。おれもすぐに行くよ」

メリンダがだだをこねそうだったので、カルは彼女にやさしい目を向けて、安心させるように小さくうなずいた。メリンダは背を向けて歩きだしたものの、エバンに言い置いていくのを忘れなかった。「カルから聞いたとおり、なにからなにまで不愉快な人ね」玄関のドアまで行き、なかに入った。

エバンは長く低く口笛を吹いた。「生意気だな。気に入った」カルの肩をぱしっと叩いた。

カルはハチが止まろうとしていたかのように、その手を払いのけた。「なんの用だ？」

「そうだな……」エバンはポーチの張りだした屋根を支える支柱に近づき、背中を預けた。「問題があってさ。といっても、克服できない問題じゃない。足の爪が肉に食い込んだとか、急に歯が痛くなったとか、そういうやつなんだが、ただ――」

「州検事だな」

　エバンが驚きをあらわにした。

「きのうの夜、テオから電話があった」

「ああ。心配でじとっと汗ばんだ手をこねくりまわして、だろ」

「おまえの手は汗ばんでないのか、エバン？　早期釈放が裏目に出たのかもな。それで検事総長事務所が動きだしたとしたら。彼らはまだおまえを狙ってる」

「連中が勝手にやってるだけだ。そのうちあきらめる」

「そうか？　だったら、なんでおまえはテオにそのキャサリン・レノンを調べるように言った？　なぜそうも彼女にこだわる？」

「こだわるだと？　おれなら彼女に関心を向けることについてそんな言葉は使わないぞ。思慮深いとか、分別があるとか、理性的とか。まともな、というのもあるかもな。別の言い方をすると、彼女に関心を持たないでいるために必死なんだ。そこはおまえといっしょさ」

「いいや、エバン、おれをおまえに結びつけるのはおかしい。過去は変えられない、おれがどれほど願おうとも。だが、経験から学ぶことはできる。いいか、おまえとはいっさい関係を持ちたくない、くり返すぞ、いっさいだ」

　エバンは挫《くじ》けなかった。「今夜。八時。テオの家だ。来いよ」

「わかりやすく言ったつもりだが、通じてないといけないから言うぞ、エバン、失せろ」カルはくるりと背を向けて、玄関に向かって歩きだした。

「おい、カル？」エバンは歌うような朗らかな口調だった。「おまえにもうひとつ、伝えたい言葉がある」

「さっさと消えて、二度と来るな」

「偽証」

カルは足を止めてさっとふり返った。

エバンは支柱から体を起こし、私道のほうへぶらっと移動した。「わかりやすく言ったつもりだが、通じてないといけないからくり返すぞ。偽証」

エバンは車に乗り込んでエンジンをかけ、エンジン音に負けじと声を張った。「八時に」

彼は車をバックさせて、出ていった。カルがぼう然と見送っていると、メリンダが玄関のドアを開けた。「カル？」

カルは通りに背を向け、メリンダに近づいた。手を伸ばすと、彼女が腰に腕を巻きつけて胸に頬を押しあててきた。「彼の言ったことが聞こえたわ。ほんとにいやなやつ。大嫌い」

カルは彼女の背中を撫でた。「謝る。あいつのせいで、赤ん坊のお祝い気分が吹き飛んだ」

メリンダは体を離してカルの顔をのぞき込み、断固とした口調で言った。「彼に影響を受けるかどうかは、わたしたちの気持ちしだいよ」伸びあがってカルの眉間の皺を伸ばした。

「カル、あんな人の言うことは全部聞き流して。あの男は過去、赤ちゃんとわたしがあなたの未来なの」

カルは彼女をふたたび引きよせて、ひしと抱きしめた。自分にはもったいない女性だ。道を外れた過去があるのに、愛してくれている。お腹の子どもだって、自分にはもったいない。この先ずっと自分たちのものにしたい家、この週末に修理するつもりのこの家もだ。山頂の向こう側に絶望的な急斜面があることは知っていた。それなのに避けられると思っていた自分は、なんと愚かなのだろう。

エバンは過去じゃない。まさに現在そのものだった。

25

どうやったらビングにそんな芸当ができたのか、ザックにはわからなかったが、ケイトとともに搭乗ブリッジから出ると、慇懃《いんぎん》で魅力的な若い女性が迎えてくれた。「ミスター・ブリジャー、わたしは案内係のリアンです。お荷物はすべてお持ちですか？」

ふたりともバッグを預けていなかったので、イエスと答えた。リアンは言った。「よかった。では、わたしのあとについていらしてください」

三人は〝案内係〟のいない哀れな人たちからなるべく距離を取って、コンコースを歩いていった。騒然とする空港にあって、リアンの穏やかさは安らぎだった。彼女はフライトのようすやニューオーリンズの天候など、あたりさわりのない話題をふたりに振った。

すべて順調、なんの滞りもなく進んだが、それもスポーツカフェに差しかかるまでだった。客たちがビールやマルガリータのグラスを前にカウンターにならび、テレビを観ている……映っていたのはザックのクローズアップだった。

いやでもグランドケイマン島のプールサイドのバーを思いだした。あの朝を境に人生が生き地獄になった。ザックの体からどっと冷や汗が出た。

「こちらをお通りください」リアンはふたりを人混みから〝関係者以外立ち入り禁止〟と書かれたドアへ導き、キーパッドの番号を押してロックを解除した。

ドアの向こうにはがらんとした通路があり、その行き止まりにまたキーパッドのついたドアがあって、それを抜けた先にビングがいた。ビングはリアンに雰囲気の似た男性と話していた。身だしなみがよく、そつのない若い男性だ。

一方ビングの身だしなみはそこまで整っていないし、物腰はそつがないとはとても言えない。ケイトとザックはリアンより先に通常の旅行客なら存在すら知ることのない豪華なラウンジに入り、ビングは話を中断して腰に両手をあてた。「なんて時間だ。おまえのクソ飛行機は四十三分遅れだぞ」

まだ特定できていない新たな危機を突きつけられて平静を保つのは至難の業だったが、ザックはリアンに感謝を述べるのを忘れなかった。いたわりの笑顔を若い男性に向けながら、ビングの肘をつかんで多少はプライバシーが保てる部屋の片隅に伴った。

「スポーツカフェでテレビを観た。なにが起きてる？」

ビングは質問を無視して、ふたりについてきたケイトを不機嫌な顔で見た。「彼女は誰だ？おれがあてなきゃならんのか？」

「ケイト・レノンだ。ケイト、この不作法な男がビング、ビンガムだ。前に話したろ」

「ミスター・ビンガム」ケイトはさらりと言った。

ビングは彼女の全身をじろりと見てから、皮肉な表情でザックを見た。「おまえが〝州検事〟として語ってた人物とはずいぶんようすがちがうようだが」

ザックはあてこすりに応じず、いらいらと同じ質問をした。「なにが起きてる？」

「ケーブルテレビのスポーツ番組はおまえだらけだ。パットが昼過ぎにテレビを観てるかと言って電話してきた。観てないと答えて、つけたら、おまえが出てた。古い映像だが、おまえはきょうの目玉だ」

「クソッ！」

「ああ。おまえから電話がないとパットがこぼしてたぞ」

「パットって誰なの？」ケイトが尋ねた。

「おれのエージェントだ」ザックは答えた。「マウスウォッシュだかなんだかのことで電話してきてると思ったんで、かけなおさなかった」

「マウスウォッシュだと？」とビング。

「おれをＣＭに出させたがってる」

ビングは侮蔑をうめき声にした。「勝手にほざいてろと言ってやったんだろうな」

「電話をかけなおしてたら、たぶん」

「おまえが突如、ただで注目を集めてるんで、ひそかにひと儲《もう》けを企んでるんだろうが、おまえは気に入らんだろうな、ザック」

「レベッカがらみか？」

「四年前の再現だ」

ザックはうなだれ、小声で悪態をついた。顔を上げると、ケイトが自分同様に心痛を感じているのがわかった。

「おまえに警告しにきたんだ」ビングは言った。「グリーンビルからここまで、おまえの到着に間にあうよう猛スピードを出したんだぞ」

「どうしてわたしたちが到着するのをご存じだったんですか？」ケイトが尋ねた。

「ザックはいつも旅程を送ってくる。道連れがいることを伝えるのは忘れていたようだが」ザックはコメントをせずにそのトゲのある言葉をやり過ごし、ケイトに言った。「ビングがマスコミからおれを守ってくれるのは、これがはじめてじゃないんだ」

「そう」

「飛行機から降りたあと、クソの山のなかに突入させたくなかったからな」ビングが言った。「いまのところはだいじょうぶだろうが、おれが思うに、ブラッドハウンドがおまえの足跡を嗅ぎつけるのにたいして時間はかからんぞ」

「案内係をどうも」ザックは言った。

「礼ならいらん。おまえのクレジットカードで払った。安くない」

ザックは気にするなと手を振った。「報道内容は？」

「テレビでのか？　ふむ、じゃあ教えてやる。おまえは今週二度、ニューオーリンズのレベッカがいる施設を訪問した。これは名前の公表を望まない、信頼できる筋とやらからの情報だ。そこから推察するに……わかるな。おまえが今回の動きでプラグを抜かせるのかどうなのか？　値千金の質問だ。賭けの胴元が悲鳴をあげてもおかしくない。こんなことは言いたくないがな、ザック、またもや騒ぎが大きくなりつつある」

ビングから聞かされたもろもろにげんなりしたザックは、その場を離れて黒っぽい着色ガラスの前に立った。交差する滑走路を見おろせる。向こうからはザックが見えないが、その顔は国じゅうの巨大スクリーンに映しだされている。明日にはタブロイド紙の一面にも載るだろう。またもや彼の人生はさらけだされ、つつきまわされて、娯楽の種にされる。やりきれない。ふたたび悪夢を生きなければならないのか。

ビングとケイトの会話が、内容はわからないものの、潮の満ち引きのように聞こえていた。そのとき腕に軽く触れるものがあり、ふり返ると隣にケイトがいて、その背後にしかめっ面で皺だらけのバギーパンツのポケットに両手を突っ込んだビングが控えていた。

ケイトが言った。「ビングが言うには、まだわたしの名前は出ていないそうよ」

「悪くとらないでもらいたいが、レベッカとおれのほうが金になる」

「悪くとらないわ」ケイトは苦笑いを浮かべた。「あなたをまた苦境に立たせたい人がいるのね」

「名前の公表を望まない情報源」ビングが嫌悪を丸だしにした。「おまえ、レベッカの父親に会うと言ってたな。彼のしわざだと思うか？」

「ダグは候補だな」ザックは言った。「四年前、世間の大騒ぎが避けられないとわかると、彼はそれを利用しておれをおとしめた。だが、彼自身やレベッカをも巻き込むことをいまするとは思えない」

ケイトが口添えする。「同感」

「とはいえ、ドクター・ギルブレスの施設のスタッフをのぞくと、彼はきょうおれたちがあそこに行ったのを知ってる唯一の人間だ」ザックは言った。

「大金が動けば完全に個人情報保護方針が守られるかどうかあやしいものよ」ケイトは眉を吊りあげた。「わたしたちが知っているなかで、潤沢な財力があって、このことに利害関係もある人物は誰？」

ザックは小声ながらねちねちと悪態をついた。「たぶんそれであたりだ」

ビングがいらいらしながら、ふたりの顔を交互に見た。「なにがあたりなんだ？　話が見えんぞ」

「匿名の情報源はエバン・クラークの可能性がある」ザックは言った。「やつはおれたちをあざ笑ってる。ちょっかい出すなら、こっちも出してやる、気分はどうだ、と」

ザックは頭を整理したくて、額に手をやり、指でこめかみを押した。その成果は気に入らないものだった。

手をおろしてケイトを見た。「いまのところ、報道内容は四年前の焼きなおしだ。ただし、裏で操ってるのがクラークなら、騒ぎが下火になると、また新たなネタを投入して炎上させようとするだろう。やつは世間の食欲を刺激しておいて、つぎの料理を提供する」

「わたしね」

「残念ながら時間の問題だと思う、ケイト」

ケイトはいぶかしむような表情で考えていた。「そうは思えないんだけど、ザック。わたしを表に引きずりだせば、一連のできごとにおけるわたしの役割も明らかになる。それをしたら、彼が法的にあやうい立場に立たされていることまでばれるのよ。世間の目はとても好ましくない形で彼に移る」

「あんたに関しておいしいネタを握ってたら？」ビングが口を出した。「あんたはどんな秘密を抱えてる？」

ザックが声を荒らげた。「彼女にかまうな、ビング、いいな？」

ビングは降参とばかりに両手を挙げた。「いちおう言ったまでさ。片付いたはずのなにかでも、あのクソ野郎には探りだしてくるだけの財力ってやつがある。それなら前もって用心して、向こうからの反撃に備えたほうがいい」

ザックはばらばらとラウンジに入ってきた人たちが、好奇の目でこちらを盗み見ているのに気づいていた。「いつまでもこうして身を寄せあってるわけにはいかない」

「街の北側のホテルにおれとおまえの分の部屋を予約してある」ビングが言った。「朝になったらそこで別れて、おれはグリーンビルへ、おまえは山の隠れ家に帰ればいい」

「そうはいかない」ザックは言った。「おれのトラックはケイトの自宅だ。今朝空港まで彼女の車で来た」

ビングは険しい目でふたりを見た。「ふむ、おれの計画は台無しだな」

「それに」ザックは続けた。「ケイトを自宅でひとりにするのは危険だ」侵入者があったかもしれないことをビングに説明した。

ビングは疑わしげな顔で顎を撫でた。「盗まれたものはなくて、侵入の形跡もなかったんだな？　それじゃ侵入そのものがあったかどうかわからんぞ。クラークに結びつけるのは飛躍のしすぎってもんだ」

「万が一ということがある」ザックは言った。

「で、どうする？」ビングが尋ねた。

「わたしについて、うちに来て」ケイトが言った。「おふたりとも、今夜はどうぞうちに泊まってください」

「ありがとう」ザックは言った。「だが、向こうについて、庭にマスコミの大群がいたらどうする？」

「案ずるな」ビングが言った。「おれの車のトランクには、散弾銃が積んである」

もろもろ——とくにビングの散弾銃のこと——を考慮のうえで、ザックとケイトはその夜の滞在先としてホテルのほうが安全だという結論にいたった。

案内係は彼らを目立たない出口へ導き、各自の車まで送ってくれた。ビングが彼の車に乗り込む前に、ザックはケイトの部屋を追加で予約するよう頼んだ。

「ケイト・カートライトの名前を使って」ケイトは言った。「用心のために」

リアンの運転でケイトの車まで行くと、ザックは運転を申しでた。ラッシュアワーは過ぎていたが、市街地へつながる幹線道路で車の流れが滞っていた。渋滞に巻き込まれた車内で、ザックはケイトを見た。「あの男はどうなんだ?」

「どの男?」

「きみが飛行機のなかで話してくれた男だ。クラークに暴かれたらまずい秘密になりうるのか?」

「まずそれはないでしょうね。お互いにファーストネームしか交わさなかったのよ。そのあと一度会ったときだって、向こうはわたしに気づかなかった。わたしの髪が長くて、まだ茶色だったその当時に気づかなかったんだから、いま気づくわけがない。彼は心配ごとリストのうんと下よ」

「そうか。そいつがまた現れるようなことがあったら、まずは殴らせてもらう」


ホテルまで一時間ほどかかった。もはや一日が永遠に続きそうな気分だった。体の芯まで疲れていたが、ザックの部屋に集まり、ホテルのキッチンから運ばせたピザを分けあった。食べながら、ザックはテレビのチャンネルをつぎつぎに替えた。自分とレベッカに関する話題が断片的に流れてきたものの、ＮＢＡのスター選手がドラッグで逮捕されたニュースによって脇に押しやられていた。

ザックはテレビを切り、リモコンをベッドに投げた。「明日には忘れ去られてるかもな」

しかし楽観的な口調ではなく、希望を込めてうなずくビングとケイトもそれを信じていないのが伝わってくる。

ザックとケイトの部屋は通路に沿って隣りあわせ、ビングの部屋は向かいだった。三人はザックの部屋の前でおやすみと言い交わし、ザックはそのあとシャワーを浴びた。バスルームを出ると、ドアからせわしげなノックの音がした。

26

ケイトがドアを叩き壊そうとしているのか。希望と期待にザックの心臓は小さく跳ねた。しかし開けたドアの向こうにいたのは、パンツ一枚のビングだった。「おまえも観ろ」彼はザックを押しのけて、部屋に入ってきた。「リモコンは?」

「こんどはなんだ?」

ビングはリモコンを手にしたはいいが、いまの精神状態では、ホテルのテレビの複雑なメニューに対応できなかった。

ビングの悪態を制するように、ザックは言った。「口で言えよ」

「ケイトの見込みが外れたぞ。彼女は安全じゃなかった。意味深な写真が出た」ようやく探していたチャンネルにたどり着くと、ほんの一、二秒でビングがあわてふためいていた理由が理解できた。「どこで手に入れたんだ?」

「おまえたちと同じ飛行機に乗ってた誰かさんがリークしたのさ。局はこれをくり返し放映してる。クラークが犯人なら、これで煽情的な材料を探りだす必要がなくなった。おまえたちふたりが銀の皿にのせて提供したからな」

テレビの画面に映しだされているのはケイトとザックの写真だった。ファーストクラスのキャビンにいるところを携帯電話で撮ったものであることは明白だった。通路をはさんで一列後ろから撮影されている。

「こんな写真はなんでもない」ザックは言った。「ただ話してるだけだ」

「ふん。頭を寄せ、肩をすりあわせてな。目はお互いに相手しか見てない。そのまま画面から目を離すなよ、もっといいのが登場するから」

いま画面に表示されているのは不安定な動画だった。撮影者は、リアンの案内でコンコースを歩くふたりを数メートル後ろからつけていたにちがいなかった。

途中、ケイトがなにか話しかけようとザックのほうを向いた。ザックは彼女の肩甲骨のあいだに手をあて、声を聞こうと頭を傾けた。直接話しかけようとして彼女の唇がザックの耳につきそうになっている。

ろくに覚えてもいない一場面だった。ザックの動きは反射的なものだ。「彼女の声が聞こえなかった。それで――」ビングににらまれて黙り込んだが、守勢に立たされたことが無性に腹立たしかった。「最悪がこれか？」

「これじゃ足りないか？」

「ケイトは特定されてるのか？」

「州検事とだけ。だが、わかっているだろうがこのままですむと思うなよ」

そう、ザックにはよくわかっていた。ビングの手からリモコンを奪って、テレビを切った。

「そんな関係じゃないんだ」

「そうか？　そんな関係だとおれは思ったぞ。〝仕事一辺倒、理路整然としていて、頭がいい〟というのが、おまえが言った彼女の特徴だ。なぜ魅力的で、皿ほど大きいブルーの瞳の持ち主だってことをあわせて言わなかった？　みごとな脚のこともごまかした」

ザックはカッとして言い返した。「もう大人なんだぞ、ビング。なんであんたに言い訳しなきゃならない？　しかもその手のことで？」

「そうだ。だがな、ただでさえたいへんなことになってるんじゃないのか？　気づけよ、頼むから」ザックの腰のあたりを顎で指し示した。「おまえのキツツキがおまえの代わりに頭を使ってくれるか？　いま必要なのはお手軽なセックスだ。服を着て、外で女を見つけ、一時間で戻ってこい。なあに、誰も気にしやしない。とりわけ相手の女は。かえって大喜びで友だちに話して、うそつき呼ばわりされ、〝ザック・ブリジャーとやった〟と書かれたTシャツを売って歩くぐらいのもんだ」

ザックは怒りを抑えつけて、静かに言った。「それじゃおさまらない」

ビングはぽかんと口を開けてザックを見た。そしてザックが伝えたがっていることを表情から読み取ったのだろう。うめいて、顔を撫でおろした。「おいおい。そんなことになってるのか？」

「ああ。最悪のタイミングだ」

「ふうん、おまえにもそれがわかるのか？　何年も見境なくやってまわってきたのに、それがいまこんなとき――」

「その先は言うな、ビング」ザックはダッフルバッグから清潔なTシャツを出して頭から着ると、カードキーを持って出口に近づき、ドアを開けた。「公然わいせつ罪で捕まる前に部屋に戻れよ。おれはケイトに明日の成り行きを警告してくる」

ふたりは廊下に出た。ザックはケイトの部屋のドアを軽く叩いた。ドアが開き、彼女が顔をのぞかせた。ふたりを見て言った。「どうしたの？」

「テレビを観てるか？」

「観たい部分、必要な部分は、もう観たわ」

「あんたはそう思ってるだろうが」ビングはぶつぶつ言いながら自分の部屋に戻り、ドアを閉めた。

ケイトはザックを見た。「不吉な予感がするんだけど」

ザックは敷居をまたぎ、彼女を下がらせて完全になかに入った。重いドアが背後で閉まる。

「同じ飛行機に乗ってた何者かがおれたちの写真と動画を撮って、マスコミに売った」

ケイトが肩を落とした。「そう。わたしまで引き入れたのね」

「名前は出てない」

「いまのところは」

「いまのところは」ザックは報道内容を伝えた。「おれたちのあいだに恥ずべきことはなにもない。だが、傍目《はため》にはそう見える……親しそうに。肘掛けの上で手をつないで……とか」

ザックはお手上げのしぐさをした。「いまさらだが、別々のフライトを予約するなりなんなり、なにかしら手を打つべきだった。この報道の背後にクラークがいるとしたら、彼の手の内に落ちたことになる。本当に申し訳ない、ケイト」

「謝るのはわたしのほうよ。あなたが他人に邪魔されることなく平穏に暮らしていた日々からまだ一週間とたっていないわ。それはあなたが心から望む暮らしだった。わたしがずかずか入り込むまでは、快適に暮らしていたのに」

彼女は赤いメガネをかけ、だぼっとした丈の長いTシャツを着て、白いソックスのつま先がぶかぶかのパジャマのズボンの裾からのぞいていた。体にぴったりのペンシルスカートにピンヒールのパンプスというふだんの服装からは、大きくかけ離れている。深い自責の念のせいで、まるで開けっ放しにしたゲートから子犬を逃がしてしまった飼い主のようにしょげている。

ふたたび地獄が降りかかってきているにもかかわらず、その瞬間、ザックのなかで温かな感情が波となって胸を満たして腹にまで広がった。それは感謝と喜びだった。他人に邪魔されない平穏な暮らしに彼女がずかずかと入ってきてくれて、本当によかった。

ザックは小声で言った。「そう快適でもなかったさ、ケイト」

彼女に近づいてメガネを外し、化粧台に置いた。そして唇にやさしくキスした。ケイトが鼻にかかった小さな声を漏らす。ザックは身を引き、彼女の美しい目に自分同様の強い欲望を見た。

彼女の体に腕をまわして床から持ちあげ、ベッドに運んで仰向けに寝かせた。自分のシャツを頭から抜いて脱ぎ捨て、彼女に乗りかかって、膝で脚を割った。

脚を絡めあわせて、彼女におおいかぶさったまま言った。「このまま進んでいいか？」

ケイトがうなずいて、ザックの顔を両手で包んだ。「ええ。でも、お願いだからわたしには気をつけてね、ザック」

ザックは華奢な鎖骨のカーブを指の甲側でそっとなぞった。「きみを傷つけるようなことはしない」

彼女がいたずらそうにほほ笑む。「気をつけなきゃならないのはあなたの身よ」

そして体を起こし、ザックの下唇をそっと噛む。ザックが笑いだしそうになると、こんどはふたつの唇が重なった。ケイトはザックを抱きしめたままベッドに背をつけ、キスに没頭しながら彼の髪に指を差し入れた。

すごい、彼女はいずれも絶妙な誘惑とおねだりのあいだを巧みに行き来している。動きを止めて息をするあいだも唇は触れたまま、軽くかわしたり遠ざけたり、そそのかすようにうごめいている。ザックは舌先で彼女がバニラ風味の泡を舐め取った、上唇の曲線に触れた。

「〈ホーリー・グラウンド〉にいたときから、こうしたかった」

ケイトがザックを少し遠ざけて、顔を見た。「え？」

ザックは鼻を鳴らした。「いや、いいんだ。とにかくこうなれて嬉しいよ」

「わたしも」

もう一度、舌先で彼女の唇の魅惑的なスポットに触れてから、長く深く、血が沸き立ち、頭がぶっ飛び、ペニスが破裂しそうなキスに突入した。ザックは彼女のTシャツの裾に手を差し入れ、腹に手をあてた。ケイトがため息をついて、ベリーダンスのような動きで誘ったので、手を上に移動して乳房に触れた。

手のひらの中央に乳首があたり、軽くこねまわすと硬さが増す。彼女の首元に顔をうずめ、なめらかな肌のにおいを思いきり嗅ぐと、デザートのようなにおいがした。

口を開いたままキスし、Tシャツの裾を持ちあげつつ、やわらかな生地の上から湿った唇を押しあてて体をたどった。乳房にたどり着いたときには、おおいを払われた丸みが豊かに張り詰めていた。右から左へ順番にキスをして、鼻をすりつけ、片方の先端を口に含んだ。

ケイトが名を呼んで、じれったそうに身をすり寄せてくる。彼女の乳房を口で愛撫《あいぶ》しながら、パジャマのズボンの背中側に手を差し入れて、ひと目で興味を惹かれた愛すべき尻を抱えた。そのまま腰を持ちあげて引きよせると、ケイトはザックの硬くなったものに対してあの誘惑的な動き、波打つような腰の動きをみせた。

ザックは快感に導かれて、低く悪態をついた。

ケイトがザックのスエットパンツの腰の紐をほどき、親指で湿ったペニスの先端に触れる。

そのときだった。彼女の携帯電話がメッセージの受信を告げた。

ふたりは凍りついて、息を詰めた。二度めの着信音を聞いたあと、愛撫に戻った。

そこへまた、メッセージが届いた。

「なんなんだ！」ザックは彼女のパジャマのズボンから手を抜いて仰向けに転がると、熱を帯びた額に腕をかけた。「黙らせることはできるか？　無視するとか？」

ケイトは転がって横向きになり、ナイトスタンドに置いた携帯電話を手に取ると、目を細めてメッセージを読んだ。「ボスから」くぐもった、けれど悲しげな声を漏らす。「テレビでわたしたちを観たって」

「まったく！　で、なんだって？」

ケイトは携帯電話をおろして、彼のほうに顔を向けた。「すぐに電話しろって」

一瞬ふたりの視線が交わったあと、彼女はベッドから立ちあがった。「悪いけど」バスルームに入って、ドアを閉めた。

ザックも起きあがり、スエットパンツの紐を結びなおした。せまいベランダに面しているガラスの引き戸まで行った。気温は五度を切っているが、裸足で上半身裸のままベランダに出て、猛ったペニスを――そんなことが可能であれば――鎮め、頭を冷やすために深呼吸をした。

五分ほどそうしていると、ケイトがバスルームから出る音がした。ザックもなかに戻り、引き戸を閉めた。検事総長との会話が上首尾にいかなかったのは、彼女の顔を見ればわかった。「どれぐらい腹を立ててる？」

「怒ってる」

「怒ってるのか、激怒してるのか、怒りのせいで毒づいたりわめき散らすほどか？」

ケイトがごくりと唾を呑んだ。「実際はとても抑制が利いてて、一度も声を荒らげなかったわ。わたしをエバン・クラークの件の担当から外すと言ったときもそう。というより、エバン・クラークの件そのものがなくなったんだけど」

27

テオの自宅にもかかわらず、カルがドアをノックすると、その音にうそくさい作り笑いで対応したのはエバンだった。「やあ！　来ないかと思ってたとこだ！」

それには応じず、カルはエバンの向こうにいるテオを見た。リビング中央に立つテオは、毛穴じゅうから苦悩を放っているようで、おずおずとした笑顔で言った。「やあ、カル。いまビールを飲もうとしてたとこだよ」テオが食卓にもなるカウンターの奥にあるキッチンに入り、冷蔵庫を開ける。

カルはエバンの脇をすり抜けて、なかに入った。「いや、ありがたいが、おれはいい。ビールを飲むほど長居はしないから」

エバンが玄関のドアを閉めた。「それが三十秒に一本飲んでたやつの台詞か？　おまえがおもしろいやつだった独身時代の話だが」

言いながら、エバンは安楽椅子のひとつにどさりと腰をおろした。「ただし、カルが興ざめだからって、おれたちまでしけることないよな、テオ？　ありがとう」冷えたビール瓶をテオから受け取る。「座れよ、ふたりとも」

テオはふたつめの安楽椅子をカルに勧めた。残るは一脚、背もたれのまっすぐな椅子のみだ。カルは明らかにこの状況をもてあましているテオが気の毒になった。十中八九、自分が前回ここへ来たのを最後に、来客がなかったのだろう。あれは結婚式の一週間前だった。テオはふたりだけのバチェラーパーティもどきの催しを企画してくれた。ミートボールスパゲッティを作り、安いシャンパンのボトルを開けて、カルのことを結婚という罠にかかったなとからかった。親友同士、楽しい時間を分かちあっているふりをした。

しかし、ふたりで過ごしたその気詰まりな時間のあと、カルは、お互いが相手のために演技をしていただけだったことに気づいた。今後は会うことも電話することも減るだろうと思い、実際、そうなった。

レベッカ・プラットの一件が重くのしかかり、目には見えないそれが決して崩せない障害物となって、以前にはあった友情の再構築を妨げていた。あの一件の衝撃はどちらにも同じように深刻なものだった。

テオは、エバンの翼の下に引き入れられて腐食性の影響を受ける以前からそうだったのだが、なおいっそう臆病で不安げになった。独裁的なエバンの影のなかで育んだかりそめの自信が、レベッカ・プラットの悲劇によって叩きつぶされたのだ。

そしてカルは、あの事件があって処罰を受けると、罪悪感に首まで浸《つ》かった。自分を受け入れて愛してくれるメリンダがいなければ、そのまま溺れていたかもしれない。

ところがエバンのほうは、あれだけのことがあったのに、かえって活気づいたようになっている。手をぴしゃりと叩かれたぐらいのこととして片付け、いまや誰にも手出しされない、罰されることのない存在になったかのようにふるまっている。だらしなく椅子に腰かけ、頭を後ろに傾けてビールを飲んでいるさまは、誰が見てもこの世に憂いなどないかのようだ。困ったことに、実際、エバンには憂いなどなかった。この男は、なにも案じていない。そして徹底した良識のなさは、顰蹙《ひんしゅく》を買う原因になるだけでなく、危険でもある。

メリンダは一瞬の出会いだったにもかかわらず、エバンの傲慢さを嫌悪している。そして底なしの不誠実さを感じ取って、恐れている。

今夜、特別なごちそうを準備していたメリンダは、赤ちゃんができたことを祝う夜にしたがっていた。カルが食後、これからエバンとテオに会ってくると告げると、言葉を失った。だが、沈黙は長く続かなかった。それから一時間にわたって反対し、最後には行かないでとすがり、カルが強く抱きしめると、ようやく落ち着いた。「おれはきみを愛してる。おれたちの赤ん坊も新しい人生も愛してる。だからこそ行かなきゃならないんだ、メリンダ。さもないとエバンからしつこくつきまとわれるし、もっと悪いことにもなりうる。あいつとの結びつきをきれいさっぱり断ち切ってくる」

いまカルは天敵に話しかけている。「おまえが呼んだんだぞ、エバン。なにが望みだ？」

エバンはビールを飲みほして空瓶を置く場所を探し、椅子の足元に置いた。両手の指を組んで顎にあてがい、聖人のようにほほ笑む。「おれの望みか？　もちろん、おまえの忠誠さ。血の誓い。みんなはひとりのために、ひとりはみんなのために。きょうだいの契りを」

エバンはふたりに順番に笑いかけた。どちらも黙っていると、エバンが続けた。「そうか、おれのその考えには乗れないってことだな。となると……」エバンは言う。「いまこそ思いだすべきときだ。おれたちを結びつけてる絆は、あの売女《ばいた》の脳波がなくなるという結果になった三対一の騒々しい夜にある」

カルは奥歯を噛みしめるとともに、こぶしを握った。

テオがうっかり口を開いた。「彼女はセーフワードを言おうとしてたんだよ、エバン！」

「そうだったか？」エバンは記憶を探るように、頬をぽりぽりかいた。「おまえが裁判で証言した内容とはちがうけどな、テオ」いきおいよく息を吸い込み、驚愕《きょうがく》の表情を作る。「宣誓のうえでうそをついたなんて言うなよ。陪審員と、裁判官と、自分の弁護士にもか？」

「ぼくたちの弁護士はうそをついてるかどうか、一度も尋ねなかった」

エバンは大笑いした。「ばかだな、知りたくなかったからさ！　執行猶予をつけてやるからと弁護士に言われたおまえは、おれの裁判のとき聖書に誓って証言した。レベッカは声ひとつあげず、動くこともなくて、空気が足りないと伝えるような合図はどんな形でもしなかったと。そうだよな？」

テオはカルに視線を送り、カルが答えた。「ああ、テオとおれは偽証した」

エバンがウインクする。「わかってる、心からの善意やおれに対する愛情だけじゃないんだよな？　さあ、正直に言えよ」

「おまえの父親の使いがうちに来た」カルは言った。「そいつは、うちの父親のために支払った借用証書の束を持ってた」

エバンがにやりとした。「やさしくて背徳的なアプおじさんぐらい、円滑に事を進められる人間はいない」

「ぼくの妹の学生ローンも払ってくれた」テオがぼそぼそ言った。

「八万ドルぐらいだったかな」エバンが応じる。「それで万事うまくいったんだろ？　ま、おれは二年間オレンジ色のつなぎを着るはめになったけどさ。そこんとこを忘れるな」彼は顔の前で両手を振る。「いや、忘れよう。過去のことは忘れて、いまに集中しないと」

椅子から立ちあがり、顎を撫でながら室内をうろつきだした。計算法の教授がぼんやりした学生どもを前にして最大の定理をどう説明するべきか考えているかのようだ。

「たとえ話をする」エバンがしゃべりだした。「仮に――これは確率の低い〝仮に〟だぞ――ザック・ブリジャーが装置を止めてレベッカを彼方《かなた》へ送ったとする。そして仮に――さらに確率の低い〝仮に〟だ――レノンとかいう女が謀殺罪で立件して実際裁判になったとする。そのときおまえたちが前の証言を引っ込めるには、偽証してたことを認めるしかない」

足を止めてふたりのほうを向き、左右に腕を開いて手のひらを天に向けた。「おれになにか見落としがあるか？」エバンは答えを待ったが、カルもテオも口をつぐんだままだった。

「よし、ないんだな。これで法律上の確認はとれた」

考え込むふたりを残してキッチンに移動し、二本めのビールを取りだした。キャップを外し、喉を鳴らして飲み、ゲップをする。そしてげらげら笑った。「音もにおいも、まだおまえには負けてるよ、カル」

カルは反応しなかった。

「ただし、おれたちのほうがずっと先を行ってる」エバンは言った。「目撃者がいないかぎりキャサリン・レノンといえど立件するのは、ほぼ不可能だ。つまり、おまえらふたりさ。彼女が法的にできることがあるとしたら、おまえらに取引を申し入れることだけだ。たとえば、寛大な処置ですますという条件で近づいてくる可能性がある。そしたらおまえらは、〝すっこんでろ、クソ女〟とか、じゃなきゃ、こんな感じで断固としてはねのける。〝おれたちは血の誓いで結ばれたエバンをサメにくれてやるようなまねはしない。ありえないね、マダム。おれたちはそういう人間じゃない〟わかるな？　おまえたちが証言をくつがえさなければ、こういう不愉快さはすべて避けられる。おまえたちの記憶はひとつだ。冒険心に富んだイケイケな女の記憶さ。寝室でのできごとについて質問されたら、最初から最後まで前回とまったく同じように答える。そうすれば、いま話した〝仮に〟は――」指をひらひらさせる。「消えてなくなる」

演説を終えたエバンは、椅子に戻って腰かけた。

テオが咳払いをする。「きみはキャサリン・レノンのことを見くびりすぎじゃないかな。ぼくは彼女のことを調べたろう？　どれにもやり手だと書いてあったよ。彼女が引きさがるとは思えない」

「もっともな指摘だ、テオ。テレビをつけてもらえるか？」

テオはとまどいもあらわにカルを見てから、エバンに顔を戻した。「なんで?」

「おれがこんなに丁寧におまえに頼んでるからさ」エバンは目をしばたたく。

このまま黙って席を立ち、帰ってしまおうかという思いが、カルの頭をよぎった。これ以上エバンに時間を費やす理由があるか?　それでも留まったのは、エバンのうぬぼれが信用ならないからだ。もしエバンが策略をめぐらせているのなら、中身をわかっていたほうが対処しやすい。悪辣で厳しい一撃になるにちがいないのだから。

テオがリモコンを手にまごついていると、エバンが腕時計を見た。「完璧なタイミングだな、十一時だ。スポーツネットワークのどれかにあわせろ。きょうのできごとを要約して楽しませてくれる」

三人は無言でバスケットボール選手がドラッグで捕まったニュースを観た。続いてザック・ブリジャーが魅力的で知的そうな若い女性と身を寄せあっている動画が映しだされ、カルはエバンが自分たちに見せたかったのはこれだと悟った。

カルはどのニュースにもなにも言わなかったが、テオが身を寄せてきて、そうだろうと思っていたことを小声で裏づけた。「キャサリン・レノンだよ」

「声をひそめなくていいぞ」エバンが言った。「テレビのほうは、音を消していい。要点は伝わっただろうから」

テオは言われたとおり、音声を消した。

エバンは組んだ両手の手のひらを外に向け、頭上に持ちあげてストレッチをした。くつろいだ姿勢に戻ると、言った。「楽しんでもらえたかな。で、おれなりに仮のタイトルを考えてみた。題して、エバン・クラークを殺人罪に問わせない計画フェーズワン、だ。どう思う？」

「どうやった？」カルは尋ねた。

「どうやってふたりの写真を撮ったかか？」エバンがウインクする。「さる小鳥さんが今朝ふたりがニューオーリンズにいると教えてくれてね。ふたりは看護施設に行ってレベッカと施設長に会い、小旅行の締めくくりとしてミスター・プラット、つまりレベッカの父親を訪ねた。おれはこれに驚いて、ついでに腹も立てた。

おれが地元のCNNを皮切りに地方局のいくつかに匿名電話をかけると、ほどなく国じゅうのニュース編集室が色めきだした。帰りのフライトにスパイをもぐり込ませるのはむずかしかったが、ここでも金が物を言ったと言わせてもらおう」

カルは冷笑してテレビを指さした。「それでなにを手に入れたんだ、エバン？　やつらは空港を歩いてるだけだぞ」

「そうだ。性交中に現行犯で捕まったわけじゃない。だが、思わせぶりな目つきは否定できない。やつならありそうなことさ。フットボールの選手時代には、種馬として最高位に立った。いや、そうなろうとしただけか？　どっちでもいいが」エバンは言った。

「だが、ケイト・レノンみたいに法制度なんかを背負った立場にいると、修道女が罪の意識を感じるよりもっとささいなことでも……ふむ……面倒なことになる」にやりとする。「倫理に反するなにかが進行中だとほのめかされることになる。で、ふたりは空港をただ歩いているだけじゃなく、そういう関係なんじゃないかという疑いが湧いてくる。で、この先どうなるか？」エバンは続けた。「あすの夜明けには、彼女はあの色ぼけした目つきの説明に追われ、職業上不適切な行為があったのではないかという疑義に対して弁明することになり、不品行の憶測がさらに広がる前に揉み消そうとする。最低でも、彼女の誠実さには疑問符がつくし、実際はそれだけでじゅうぶんだ。おれたち三人は経験ずみだが、いったん疑いがかかったら、一般大衆はたちまち非難囂々《ごうごう》になる。再選を控えている検事総長は、なにがなんでもスキャンダルだけは避けたい。バイバイ、キャサリン。出てくときにドアにケツをぶつけないようにな」

エバンは嬉しそうに自分の脚の付け根をはたいた。「都合がよすぎて笑っちゃうぜ。やつらのほとばしるホルモンのおかげで、あの女の信用をたやすく傷つけてやれた。危機一髪で問題回避さ。当面は」

続く沈黙のなかでカルはエバンをじっくりと観察して、小声で尋ねた。「それで、フェーズツーはなんだ？」

エバンがすっとぼける。「ん？」

「ここまでがフェーズワンなんだろ。フェーズツーはなんだ？」

エバンはふっふと笑い、指で作った拳銃でカルを撃つまねをした。「おまえにはなにも隠せないな。じつはフェーズツーにはおまえとテオにも加わってもらう」

「ぼくたちも?」テオがすっとんきょうな声をあげた。

同時にカルも言った。「冗談じゃない」

エバンが言う。「おい、おまえたち、おれひとりに押しつけるつもりか? 自分たちの立場を考えてみろよ。おれの予測が外れて、レノンが明日になってもまだお払い箱になってなかったら、おまえたちを追いかけまわすのは目に見えてるんだぞ。念のためにもう一度言う。おまえらが証言を変えるには、偽証を認めるしかない。

そうなったら、おまえらには逃げ場がない。執行猶予はなくなって、刑務所に引き立てられる」エバンはテオを見た。「もう本がいっぱいの図書館にはいられないし、自分好みに改装して独り占めしてるこの小さいながらも中身の詰まった家にも住めないぞ。いいか、テオ、刑務所じゃクソをするんだって監視つきだ。おまえみたく怖がりの子ウサギなんかさだめしいい獲物だろうよ」

「で、おまえはさ」エバンはカルを見た。「居心地のいい自宅ときれいな妻にバイバイしなきゃならない。奥さんも結局おまえは救いようがないと見切りをつけて、彼女の股間に神の恩寵を見いだすつぎの罪人に鞍替《くらが》えするんじゃないか」げらげら笑う。「おまえのメリンダもやるよな。おまえと寝てるのは魂を救いたいからだとおまえに信じ込ませるとは」

カルは椅子から立ちあがってエバンに飛びかかったものの、予期していたエバンから腹部を蹴りあげられ、ふっ飛ばされて尻もちをついた。頭に血がのぼっているせいで、痛みすら感じない。嚙みしめた歯のあいだから言った。「今後おれとおれの家族に近づいたら、殺す」

エバンは言った。「十字を切って、殺されないことを祈るさ。その前におまえをフェーズツーで使わないとな」

「どんなふうに？」テオがかぼそい声で尋ねた。

「そうだな、テオ、三人で頭を突きあわせて、なにかを考えださなきゃな。おまえのインテリ頭に期待してるぞ。絶対確実な計画を立ててくれよ」

「ミズ・レノンをどうかするの？」

エバンから陽気さが消えた。へらへらした物腰が悪意に満ちたものに変わる。「ブリジャーを、さ。装置を止める権利を持ってるのはあいつだ。あいつさえいなければ、なにも起きない。てなわけで、フェーズツーは元クォーターバック打倒計画だ」

28

「おまえの元亭主とわたしがどんなだったか、おまえも知ってのとおりだ。言葉を交わせば激論になる。きのうもやっぱりそうなった」

ダグ・プラットはレベッカの髪にそっとブラシを通した。レベッカは自分の美しさを自覚したときから、黒髪を自慢のひとつにしてきた。つねに長く伸ばして、一度に三センチ以上は決して切らなかった。

いまレベッカの髪は短く切られているが、それでもダグは毎日梳《と》かしている。介護スタッフにはじめて髪を切られたときの、メアリーの嘆きようを思いだす。妻は長い髪の束を持ち帰り、靴の空き箱にしまって、リボンをかけた。その箱はいまも宝物をおさめたまま、メアリーのクローゼットの最上段に置かれていた。

「ザック・ブリジャーのことは、じかに会う前から好きになれなかった」ダグは言った。「それを隠した覚えもない。あいつがおまえを誤った道に導いたからさ。おまえはあいつとあいつのちゃらちゃらしたライフスタイルの誘惑に勝てなかった。

そうか、おまえはそれを好きになったんだったな。そりゃ確かだ。だがな、あいつがおまえの奔放な部分を刺激して、あれこれ不道徳な行為を教えなければ、エバン・クラークのような倒錯者には出会わなかったんだ。あんなばか騒ぎには出かけず、こんなふうにもならなかった。そうだろう？　元はといえば、すべてブリジャーがおまえを自由気ままな生活に引き入れたせいだ」

反対側を梳かすために、そっと頭の向きを変える。「おまえの母親はあいつを責めるのはおかどちがいだと言っていたが」

娘の人生はザック・ブリジャーが登場する前に正しい道から外れていたとメアリーは言った。そして命の尽きるまで、元義理の息子を非難する夫をたしなめていた。

メアリーに打ち明けなかったばかりか、自分でも認めていないが、ずいぶん前からブリジャーに対しては腹立ちよりも恐れのほうがまさっていた。朝起きるたび、きょうこそブリジャーがもううんざりだと言いだすかもしれないという恐怖に襲われた。

ヘアブラシをナイトスタンドの抽斗にしまった。「いまおまえのアイビーに水をやるよ」

ダグはベッド脇の椅子にどすりと腰をおろし、しぶしぶこの話題を切りだした。

「きのう、ブリジャーがうちに来てな。前におまえに話したミズ・レノンといっしょに。いい人だぞ。礼儀正しくて、口調もやわらかい。おまえが思っているような不快な女性じゃない」

はき古した運動靴のあいだから見える、斑点模様のクッションフロアを見つめる。「エバン・クラークの釈放の是非を問う再審のとき、刑務所づきの精神分析医がこちら側に立って

証言した」ダグはこのドクター・ホーキンスがクラークの弁護士からこてんぱんにやられた

ことを素人なりの言葉遣いで説明した。

「で、いまどうなっているかというと、ミズ・レノンがこの精神分析医がクラークに対して最後に行った分析の結果を置いていったんだよ。昨晩それを読んだんだが」顔を上げて、眠っている娘の顔をのぞき込む。「やつはおまえにあんなことをしておいて、それをなんとも思っていないようなんだ、レベッカ。まるで改悛の情がない。ミズ・レノンが言うには、このままだとやつは罰をまぬがれる、わたしたちが……」

咳払いをして、立ちあがった。流し台まで行き、グラスを水で満たして少し飲み、残りを窓枠に置いてある植木鉢に注いだ。先週娘のために買ってきたまだ小さなアイビーが身をよじらせている。

「きのうわたしが腹を立てたのはな、ミズ・レノンの話を聞いていると、わたしたちには介入しないというブリジャーの約束がなし崩しにされていくように感じたからなんだ」室内に背を向けたまま、窓の向こうに広がる駐車場を見据えていた。「だが、心配しなくていいよ。おまえのことはわたしが守る」

黄色に変色した葉をつまみ取った。「ほかにも話がある。ブリジャーのやつはまたぬかるみにはまった。今回はケイト・レノンを道連れに。うちに来たときからどうもあやしいと感じてたんだ。わかるだろう、わたしの言う意味が。どうやらそれに気づいてたのは、わたしだけじゃなかったらしい。昨夜のテレビでふたりの姿が映しだされた。

頭に来たさ。あいつがニュースになれば、そのたびにおまえまで引っ張りだされる。スキャンダルに巻き込まれるのはあいつだけじゃない、わたしたちもだからな。マスコミはわたしたちの悲劇をネタにして大はしゃぎ、まるで再放送だ。メアリーがいたらどんなに胸を痛めたか。まさかわたしがこんなことを言うとは思わなかったが、母さんがここにいなくてよかったよ、こんな騒ぎを見なくてすんだ。

それとはべつに、あいつにはケイト・レノンにだけは近づかないでもらいたい。恋愛関係などもってのほかだ」ダグは窓から室内に向きなおり、ベッドに近づいた。

「わたしがなにを怖がってるのかって？　ブリジャーが様子見をしていることさ。ケイト・レノンのしわざだよ。やさしい顔にきまじめな目をした法の番人だが、彼女の意図は神の法に適っていない。もしブリジャーが――」

「ミスター・プラット？」ふり向くと、ドクター・ギルブレスが病室に入ってくるところだった。「お邪魔して申し訳ありません」

「かまわんよ。おしゃべりしていたところだ」

「少しお時間をいただけませんか？」

「もちろん」

「では、わたくしのオフィスで」

レベッカの件でドクター・ギルブレスから話し合いを求められたことは過去にもあったが、ブリジャーとケイト・レノンがきのう彼女と会合を持ち、しかもふたりきりになれる場所への移動を求められたとなると、おのずと警戒心が高まる。彼女の憂い顔も気になった。ダグのためらいを察知してか、ドクター・ギルブレスは言った。「お時間は取らせません」

「わかった」レベッカに声をかける。「すぐに戻るよ」医師について部屋を出た。

ビングとケイトはホテルのザックの部屋に集まった。そこでコーヒーを飲みながら、ビングはエバン・クラークの件がキャンセルになったと聞かされた。

「検事総長は最初から迷っていたから」ケイトは言った。「今回の件がやめるいい口実になったのよ」

「見あげた政治家根性だ」ビングが言った。

「まあ、そうね……」とケイト。「これでおしまい」

三人は重苦しい雰囲気のままホテルをあとにした。ザックとケイトはビングについて彼の車まで歩いた。「ほんとにおれが居残ってマスコミを蹴散らしたり、〝ノーコメント〟という言葉を理解できないパパラッチを懲らしめたりしなくていいのか？」

ビングはその申し出をふたりに向かって言った。ケイトは気の抜けた笑みを返した。「ありがたいけど、懲らしめることがわたしの得になるとは思えない」

「帰れよ、ビング」ザックは言った。「少し休んでくれ。きのうの夜は空港から助けだしてくれてありがとう」

「尻尾を巻き、身を隠して休むってのは、どうにも臆病に感じて、性にあわんな」

「おれもだ」ザックは応じた。「だが、ここは攻撃よりパントの局面だ。陣地を回復しよう」

「あんたはどう思う、ケイト？」ビングは尋ねた。「いまごろエバン・クラークはご機嫌で側転でもしてる。向こうは窮地を脱したが、あんたはそうはいかない。きょうも出勤して、結果に向きあうのか？」

「もちろんよ。帰宅して、着替えたらすぐにでも。担当している事件はほかにもある。それに、クラークの件が中止になっても、検事総長はわたしを倫理違反に問えない。そうね、総長の言葉をそのまま借りれば、〝最重要人物と親しく交わる〟ってことだけど」

ビングは咳払いをして、おどけた口調になった。「友の交わりなら、困ったことにはならなかったろうがな」

ビングはなにかあったら電話してくれとふたりに言った。ふたりは手を振って彼を見送ると、駐車場を横切ってケイトの車に向かった。ザックは言った。「あんなに落ち込んでるビングをはじめて見た」

「彼の気持ちがわかるわ」ケイトは言った。「わたしも失望を乗り越えるのに一分以上かかったもの。わたしにとってエバン・クラークを追い詰めることがどれほど重要だったか。あなたはその理由も含めて知ってる」

「そうこうするうちにレベッカが自然死するかもしれない。そうしたらきみは再度やつを追えるし、それほど物議も醸さない」

「でも、それまでにクラークがまた別の女性を病院送りにするかもしれない。そこまでいかなくとも、女性の心身に傷を負わせたり、脅してその口を封じたりしたら、その女性は生きているかぎり精神的に苦しめられることになる。クラークが及ぼす害には限度というものがないのよ。それも誰かひとりというんじゃなくて、たくさんの人に対して」

ふたりはSUVの後部に小型の旅行カバンを積み込み、彼女の家に向かって出発した。ザックのトラックを回収するのだ。運転はザックが担当してくれたので、ケイトは移動時間を使ってアシスタントのアバに電話をかけ、自分がオフィスに出勤する前に片付けておいてもらいたいことを列挙した。「重要度の高いものから順番に、すべてをわたしの机の上に積みあげておいて。十時には行けると思うから」

電話を切ると、ザックが言った。「一日二日休んでも、文句は出ないぞ」

「エバン・クラークに怖気《おじけ》づいたと思われるのも、癪にさわるから」

「おれとうちに来ても、誰にも見られない」

ケイトは彼のほうを見た。「ザック——」

「いや、聞き流してくれ。わかった。つい未練がましいことを言った。きのうの夜からどうにもおさまらないんだ」

ケイトは弱々しい笑みを向けた。「中断したくなかったのは、わたしも同じなんだけど」

「だったら、やっぱり誘ってみるか。山にあるおれの自宅で味わえるものを考えてみてくれ。すがすがしい山の空気。滝。ワイン。泡風呂」

「そそられるけど、そんなことできないのはわかるわよね」

「きみをひとりにしたくない。侵入者が戻ってくる可能性がある」

「詮索好きなリポーターのほうが恐怖なんだけど。ふたりともすぐに嗅ぎつけられるわ。あなたにもわかってると思うけど」

「そうだな。むかつくが。それにしても、お互いに距離を取らなきゃならない状態がいつまで続くんだ？　いつになったらまた会える？」

「落ち着くまでしばらく時間をちょうだい」

「どれぐらい？」

「解雇にはならなかったけど、首の皮一枚でつながってる感じなの」

「一週間とか？」

「二週間はいるわね、短くとも。そしたら……」

「そしたら？」

「そのとき考えましょう」

　ザックは悪態をついた。「フットボールの選手時代のおれはかなり模範的な選手だった。レフリーの見落としによる誤審でも異議を唱えず、つぎのスナップに集中した。それが、今回はそうはいかない。今回のおれは往生際の悪い敗者だ」

「敗者じゃないわ。あなたはつぎに備えてパントしてるの」

「パントは降参したようなものだ、好きじゃない」

「でも、そうするしかない局面もある。あなたがビングにそう言ったのよ」

ザックは眉をひそめた。自分の発言を投げ返されて、むかついているのだ。「きみを家に送る前にせめて朝食をおごらせてくれないか?」

朝食なら問題ないだろう。「穴場のお店がある」ケイトは言った。「帰り道沿いにあって、わたしを甘やかしてくれるご夫婦で経営しているお店よ。そこならマスコミに話が漏れる心配はないわ」

それから一時間後、ふたりは朝食を食べ終えていた。皿を下げに来たウェイトレスに、ザックはコーヒーのお代わりを頼んだ。

ケイトは腕時計に目をやった。「十時には行くとアバに言ったのに、あなたがぐずぐずするから」

ふざけた調子で言ったのに、彼から笑みは戻ってこなかった。「おれはきのう、きみに爆弾を落としながら、説明をしなかった。きみに話さなきゃならない」

ふたりとも今朝はふさぎがちだったけれど、深刻さを増した彼の顔つきと口調から、ケイトは話の内容を直観した。「ちゃんと聞くから、時間をかけて話して」

ザックはそこにあるカンペでも見るように、ケイトの肩の向こうに視線を向けた。「妊娠の事実は唯一秘密にしてマスコミに出ないようにしていたことだ。病院に到着して、エレベーターのところでダグと出くわしたあと、レベッカを診察した医師全員がおれを会議室に呼んで最高機密を明かした。いい話はひとつもなかった。まるで希望のない状態だったんで、ダグの反対を押し切って生命維持につながる処置をすぐさま完全にやめると決めかけた」

彼の唇からそっと息が吐きだされた。視線がケイトに戻った。「そのとき医師から聞かされたんだ。妊娠七週か八週だろうと」

「彼女のご両親はご存じだったの？」

「いいや。彼女の代理人はおれだったから、おれだけが聞かされた。レベッカ本人も知らなかったんじゃないかと思う」

ケイトは妊娠の事実によって彼がたちまちむずかしい立場に立たされたことを理解した。

「それで、あなたは法的義務でがんじがらめになったのね」

「わかるのか？」

「その件に関しては州法に対する抗議文がたくさん残っているの。多くの州で、そこにはジョージアも含まれるんだけど、妊婦に対しては生命維持措置の中止を禁ずると法律で明記してる。ただし――」

「ただし、ダメージによって胎児の成長が見込めず、出産まで生存できる可能性が低い場合はそのかぎりでない。それがそのとき聞いた医師の話だった。あるいは、当該女性がそうした状況下では生きたくないという意思を指示書内で明示している場合」

「レベッカはしていなかった」

「そうだ」彼は言った。「医療チームは、レベッカ同様、胎芽も酸素不足によるダメージを負っていると判定し、生き残る可能性はきわめて低いとした。奇跡的に生き残ったとしても、その子は……」

共感を込めてうなずき、ケイトは理解したことを示した。

「医師たちからは、そうした子どもの人生がいかなるものになるかを考慮するように言われた」ザックは言った。「レベッカも子どもも生存能力を持って生きることができないだろうというのが医師たちの見立てだった。おれは数日考えさせてくれと頼んだ」

彼がため息をつく。「考えるべきことがたくさんあった。どこかに父親がいるが、おれには誰だか見当もつかなかった。その男が自分が父親であることを知らない可能性はきわめて高い。それでもおれには、レベッカの身に起きたことを聞いたら、誰かが名乗りでるかもしれないという期待があった。誰も出てこなかった。

一日が過ぎ、二日が過ぎた。病院の外で待機する連中はさらに攻撃的になった。マスコミはハイエナと同じだった。彼女の臓器を喉から手が出るほど求めている移植希望の患者たちもいた。ダグは誰彼かまわずおれをこきおろして聞かせた。メアリーは娘の命を終わらせないでと涙ながらにおれにすがった」

ザックは考え込むように目頭に手をあて、揉みほぐした。しばらくすると、手を下ろしてケイトを見た。「おれにはとてもできなかったんだ、ケイト。ひとつのみか、ふたつも命を奪う？　おれには無理だった」

ケイトはテーブルの上に手を伸ばして彼の手を両手でくるんだ。無言のまま。こんなときはなにを言っても陳腐だ。

「おれはプラット夫妻のところへ行き、レベッカの代理人をやめる、彼女の運命は両親にゆだねると告げた。おれには彼らが娘の子どもをどう思うか、わかっていた」

「彼らは子どもの命を望んだでしょうね」

「九十九パーセントまちがいない。いずれにせよ、決断は彼らに託された。おれは去った。ホテルの部屋に閉じこもり、ミニバーの酒を飲みつくした。泥酔して、意識を失った。

つぎの日、鳴り響く携帯電話の音で目を覚ました。ビングだと思った。前の夜、彼から電話があったんだが、一度も出なかったからだ。おれは電話に出た。医師のひとりだった。決定するにあたって考慮すべき要素から妊娠を省いていいと言われた。夜のうちにレベッカが流産したんだ。重い生理のように出血し、胎芽が流れたと。

おれはそれを祝福とみなした。両親に話したかどうか医師に尋ねた。まだ書類上はおれが代理人だったんで、ふたりには伝わってなかった。正式な移行手続きがすんでなかったのさ。おれは彼らには内緒にしてくれるように頼んだ。知らせる必要があるとは思えなかった。ふたりをさらに悲しませるだけだ」

「あなたのその気持ちを知っていたら、ダグの心証も変わっていたかもしれない」

「どうかな」ザックは口をゆがめた。「法的な手続きを行ってレベッカの正式な代理人になれとあくまで主張すべきだったんだろうが、おれはもう手を引いてたし、また口論したくなかった。

おれがレベッカの生命維持装置を外さないと決めたことは、すでに報道されてた。決定を翻して最初からまたこの騒ぎをやりなおすのはいやだった。あらゆる人からあれこれ尋ねられたり、どんでん返しの説明を求められたりするに決まっているのに、妊娠の件を明かさないかぎり説明がつかない。そうすればまた野火が広がる」

彼はいっとき頭をがっくりと垂れ、ふたたび顔を上げた。「これが代理人をやめなかった理由だ」

ケイトが彼の手を握りしめると、彼も握り返してきた。

そのとき携帯電話が鳴った。ケイトは画面を見た。「アシスタントよ。出勤が遅れてるから、気にして電話してきたんだと思う」電話を耳にあてた。「こんにちは、アバ。わかってる、十時って言ったんだけど、避けられない用事ができて」

「急がせてごめんなさい、ケイト、でも緊急を要することが持ちあがったので」どれほど逼《ひっ》迫《ぱく》した状況でも落ち着きを失わないアシスタントが、息を切らしていた。「アプトン・フランクリンをご存じ？」

「シッド・クラークの弁護士の？　わたしが彼を知っていたらなに？」

「今朝、彼の自宅の芝生の手入れに来た業者が彼の遺体を発見したそうなの。自殺だって」

携帯電話のスピーカーを通じてやはり話を聞いていたザックは、ケイト同様、衝撃をあらわにした。

「そんな」ケイトは言った。「自殺というのは確かなの？」

「監察医と現場を見た刑事によると、すべての状況が自殺を示唆しているそうよ。書き置きも残されていたし」

ケイトはザックと目を見交わしたまま尋ねた。「なにが書いてあったの？」

「自分で読んで。あなた宛《あて》の言葉があるの」

29

警察署に到着したザックとケイトは、さっそく刑事に引きあわされた。アプトン・フランクリンの自殺の捜査を担当している男女のふたり組だった。四人で順繰りに握手したあと、ケイトのほうが別室に連れていかれた。

ザックは廊下に置かれている座り心地の悪いベンチにひとり残された。ザックがいるという話が広まったのだろう、警官やら市民やらがひっきりなしに行き交い、一度通りすぎてから、ふり返ってもう一度見るやからまでいた。せまいスペースに閉じ込められて見られたり話題にされたりしていると、檻に入れられた動物になったような気分だ。

だが足をベンチの下に入れて、腕組みしていると、そのボディランゲージと威圧感のある毅然《きぜん》とした表情が功を奏したらしく、話しかけてくる人間はいなかった。

ベンチで待つこと四十二分、ケイトが通路のなかほどにある部屋から出てきた。続いて出てきたふたりの刑事を含め、ザックに近づいてくる三人の顔に笑みはなかった。

立ちあがったザックの前まで来ると、ケイトは言った。「待っててくれて、ありがとう」

「ほかに行く場所があるか？」ザックは刑事を見て、ケイトは帰っていいのかと尋ねた。

男のほうがうなずいた。「必要なときの連絡先はわかってますので」

「ご協力に感謝します、ミズ・レノン」女の刑事が言った。

「もちろんです」ケイトは刑事たちと握手し、刑事たちはザックに会釈した。最後に男の刑事が「あなたがプレーする姿が見られなくて残念ですよ」と言い残してから、刑事ふたりは背を向けて通路を遠ざかった。

ザックはケイトの肘をつかんだ。「もう帰れそうか?」

「ようやくって感じ」

地上階へと階段をおりるあいだはどちらも無言だったが、ザックは彼女の落胆を感じ取った。彼女はひとたび建物を出るなり、悪いものを吐きだすように、深々と息をついた。彼女の車まで行くと、ザックは言った。「おれが運転する」

「そうしてもらえると助かる」

どちらも車に乗り込んだが、ザックはエンジンをかけなかった。「話をするか? それとも話したくない?」書き置きの中身は知りたいが、彼女がまだ消化できずにいるなら、無理強いはしたくなかった。

ケイトはシートの背にもたれかかった。「刑事からあらかたの現場のようすを聞いたわ。拳銃は、芝生の手入れに来た人が彼を発見したテラスの寝椅子から少し離れたところに落ちていたそうよ。弾倉が空だったから、ミスター・フランクリンが銃弾をひとつしか込めていなかったのは明らかなの。それ以上は不要だったってこと」

ケイトは唾を呑み込み、何秒か待ってから、言葉を継いだ。「そうやって基本情報を伝えたあと、刑事たちはフランクリンの娘さんふたりとわたしをスピーカーでつないだ。ふたりともお父さまが亡くなったことはすでに知らされていて、書き置きのコピーも受け取っていた。そしてそこにわたし宛の内容があったんで、わたしから詳しいことを聞きたがっていたの。ふたりは書き置きの字はたしかに父親の筆跡で、偽造は考えられないと言っていた」ケイトはザックを見た。「書いてある内容からして、自殺であることはまちがいないの。彼は娘たちに末期の胃がんと診断されていたこと、そしてこの安易な道を選んだことを伝えた。けれど、病気もさることながら、良心ゆえにこれ以上は生きていかれない、恥辱と不誠実に耐えられない、と記していた」

「死ぬ前に心の内を吐きだしたかったんだな」

「そういうこと。娘さんたちに向かって、自分がしようとしていることに対して罪の意識や責任を感じるなと訴え、夫としても父親としても欠点だらけだったと詫《わ》びていた」そこでひと息ついた。「彼はわたしにも詫びていたわ。最後がわたしへの言葉だったの」

「重要だったからか？」

「わからないけど、たぶん。わたしのことと、わたしが起訴したがっているのをエバン・クラークの耳に入れたことを悔やんでいた。クラーク親子のことにここで触れるのは、守秘義務を破ることになるけれど、これまでにしてきた無数のあれこれと比較すればささいなことだと書いてあった」

「きみに関することというのは、具体的には？」

「昨夜、あなたとわたしが世間の目にさらされているのを知ったとき、その日の朝、彼が与えた情報をエバンが使ったことに気づいたのよ。彼は書き置きのなかで、特別看護施設のスタッフに随時必要なときに報告してくれる人物がいると告白していた。たとえば今週のはじめにあなたが施設を訪れ、きのうあなたとわたしが訪れた、そんなことをね。それでエバンはわたしたちがニューオーリンズにいたのを知ったの」

「情報提供者の名前は書いてあったのか？」

「ええ。携帯電話にその名前をメモしてきたわ」

「ドクター・ギルブレスは知りたがるだろうな」

ぼんやりうなずくケイトを見て、ザックは、まだなにか黙っていることがあるのを察した。アプトン・フランクリンが彼女への謝罪で最後まで取っておいたなにかだ。その重要さを鑑みるに、多少はつついても許されるだろう。そう判断したザックは、小声で尋ねた。「それですべてじゃないいんだろう？」

「ええ」彼女はおずおずと答えた。「書き置きの最後の部分は警告だった」

「きみ宛のか？」

「ええ。エバンにとって人は二種類しかいない。顎で使える友人か憎い敵のどちらか、そのあいだは存在しないと。だからエバンのなかでは、わたしはたんなる脅威というより敵と認定されていると、ミスター・フランクリンは断定していた。エバンはそれがどんなに小さなことでも、たとえ意図してないとしても、彼を出し抜こうとした人間に仕返しをしようとする。しかも容赦ない性格だと。きのうの夜の、マスコミを使ったわたしたちへの中傷にしても、この先があるはずだ、手はじめにすぎない、と書いてあったわ」

「この先のことというのは、具体的に書いてあったのか？」

「彼が恐れていること、なにより責任を感じていることは、エバンがわたしに対してかならず報復行為に出ること。〝かならず〟の部分に下線が引いてあった」

「つまりエバン・クラークからなにをされるかわからないということだな」

「意味としてはそうなるけど、でも——」

「でもじゃない、ケイト。それに対してきみはどうする？　クラークを逮捕するのか？」

「なんの罪で？　法律は破っていないのよ。きのうの夜の騒ぎが彼のせいだとしても、悪辣な行為ではあるけれど、犯罪ではないわ」

「ふたりの刑事はフランクリンの書き置きに記された警告を無視したってことか？　クラーク家に対するいやがらせとして書いたとでも思ってるのか？」

「ただの仮説よ。いずれにしても、刑事たちはフランクリンが錯乱してまともな精神状態じゃなかったと思っている。そうじゃなければ、自分で自分の命を奪わないもの。とはいっても、刑事は書き置きのコピーを検事総長に送ったけど」

「すると？」

「検事総長は警告を刑事より深刻に受け止めるでしょうね。エバン・クラークの事件のことも、彼がどれほど狡猾で人を操るのがうまい人間であるかも知っているから」

「せめてもだ」ザックは手を挙げて、彼女のつぎの発言を制した。「電話がかかってきた」

振動する携帯電話をジャケットのポケットから取りだし、画面の名前を見て、手を止めた。

「ドクター・ギルブレスだ」画面をタップして、電話に出る。「どうも、ザックだ」

「こんにちは、ミスター・ブリジャー。じつは――」

「ちょっと待ってくれ。ケイトがいっしょなんで、スピーカーに切り替える」

「ご都合が悪かったですか？」

「まあね」ザックは言った。「だが、少ししたらこちらから電話するつもりだった。厳格な個人情報保護方針があっても、あるスタッフから情報が漏れたことを伝えるためだ。クラーク家の顧問弁護士から金銭を受け取っていたそうだ。直近だと、おれが今週二度そちらを訪問したことがそのスタッフから漏れた。ちょっと待って。ケイトに名前を確認する」

彼がそのスタッフの名を伝えると、ドクター・ギルブレスはくどくどと詫びを述べ、一時間のうちにそのスタッフを解雇して施設から追いだすと約束した。

「ありがとう。それがほかのスタッフに対する明確なメッセージになる」そのあと改めて、ザックは彼女に電話の用件を尋ねた。

「レベッカの状態に変化がありました」

ザックは胃がずしりと重くなったように感じた。ケイトを見ると、やはり不安げな顔をしている。「どんな？」

「腎臓に感染症を起こしています」

はじめて面談をしたときに、ドクター・ギルブレスから感染症の心配はつねにあると聞かされたのをザックは思いだした。「悪いのか？」

「わかったのは今朝です。微熱があるので検査をしました。細菌感染です。抗生剤を点滴するのが標準治療の第一歩になります」

確実な情報ばかりだけれど、悪いのかというザックの問いの答えにはなっていない。「ダグには伝えたのか？」

「検査結果が出たとき、こちらにいらしたので、ええ、お伝えしました。いまはレベッカに付き添っています。当然ながら、とても心配しておられて」

「ああ、おれもだ。腎臓の専門医に診てもらったほうがいいかもしれない」

「すでに相談しました。その専門医によると、わたしが提案した抗生剤は彼女の体には強すぎて、体に影響のある副作用が発生するかもしれないとのことです」

「そうか」ザックがつぎの質問を考えていると、ケイトが手を伸ばしてきて彼の肩に触れた。励まそうとしてくれている。「ドクター・ギルブレス、最善のシナリオとしてはどうなる？」

「抗生剤がすみやかに効くことです」

「使わなかった場合は？　最悪のシナリオになるのか？　彼女の命を奪いかねないほど悪いのか？」

「レベッカのような患者さんの場合、どんな感染症も、たとえ薬を使ったとしても、命取りになる可能性があります。そのことをミスター・プラットにわかっていただこうとしたのですが、たいそう興奮されて。感染症の心配に加えて、あなたが治療を断って自然な経過に任せることを恐れておられます。それで、わたくしからあなたに伝えないでくれと頼まれましたが、もちろん、わたくしにはお伝えする義務があります」

「ああ」ザックはずきずきと痛みだした額を揉んだ。「ダグはきのうケイトに、権限をおれから彼に移す手続きを取ると言ってた。実行したかどうか知ってるか？」

「それを知らなかったのでお尋ねしてませんし、向こうもなにもおっしゃいませんでした。ただ、もし実行していれば、ここまで苦しんでおられないでしょう」

「そうだな」となると、決断を下す義務はザックにある。いまここで。

「ミスター・プラットとの話し合いは物別れに終わったようですね」医師のほうから言ってくれた。

「そうだ。関係の修復を願ってたんだが、さらに亀裂が広がった」

「残念です。すると、結果は――」

「なんの役にも立たない」

あけすけなその返事のせいか、彼女は一瞬口ごもったのち、医者らしい率直さで言った。

「決めるのはあなたです、ミスター・ブリジャー。点滴の許可を出されますか？」

「ああ」

「すぐに取りかかります」

そそくさとあいさつの言葉を交わして、ザックは電話を切った。膝に携帯電話を落とし、横を向いて窓から外を見た。二匹のリスが追いかけあいながら木の幹の周囲をぐるぐるまわっている。それを見ながら、それほどのエネルギーをむだな行為に使う不思議さにザックは思いをはせた。

たっぷり一分はたったころ、ケイトが尋ねるような口調でザックの名を呼んだ。

「どういうことだ？」彼は言った。「おれがまっ先に思ったのは、彼女の命を守ることだった」寒々しい笑い声を漏らして、ケイトのほうに向きなおった。「どうかしてるよな？」

ケイトはコンソール上に身を乗りだし、ザックの顔に顔を近づけてきた。「そんなことないし、あなたがまっ先にそう思ったのだって、ぜんぜん意外じゃないわ。さっき聞いた話のことがあるから、よけいによ」

ケイトが唇をあわせてきた。彼女はすぐに離れようとしたが、ザックはそのうなじに手をまわして引きよせ、激しく奪うようにキスを返した。憂いを知らないあのリスたちのように。命が秤《はかり》にかけられた女性などいないように、あるいはその秤がどちらに傾くかが自分には無関係であるように。また人でなしのエバン・クラークの人間性のせいで罪の意識から自殺にいたった悲しい男などいなかったように。

そしてクラークは罪をまぬがれるために、手段を選ばず騒ぎを起こしている。

ザックはふいにキスをやめた。トレーニング後に山頂までのぼったときのように呼吸が乱れている。「もし検事総長から捜査をやめろと言われなかったらどうしてた？」

ケイトはまばたきをして、目元に残るなまめかしさの雲を払った。「なに？」

「もしエバン・クラークの件から手を引けと検事総長から言われてなかったら、きみはいまなにをしてる？」

「でも、引けと言われたわ」

「だから、もし言われなかったら」ザックはかたくなに首を振った。「きみは昨夜、着陸直前の機内で最後のプレーがあると言った。覚えてるか？」

「ええ、わたしにはできないけれどね。手足を縛られているもの」

ザックはにやりとした。「おれの手足は縛られてない」

30

シッドがキッチンに行くと、フリーダがランチの準備としてシッドは絶対に食べないアボカドを切っていた。彼女の調子外れの鼻歌をさえぎって、シッドは言った。「フリーダ、二階のエバンを起こしてきてくれるか。起きて、テラスのわたしのところへ来るように伝えてくれ。断ることは許されない。遅くとも十分以内に」

「どうかされましたか、ミスター・クラーク？」

「たいへんなことが起きた」

そっけない口調と態度が彼女をとまどわせたことがわかったが、シッドは彼女から尋ねられる前にドアを抜けて屋根つきのアウトドアリビングに出た。暖炉と、数組のテーブルと椅子を備えた贅沢なスペースだが、考えてみると年に五、六度しか使っていない。

シッドは椅子に腰かけて、広大な敷地を見わたした。いつもと変わらぬ光景に見えた。堂々たる樹木。花壇のひとつずつで季節の花が色を添え、細長い植え込みは短く刈り込まれている。隅々まで丹精されていた。このすべてをシッドは当然のように受け取り、完璧さを維持してくれる働き手たちの労苦をねぎらったことも、ゆっくり美しさを堪能したこともなかった。それをきょうになってしているとは、なんという皮肉か。

だが、きょうすべてが変わってしまった。もう二度と同じではありえない。

アプが死んだ。

彼の死によってもたらされた衝撃は、妻の死の比ではなかった。アプとのほうがつきあいも長ければ、関係も深く、名前とベッドを分けあった女以上に親密だった。ともに過ごした時間を合算したら、アプとの時間は妻とのそれの千倍にもなるだろう。妻の葬儀は厳粛に執り行ったものの、日々の暮らしから妻が消えた影響はほとんど感じられなかった。だが長く続いたアプとの友情の喪失は決して埋めることのできない空隙をもたらすにちがいない。

アプが死んだ。

シッドは親友が末期がんであることを受け入れるや、彼を説得して治療を受けさせると決め、そのあいだは絶えずアプのかたわらにいようと、みずからに誓った。これまでそうであったように無敵のチームとして立ち向かい、憎きがんを打ち負かすのだ。

シッドがそのための猛攻撃を計画していたとき、アプは撤退を決めていた。

そしてあっさりと逝《い》ってしまった。思いもよらないことだった。

物思いのなかにエバンが割って入った。「フリーダがここでランチにするかどうか知りたがってるよ」

「しない。いいから座りなさい」

エバンはキッチンをふり返り、テラスでのランチはなしだと伝えるため、指で喉を切るしぐさをした。シッドの向かいに腰かけ、父親をひと目見るなり、言った。「いったいどうしたの？」

「アプが死んだ。昨夜のうちに、みずから頭を撃って」

すぐには反応がなかった。やがてエバンは椅子の背にもたれ、ぼそりと言った。「ワオ。それはきつい」

シッドは身を乗りだして息子を平手打ちしたい衝動に駆られた。「そんなことしか言えないのか？」

「なにを言ったらいいんだよ？　気の毒だったとか？　そんなこと、言うまでもないよね？がんが原因？」

「たしかにそのせいもあるだろう」

「ふさいでたからね」エバンは訳知り顔でうなずいた。「以前の彼とはぜんぜんちがった。ぼくが家に帰ってきた日の、あのハッピーアワーのときにそう思ったよ」

父の自殺を伝える電話をしてきたアプの上の娘は、ろくに口も利けないような状態だった。しかし、ひとたび感情を抑え込むと、彼女は書き置きの話をした。「あなたに聞いていただかないと」彼女は言った。「エバンのことが書いてあります」

彼女が読みあげた書き置きから、アプがエバンの早期釈放に関して、これまでに如才なく伝えてきた懸念以上の見解を持っていたことを知った。アプは違法行為のすべてをシッドに伝えていたわけではないが、その多くがエバンの尻ぬぐい関連であるのはシッドにもわかっていた。書き置きに署名を記す前に、アプはキャサリン・レノン宛に警告を残していた。頭を吹き飛ばす覚悟を決めた男が確たる根拠もなしに、かくも深刻なメッセージを残すはずがない。

いまエバンが言っている。「ぼくがアプおじさんを大切に思ってたのは知ってるよね。ぼくにはお父さんの悲しみの深さを想像することしかできない。仕事を辞めたのだってそうだけど、そのあとこんなことになるとは、誰に予測ができた？　ほんとに悲惨だ。ほんとに残念だよ、お父さん」エバンは立ちあがった。「もう邪魔しないから、彼と過ごした古き良き時代の思い出にふけって。ぼくはなにか食べてくる」

「エバン、キャサリン・レノンとザック・ブリジャーの情報を流したのはおまえなのか？」

尋ね返すエバンは、無邪気そのものだった。「どういうこと？」

「ふたりにスキャンダルが持ちあがっている」

「へええ。どういう内容なの？　セックススキャンダル？」

「おまえがうわさの出どころなのか？」

「ぼくが？　なんでぼくがそんな面倒なことをしなきゃならないの？　ふたりがセックスに溺れようがどうしようが、ぼくには関係ないよ」

シッドにもうそだとわかった。エバンのなかに決して矯《た》められない悪意を認めたアプは、もう何年もシッドの目を開かせて、エバンに規律を持たせるよう忠告してきた。ほかのことはすべてアプの助言に留意してきたのに、ことエバンに関する説諭だけは聞き入れなかった。

しかし、アプの死がもたらした衝撃のなかで、シッドは自分をあざむくことをやめた。わが息子には良心がない。

シッドはゆっくり慎重に話を進めた。「アプがわたしに与えた最後の助言は、おまえを国外に出すことだった。もっともな助言だ。なんにせよ、もはやおまえに選ぶ権利があると思うな、エバン。わたしの指示だ。二階で荷物を詰め、この家を出なさい。きょうのうちに」

エバンは口をぽかんと開けていたが、やがて大笑いしだした。

シッドはさっと椅子から立ちあがり、息子と向きあった。「おまえにはこれがおもしろいことなのか？」

「そうだね、ちょっとおもしろいかな。なぜなら、ぼくのほうが先行してたからだよ、お父さん。荷物はもう詰めてある。きょうの遅い時間にベリーズに発つんだ。カルとテオがついてきてくれる。きのうの夜ふたりに会って、ここらで骨休みしようという話になった。むかしみたいにね」

「そんなことができるか。ふたりは執行猶予中だぞ」

「だからベリーズにしたんだよ」エバンがウインクする。「プライベートジェットでの入国者に関しては、パスポートチェックが甘いんだ。ふたりは数日で帰すから、当局が気づく前に戻れる」

「カルの奥さんは？」

「彼女は呼んでない」

「その骨休みとやらに彼が出かけることを彼女はどう思っているかと訊いているんだ」

エバンは高笑いした。「彼女の賛同は得られてないよ。三人のなかで、いちばん盛りあがってるのがカルだけどね。男が骨休みを必要としたら……そうだ、言っとかないと、会社のジェット機を予約させてもらったんだけど、よかったかな？」

「出発はいつだ？」

「今夜六時。テオが図書館の仕事が終わってからにしろってうるさくて」エバンは目をぐるりとまわし、ぱちんと指を鳴らす。「おっと、まずい。アプおじさんの葬儀はいつ？」

「まだ決まっていないが、おまえのことは適当に言っておく。そのために戻る必要はない」

「ま、アプおじさんがぼくの不在を寂しがらないのは、確かだね」にやりとしたが、すぐに笑顔を引っ込めた。「ごめんなさい。悪趣味な冗談だった。さあ、お父さんは悲しみを味わって。ぼくは出発前にやることが山のようにあるから」

背を向けて歩きだすかと思いきや、エバンはふとためらってシッドに哀れみの目を向けた。「アプおじさんのこと、ほんとに気の毒だと思ってるよ。お父さんにしたら右腕を失ったようなものだよね」エバンは背を向け、テラスを小走りに遠ざかって、家に入った。

シッドは椅子に戻り、アイビーと白いキクがこんもりと植わったコンクリートのプランターをしばらく思案顔で見つめていた。やがて携帯電話をポケットから取りだすと、連絡先から番号を選びだし、電話をかけた。

お抱えのパイロットは最初の発信音で電話に出た。「はい、ミスター・クラーク」

「エバンが今夜のベリーズ行きで食事も頼んだかどうか確認したい」

パイロットはくすくす笑った。「フライドチキンとかいつものものをあれこれと」

「そうか、よかった。あれは毎回、直前まで注文するのを忘れてるからな。そしてフライドチキンが大好物ときている。ふたり分注文したかね？」

「お乗りになるのは三人とうかがっています。彼とご友人ふたりと。どなたかキャンセルされたんですか？」

「テオ・シンプソンがあやしいようだが、たぶん、最終的には職場を出られるだろう」エバンの言葉の裏を取るのは卑劣な気がしたが、シッドはそんな自分を許した。信用しようにも、その材料がほとんどないのだから。

パイロットが言っている。「副パイロットとわたしと望みうるかぎり最高のフライトアテンダントが五時三十分に飛行場で彼らをお待ちします。予定どおりなら出発は六時です」

「ありがとう。安全第一で頼むぞ」

「あなたはごいっしょされないのですか、ミスター・クラーク？」

「ああ、残念ながら、親友の葬儀に参列せねばならない」

シッドは電話を切ったのち、それ以上のなにかをする気力をふるい起こせなかった。長らく携帯電話を握ったまま、目の前の虚空を凝視して考えていた。なぜ自分のような人間が、莫大《ばくだい》な富を手にしてきた人間が、まるで破産者のように感じているのだろうか。

31

ケイトがザックに語った最後のプレーとは、カル・パーソンズとテオ・シンプソンに接近し、寛大な処遇と引き換えに目撃証言を求めることだった。こんどは検察側の証人としてだ。そう彼女から聞かされていたので、ザックは検事総長もケイトの手足を縛るようには自分を縛れないと指摘したとき、自分が彼女の代わりに男ふたりに話をするというアイディアに彼女が飛びつくだろうと思っていた。提案に対して乗り気でない彼女が不思議でもあり、じれったくもある。

「いいだろう?」ザックは尋ねた。「きみのボスは自殺したフランクリンが残した書き置きを読んで、昨夜の態度を軟化させてるはずだ」

「ええ、ある程度は。でも、再捜査の青信号が出るほどではないの。この先、総長からその許可が出るかもしれないことを考えると、いま彼を怒らせるようなことはしたくない。彼に相談なくパーソンズとシンプソンに話をすることもそうよ」

「きみが話すんじゃない、おれが話すんだ。きみがたまたまいっしょにいただけなら、いくら検事総長だってなにもできないだろう?」

「わたしを餌にするわ」

「しないね。それは彼にしたら墓穴を掘るようなもんだ。性犯罪者に裁きを受けさせようとする野心的な女性検事を餌にする？　とんでもない。女性の権利擁護を訴える団体に吊るしあげられて、選挙のときにはその票を取りのがす」

「根拠のある見方ね」それでも彼女は納得しなかった。「総長に探りを入れさせて」

「そんな悠長なことを言ってられるか、ケイト。ドクター・ギルブレスの話を聞いたろ。治療を受けてもレベッカの病状は不安定だ。たちまち悪化する恐れがあって、そうなったら、またもやおれはむずかしい決断を強いられる。そのとき、レベッカの心臓が止まりしだいきみがクラークのケツに襲いかかる準備ができているとわかっていれば、おれにしてもダグにしても、そこまで葛藤に苦しまなくてすむかもしれない」

ケイトはしばらく考えると、バッグから携帯電話を出して連絡先を調べた。「これが携帯の記録に残っているカルビン・パーソンズの番号よ。でも、面談を強要しないと約束して」

「約束する」ザックは電話をかけた。女性が出た。ザックは名前を尋ね、彼女は答えた。

「メリンダ・パーソンズです」

「やあ、ミセス・パーソンズ。ザック・ブリジャーだ」

いつもどおりの反応があった。沈黙に続いて、短く驚いた声で「えっ」と。

「カル・パーソンズと話がしたい。代わってもらえるか」

「どんなお話ですか？」

「おれたち両方の人生を悪いほうに変えた夜について」

躊躇《ちゅうちょ》が伝わってくる。「彼の弁護士が同意するとは思えません」

「おれの弁護士もだ。できればおれたちふたりのあいだの話に留めたかったんだが」

「それは無理です」メリンダが言った。「弁護士が同席しないと」

「法律家は同席する。ケイト・レノンという名だ」

「キャサリン・レノン？　彼女は検察側よ」興奮して彼女の声が大きくなった。「カルをあなたと話させるわけにはいかない。失礼します」

「待ってくれ、頼む」ザックがケイトを見ると、彼女は厳しい顔で首を振り、電話を切れと身振りで伝えている。ザックは無視した。「ミセス・パーソンズ、きみはおれのことを知らない。知ってると思ってることの大半は、世界的な規模でおれの評判をずたずたにして金を稼ぐやつらがでっちあげたたわごとだ。きみが大事に思っているなにかに誓って言うが、きみの亭主にとっても悪い話じゃないから、おれたちに会ってくれないか」

かなり長い沈黙が続いた。ようやく彼女が言った。「カルはいません。でも、わたしが話をうかがいます」

ザックは音をたてて息を吐いた。「すばらしい。何時なら都合がいい？」

「ここまでどれくらいで来られますか？」

「すぐに行ける」

住所を確認したあと、ふたりは彼女の気が変わらないうちにと、すかさずアトランタの半分を突っ切った。いつ事態が急変して会えなくなるかわからない。ザックは呼び鈴を押す段になってもなお、パーソンズの妻が翻意するかパーソンズが妻に面談を中止させることを恐れていた。

彼女が出てくるのを待ちながら、ケイトがささやいた。「ここにいるわたしには公的な権限がないことを忘れないで」

「わかった。きみはアクセサリー代わりの美女だ」

ドアを開けたのは、ナチュラルかつ健康的な美しさを持つ若い女性だった。長い髪はブロンドの巻き毛で、頬と鼻に琥珀《こはく》色のそばかすが散っている。赤く縁取られた涙目だけが、その親しみやすい魅力に水を差していた。

「ミセス・パーソンズ？　ザック・ブリジャーだ。こちらはケイト・レノン」

「メリンダです」彼女はふたりと握手を交わした。

やはりメリンダの潤んだ目に気づいたのだろう、ケイトは言った。「ほんとにいまよろしいんですか？」

「ええ。どうぞお入りください」

ケイトから視線を向けられ、ザックは眉を吊りあげた。ケイトと同じように、ザックもメリンダの涙にとまどっていた。ザックはケイトの背中のくぼみに手を添えて、敷居をまたがせた。なかに入ってから、会ってくれたお礼をメリンダに伝えた。

メリンダがはかなげにほほ笑む。「まさかきょう、ザック・ブリジャーから電話がかかってくるなんて思ってませんでしたけど、探しだしてもらえてよかったです。誰に話したらいいかわからなくて」

「なにをですか？」ケイトが尋ねた。

「かけてください」メリンダはふたりを明るくて居心地のよさそうなリビングに導き、カウチを手で示した。「なにかお飲みになりますか？」

ふたりとも礼を述べて、断った。

メリンダは向かいの椅子に腰かけ、ザックに話しかけた。「まず最初に言わせてください。奥さまの身に起きたこと、本当にお気の毒です。元奥さまですね。そのことであなたがこうむったご苦労についても、お気の毒だと思ってます」

「どうも」

「彼女はいまどんなごようすですか？」

「残念ながら、よくない」

メリンダは悲しそうに首を振った。「たぶんカルは死ぬまでその件について罪悪感を持ちつづけます」

ザックはこの若い女性に対してなんの含むところもなかった。レベッカの運命とそれがザックに及ぼした影響を悲しんでくれている気持ちにうそはないだろう。しかし、彼女の夫に対しては慈悲心を感じないし、彼が抱えているという罪悪感の程度も疑っていた。

ザックが納得していないのを感じたメリンダは、彼とケイトを交互に見て、結局ケイトに話しかけた。「正当な判決だったと思いますか?」

ケイトはまばたきしなかった。「いいえ、思いません。わたしがこの案件を知ったときにはもうエバン・クラークの裁判が終わっていましたが、裁判の記録を読みました。わたしはテオ・シンプソンとあなたのご主人が偽証したと思っています」

「ええ、そうです、知ってます」彼女はその宣言に対するふたりの驚きに気づいた。「びっくりしますよね」穏やかな笑みを浮かべた。「結婚前にカルが言ってました。エバンのそばにいると、自分の人生は手に負えない薄汚れたものになる、それが最高潮に達したのがレベッカ・プラットとの夜だったって。彼女はセーフワードを言おうとしてたのに、証言台でうそをついたとカルはわたしに告白しました」

「エバンのためか?」ザックが尋ねた。

「ええ、忠誠心から。たぶん脅されてもいたんだと思います。ただ、カルとテオはその埋めあわせも受け取ってました。買収されたんです」

「金額は?」

「それぞれ数万ドルずつ。それに、うそをつくのはふたりにとっても有利でした」とメリンダ。「どちらも実刑にはなりませんでしたから。でも……」言葉を切って、感情の高ぶりを抑えなければならなかった。「でも、エバンがどんなに異常で人を操るのがうまいかわかっていても、カルはまだ彼の言いなりです」

「具体的には?」ザックは尋ねた。

メリンダはケイトを見た。「あなたに話したら、カルを助けることになりますか？」

「かもしれません」ケイトは小声で応じたものの、条件を明確にした。「わたしに言えるのは、その可能性があるということだけですけど」

「この会話を録音してませんよね？」

ザックとケイトが同時にノーと答えた。

「わたしが言ったことが、のちのちカルにとって不利な材料になることは？」

「弁護士が同席していなかったとして、却下されますよ」

メリンダから視線を向けられて、ザックは言った。「きみをだます意図はいっさいない。このままおれたちを追いはらえば、ものごとはいまのままだ。もし率直に話しあえば、両者に利がある可能性がある」

「誓えますか？」

「さっき言ったとおり、きみが大事に思っているなにかに誓おう」

「あなたが大事に思っているものは？　たとえばスーパーボウルの優勝記念リングとか？」

ザックはほほ笑んだが、そこに浮ついた気持ちはなかった。「だったら元コーチのビングから取り戻さなきゃな。ネットワーク局からお払い箱にされたとき、かっとなってその場のいきおいで彼に投げつけた。たぶんまだ持ってる」

若い女性は憂い顔でうなずくと、ひとつ深呼吸をして、前日にエバンの突然の訪問があったことを話した。「赤ちゃんができたと検査でわかった直後でした」

ふたりがお祝いを述べると、メリンダは続けた。「わたしたち、すっかり舞いあがってたのに、エバンが現れたせいで、せっかくのいい日が台無しになりました」彼女は顔を伏せ、膝の上でぎゅっと握りしめている手を見た。指先が白くなっている。「それでカルは夜になると、わたしとろくにお祝いもしないで、エバンとテオに会いに行きました。行かないでと頼んだのに、行くしかない、この際きっぱりエバンとの縁を切らないとこの先もつきまとわれる、って。

でも彼は縁を切らなかった」彼女は顔を上げて、洟《はな》をすすりあげた。「ホストはいつもエバンで、ほかふたりの分も彼が払ってた。それでいて、エバンは寄生虫なんです。夫に寄生してるんです」かすれ声になって、泣きだした。

ザックが反応するよりも、ケイトがカウチから立ちあがるほうが早かった。メリンダのかたわらに膝をつき、彼女の膝に両手を置いた。

「ごめんなさい」メリンダがシャツのポケットからティッシュを取りだし、鼻を押さえた。

「気にしないで」ケイトは言った。「あなたには泣く理由があるもの」

「あなたがエバンを不安にさせてるとカルから聞きました、ミズ・レノン」メリンダは熱っぽく懇願した。「お願いです。お願いですから、エバンを永遠に追いはらってください」

「わたしもそうしたいのよ」とケイト。「でも、同じ犯罪で再度裁くことはできないの」

ケイトはメリンダの膝を軽く叩いて、カウチのザックの隣に戻った。メリンダの訴えがケイトの検事魂に火をつけたのがわかる。彼女のブルーの瞳は燃えさかり、口の内側を噛んで、言いたいことをこらえているようだった。

「彼女に説明してくれ」ザックは内緒話をするような口調で言った。「告げ口はしない」

メリンダが頰の涙を払った。「説明って、なにのですか？」

ケイトは出走直前の短距離走者のように身構えつつも、穏やかな声で話しだした。「現段階だと、エバン・クラークをさらに起訴するのは検討の対象にもならないの。レベッカ・プラットがまだ生きているからよ。ただ、彼女が亡くなったら、それがいつどんな亡くなり方だとしても、状況は一変する。そうなれば検事総長はエバンを謀殺罪で起訴する可能性を探らせてくれるかもしれず、裁判になって有罪判決がおりれば、彼は収監される。永遠には無理でも、長期にわたって」

メリンダが唇を湿らせる。「でも、それにはたくさんの条件がある」

「そうなのよ」ケイトは悲しそうにほほ笑んだ。

「あなたが担当するんですか？」

「どうかしら。誰が担当だとしても、裁判に持ち込む前に確実ななにかを握っておかないと」

「たとえば？」

「たとえば、あなたのご主人の目撃証言とか」

「今回は真実を」ザックは言った。

ケイトはいきおいづいて続けた。「カルは長年エバンの気のあった親友だったから、エバンに破壊的な面があることを身をもって知っている。エバンの目下のプロジェクトのひとつはあなた方の結婚生活を破綻させることみたいね」

「カルに嫉妬してるから」

「とても洞察的だわ、メリンダ」ケイトは言った。「あなたの言うとおりだと思う」

「エバンがカルを友人に選んだのは、見た目がよくて異性にもてるからです」メリンダははにかんだ笑みを浮かべ、言い足した。「セクシーなの」

ケイトは笑顔を返し、一拍置いて言った。「これは大事な質問よ、メリンダ。だから答える前によく考えてね。すべての条件が整って、エバン・クラークが裁判にかけられるとしたら、カルは検察側の証人になってくれるかしら？　それをうながす条件が提示されると思うのだけれど」

メリンダは反射的に子どもを守ろうと、下腹部を撫でた。「彼はわたしを愛してます。それは絶対だし、赤ちゃんのことだって、もう愛してる。だからたとえ有利な条件を提示されなくても、エバンに不利な証言をすると思いたいです」

「ごめんなさいね」ケイトは言った。「あなたの声が不安げに聞こえて」

メリンダがうなずいた。「エバンはギリシャ神話に登場する下級の神さまみたいなものなんです。人間たちと遊んで、おもしろ半分にその人生をめちゃくちゃにする。カルにはそれがわかってて、見えてるんだけど、エバンから逃げたいと思いながらも、逃げられないんです」

彼女が絶望しているのを痛切に感じ、ザックもケイトも言葉がなかった。やがてザックが言った。「きのうの夜、エバンとテオのところから帰宅したカルとなにがあった?」

「なにも。わたしは傷ついてたし、腹も立ってたんで、彼がベッドに入ってきたとき、寝たふりをしてました。それで今朝、彼は小型のキャリーを持って家を出てって」ふたたび目に涙が溜まった。「朝食を食べませんでした。行ってきますも、行き先も、いつ戻ってくるかも言わなかった。黙って出ていかれて、正直、わたしはパニックになりました。怒ってることなんか忘れて、電話をかけたけど、ボイスメールにつながって、ずっとその状態です。

彼はわたしの父の電気会社で働いてます。今朝、仕事に出てるかどうかわからないけど、電話をかけて尋ねるのはいやで。両親を不安にさせるから。両親はふたりが知ってるカルを信頼して、愛してくれてます。でも、エバンが釈放されたとき、エバンに引っ張られてカルが元に戻るのを心配してるって、ふたりに言われてて」

「テオ・シンプソンはどうなの?」ケイトは尋ねた。「彼には連絡がついた?」

「電話してみたけど、彼のことはあまりよく知りません。会ったのは二度だけ、最後に会ったのはわたしたちの結婚式でした。市街地の中央図書館で働いてるのは知ってるので、電話をかけたら、音声案内につながりました。テオには直通の内線電話がありました。それを選んだらボイスメールにつながって、こちらの名前と電話番号を残したけど、いまのところ電話はないし、たぶんこのままないんだと思います。

カルはテオのことを人を喜ばせようとする子犬みたいに忠実だと言ってます。テオにはカルのこともエバンのことも裏切れないんだと思います」下唇を噛む。「心配でたまらない。エバンがカルをなにかに引き込んでそうで」

「なにかってどんな?」ケイトは尋ねた。

「それがわかったらいいんですけど。きのう、うちに来たとき、エバンは偽証のことでカルをなじってました。脅しみたいにちらつかせるっていうか」

「まさかおれにはむかって、証言を変えることはないよな、みたいな?」ザックは尋ねた。

「そんな感じです」メリンダは言った。「そのとき、夜になったら彼とテオのところへ来るよう言ったんです。わたしは出かける夫にむしゃくしゃしてたのに、やっぱり心配でたまらなかったから、彼が帰ったときはほんとにほっとしました」

ザックはクッションのきいた座面に座ったまま、彼女のほうに身を乗りだした。「エバンが彼になにかすると思うか?」

「ええ」かすれ声でメリンダが言う。「カルの口を封じて、あの夜の証言を絶対にくつがえさないように」

ザックは横のケイトを見た。自分と同じように、彼女もアプトン・フランクリンの書き置きを思いだしているのがわかる。顎で使える友人か憎い敵のどちらか。

「でも、それだけじゃないんです」メリンダの声で、ザックは彼女に注意を引き戻された。「エバンは抜け目ないんです。無頓着を装ってるけど、レベッカが亡くなったらまずいのはわかってるから、手に負えなくなる前に問題を解決したがってるはずです。だから夫の命が心配です。あなたたちの命も」メリンダはふたりに言った。「エバンはあなたたち全員に対して先制攻撃をしかけてくるかもしれない」

32

テオの車は図書館の職員用駐車場ですぐに見つかった。カルは空いていた隣のスペースに車を入れ、テオは五時ちょうどに職員用のドアから出てきた。ジャケットのフードをかぶり、駐車場を小走りに近づいてくる。

自分の車までたどり着いたテオは、トランクを開けて、ダッフルバッグを取りだした。改めて車をロックすると、カルの車の後部座席にダッフルバッグを突っ込み、助手席に乗り込む。「やあ」

「やあ」

テオはシートベルトを締めた。「長く待たせちゃった?」

「数分だ」

「あいにくの雨だな」

カルは駐車場から車を出した。「天気以外に話さなきゃならないことがあるだろ、テオ」

「ああ、そうだね。きみが先に言えよ」

「リムジンを迎えによこすとエバンから電話があったか?」

「ああ。でも必要ないと言っといた。帰りに備えて飛行場に車を置いておきたいから、ふたりで乗ってくって」

「電話があったのは、何時だった？」

「三時少し過ぎだったかな」

「そうか。おれには二時半にかけてきた」カルは言った。「おまえと同じように答えた」

「だったら、そのあとなんでぼくに電話してきたんだろう？」

「裏を取るためさ」

テオはシートベルトで固定されたまま、精いっぱい体を前後に揺すった。「なんで裏を取る必要があると思ったんだろう？」

「なぜならエバンだからさ。あいつはキツネのように狡猾だ。つねに計算し、先回りして考える。ザック・ブリジャーを排除する絶対確実な計画を考えだすためにおれたちをベリーズに飛ばすとかな」

テオがうなずいた。「彼がそう言ってたね」

「おれが思うに、そんなのただの口実で、やつの頭のなかには別の目的があるんだ、テオ」

ふたりを乗せた車は高速道路上にいた。天候の悪さにラッシュアワーが重なり、のろのろとしか進まない。止まったり進んだりのくり返しがテオの不安をさらにあおっているらしく、テオは貧乏揺すりに加えて、指の関節を鳴らしだした。「カル、メリンダからぼくに電話があったよ」

やさしくて信頼できる妻、愛すべき身重の妻の名を聞いて、カルはハンドルを握りしめた。

「いつ?」

「昼ごろ。ぼくが共用の冷蔵庫に入れておいたランチを食べるために、休憩室に行ってるあいだに。デスクに戻ると、電話のランプが点滅してて、折り返してほしいっていうメッセージが残ってた」カルがちらっとテオを見ると、テオがふたたび話しだした。「でも、電話しなかった。彼女から質問されたら、まずいことを言っちゃいそうで」一拍置いて、つけ加えた。「メリンダはおろおろしてるみたいだった」

「実際そうさ。ずっとおれに電話をかけてるのに、おれが電話に出ないし、折り返しもしないから」

「彼女に対してひどくない? 秘密にしてていいの? どこまで話したの?」

「なにも。今朝、黙ってキャリーを持って家を出た」

「行き先を尋ねられた?」

「その隙も与えなかった」

「彼女になにか言われて、手を引きたくなると困るから?」

「メリンダを興奮させたくない。彼女がなにを言ってもおれの気持ちは変わらないし、出かける前にケンカしたくなかった」

「わかるけど、カル、きみの奥さんなんだよ。メリンダは——」

「言うな、テオ。ただでさえややこしいことなんだから、な?」

テオは口のなかでわかったと言った。しばしの沈黙をはさんで、テオが咳払いをした。

「ぼくが言いたいのはさ、今回のことを決めるには、メリンダにも加わってもらったほうがいいんじゃないかってことだよ。ぼくたちどっちにとっても、考えなおすのもありかもしれない。ここで手を引いて――」

「おれは手を引かない。エバンを永遠に追いはらう。もう一日だって、やつに操られて人生を台無しにしたくない。とにかくうんざりなんだ」

よかれと思って言ってくれたテオを頭ごなしに抑えつけたことに対して、カルはたちまち申し訳ない気持ちになった。「なあ、テオ、おれの決断につきあう必要はないんだぞ。おれに従う義務はないんだから。これはおれが決めたことだ。おまえの気が変わっても、そのことでおまえを見そこなったりしない。そうしたければ言ってくれ、図書館まで送る」

テオはまっすぐ前方を見つめていた。雨が流れ落ちるフロントガラスの向こうには赤いテールランプをともした車両が三列にならび、それが地平線まで続いている。「いや、ふたりで決めたことだよ。ぼくはきみと行く。あとには引かない」

「ほんとにいいのか？」

「ああ、いい」

テオは指の関節を鳴らすのをやめた。貧乏揺すりも止まり、揺れていた脚が動かなくなった。そわついていないテオを見るのは、カルの記憶にあるかぎり、これがはじめてだった。

「ぼくだって、もうとっくにあんなやつ追いはらってなきゃいけなかったんだ、カル。あいつは長年ぼくの友だちのふりをしてきた。でも、ぼくは王宮の道化師みたいなもんだった。エバンはただ娯楽としてぼくを手元に置いてきた。つついておもしろがる対象だったんだ。それとなく、気づかない程度に、からかい半分で」テオはカルを見た。「向こうは気づいてないんだろうけど、ぼくのほうはずっと笑い物にされてるのに気づいてた。そろそろ目に物見せてやらないとね」

カルはうなずいた。テオにはカルやエバンにない鑑識眼がある。エバンの人となりを見抜いていたのだ。「だったらいいさ、ブラザー。ふたりでやろう」

テオは顔をめぐらせて、ふたたびフロントガラスを見た。「銃は問題なく手に入った?」

カルは落ち着きはらって答えた。「ああ、問題なかった。義父がクライアントの相談に乗っているあいだに、彼のデスクの抽斗に入ってる拳銃をこっそり持ちだしてきた」

メリンダ・パーソンズの訪問を終えてできることがなくなったケイトとザックのあいだには、ぎくしゃくした空気が流れた。ザックにはその原因が特定できなかった。

車が住宅街から商業地区に入ると、ザックは言った。「コーヒーでも飲むか」

「そうね」

「この十回は、毎回ひとことしかしゃべってないのに気づいてるか?」

「わたしがどれだけしゃべったか数えてるの?」

「十ぐらいなら数えられる。ひとつ、ふたつ……」

「ああ、おもしろい」

「おれの意見を聞きたいか？」

「わたしがそんなこと求めた？」

「いいや、きみはケンカを求めてる。いや願ってる。なぜだ？」

ケイトが髪に手櫛《てぐし》を通すと、髪が立って自由の女神像のようになった。彼女の機嫌が悪くなっているのを察して、それを口に出して言わないだけの分別はあったけれど。

ケイトは言った。「メリンダの警告をどう考えたらいいかわからなくて」

「そうか、きみから求められてもいない意見を言わせてもらうと、きみがすべきは検事総長に報告をして、おれといっしょに山へ逃げることだ」

ケイトは口をぽかんと開けてザックを見た。「なに言ってるの？　それはしないと言ったでしょう」

「たしかにそんなことできないときみは言ったが、そのときはまだフランクリンの書き置きのことを知らなかったし、メリンダからあんな話も聞かされてなかった」

ケイトが眉をひそめた。それを同意の印だとみなして、ザックは続けた。

「ふたりでうちに行こう。ニューオーリンズに何泊かするつもりで詰めた荷物は、まだそこにのってる」頭を傾けて、荷室を示した。「きみの自宅に立ち寄る必要すらない。おれのトラックはきみの家のガレージに置いたままでいい。ふたりでおれのうちに行き、態勢を立てなおして、ＦＩＯする。これはフィギュア・イット・アウトの略で——」

ケイトの口調はまだつんけんしているが、さっきよりはましなようだ。「で、ノースカロライナに向かうか？」

「そうね」

ザックはチェーンのコーヒー店の駐車場に車を入れた。「店内に入ったほうがドライブスルーより時間がかからない。検事総長に電話しろよ」

ザックは車を降りた。カウンター前の列も長かった。順番が来るのを待ちながら、ビングに電話をかけた。「やあ、なにしてる？」

「バスケットの再試合を観てたとこだ」

「どこが勝ってる？」

「タトゥーがいちばん多いチームだな。なんの用だ？」

「無事に家に着いたのか？」

「自宅じゃないぞ」

「はあ？」

「せっかくすてきな別れの場面を演出してもらったが、おまえを放置してくつもりはなかった。おまえとケイトがホテルの駐車場を出るのを待ってとって返し、チェックアウトしたばかりの部屋を取りなおした」

ザックは小声で笑った。「抜け目がないな。でも、感謝するよ、ビング」

「知ってるわ」

「で、おれはなにをしたらいいんだ？」

ザックはメリンダ・パーソンズとの会話の内容をざっくりと説明した。「彼女は両親を不安にさせたくないからと自宅にひとりでいて、心配で涙に暮れている。彼女が夫を愛してるのはまちがいない。おめでたなんだ」

「赤ん坊か？」

「ああ。夫が戻るまで、ひとりにしたくない」

「おれは助産師じゃないぞ」

「彼女を見ててくれるだけでいい。せめて今晩だけでも。車で寝るのは、はじめてじゃないだろ」

「彼女にはおれがいるのを知らせたほうがいいのか？」

ザックはその点を考えた。ただでさえメリンダは神経質になっている。見知らぬ車が近くに停まっていたら怯えるかもしれない。「あんたが行くのを伝えておく」ザックは言った。「あんたを家に入れるかどうかは、彼女に任せる。いま不安定だから、やさしくしてやってくれよ」

「おれはいつだってやさしいだろう？」

「だな。それと、頼むからズボンをはいててくれ」

ビングは不本意そうにため息をついた。「彼女の住所を送れ」

ザックがコーヒーをふたつ持って車に戻ると、ケイトは検事総長に別れのあいさつをして電話を切るところだった。ザックは片方のカップを彼女に差しだした。「きみのだ。バニラ風味の泡つき。気をつけろよ、熱いから」

「ありがとう」ケイトは蓋も外さずカップホルダーにセットした。

「きみの手に携帯があるうちに頼む」とザック。「メリンダにメッセージを送ってくれ」

「なにを伝えるの？」

ザックはビングのことを話した。「人物はおれが保証すると言い添えてくれ。信頼できる人物だと」

「わたしには彼が子守向きだと思えないんだけど」

「だったら、用心棒だと思えばいい」

ケイトがこの動きを歓迎しているのはわかった。ただ彼がそれを考えついたことを認めたくないだけだ。ケイトはメッセージを送った。

「親分との話はどうなった？」

「彼に相談なくメリンダと話をしたことに関しては、機嫌をそこねていたわ」

「おれのせいにすればよかったんだ」

「あら、したわよ。そしたらあなたのこと、でしゃばりすぎだって。自分のフィールドで采配を振るのは許されない、もうスーパースターのクォーターバックじゃないのに、誰も本人にそれを言ってやってないのかって言ってた」

ザックは冷めた笑みを浮かべた。「国じゅうのスポーツライターから言われたさ」車を出して道路を走りだしてから、検事総長がメリンダの懸念を気にかけていたかどうかを尋ねた。

「わたしたちに対して怒ってはいても」ケイトは言った。「メリンダのことは別よ。ないがしろにはできない。夫が妻から逃げまわるのはよくあることだから、カルが彼女からの電話に出なくても、それ自体は問題にならない。でも、検事総長はフランクリンの書き置きにあった警告を含めて、彼女の懸念には耳を傾ける価値があるだろうって」短い沈黙をはさんで、ケイトは言い足した。「わたしが数日身を隠したほうがいいという点も同意してくれたわ」

「検事総長の肩書きはだてじゃないな。きみのためを思ってくれてる」

「ええ、だてじゃないわよ。総長は自分のためを思っているの」

「総長自身のか？　なにを恐れる心配があるんだ？」

「再選よ。いまのところアプトン・フランクリンの書き置きは鍵のかかる場所に大切に保管されているけれど、エバンに関する内容が漏れたら、シッド・クラークが公然と抗議の声をあげる可能性があるし、そうなればめぐりめぐってその副産物が検事総長の膝に落ちるかもしれない。そのときわたしはいないほうが都合がいい。騒ぎの元凶になったわたしにコメントが求められるから」

「きみが騒ぎを起こしたわけじゃない。元凶はエバン・クラークだ」

「わたしがそう言ったら、総長は認める代わりにうめいてた。それはともかく、いまのところはまだわたしの首もつながっているし、手配が整いしだい、改めてエバンに監視をつけるそうよ」

「まさか。さらに事態を悪化させるだけよ」

「にしても、きみに身を隠せと言うだけの賢さはあるらしい。行き先を伝えたのか？」

息切れしたので、一度黙って呼吸を整えなければならなかった。抑えた口調で言い足した。

るべきだ。おれが総長についてマスコミになにを言うかを」

えるおれの姿を写真に撮ろうとする。検事総長の肩書きがだてじゃないんなら、おれを恐れ

バックじゃないにしても、おれが声をあげたら、ありとあらゆる人がその声に耳を傾け、訴

んでやる」ここではじめて、ザックは声を荒らげた。「もはやスーパースターのクォーター

「クラークのせいで誰かが傷つくようなことになったら、その警告を検事総長の尻にねじ込

長からその点で警告を受けたわ」

「ザック、罪になるようなことをするまでは、引っ張ってくることもできないのよ。検事総

「いますぐエバンに監視をつけるべきだ。おれが人を雇ってもいい」

「人員がすぐに確保できるかどうか」

かる？」

いまだ彼女には試される。だが、ザックは受け流した。「監視が戻るまでにどれくらいか

「言ったら、あれこれ言われるのがわかってたから」

「聞いてないぞ」

「二日前にわたしの要求をしりぞけたの」

「改めて？」

身を焦がすような怒りが突き抜けた。ザックは一瞬ウインカーを出して右車線に移ると、大規模小売店の駐車場に入って急ブレーキを踏み、ギアをパーキングに入れた。

「おれとの関係がよくないことのように言われるのは心外だ、ケイト。おれときみのことは、やつにはなんの関係もない」

「彼はやつじゃないのよ、ザック。この州最高位の法務官であり、わたしの上司なの。その人があなたとわたしの関係が自分にも影響すると考えるのは当然だし、正当でもある。彼が多少なりとも道義に反すると判断したら、それは問答無用で道義に反するってことなの」彼女は身振りで自分自身に対するいらだちを示した。「いまとなってみると、なぜあなたといっしょに行くことにしたのかわからないわ」

「おれは説得してないぞ。おれの記憶によれば、〝で、ノースカロライナに向かうか？〟とおれが言ったら、きみが〝そうね〟と答えたんだ」

「不確かさの表明だったのよ。わたしがそのとき考えていたのは、あなたと距離を取るべきだってこと」

「だったら、そう言うべきだった。おれは読心術者じゃない」

「じゃあいま言わせてもらうけど、身を隠しておく必要があるなら、わたしが行くべきはヒルトンヘッドの両親の家よ」

「ヒルトンヘッドは天気が荒れるぞ」

「ノースカロライナだって荒れるわ」

「ああ、だが山間部なら波浪警報は出ない」

当意即妙な返答も不発に終わった。ザックが小声で悪態をつくと、窓が蒸気で曇った。しばらく怒りに身を任せてから、重苦しい沈黙を破った。「ここからうちまで、車で二時間四十五分の道のりだ。そのあいだずっと、言い争うつもりか？」

「わたしもなんとかしたいと思っていたところよ」

「そうだ、ケイト、さっさと姿を消そう。メリンダの話は、アプトン・フランクリンの警告に重なる」

「メリンダが夫のことを心配するのは理解できる。彼女の立場だったら、わたしも同じように感じて、いてもたってもいられないと思う。でも、いくらエバン・クラークだってみんなを殺傷してまわることはできない」

「ああ、だがやつがなにかを企んでいることはまちがいない。そしてメリンダもアプトン・フランクリンも、きみも、おれも、それがなんなのかわかってないんだ。それと、念のために言うが、今朝になってレベッカの体調が悪化したことを知ったら、やつの報復攻撃には拍車がかかる。彼女が死にかかっているとわかったら——」

「父親のジェット機に飛び乗って、出国するでしょうね。わたしたちは安全よ」

「それも可能性のひとつだ。あるいは、彼女が死ぬと思い込んで、やけを起こすかもしれない。やけを起こせば危険になる。自陣二ヤード地点に必死でターンオーバーを狙う敵方のディフェンスがいたら、こちらはその機会を与えないようにする。自陣のエンドゾーンから深くへ投げるようなばかなまねはしない。安全を重視して、ランで前に進もうとする」

「またフットボールのたとえ？」彼女はからかうように尋ねた。「ねえ？」

「悪いが、それしか知らないんだ」

彼女は手で笑いをこらえて押し黙っていたが、やがてあきらめて笑い声をあげた。「ビングに教わったの？」

「ああ。ほかにもたくさんある。欲しくてたまらない当の女性におまえの性的うっぷんをぶつけるな、とか！」叫ぶように言ったあと、ぼそぼそ続ける。「よけいにチャンスが遠ざかるから」

張りつめた沈黙が続いたので、ザックは尊厳を取り戻すべく、怒りを脇に置いて、彼女のほうを見た。「きみが両親といっしょにいたいと言うのなら、きみの自宅まで送る。おれはそこでトラックに乗り、それぞれ別の道を行くまでだ」

ケイトは唇を内側に巻いて、考え込んだ。「エバン・クラークにわたしを傷つける意図があると知ったら、両親はわたしを閉じ込めるでしょうね」

「ご両親も、娘はおれといっしょに山のなかにいたほうが安全だと思うさ」

ケイトがザックを見た。「わたしがあなたについていくつもりだと知ったら、部屋の鍵を増やされちゃう」

ザックはにこりとした。「これがはじめてのケンカだったのか？　もうおしまいか？」

「車が道を走っていて、あなたがハンドルを握ってくれているあいだはね」

「どちらに行けばいいんだ、ケイト？　北か南か」

彼女はため息をついた。「北へ」それでもケイトなので、つけ加えずにいられない。「でも、この議論はまだ決着がついていないわよ。向こうに着いたら再開するから」

「楽しみができた」ザックがウインクすると、彼女はむっとしたけれど、彼はそれを笑い飛ばした。

雨がしとしと降りだしていた。渋滞する州間高速道路に入るとヘッドライトをつけ、ワイパーをローにした。道路に目を向けたまま、連絡先に登録されているジョン・ミーカーに電話をするよう携帯の音声アシストに指示した。電話に出た人物がこう言うのを聞いて、ザックはケイトが眉を吊りあげたのに気づいた。「保安官事務所です」

ザックがミーカーにつないでもらってあいさつを交わすと、保安官が言った。「またテレビに戻ったんだね、ミスター・ブリジャー。今朝、美容室にいたご婦人方は全員この話で持ちきりだったと、うちのやつが言ってたぞ。みなミズ・レノンの髪型にしたがってたそうだ」

「電話したのはその件なんだ。いま帰る途中なんだが、着いたとき、自宅でマスコミが張ってないかと思ってね」

「いや、あんたはこの町の最高機密だよ」

「一週間前まではそうだったが」ザックは言った。「その後、生活が一変した」非難がましい目つきで横のケイトを見た。「美容室のご婦人方はどうだ？」

「仲間内でうわさ話を楽しんでるだけだ。あんたのプライバシーは尊重してるよ」

ザックは保安官ほど確信を持てなかった。「うちに続く脇道にチェーンをかけておいてもらうことはできるかな？　次回の選挙はあんたに入れる」

「サインはどうだ？」

「それも書こう」

「喜んでやらせてもらうよ。南京錠をかけて、番号はメッセージで送ろう」

「助かるよ、ミーカー保安官。こんなことで手をわずらわせて申し訳ない。大事な用事がほかにあるのはわかってるんだが」

「じつは、おれのやることリストにあんたが載ってたんだ」

「そうなのか？　なんで？」

「デイブ・モリスの件で話がある。やつがひどい顔をしてな。あんたの説明を聞かせてもらえるか？」

「おれのトラックのフロントグリルにやられたんだ」

「ふむ。とすると、うわさは事実か。殴り合いになったってな。どっちが先に手を出した？」

「モリスはなんと言ってる？」

「たいしてなにも」

ザックは保安官助手とのケンカについて実際より薄めて説明した。モリスがダグ・プラットからお金を受け取ってザックをスパイしていたことや、ケイトをめぐる嫉妬があったことは言わず、停職処分になって腹を立てていたことと、それをグリーンリッジ社の本部長ではなくザックのせいにしたことのみを伝えた。

「おれは帰宅途中だった。せまい道路でおれの前にモリスが飛びだしてきて、あやうく衝突しかけた。言葉を交わし、怒りが爆発した。あとは知ってのとおりだ」

「そうか。あいつがきょう、仕事に復帰したいと言ってきてな。あんたが訴えるつもりなら――」

「いや、それは断じてない。おれたちのあいだにはひと悶着あったが、もう決着はついた」

「わかった。とはいえ、こいつは事務所の問題でもある」

「あんたの事務所だ、おれに口をはさむ余地はないよ」

「規律の問題だな。あと一日二日、無給で休ませればいい見本になる」

「悪くなさそうだ」ザックは言った。

「到着予定時間は？」

「二時間後」

「いますぐチェーンをかけてこよう。坂道に気をつけろよ。雨が降って霧が出てる」

「わかった。ありがとう。忘れずに番号を送ってくれよ」

「サインしてくれる約束を忘れるなよ」

33

保安官は約束を守る男だった。自宅に向かう脇道まで来ると、道が頑丈なチェーンで封鎖されていた。ザックは車を降りて錠前を外した。ふたたび車に乗り込んで通り抜け、錠前をかけなおした。

「これなら誰も突破できない」ザックはケイトに言いながら、車に乗り込んだ。「おれの手首の太さぐらいのチェーンで、錠前の番号は六桁もある」

「どうしたらこの霧でものが見えるの?」

ザックが笑顔を向けてくる。「慣れさ」

ケイトは笑顔を返さなかった。もとより高所恐怖症なので、この八十キロは責め苦だった。しかも高度が上がるにつれて、霧が濃くなる。州境を越えたところからずっとのぼりが続き、ふたりを乗せた車は綿ボールのようにまっ白な霧に包まれていた。

つづら折りの坂道の急カーブに差しかかるたび、ケイトには前方にヘッドライトのぼんやりした光線が照らしだす霧しか見えなかった。片方の手で窓の上にある手すりを握り、もう一方でザックの腿をつかんだ。

あるところでふと尋ねた。「ガードレールがあるのよね？」

「この部分にはないが、だいじょうぶだ」

ザックの腿を必死に握りしめていると、彼がその手に右手を置いて撫でた。ケイトは両手でハンドルを握ってと注意したくなったけれど、しなかった。彼の大きな手がもたらしてくれる安心感が絶大だったからだ。

チェーンの先、ザック邸に続く道は平坦《へいたん》になった。左右どちらにも崖はなく、鬱蒼とした森が広がっていた。近くまで来ると、ザックは携帯電話のアプリを使って家の外灯をつけた。霧のなかに光の輪が浮かびあがって家の形がおぼろに見えてくるとようやく、ケイトは胸の締めつけがゆるむのを感じた。車の速度が落ちて止まるや、助手席のドアを開けて車を降り、平らでゆるぎない大地に立てたことを感謝した。

離れすぎると見失いそうだったので、ザックのすぐ後ろを歩いた。彼はポーチにのぼり、ドアを開けて、警報装置を解除する。「入っててくれ。おれは荷物を持ってくる」

ケイトはなかに入り、前に彼が照明の操作をしていた壁のスイッチを押した。照明の明るさが出迎えの抱擁のようだ。サーモスタットを探りあてて、設定温度を上げた。

ザックが戻ってきてドアを入ってすぐの場所にバッグを置き、踵でドアを閉めた。「ビングとメッセージのやりとりをした。メリンダが家に入れてくれたそうだ。ビングによると彼女は〝そわそわした〟状態だが、ビングが励ましたり、話を親身に聞いてやったりしてるそうだ」

「カルからの連絡は？」

「なにも」

「ひどい亭主ってこと？　それとも、彼の身に恐ろしいことが起きているの？」

「どちらもありうる。そのせいで彼女も落ち着かないんだ。ビングは失踪届を出したらどうかと勧めたらしいが、執行猶予中のこともあって、彼女は乗り気じゃないようだ。引きつづき連絡を入れるようビングに頼んでおいた」ザックは手振りで暖炉を示した。「火を入れようか？」

「ええ、お願い」

「ワインは？」

「ええ、それもお願い」

ザックはにやりとした。「ワインの置き場所は知ってるよな」

彼は暖炉に向かう途中で革のジャケットを脱いだ。ケイトはバースペースで、彼が前回開けてくれた赤ワインのボトルを見つけた。あれは何日前のこと？　あれからまだ数日なの？

赤ワインのボトルとバーボンのオンザロックを暖炉まで運んだ。ザックがしゃがんで火床に組んだ薪の下にたきつけをしこんでいた。ケイトはかがんでバーボンのグラスを彼に差しだし、軽く乾杯をしてワインを口に含んだ。

「ありがとう」彼は言った。

「どういたしまして」ケイトは肩を揺すってジャケットを脱ぎ、ソファの彼のジャケットの隣に置いた。「なにか食べるものはある？」

「おれは火を熾してるから、見てきてくれ」

「自分が男らしい仕事に従事しているあいだ、か弱い女性をキッチンに追いはらおうってこと？」

ザックが肩越しにケイトを見あげ、片方の眉を吊りあげた。「男らしい仕事とは、きみが恐怖でおれの太腿にしがみついて青痣《あおあざ》を作っているあいだ、霧深い山のなか、危険な道を運転してきみを安全に運ぶこととか？　運転中は男らしい仕事がどうのという皮肉は聞こえなかったが」

しゃがんでいたザックがゆっくりと腰を上げ、完全に立ちあがると、ケイトより五十センチ近く背が高かった。それでも、ケイトは一歩も引かなかった。ザックはグラスの縁越しにこちらを見ながらバーボンを飲み、ゆっくりと慎重な手つきでコーヒーテーブルにグラスを置いた。

彼が近づいてきて頭をかがめ、ケイトの唇のすぐ近くに唇を寄せた。「まだケンカで時間をむだにするのか？」舌でケイトの下唇をかすめる。「相手になるぞ、ケイト」

彼はケイトの腰に両手をかけて、自分のほうに引きよせた。彼は硬くて、がっしりしていて、大きくて、力強くて、男らしくて、そのすべてが欲しくなった。ザックのすべてが欲しい。「あなたとケンカしてたんじゃなくて、自分としてたの。もうだめ」彼の首に両腕をまわし、自分の指で痣をつけたにちがいない腿に片方の脚を引っかけた。

彼がその膝の裏に手をかけて、脚を彼の体にまわさせる。それと同時に行われたキスは迷いがなく、よこしまで、とろけるほどに官能的だった。ウイスキーとザック自身の味がして、その両方にケイトはたちまち陶然となった。無精ヒゲのざらつきが心地よい。彼の舌はなめらかで巧みに動き、ケイトがそれを口に吸い入れると、彼の胸の奥深くからうめきが湧きあがってきた。

角度が変わって頭の位置を調整するときも唇は離れず、ようやく離れたのは息を吸い込むときだった。開いた彼の口が首筋を伝い、やさしい熱情を込めてついばんでいく。彼は首元と鎖骨のあいだのくぼみに鼻をすりつけた。

低くとどろくような声で彼は言った。「ケイト、もし先に進みたくなければ――」

「進みたい」

「助かった」

もう一度彼のキスが襲ってきて、それがぎこちなく中断したのは、彼が向こう臑《ずね》でコーヒーテーブルをソファに寄せて暖炉前のスペースを広げようとしたときだった。体にかかっていたケイトの脚がすべり落ちた。

安定の悪さに悪態をつきながら、ザックはコーヒーテーブルを動かすために彼女を離した。ソファの背にかけてあった膝掛けを手に取り、広げてラグの上に敷いた。わずか数秒のことだったが、ふたたびケイトに向きあったとき、その愛撫はより切迫したものになっていた。

彼がスラックスの前のファスナーをおろすと、ケイトは身をよじってスラックスとショーツを脱いだ。丈の長いだぼっとしたセーターが下がってきて、彼の作った間にあわせのベッドに横たわる彼女の下半身をそれとなく隠してくれる。

ザックはシャツのボタンを半分だけ外すと、せわしげに背中側を引っ張って脱いだ。ブーツを脱ぎ捨て、彼女の両脚をまたいで膝をつく。ケイトは手を伸ばして彼のジーンズのひとつめのボタンを外しにかかった。手がまごつき、関節が勃起したものに触れるたび、彼が感嘆詞とともに息を吐いた。

「恥ずかしがってるの?」ケイトはからかった。

ザックはじれったそうに彼女の手をどけ、慣れた手つきで金属製のボタンを外すと、ジーンズを腿まで引きおろした。「たとえおれが恥ずかしがってても」かすれ声で言う。「こいつは恥ずかしがってない」

かすかな声でケイトは応じた。「そうみたいね」

ザックは彼女のセーターを押しあげ、しばらく手を止めて、ケイトを見つめた。そのあと彼女の腿を押し広げてあいだに入りこみ、体を倒してその圧と重みと存在感を彼女の中心に据えた。

だが、ここで落ち着いてはいられない。ふたりは情熱的に体を触れあわせた。彼が腰を押しだす。もう一度。入り口を求める絶対的な動き。それが見つかったとき、与えようと開いた彼女のその部分は、欲望のままに潤っていた。ザックはこみあげる独占欲とともに押し入り、深くつながった。

ザックは手をついて体を浮かせ、ケイトの顔を見た。彼自身の顔は紅潮して張り詰め、目は映し込まれた暖炉の炎と欲望に煌めき、体は薪を舐める炎以上の熱を放っていた。

ケイトは彼の下でみじろぎをした。わずかに腰を浮かせて、そっと回転させる。ザックが声を漏らした。「まずい、ケイト」

彼はさらに腰を押しだして体を沈ませ、熱っぽいキスを浴びせながら動きだした。ケイトの体が拡張と収縮のリズムを刻みだす。彼にしがみついて奥深くに留めたいけれど、ゆっくりと引きだされて素早く突かれるのが気持ちよすぎたので、喜んで彼のテンポに身をゆだねた。

昂ってくると、ザックは顔をケイトの耳元にうずめてつぎつぎと言葉を口にした。ロマンティックなものから卑猥なものまで、ときに冒瀆《ぼうとく》的で、聞き取れないことも多かった。けれどケイトが絶頂を迎えると、彼もそのときを迎え、口から漏れた荒々しいつぶやきは、明確で切実で誤解のしようのないものだった。「やっぱりきみだ、ケイト」

ザックの顔をのぞき込みながら、ケイトは自分がぼんやりした笑みを浮かべているのを自覚した。ザックは仰向けになって目を閉じ、軽く唇を開いている。四肢を力なく投げだし、疲労のうちにぼう然としている。起きているのかどうか尋ねかけたとき、小さないびきをたてだした。ケイトは自分がさらに気の抜けた顔になっているのを感じた。

当然のことながら、彼の外見は会う前から知っていた。だが、こんなにも魅力的な人に出会う準備はできていなかった。彼を目にするたびに、改めてその魅力に胸を打たれた。すれちがいざまに足を止めて彼を見つめる人がいるのも、無理はなかった。彫像のようにくっきりとした目鼻立ち、琥珀色の瞳、いつも無造作に乱れている艶やかな髪、スポーツ選手の肉体。神に愛されて恩寵を与えられた者の特徴、生まれながらに特別な存在の特徴であり、現実社会のふつうの人間のそれではない。

しかし、なにより準備できていなかったのは、驚くほど魅力的な外見の、内側にある彼の人となりに対してだった。まさかザックを好きになれるとは思っていなかった。ハンサムだろうとなかろうと、ろくでもない男だと決めてかかっていたのに、最初の二回こそぎすぎすしたやりとりになったものの、やがて紳士的な人物とわかった。いっしょにいて楽しい人だった。

たしかに尊大な部分もあるけれど、運動選手として持っている記録からしても、彼にはその資格がある。本人はみずからの名声を軽視しているが、ファンのひとりが果敢にも近づいてくると、毎回その人に名前を尋ねた。その名前を記憶に刻むようにくり返すのも、毎回だった。温かみのある笑みが〝きみはおれがずっと会いたいと思ってきた特別なファンだ〟と語り、相手はその笑みを胸に刻んで立ち去る。拒否宣言をしているわりには、本人と認識されることにそれほど抵抗しておらず、それも、自分よりファンの気持ちを優先させるところから来ている。

ザックに対する最たる誤解が、彼が四年前にレベッカの不運から手を引いたと思い込んでいたことだ。クラークの裁判や再審に出席しなかったのは、レベッカの現状には興味がないからとばかり思っていた。

その点では、彼という人を見誤っていた。それも著しく。その責め苦はザックのそばを片時も離れなかったのだ。手相と同じくらい彼とともにあり、影となって彼に付き従っていた。彼を征服して、決断や行為のいちいちに影響していた。

それを思うとケイトの胸は痛んだ。

だが、そうしたことを考えるのはあとでいい。とりあえずいまはこの短いひとときを自分のために過ごし、ここからの景色を楽しみたい。ケイトの目は、フットボールにはなんの興味もない女性たちに何万枚も売れたポスターに写っていた魅惑的な体毛のラインをたどった。光沢のある流れを指先でそっとなぞると、彼は息を切らしつつも目はつぶったままだった。

「そろそろ起きる時間よ」

「寝てなかった」

「いいえ、寝てた」

「ふーむ」

「いびきをかいてたもの」

「息をしてただけだ」

ケイトは笑いながら彼の上にかがみ込み、すべらかな毛の流れを舌で追い、こわばった毛にたどり着いた。太い円柱に鼻をすりつけ、丸い先端を舐めるとしょっぱかった。

彼の目がぱっちり開いた。「目が覚めた」

そのとおりだった。彼はしっかり起きていた。

ザックは難なくケイトを持ちあげて、自分にまたがらせると、上体を起こした。両手で彼女の顔を包み込み、時間をかけて熱烈なキスを浴びせた。

それがすむと、ケイトは彼の胸にぐったりともたれ、息も切れぎれに言った。「わたしを置いて寝ちゃったこと、許してあげる」

「夢を見てた」

「そうなの？」

「ああ」

「どんな？」

「この世のものとは思えない、さっきのすばらしいセックスの夢を」

ケイトは笑って、彼の口にため息を吹きかけた。「同じ夢を見ていたのね」

「まだ夢から覚めない」最高にいたずらそうな顔で彼女に笑いかけ、セーターの裾に手を差し入れて、裸の腿を股間までたどった。湿った肌とやわらかな陰毛にそっと触れる。「このかっこう、いいな」

彼女は自分を探索する指に体を押しつけた。「そうなの？」

「すごくいい。最初はセーターを脱いでくれと頼むつもりだったんだが……」まだその下にある手を彼女の背後にまわして、ブラジャーのホックを外した。「こういうのもいいな」手をケイトの前にまわし、ブラジャーのカップのなかにもぐり込ませて乳房をつかみ、乳首をいじった。邪魔なセーターとブラジャーを押しあげ、乳首に唇をこすりつけて舌で押した。「悪いことをしてるみたいな気分だ」乳首を吸った。

ケイトは彼の髪をつかんだ。「悪いことをしてるのよ。でもやめないで」

ふたたび彼の手が股間に伸び、浅いくぼみに両手をあてて、両親指を使って敏感さのきわみの部分にやんわりと円を描いた。その愛撫にケイトの全身が反応して、荒くなった息が彼の顔にかかり、最後には背を弓なりにして彼の名を叫んだ。

ケイトの体を持ちあげて、そのときを迎えている内側にみずからを導く。今回はさっきよりも長く続き、ザックのものを締めつけて搾り取った。

お互い相手にしがみついて衝撃が鎮まるのを待ち、ケイトもろとも体を横たえた。ふたりは充実感に包まれながら体を離したが、まだ動悸《どうき》はおさまらず、どちらも完全に離れたくはなかった。彼の胸に頬をつけて隣に横たわるケイトの性器を、ザックは心地よく安全な湾のように感じた。

長いあいだどちらも無言で動かなかった。静けさはザックも大歓迎だった。ぞんぶんに堪能したかった。ザックが彼女を怒らせ、彼女が感じの悪いＳＵＶに戻っていったあの日から、彼女とこんなときを過ごすのを夢見てきたのだから。セックスという行為だけでなく。

ただ……困った。

こんなふうに女性の近くに……それもどうでもよくない相手として近くにいることを夢見てきた。

ザックはこれまで、自分の人生に欠けていたなにかに名前をつけたことがなかった。名声の頂点にあって世間からちやほやされていたときも、その華々しさ、激しさのさなかにあってなお、自分でも特定することのできない空虚を感じていた。ときおり両親が恋しくなり、その思いが消えることはないと思われた。だが、空虚感はそれとはまた別だった。レベッカとのあいだに危機が訪れるとその空虚感は広がり、この四年のあいだも増大しつづけて、ひとりであることが魂の底まで染みついてしまった。

いまなら欠けていたものが抽象的なものでないのがわかる。ひとりの人間。ひとりの女。いや、ただの女じゃない。ある女。その人には名前がある。

「ケイト」口に出したのに気づいたのは、彼女がくぐもった声で答えたからだ。「うん?」

彼女には頭のなかで考えていたことを話さなかった。こんなに早く告白したら、ザックの真剣さに恐れをなして逃げだすかもしれない。

それに目下の問題を抱えた状態ではどんな形の告白も行えない。この問題にからめ取られて身動きできなくなっている。問題から解放されるまでは、ケイトだろうと誰だろうと、道徳的に釈然としない領域に引きずり込むわけにはいかない。

だからザックは言った。「なんでどちらもまだ半分服を着てるのかなと思ってた」

「あなたがせっかちだからよ。原始人。動物とたいして変わらないわ」

「動物は裸でつがう」

ケイトは手を上げて、彼の胸に両手を重ねて置いた。「言えてる。ほんとに泡風呂があるの？　それとも、ほらだった？」

「ふたりいっしょに入れる広さがあるよ」

「それを活用するには、着ているものを脱がないとね」

数秒後にはソファの膝掛けといっしょに脱ぎ散らかしたブーツや衣類を抱えて、ふたりは上階に向かっていた。ザックはあとで好きなだけ探索させるからと約束し、ケイトを追い立てて広々とした寝室を通り抜けさせた。探索はあとのお楽しみ。そのままバスルームに急がせ、浴槽の蛇口を開いた。

「温度はあらかじめ設定してある」ザックは言いながらジーンズを脱ぎ、彼女のほうを向いて、頭からセーターを脱がせた。かろうじて肩にかかっていたブラジャーも外した。彼の手は乳房に直行し、手のひらで支えた。片方のふくらみにヒゲのこすれた痕がある。ザックはそっと撫でた。「悪かったな」

「平気よ」

ザックはほほ笑んだものの、手放しの笑顔ではなかった。美しい乳房から顔を上げて、青さが際立つ彼女の瞳を見た。「きみのおやじさんはどんな人？」

「わたしの父？」ケイトは尋ね返して、笑いだした。「わたしとはぜんぜん似ていないわ」

「ショットガンを持ってるか？」

どうかしちゃったの、とでもいう顔でケイトは彼を見た。「ついに裸になったのに、それがいまあなたの話したいこと？」

ザックはひとつ深呼吸をして、静かに言った。「おれは今夜、彼の娘さんに種をまいてしまったかもしれない」

理解が追いつくと、ケイトの頰がピンク色に染まった。「いいえ、だいじょうぶ。あなたに危害が及ぶことはないから」

「べつにおれはいいんだ。きみがだいじょうぶなら、おれはそれでいい」

「わたしはだいじょうぶ」ケイトは彼の首にしがみついた。「だいじょうぶどころか大満足」

ザックは彼女を引きよせて抱きかかえ、頭頂に顎をのせた。彼女の背中に手を這わせ、すべすべとして形のいいお尻に触れた。いくら触れても触れ足りないが、しばらくすると、少し体を離して湯の溜まり具合を見た。「これ以上湯を入れたら、きみが溺れる」

ケイトが彼の手を取って、唇に運んだ。人さし指の曲がった関節にキスした。三度にわたってどでかいラインマンに折られた指だ。ケイトはのけぞってザックの顔を見ると、小声で言った。「もう溺れてる」

ふたりは泡立った湯にゆったりと浸かり、手と唇を使ってまだ見つかっていなかった場所をのんびり探索した。ひっきりなしに位置を変えて、相手の好奇心に身をゆだねた。愛撫しあっていないときは、たあいのない話をした。エバン・クラークの話題は出なかった。レベッカのことも。ふたりを結びつけた危機、そしてふたりを引き離す可能性のある危機から、しばしの休息をとった。

浴槽を出ると、長く浸かっていたせいで湯疲れしていた。体を拭いたあと、ザックは彼女を寝室に導き、彼女がベッドに入ろうとしているあいだにガス式の暖炉をつけた。

上掛けの下でキスや愛撫を交わすと、彼女に背中を向かせて後ろから抱きかかえ、うなじに鼻をすりつけて、つぶやいた。「またしたくなったら、遠慮せずに起こせよ」

「あなたにまっ先に伝えるわね」

そうしてふたりして眠りについた。けれど、一時間後にケイトの目覚めをうながしたのは、性的な欲求ではなく、騒々しい胃だった。ふたりともその日の朝食を食べたきりで、最後の食事からほぼ十五時間になる。なにかを漁ってもいいころだ。それに、なにはなくとも、エナジーバーがあるのを知っていた。

ケイトは彼を起こさないようにベッドを出ると、寝室に入ったとき彼が床に置いた衣類の山からスラックスを引っ張りだしてはき、セーターを着た。ちっともセクシーじゃない……そのなかを動きまわるザックの手や口がないと。

明かりがないと靴下を見つけられそうになかったので、裸足で寝室を出て、階段をおりだした。ランプはまだついていた。暖炉は熾火。キッチンに入り、明かりをつけた。

すると拳銃の銃口が目の前に現れた。

ケイトの視線は銃身をたどってグリップを握る手に移り、さらにのぼってカル・パーソンズの端整な顔にたどり着いた。

「じっとしてろ」彼は言った。「ひとこともしゃべるなよ」

彼女はどちらにも従わなかった。

声をかぎりに悲鳴をあげたのだ。

34

ビングは若くして結婚した。当時はそれがふつうとされた。花嫁はそれなりにきれいで、南部のエチケットに通じ、家族にスキャンダルはなく、ただ数年前に一族から排除された大酒飲みのおじがひとりいるだけだった。料理上手で、家を埃ひとつなく整え、性格も穏やかな妻だった。

そしてビングはかつてないほど退屈した。

ミセス・ネッド・ビンガムが夫に耐えること三年で、ビングは妻を惨めな生活から解放するために離婚を申しでた。妻は、わたしよりコーチ業を愛しているのねと言って非難したが、その点はまさにそのとおりだった。さらに彼女は、妻よりフットボールを取ったことをいつか後悔するわよと予言したが、その点では彼女がまちがっていた。

「以来、祭壇には近づいてない」メリンダ・パーソンズに求められるまま、ビングは結婚歴の概略を語った。ふたりはいまハーブティーのカップを手に、食卓についている。

「子どもはいないの？」メリンダが尋ねた。

「二、三百人ってとこかな」怪訝な顔になった彼女に、説明した。「おれがコーチしたぼうずどもだ。名前を覚えてないやつもいるがな、顔は全部目に浮かぶぞ。フットボールシーズンがめぐるたびに入れ替わったが、おれが笛を吹いた選手はひとりとして忘れてない」

「その人たちもあなたを覚えてるわね」

ビングは笑いを漏らした。「ああ、忘れられないようにしてやった。力のある子には厳しく接した。そんな子は大勢いたんだが、多くががんばりきれずにチャンスをのがした。未来ある選手たちが可能性を投げ捨てるのを見るのは耐えられなかった。それで本物の才能のあるやつらにはさらに厳しくした」

「たとえばザック・ブリジャーみたいな」

ビングは低い声で笑った。「いや、ザックの域はひとりもいなかった。やつは唯一無二だった。いまも唯一無二の存在だ」ビングは枯れた花のにおいと、それが浸《し》みでた味のする液体を見おろした。それでもメリンダの気持ちをおもんばかって、どうにか何口か飲んだ。

「おれが会ったなかでザックが最高のプレーヤーだった」ビングは言った。「あいつは持ってるものを出し切ってしゃにむにプレーした。コーチとしてやってきた年月のうちに、ザックのような選手はひとりきりだ。それもめぐりあうには運がいる。なかなかあたりが出ないために、繰り越された賞金が五億になった宝くじにあたるようなもんだ」

「だったら、なにが悪くて最後はあんなことに？」

「あいつは技術も意欲も失ってなかった。心理戦にやられたのさ。あの女に出会ったのが運の尽きだった」

「レベッカね」

「いまの状況を思うと、彼女のことを悪く言いたかないが、破滅の化身のような女だった」

メリンダは沈痛な面持ちで眼前の虚空を見つめた。「わたしたちは愛する相手を選べない。ただ愛してしまって、それをどうすることもできない」

「だがな、そこがこの悲劇の悲劇たるゆえんでな。レベッカが愛してたのは彼女自身で、ほかは誰も愛してなかったし、ザックも彼女を愛してなかった。誰でもよかったとまでは言わないにしろ、誰かとカップルになるという考えに取り憑かれてたんだ。

あいつは彼女のこれ見よがしのアピールに引っかかった。彼女はそれらしく着飾り、それらしくふるまった。恐ろしくゴージャスな女だった。色気があって、その使い方をよく心得てた。まともな頭を持った男なら、この熱烈なロマンスの実態や本質を鑑みて長期的な関係など考えもしなかっただろう。やつはちがった。

パパラッチは彼女の指に婚約指輪がはめられる写真を撮ろうとしだし、気がつくとある日、彼女は八カラットの指輪をしてた」ビングは両方の肩をすくめた。「そんなふうだった。彼女には見る目があった。そして、それが欲しいと当然のように要求した」

ビングはマグカップの中身をよくよく見てから、つけ加えた。「おれがなにをうとましく思ってるかわかるか？　いまの彼女は前よりさらに要求を突きつけてきて、それに応ずるのがやつの義務になってることだ」

なんの前なのか尋ねるまでもなく、メリンダにはわかった。どちらもクラーク邸での夜や彼女の夫のかかわりには言及しなかったが、それが鼻をつくお茶のにおいのようにふたりのあいだに澱んでいた。

短い沈黙をはさんで、彼女が言った。「ザックもミズ・レノンも、そんな義理はないのにわたしにやさしくしてくれたわ」

「お嬢ちゃん、ふたりともあんたにはなんの恨みもないんだ。じゃなきゃ、ザックがおれをここへ呼ぶか？　あんたをひとりにしないためだぞ」

「本当に思いやりのある人。いまのふたりの状況を考えたら、わたしにまで思いやりを示してくれるのはたいへんなことよね。動画と写真が流出した背後には、誰がいると思う？」

「ふたりはエバン・クラークだと思ってる」

「わたしも」メリンダは言った。「やり方がずるいから。あの男がいかにもやりそう」迷ってから、続けた。「ふたりにはそれらしいなにかがあるの？」

「おれの口からは言えないな」

メリンダはにっこりした。「イエスってことね」

折しも彼女の携帯電話が鳴った。メリンダはあわてて取ろうとしてマグカップを倒しかけた。画面を見るなり、希望の表情が崩れた。「父よ」電話に出た。「ハイ、父さん。元気。いいえ、カルはいまここにいないけど」

椅子を押して立ちあがり、プライバシーを確保するため食卓を離れて部屋を変えた。ビングは立って流しで片付けをすることにした。夕食に使った食器を食洗機にセットした。

ザックから彼女の世話を頼まれたときは憤慨したが、いまはきょうここにいられることを喜んでいた。この若い女性が話し相手を必要としているからだ。ビングの考えでは、赤の他人相手のほうが、よく知っている誰かよりも涙を見せやすい。またその親しい人たちは、カルのように過去に傷のある男とは結婚しないほうがいいと警告してきた人たちかもしれない。

ビングが到着した直後に一度、彼女はティッシュを握りしめて延々と泣きじゃくりながら、くり返し尋ねた。「なぜ電話をくれないの？　カルはどこ？　なにが起きてるの？」

いま、キッチンに戻ったメリンダは、緊張に青ざめた顔をしていた。父親からいいことを言われなかったのだろう。「なんだったんだ、お嬢ちゃん？」

「カルは今朝出勤したのに、早退したって」

「理由や行き先を言ってったのか？」

メリンダはかぶりを振った。「誰にもひとこともなかったって。出ていくところを見た人もいないの。気がついたらいなくなってたそうよ」

「いままでもこんなふうに出ていったことがあるのか？」

「いいえ、知りあってからは一度も。父の会社に勤めるようになってからも、一度もないわ。父も最初はたいしたことだと思ってなかったみたい。なにかの用事でわたしに家に呼び戻されたか、カルが体調を崩したかだと思ってたって。でも、あとになって……」メリンダは言葉を切り、苦しそうに唾を呑んだ。「でも、あとになって、父はデスクの抽斗にいつもしまってある拳銃がなくなってることに気づいたの」

ザックは悲鳴を聞いて飛び起きた。

「いったい――」一秒とせずにケイトが隣にいないことに気づいた。「ケイト！」上掛けをはねて床に足をつき、開いたドアまで三歩で行くと、回廊に飛びだした。もう一度呼ぼうとした彼女の名が唇から出ることはなかった。

階下の情景に心臓が止まりかけた。カル・パーソンズがケイトの右こめかみに拳銃を突きつけつつ、彼女の左側に立つテオ・シンプソンが両手で彼女の上腕を抱え込んで動きを封じていた。

三人のなかでいちばん挙動に落ち着きがないのがテオだ。彼はもごもごと言った。「ぼくたちが何者かわかるか？」

「写真で見てるし、話も聞いてる。女性を乱暴に扱うことで興奮を覚えるふたりだ」

「彼女……彼女は悲鳴をあげる理由なんかなかったんだ」

カルは無言だったが、目はザックをとらえて離さなかった。左腕をケイトの腰にまわして脇に抱きよせ、右手の人さし指は安物らしい拳銃の引き金にかかっている。

たいした拳銃じゃないが、殺傷能力はある。

ザックは回廊の手すりを床から引き抜きそうな怪力でつかんだ。「悲鳴をあげる理由なんかないよな、頭に銃を押しあてられている以外は」

テオは当惑の表情になった。

カルは感情をあらわにしない。

「傷つけられてはいないわ」ケイトの声は異様に平静だったが、たぶん演技だろう。それがザックの有利に働くと信じて。

「こんなことをして、保護観察官の心証はよくないぞ」ザックがカルに向かって言うと、カルが答えた。「そんなことを気に病む段階はとうに過ぎてる」

「のようだな」ザックは言った。「賭けに出たのか？」

「とも言える」

テオはケイトの向こうにいる仲間を見た。「カル、ひょっとしたら――」

「黙れ、テオ」カルは制した。「おりてこい、ブリジャー」

ザックはまっすぐケイトの目を見た。彼女が死ぬかもしれないのだ。自分の目の前で。動悸がして、思考があちこちに飛んだ。武器がいる。ちくしょう！　作戦を練らなければ。

確実なことがひとつあった。素っ裸なうえに、ケイトから離れていてはなにもできない。視線をカルに戻した。「ズボンをはかせろ」

寝室のドアのほうを向くと、カルが大声を放った。「動くな！　テオ、あいつが携帯かなんかを手にしないよう見張ってろ」顎をそびやかして、回廊を示す。

「彼女はどうするの？」テオが尋ねた。

「彼女はどこへも行かない」カルはケイトの腰にまわした腕をさらに引いた。テオは彼女の腕を放して、見るからにおどおどとしたようすで階段に向かった。

カルが言った。「ぐずぐずしてる時間はないぞ、テオ」

テオは階段をのぼった。彼が二階まで来ると、ザックはふり返り、回廊をはさんで彼と顔を見あわせた。人生の大半をロッカールームで過ごしてきたザックは、裸でいることにためらいがないが、代わりにテオがまごついているようだった。

テオが目をそむけた。「ズボンはどこにあるの？」

「バスルームの床にジーンズがある」

「ぼくが持ってくるから、おかしなことをするなよ」

お笑い草の発言だった。テオのことなどまったく怖くない。三人組について読み聞きした話を総合すると、テオはほかのふたりから活を入れられ指示をもらう腰巾着だった。

誰もが認めるリーダー格はエバンだが、いまここにはいないので、残る指示者はカルになる。危険なのはカルだ。功績を認められたいか、あるいはエバンからリーダーの役回りを奪いたいか。どちらにしても、彼がケイトの頭に銃を突きつけているあいだは、ザックも言うことを聞くしかない。

ザックは両手を挙げて降参した。「わかった」

下からカルの声が飛んだ。「ブリジャー、両手を頭の上に置いて、寝室のドアから離れてろ。テオ、急げ」

ザックは言われたとおりにした。テオは大急ぎで脇を通って寝室に入った。ザックはケイトを見つめて、一瞬たりとも目を離さなかった。できることなら彼女に語りかけたい。彼女のことをどんなにすごいと思っているか、どんなに勇敢で聡明《そうめい》で美しいか、彼女と交わした愛の行為がどれほどすばらしかったか。

　このすべてが、そして彼女と過ごした全時間の記憶が、テオがジーンズを手に戻ってくるまでのあいだに脳裏によみがえった。「ポケットをチェックしたか？」カルが尋ねた。

「車のリモコンだけだよ。電話はない」

「財布は？」

「ダッフルバッグのなかだ」ザックは玄関のドアを入ってすぐの場所に置いてあるバッグに向かってうなずきかけた。「運転中、財布を尻に敷くのがいやでね」

カルは考えてから、テオにオーケーの合図を出した。テオが投げてよこしたジーンズをザックははいた。

「いいだろう、ブリジャー」カルは言った。「もう一度頭に手をのせて、先に立って歩け」

ザックは言われたとおり、テオの前を通りすぎて階段をおりだした。テオがとぼとぼとついてくる。一階まで来ると、カルが尋ねた。「リモコンは表の車のか？」

　調べればすぐにわかることなので、ザックはうそをつかなかった。「そうだ。ケイトの車だ。おれのトラックはアトランタの彼女の自宅ガレージにある。おまえの車はどうした？どうやってチェーンを通過した」

「車は道路脇の下生えのなかに停めて、あとは歩いてきた」

「ふむ。家にはどうやって入ったんだ？」

「勝手口の錠をこじ開けた」

私道を封鎖させたぐらいで、なにが事前の対策だ。濃い霧のなか不慣れで危険な地域を徒歩でやってくる勇気のある人間がいるとは、考えもしなかった。

しかも、なんたることか、こんなときにかぎって警報装置をセットしていなかった。ケイトにどっぷり溺れていたせいだ……ザックの表情から無言の謝罪を読み取ったのか、ケイトが小さくほほ笑んで、かすかに首を振った。

「ブリジャー」カルが言った。「携帯を持ってるだろう。どこにある？」

ザックはソファにうなずきかけた。「ジャケットの脇ポケットだ」

テオがカルからの合図を受けてザックの携帯電話を探しに行った。それが見つかると、カルは言った。「あんたのは？」ケイトの腰にまわした腕に力を込めた。

「ショルダーバッグのなかよ。玄関脇のコンソールテーブルにあるわ」

携帯電話ふたつを手にしたテオに、カルが指示した。「暖炉にくべろ。車のリモコンもだ」

テオは不満そうな顔をしたが、炉格子を横にずらして指示に従った。

四人は携帯電話やリモコンが熾火に落下して炎が上がるのを見ていた。火花が煙突に吸い込まれていく。くすぶっていた薪の一本が爆《は》ぜる音とともにふたたび燃えだした。

その瞬間まで、ザックは自分がどうするつもりか知らなかったが、彼のスポーツ選手としてのキャリアは第六感に信頼を置くことと電光石火の反射能力とで築いたものだ。両腕を左右に広げ、裸の胸を的としてカルに提供した。

「おい!」カルは拳銃をケイトからザックに向けなおした。

テオが抗議の声を上げた。「カル!」

ケイトが叫んだ。「やめて!」

そしてザックが言った。「みんな、落ち着け」

ザックはこの台詞を千回は口にしてきた。大失敗のプレーのあと、頭に血がのぼった選手たちが、相手の攻撃を招いた大へまを仲間のせいにして責めだしたときなどは、円陣を組んでこう声をかけた。イントネーションさえまちがえなければかならず注意を引くことができ、今回もまちがえなかった。

残る三人はその場で動きを止めたが、全員いつでも動きだせる状態だった。ザックを凝視し、彼のつぎの動きを見きわめて動こうとしていた。「ケイトを離せ」ザックは腕を伸ばしたまま、カルに言った。「おれはかっこうの標的だ。おれを撃ったらいい」

「だめ!」ケイトは小声ながら頑として言った。

「エバンはあんたに死んでもらいたがってるんだ」テオが口をすべらせた。「あんただけが元奥さんの装置を外せるからだ」左右に体を揺すり、カルと拳銃とザックのあいだでせわしなく視線をうろつかせていた。

カルが威圧するように言った。「黙ってろ、テオ」

「じゃあ、これはエバンのアイディアなんだな?」ザックは言った。「おれたちを殺したら、やつの問題がすべて雲散霧消するのか?　おれにはそうは思えないが、可能性としてはあるだろう。だがその一方で、おまえたちの問題ははじまったばかりだぞ。エバンはケイトとおれをテレビに引きずりだし、大ニュース扱いさせた。その二十四時間後におまえたちがそのふたりを殺したらどうなる？」ザックは唇で音をたてた。「おまえたちは一巻の終わりだ」

ザックは自分の直観が正しく、これからの行動がケイトの命を奪うことにならないよう神に祈った。そうなればカル・パーソンズを殺さなければならなくなる。そのこと自体はべつにいいが、メリンダとこれから生まれる子どものことを考えると気が重い。

まっすぐにカルを見た。「赤ん坊ができてよかったな」

テオが甲高い声で尋ねた。「赤ん坊？」

「まだ聞いてなかったのか、テオ？　彼とメリンダに最初の子ができたんだ」

カルの険しい表情に亀裂が現れた。「なんでそのことを知ってる？」

「きょうふたりでメリンダに会ってきたからよ」ケイトが答えた。

カルはザックから一瞬目を離して、ケイトを見た。「なんでそんなことを？」

「喜んですべて話すけど、あなたから命を脅かされているあいだは無理ね」

妻と生まれてくる子どもの話を持ちだしたことで、目論見どおりの効果があった。銃を持つカルの手がさっきほど安定していない。「おまえにおれの妻を困らせる権利はない」

「ところが、法の番人であるわたしにはその権利があるのよ」ケイトはそれまでどおり抑制の利いた口調で続けた。「でも、わたしたちがあなたの家に行くと、メリンダはすでに困っていた。あなたと連絡がつかなくて。泣いていたわ、エバン・クラークがあなたの生活に舞い戻ってきたから。軽蔑するエバンが」

ザックは言った。「エバンから飛べと命じられるたびに、どのぐらい高く飛んだらいいかとおまえが尋ねるせいで、彼女のエバンに対する憎しみはますます強くなってる」

「黙れ、ブリジャー。おまえにおれのなにがわかる？」

ザックはのんびりした足取りで三人のほうに歩きだした。「きっと気に入るから、ケイトの話を聞いてみろ。おかしなまねをやめて、耳を傾けてみろよ。メリンダは聞いてくれたぞ、熱心に。なんでおまえが彼女にそこまで愛されるのか、おれには少しも理解できないが、かわいそうなあの女性はおまえを愛してて――」

「黙れと言ってるだろう！」

「――おまえはそんな彼女を死ぬほど心配させるクソ野郎だ。彼女はおまえの子どもを身ごもってるのにな」

カルの胸は興奮で大きく上下していた。刺激しすぎたかもしれないと思い、ザックは彼らとのあいだに距離を残して立ち止まった。「ケイトは裸足だ。おそらく冷えきってる。おれの足もそうだ。だが、おまえこそ足が冷えきって、つぎの一歩が踏みだせないでいるんじゃないのか、カル？」

相手が答える時間を与えたが、カルは口の内側を噛んで押し黙っているので、ザックは続けた。「わかるだろ。おまえがやってることは意味をなしてない。すでにタッチダウンしてゲームに勝ってるのに、おれたちふたりに襲いかかってるようなもんだ」

「フットボールにたとえているのよ」ケイトは言った。「よく登場するの」

ザックは言った。「もし本当にエバンの代理としてケイトとおれを殺すつもりでこんな山奥まではるばる来たんだとしたら、さっさと彼女を撃っただろうし、そのあとおれを撃って、片をつけてたはずだ。

こんなB級映画ばりの膠着《こうちゃく》状態にはなってない。おれたちの携帯電話をわざわざ破壊することもない。だとしたら、どういうことか？　おれたちは死んでいるはずなのに。いや、もしおれたちを殺しに来たのなら、さっさと片付けて、いまごろアトランタまでの道のりを半分戻ってるはずだ」

「彼の言うとおりだよ、カル」テオが言った。

ザックとほかのふたりがテオを見た。さっきまでの揺れはもうない。声も震えておらず、視線もさまよっていない。「なんで長引かせてるの？　怖がらせるのはもうじゅうぶんだから、つぎの段階に進めようよ、ね？」

「わかった」カルは拳銃を握りしめた。

まずい、とザックは思った。判断を誤った。ケイトと目をあわせた。

そのときカルが拳銃を持った手を脇におろした。「話すよ」

35

呆気《あっけ》にとられすぎて、ケイトは動くことも話すこともできなかった。最後に自分が目にするのは、絶望の表情で自分を見つめるザックだとばかり思っていた。

カルはケイトの腰にまわしていた腕を引っ込めると、エンドテーブルに近づいて拳銃を置いた。

ケイトは呼吸を整えて、尋ねた。「わたしたちがここにいるのをどうやって知ったの？」

「知らなかった。ただテレビであんたたちのことを観たあと、ふたりがいっしょにいたし、それとなく関係をにおわせる報道だったんで、ふたりして身を隠すんじゃないかと思ったんだ。とすると当然の帰結として、最初に探すべき場所はここになる」

「だとしても、どうやっておれのうちを見つけた？」ザックは尋ねた。

「ぼくは図書館勤務でね」テオは言い、申し訳なさそうに肩をすくめた。「郡の記録がある。そこから消去法でたどった。最後は町外れのガソリンスタンドにいた男が五ドルで高速道路のどこを折れたらいいかを教えてくれた。この家の私道には標識が出ていないけど、行けるところまで行けばそこが家だからって」

「拳銃はエバンに渡されたのか?」ザックはカルに尋ねた。

「義理の父親の私物だ。エバンはまだあんたたちの殺害計画は立ててない。おれたちが手を貸すものとあてにしてる。おれたちはエバンの計画に手を貸したくなかった」

「殺すつもりがなかったんなら、どうして拳銃が必要だと思ったんだ?」ザックは尋ねた。

「この強面《こわもて》の筋書きはどういうことだ?」

テオがつぶやいた。「だから言っただろ、カル」

カルは無視した。「長いあいだ離ればなれになってた友人みたいに出迎えてくれたか?」

カルはザックに訊き返した。「おれたちに対してあんたがどういう反応に出るか、わからなかった。だから万が一のときの護身用だ。道路を封鎖してるチェーンが侵入者への警告に見えた」

「あれは警告といっても――」

「もういいわ」ケイトがさえぎった。「過去十分のことにこだわるのはやめましょう。これからの十分、あるいは二十分のほうが興味深いもの。時間がかかっても、最後まで話さないと。でも、その前にブーツをはかせて。ザックの言うとおり、足が冷えちゃって」

ザックとケイトは二階にあがって身なりを整え、五分とかけずに下に戻った。テオは暖炉のそばの床に座っていた。カルはザック愛用の椅子に陣取っている。本来の位置に戻されたコーヒーテーブルを見て、ケイトは、ソファ際に押しやられていた理由をふたりが推察したかどうか気になった。それどころか知っているかもしれないと思ったら、胸がむかむかした。

気持ちを鎮めたくて、ケイトは自分がキッチンにおりる前、いつからふたりが家のなかにいたかを尋ねた。

「直前だった」カルが答えた。「おれたちが勝手口から入った物音を聞きつけて、調べに降りてきたのかと思った」

「意識はしてなかったけれど、聞いていたのかもしれないわね。目を覚ました理由には気がつかなくても」つい気になって、ソファの自分の隣に座っているザックに横目をくれた。

だが、彼はケイトを見ていなかった。カルを注視していた。「さて、おまえたちはここへ来て、おれたちはその話を聞こうと待ちかまえてる。まずどこから話す？」

カルは深呼吸をして、開口いちばん言った。「すみませんでした、ブリジャー」彼の姿勢にも声にも謙虚さが表れていた。「もっと早くに謝罪するべきでした。とうにあなたに連絡をして、それを伝えるべきだったのに。あなたの奥さんの身に起きたことを申し訳なく思っていました。いまも思っています」

「当時はもう妻じゃなかったが、まだ将来のある女性だった。その将来が奪われた」

「はい、そうです」カルは顔を伏せた。「口では言い表せないほど、申し訳なく思っています」

「ぼくもです」テオが言った。「でも、なにを言ったところでぼくたちがあの夜したことをなかったことにはできない。そう、しなかったこともです。カルとぼくは、できることなら時間を巻き戻して、消したいと思ってます。あの夜の埋めあわせになることなら、なんでもします」

「そのわりにはエバンの裁判で真実を語らなかったな」ザックは言った。「それならできただろうに」

ケイトは自制をうながすため、無言で彼の膝に手を置いた。彼がふたりに敵意をいだくのはわかる。ふたりが壊したのはレベッカの人生ばかりではない。彼の人生をも狂わせたのだ。

だが、ふたりはいま真実を語っており、ケイトとしてはこのまま続けさせたかった。

テオを見て、ケイトは言った。「それを打ち明けるためにここへ来たの？　証言台でうそをついたことを？」

テオはカルに視線を向け、カルが答えた。「はい」

「いま偽証したことを認めたのよ。わかっているわね」

「はい」

「あなたの弁護士は喜ばないと思うけれど」

「それより自分で自分が許せないから。その件で自分が果たした役割を認めないかぎり、自分を喜ばせることはできない。メリンダのことも」苦痛に顔をゆがめて、カルは言い足した。

「そのせいで彼女を失うかもしれない」

ケイトは言った。「寛大な処置を期待して、わたしを頼ってきたの？　あるいは、なにか取引がしたくて？　でも、わたしにはそれを保証してあげられないのよ、カル。メリンダにはその点を理解してもらったけれど」

「期待してるのは、ただひとつ」カルは言った。「エバンをぶち込むことです」

「彼はすでに一度服役したわ」ケイトはやんわりと指摘した。

「あんなんじゃ短すぎる」とカル。「彼女を殺したも同然なのに」

ケイトがテオを見ると、テオはうなずいて、カルの有罪判決を招くような証言を認めた。

ケイトはいつしか詰めていた息をゆっくりと吐いた。「弁護士を同席させる権利を放棄しますか？　言葉にして答えてください」

両者ともイエスと言った。

個人としてのケイトは心のなかで歓呼の声をあげていた。過去の自分の臆病さを埋めあわせる機会が与えられたのだ。暴行されかけたあと沈黙を決め込んで行動しなかったせいで、ほかの女性たちが性犯罪者の餌食になった。ただ個人的な思いとはべつに、大切なのはこのチャンスを最大限に活かしてエバン・クラークを追い詰めることだ。

ケイトは深呼吸した。「テオ、どうしてうそをついてエバンをかばったの？」

「あの、まずは、刑務所に入りたくなかったからです。ただ、それだけじゃなくて、エバンと彼の父親に助けてもらったから」

「説明してちょうだい」

クラーク家から多額の賄賂を受け取ったという、メリンダから聞いた話が裏づけられた。

テオは言った。「なにをさせたいか、エバンが率直に口にすることはめったにありません。いつもそれとなくほのめかすだけなのに、誤解のしようがないんです。金銭的に便宜を図ってもらった代わりになにが期待されてるか、裁判で証言するときにはぼくにもカルにもわかってました。そして、そのとおりにした。それまでもずっとそうだったから」

「パーティの夜もそうだったのね」ケイトは言った。

男ふたりは顔を見あわせてから、不安そうな顔でザックを見た。ザックはこう尋ねて話の糸口を与えた。「誰が言いだしたことだったんだ?」

ふたりは同時に答えた。「エバン」

「レベッカに強制したのか? 丸め込んだとか、力ずくとか?」ザックが尋ねた。

「そんな、まさか。誓います」カルは言った。「状況を想像してください。エバンがよくやる乱交パーティのひとつだった。高級車に乗ってブランドの服を着てれば、誰でも受け入れられたんです」

「カルやぼくまで」テオは言った。「その夜のために、エバンがぼくたちに新しい服を買ってくれました」

カルが続けた。「人を選別するための用心棒が雇われてました。料理も飲み物もセックスもドラッグもやり放題だった。好みのものを言えば、それがそこに用意されてるんです」

「レベッカはその夜のエバンの相手として招かれたのか?」ザックが尋ねた。

「いいえ、ふらっと現れたんです」テオが答えた。「みんなだいたいそんな感じで。そんななかでも彼女は飛び抜けてた。最高に目立ってました」

「いまはちがう」ザックが鋭く言い返すと、ふたりが目を伏せた。ザックは少し待って、言葉を継いだ。「あの夜以前にエバンと彼女がいっしょにいるのを見たことは？」

「ありません」とテオ。「翌日警察から取り調べを受けるまで、彼女の名前だって知らなかったくらいで。あなたの元奥さんだとわかったのはそのときです」

「おれはエバンが彼女に気づいたとき、彼といっしょにいました」とカル。「あいつは男同士の会話とばかりに下卑たことを言って、彼女に的を絞ったんです。そのあと見かけたふたりは、いっしょにコカインをやり、瓶からじかにウォッカを飲んでました」

かすかにいらだちを滲ませて、ケイトは口をはさんだ。「そこまではあなたたちが法廷で証言したとおりよ。ザックもわたしも記録は読んでいるの。話があやしくなるのはそこから先。あの夜は泥酔していたからこまかな部分は朦朧《もうろう》としてて覚えていないと言ってたわよね。でも、あなたたちは法廷で語った以上のこと、いまわたしたちに話している以上のことを覚えている」

「うそをついていた部分を話せ」ザックはうながした。

ふたりとも押し黙っている。ケイトはふたりをせかすまいと、舌を嚙んで話しだすのを待った。ザックがなにかを言いかけているのを察知して、彼の膝をやんわりと握った。

先に口を開いたのはカルだった。「パーティ会場はたがが外れたみたいでした。より騒々しくなって、より……」適切な言葉を求めて彼が黙ると、テオが言った。「破廉恥になって」

「そう」カルは言った。「おれとテオがふたりでいると、エバンがレベッカを連れてやってきて、四人で二階にあるゲストルームに行こうと誘ったんです。〝大人のお遊びだ〟と」

テオがうなずく。「彼の言葉どおりです」

「この誘いは特別なものじゃなかったと証言したわよね」ケイトが言った。

「そうです。複数でのセックスは前にもありました」カルは言った。

「人には好みがある」ザックは言った。「それはべつにいいんだ。なんでレベッカは酸欠状態になった？」

テオの顔が苦しげにゆがんだ。カルに説明を任せ、前のめりになって両肘を抱えた。ケイトから尋ねるような目つきで見られると、カルは言った。「エバンは見るのが好きだった。その場を支配して、動きの指示を出すんです。芝居《プレイ》みたいに」

「自己満足のために」ザックが言った。

カルが肩をすくめた。「彼にはそれがウォームアップでした」

「寝室に行って、そのあとどうなったの？」ケイトが尋ねた。

「彼女がドレスを脱ぎ捨てたんです。下にはなにも着てなかった。それでエバンとおれたちも服を脱ぎました。おまえたちが先に行けとエバンに言われて」

「レベッカとセックスしたのね」ケイトは言った。

カルはちらっとザックを見て、ケイトに目を戻した。「そうです。ふたりいっしょに。それは裁判のとき証言しました」

ザックが言った。「おまえたちの証言によると、彼女には意識があった。事実かうそか？」

「事実です、意識があった」カルは言った。声にいらだちがひそんでいる。「ええ、そうです。彼女はひどく酔っぱらってたけど、その気だった。いや、積極的だった。思わせぶりにくすくす笑って、誘ってた。たがが外れてた」挑むように力説した。

続いてケイトに顔を戻した。「自分で四つん這いになれたんだから、意識があったんです、そうでしょう？　エバンの指示でした。テオが彼女の前、おれが後ろでした。彼女が絶頂を迎えるまでは終わりじゃない、それまでいくな、とエバンに言われて」

ケイトは言った。「レベッカはその〝プレイ〟をいやがらなかったの？　見られながらの行為に？」

「はい」カルが硬い声で言った。「神に誓って。生まれてくる子に誓って、彼女はその行為に乗り気でした」

「言いづらいことですけど」テオが細い声で言い、おずおずとザックを見た。

ザックは小声で悪態をついた。「いいか、彼女とのセックスに言及するのを怯むな。そんなことはどうだっていい。おれが気になること、知りたいことは、なぜレベッカがいまチューブで栄養を与えられてるかだ」

苦悶の表情もあらわに、テオは手で口をおおった。

ケイトはふたりに落ち着く時間を与えた。「三人プレイのあと、どうなったの？」

カルがふたたび話しだした。「テオとおれはへばって。テオは床に寝転がり、おれは部屋にあった長いソファに伸びてました。レベッカはベッドで仰向けになってました。

エバンはふたりで飲んでたウォッカのボトルを持ってきて、彼女に口を開けろと言った。

彼女がそうすると、そこにウォッカを注いだんです。というか、注ごうとした。的が外れたんで。それでゲームみたいになって、いくらかが彼女の口に入って、彼女がむせた。それを見てエバンが思いついたのかもしれない。最初からそのつもりだったのかもしれないけど。そこはおれにはわかりません」

カルは言葉を切って、テオを見た。カルに説明を任せて、レインジャケットのファスナーの引き手をいじっていたテオが、続きを話した。「なんにしろ、最初はあいつがなにを言ってるかぼくたちにはわからなくて。ぼくたちはめちゃくちゃなこともしてたけど、そういうのはやったことがなかったから。あいつもそんなことは言ったことなかったし」

「彼はなんと言ったの？」ケイトは尋ねた。

「とびきり変わったことをしようとレベッカに言ったんです。それまで経験したこともないオーガズムが経験できるぞ、爆発したみたいになるぞ、神さまが見えるぞって」

ザックは言った。「やつが彼女にそう言ったんだな？　その奇跡を実現するため、彼女の首を絞めると？」

カルが言った。「そうです。でも、ものすごくやさしくて、甘い口調でした。あいつはベッドに腰をおろして、彼女の髪を撫でてた。〝きみが乗り気ならだが〟とあいつが言うと、彼女はこぶしを突きあげて、〝もちろんやるわ〟と言ったんです」

テオが続いた。「そうだったんです。エバンはカルとぼくを順番に見て、尋ねました。〝おれが彼女に尋ねて、彼女がイエスと言ったのを聞いたな？〟と。ぼくたちは同意の印にうなずきました。聞いてましたから」

「だがレベッカはセーフワードを設定したがった」ザックが言った。

「いいえ」テオが言った。「セーフワードが必要だと言ったのはエバンです」

「エバンが？」とケイト。「本当なの？」

　カルは迷いなくうなずいた。「ええ。変態行為を行うんならセーフワードがいるって。それで〝ポルシェ〟になりました。憧れてるから、とあいつは言った。もしレベッカがポルシェと言ったら、注意を引かれて、かならずそこで止められるからって。彼女は笑いながら、〝わたしが言うと思わないでね〟と言ってました」ザックに反論されると思ったのか、カルは彼の顔をまっ向から見た。「そう彼女は言ったんです。はっきりと」

　ザックは手加減なしだった。「で、彼女はセーフワードを言ったんだな？」

「言おうとしてました」カルはザックからケイトに視線を移した。「おれたちがうそをついたのはその部分です。エバンは正常位で彼女におおいかぶさってた」冷笑ぎみに鼻を鳴らす。「あのあと知りました。窒息行為を行う人たちは、背後から首を絞める道具を使うのがふつうだって。ところがエバンは彼女と面と向かい、両手で首をつかみ、気管をもろに圧迫した。彼女は……」助けを求めて、テオを見た。

「最初はなにも問題がないように見えたんです」テオは言った。「激しく動いてたけど、変わったことはなくて。そのうちエバンがおかしなことをくり返し言いだしたんです。〝おまえはこれが好き、大好き、大好きだろ？〟ほかに卑猥なこともです。ぼくは彼女の動きが変わったのに気づきました。ふたりともやたらに動いてて。彼女は下で身をよじり、マットレスに踵を押しつけ、こぶしであいつの背中を叩いてた。でも、いってるんじゃなくて、パニックを起こしてた。

ぼくはそのときまだ床でぼうっとしてたんですけど、それでも、彼女が呼吸できなくて苦しんでるのがわかるぐらいの意識はありました。それでベッドまで這っていって」言葉を切り、唾を呑み込む。「彼女の目はこんなになってて」指で輪をふたつ作る。「怯えきってました。罠にかかった動物みたいだった。口を開いてなにか言おうとしてるのに、なにも言えなくて。息をしようとしても、それもできなくて。

ぼくはエバンに声をかけて、やめろと言いました。けど、あいつにはもう声が届かなくなってた。取り憑かれたっていうか。悪霊じみてたっていうか。それであのおかしな言葉をくり返してた。ぼくはびりあがって、大声でカルを呼びました」

カルが言った。「おれは動けないくらい朦朧としてて、彼らのことを見てたのに、まったくなにも感じてなかったんです。わかりますよね、テレビでポルノを観てるみたいな感じっていうか。テオがどなりながらエバンの肩を叩いて彼女から引きはがそうとしだすと、ようやく異常事態なのに気がついたんです。ろくに立つこともできなかったけど、なんとかベッドまで行って。

ひと目見て、彼女がもはやなにかを言える状態じゃないのがわかったんで、おれはエバンの耳に直接、〝ポルシェ、ポルシェ〟って叫んで、彼女から遠ざけようとしました。でも、テオが言ったとおり、あいつは別のゾーンに入ってて。あんな姿、あそこまで完全にいった姿は見たことがなかった。ぜんぜんちがった。おれたちがなにを言っても聞こえないし、なにをしても感じないし、おれたちの姿さえ目に入ってないみたいだった。ただ、彼女に腰を打ちつけてて」

カルは早口になっていた。事件当時と同じように、アドレナリンの放出を、そして悲劇を防ごうと必死になりながら、どうすることもできなかったときのあせりを感じているようだった。いま彼は力なく椅子の背にもたれかかり、何度か深呼吸をした。手で顔をこすり、記憶をぬぐい取ろうとしているようだった。彼はぐったりとした声で言った。「エバンは性器を抜いて、彼女の上に射精しました。そのあとごろっと彼女の隣で仰向けになって言ったんです。〝うーん、こりゃ最高だな。つぎは誰がやる?〟」

脈打つような重たい沈黙がおりた。

ようやく口を開いたケイトが小声で尋ねた。「九一一には誰が電話したの?」

テオが咳払いをしたが、その声はしゃがれていた。「ぼくが」

「そのことでエバンはめちゃくちゃ怒った」カルは言った。「彼女はだいじょうぶだ、そのうち起きるって言いつづけた。けど、ただ意識を失ってるだけじゃないのは、誰が見たって明らかでした。テオとおれは心肺蘇生《そせい》法を試みたけど、ぜんぜん反応がなくて。疲れきってたから、ちゃんとできてなかったんだと思う。おれたちが彼女の息を取り戻そうと必死になってる横で、エバンは彼女はセーフワードを言わなかったってそればっかりくり返してました。言われなきゃ、やりすぎてることに気づけないって。そうこうするうちに救命士がやってきて、彼女の手当に取りかかり、彼女はすぐに運びだされました。でも、もう時間がたちすぎてた。死んだも同然なのがおれにはわかった」

キッチンの方角から声がしたときは、四人とも驚いた。「ご大層な話だな」

そこにいたのは、遅れてパーティに駆けつけたかのような笑顔のエバンだった。

「しかもふたりして感情たっぷりに語りやがって」彼は言った。「手に汗握って聞かせてもらったよ。ほんとにさ。拍手を送りたいぐらいだ。ただ……」見るからに威力のありそうな拳銃を留め具で右腕に装着していた。「両手が塞がってる」

ザックはカルが義父の拳銃を置いたエンドテーブルに飛びつこうとした。

「動くな!」エバンはザックに銃口を向けた。「おまえを最初に撃ちたくないんだよ、ブリジャー。そんなことをしたら、あとの楽しいことをおまえに見せてやれないもんな。そうだ、おまえは最後だ」銃をテオに向けた。「だが、おまえの役目はとうに終わってる」

パン、パン、パン。銃声が三発続いた。テオは口を開けたが、声は出てこなかった。暖炉から離れるようにゆっくりと前に崩れて、床に転がった。

エバンは言った。「ふん、あっけないもんだな」

36

ダグ・プラットははっと目覚めた。片側にかしげていた頭をまっすぐに戻すと、首が引きつった。ドクター・ギルブレスが看護師とともにレベッカの病室にいて、ベッドの向こう側でバイタルや点滴をチェックしていた。

寝姿を見られたことに狼狽《ろうばい》したダグは、立ちあがりかけたものの、その気力がないことに気づいて、座ったままドクターに話しかけた。「きょうはもう帰ったかと思ってた」

「夕食をとりに戻っただけです。なにか召しあがりましたか?」

「あとで食べる」

「数時間前にもそうおっしゃいましたよ、ミスター・プラット。なにか食べないと」

ダグはレベッカをちらりと見た。「あまり食欲がなくってね」

厚紙のフォルダを胸に抱えたドクターは、見るからに看護師が作業を終えるのを待っていた。ダグとふたりきりで話がしたいのだろう。だいたいふだんなら就業時間後、施設には戻ってこない。戻ってくるとしたら、危篤状態の患者がいるときだけだ。ダグはこの先の展開に身構えた。

看護師は慎重に仕事を終えると、出ていった。ドクター・ギルブレスはドアを閉めた。

「最新の検査結果を持ってきました」

ダグが恐れていたことだった。

「わたくしたちの望んだ結果とはなりませんでした」ドクターが言った。

「抗生剤が効いてないのか？」

「結果を見るかぎり、感染症はおさまるどころか、悪化しています」

ダグは息を吸い込んだが、深く吸いすぎて胸骨が痛くなった。「それで、これからどうするんだ？　もっと強い抗生剤を使うのか？」

ドクターは予備の椅子を持ってきて、ダグの向かいに座った。「彼女の状態に変化があったとき、わたくしにはミスター・ブリジャーに報告する義務がありました」

「だったら、こっちにすっ飛んできてるんだろうよ」

「それが、連絡がつかなかったんです。携帯に電話をしてもボイスメールにつながって、二度メッセージを残しましたが、折り返しの電話がありません。万が一の連絡先としてもらっているもうひとつの番号は、ミスター・ビンガムのものです」

「むかしのコーチだな。あのふたりは親しい」

「そうです。彼と話をしました。ミスター・ビンガムによると、ミスター・ブリジャーはノースカロライナのご自宅におられるそうです」

「山間部だから、携帯電話の接続がよくないのかもしれない」

「それが問題なんです。なんでもミスター・ビンガムによると、ミスター・ブリジャーのご自宅には固定電話がないそうで。彼に連絡をとる方法をご存じありませんか？」

ダグは娘を見た。手を伸ばして指の甲側で頰を撫でた。熱があるのがわかる。今朝よりもさらに高くなっていた。「感染症は今夜ザックと話をしなきゃならんほど、悪いのか？　抗生剤を使ってまだあまり時間がたってない。明日の朝には効いてるかもしれないだろう？」

彼は不快な結果が入ったフォルダを指さした。「再度、検討しなおして、必要なら投薬量を増やすとか」

「それにはミスター・ブリジャーの許可がいります」

まさに板挟みだった。知らないことにしてドクター・ギルブレスがザックに連絡をとれないようにしておけば時間が稼げる。だが、そうこうするうちにレベッカの病状が悪化して、抗生剤の投与量を増やしても助けられなくなるかもしれない。ザックから許可がおりるまで投薬量を増やせないとドクターが言うのなら、残る選択肢はひとつしかない。

ダグは言った。「ザックと知り合いの保安官助手が向こうにいる。デイブ・モリスという名だ。わたしが携帯の番号を知ってる」

「またボイスメールだ」ビングはうんざりしながらメリンダに報告した。「ザックは電話が嫌いでね。悪い癖だ、電話を無視する。ケイトにもつながらないか？」

メリンダは携帯電話を掲げ、電話をおかけになった方は名前と番号を残してくださいというケイトの声をビングに聞かせて、通話を切った。

ビングは不平たらたらだった。「彼女も電話に出るつもりがないんなら、なんであんたに番号を教えた？」

「なにかしら理由があるんだわ」

「そりゃそうだろうとも」ザックとケイトが同時に電話に出られない理由ならビングにも思いあたる節があった。眉をひそめて、小声でぼそりと言う。「ふたりが楽しんでるのを祈るばかりだ」

「ニューオーリンズのお医者さんは緊急だっておっしゃってたの？」メリンダが尋ねた。

「くどくどは言わなかったが、そんな感じだったな。でなきゃ、ザックを探してわざわざおれのとこまで連絡してこない」

「どうしよう」メリンダは顔に手を押しあてた。「彼女が死んで、エバンがそれを知ったら、きっとなにかしかけてくるわ」

そのとき、まるで感嘆符のように呼び鈴が鳴った。

メリンダとビングははじかれたように椅子から立ちあがって、家の玄関に向かった。このとき、ビングの泣き所である外側側副靭帯《じんたい》が悪さをした。膝を正しい位置に戻してメリンダに追いつくと、彼女はドアを開けていた。

男が言った。「ミセス・パーソンズか？　シッド・クラークだ」

ビングは写真で彼を知っていた。メリンダが気色ばんだ。「あなたのこと知ってるわ」

「お邪魔してもいいだろうか？」

「いいえ」彼女がドアを閉めかけると、シッドが手を挙げた。

「お願いだ。カルに会いたくてうかがった」

ビングが進みでた。「彼になんの用だ？」

「あなたは？」

「彼女の夫になんの用だ？」

シッドはビングのぶしつけさに眉をひそめながらも、硬い声で答えた。「エバンが見つからない。カルなら居場所を知っているかもしれないと思った」

メリンダは不安そうにビングの顔をうかがった。いまのこの状況でどう対処したらいいかを彼なら知っているように。そんなわけあるか。ビングはこういう連中とはつきあいすらない。なぜザックがいま携帯電話に出ないのかもわからない。わからないことだらけだ。だいたい、おれになんの関係があるんだ？　なぜ自宅の椅子にのんびり腰かけて、冷えたビールを片手に鎧を着た騎士たちが互いの頭を切り落とすのを観ていない？

ビングはしゃがれ声でメリンダに言った。「入れてやったほうがいい」そしてシッドが玄関に入れるよう、脇によけた。

だが、シッドが入れたのはそこまでだった。メリンダが立ちふさがって、その先に進ませなかったのだ。「カルはいないわ。今朝早くに出かけたきり、一日じゅう電話にも出ない。きっとエバンといっしょよ」

「どうしてそう思う?」

彼女は苦々しげに笑って、天を仰いだ。「彼らの居場所は知りません、ミスター・クラーク。知っていたら出かけていって、髪をつかんで引きずってでも、カルをあなたの息子から引き離してる。有害な男だもの」

侮蔑されたにもかかわらず、シッドの無表情は変わらなかった。「カルはベリーズに行くと言ってなかったか?」

「ベリーズ?」

「エバンが今朝わたしにそう言ったのだ。逃亡先として。三人で行くと」

「テオもなの?」

「そうだ。むかしみたいに、と息子は言っていた」

シッドはエバンがプライベートジェットの予約を入れていたこと、そしてシッドみずからが操縦士にそれを確認したことを伝えた。「エバンは万が一わたしが確認することも考慮に入れていたのだろう。だが、操縦士と話してフライトの確認ができたあとも、わたしはこの唐突な逃亡プランを疑って、めくらましかもしれないと思った。そこで見送りと称して飛行場に出向いた。

飛行機は滑走路にあり、燃料を入れて飛び立つばかりになっていた。レッドカーペットが敷かれ、ケータリングした料理が運び込まれ、シャンパンは冷えていた。操縦士ふたり、フライトアテンダント、管制塔の管制官たち。彼ら全員とともに三人の乗客が来るのを待ったが、ひとりとして現れなかった」
メリンダは後ずさりをして壁に背中をつけ、もたれかかって体を支えた。彼女は打ちのめ
されているようだった。あと何度ハンマーの衝撃に耐えられるだろう、とビングは思った。
シッド・クラークが続けた。携帯で三度エバンと話をした。例に
よって快活だった。飛行場に着くのが遅れていることを詫びて、最初は雨、つぎが渋滞、そして最後は荷物に詰めるのを忘れたなにかを家に取りに戻
ったと。それがうそであることは、うちの家政婦に聞いてすぐに判明した」
シッドは陰気にほほ笑んだ。「わが息子は父親にうそをついても心が痛まないようだ。結局、わたしはフライトをキャンセルして、息子捜しに乗りだした。まずはテオからあたった。彼の同僚によると、一日働いて、いつもどおり五時に図書館を出たそうだ。だが、彼の車はいまも職員用の駐車場にある」その意味が伝わるのを待って、先を続けた。「もう一度訊くが、ミセス・パーソンズ、カルがどこにいるか知らないか？」
「おい、耳はついてるのか？」ビングはシッドをひと目見たときから、いけ好かない男だと思った。危機のさなかに口数の減らない男は信用ならない。タッセルつきの靴をはいている男もだ。「さっき知らないと言っただろう」
「いいのよ、ビング」メリンダは言った。そしてシッドに、「カルが職場に出勤しながらも早退したことを話した。「誰にも言わずにによ。あの人らしくないわ。キャリーを持って家を出て、わたしの電話に出ないことだって、いつもの彼なら考えられない」

シッドはそうした情報のすべてを少し時間をかけて咀嚼した。「わたしのもっとも古くからの親友が、きのうの夜、自殺した」

脈絡もなく唐突に語られ、ビングも適切な言葉を見つけられなかった。メリンダもやはりあ然としているようだった。

「彼の娘さんから今朝連絡があった」シッドは言った。「衝撃的な知らせだ。それ以上に心をかき乱されたのは、アプの書き置きにあった——」

「アプ?」メリンダが尋ねた。「弁護士のアプトン・フランクリン?」

「そうだ。なぜ彼のことを知っているのかね?」

メリンダは唇を湿した。「カルから聞いたの。あなたの代理として、その人がカルとテオに賄賂を払い、エバンの裁判で偽証させたって」

シッドは表だって認めなかったが、知られていることに対するあきらめの表情を浮かべて、メリンダから割り込まれる前の話に戻った。「書き置きのなかで、アプはエバンに対して耐えがたい罪悪感を持つほどに責任を感じていて、それがみずから命を絶つことにつながったと書いていた」シッドは言葉を切って、深呼吸をした。「そして書き置きの締めくくりがミズ・レノンへの警告だった」

ビングがぎょっとして反応した。「なんだと?」

「わたしも彼女に気をつけてと言ったのよ」メリンダが言った。「自殺の書き置きのことは知らなかったけど」

「いつのことだ？」シッドが尋ねた。

メリンダはケイトとザックが訪ねてきたことを話した。「エバンが先制攻撃に出るかもしれないから気をつけてとふたりに言ったの」

シッドが青ざめはじめた。「いやな予感がする。エバンは利口だ。悪巧みに長けている。ベリーズへの逃亡旅行を捏造して、わたしたちを遠ざけた。そこまで手間をかけたとなると、その理由を推察するのが恐ろしくなる」

ビングはシッドの高級な背広の襟をつかんだ。「恐ろしくなるのは、おまえのいかれた息子がケイトとザックを追っていると思うからか？」

「わたしとしては、危険にさら——」

「ちくしょう」ビングはシッドの襟を放して、その脇をすり抜けた。コート掛けから自分のジャケットを取り、シッドの貴族的な鼻に人さし指を突きつけた。「もしやつがふたりのどちらか一方でも傷つけたら、利口で悪巧みに長けたおまえのエバンのことはもう心配できなくなるぞ、命がないからな。おれがこの手でそのクソ野郎を葬ってやる」

メリンダに腕をつかまれた。「ビング、待って！　カルは拳銃を持ってるのよ」

「拳銃を？」言ったのは、シッドだった。

それを無視して、メリンダは嘆きの声をあげた。「ビング、カルはエバンから言われたらなんだってするわ」

「そりゃちがうぞ、お嬢ちゃん」ビングは言った。「おれならそうじゃないほうに賭ける。

いっしょに来たいんだったら、歓迎する」

メリンダはハンドバッグをつかんでシッドを押しのけると、ビングを追って駆けだした。

37

いまだ銃声が自宅リビングの高い天井に反響するなか、ザックはエバンの警告を無視して椅子から立ちあがり、カルが拳銃を置いたテーブルに突進したものの、つぎの一発で急停止した。いきおいづいていたので、つんのめりそうになる。

「いま言われたばかりだろう、ブリジャー？」エバンは言った。「銃に触れたら、新しい彼女が死ぬぞ。それがいやならおとなしく座ってろ！」

ザックは両手を挙げ、後ろ歩きでさっきまで座っていたケイトの隣に戻った。

「いや、そっちだ」エバンは腕に装着した拳銃で背の高い肘掛け椅子を示した。太い石造りの煙突をはさむようにして置いてある二脚のうちの一脚だ。

ザックはその椅子とケイトのあいだの距離を目測した。だめだ、彼女から遠すぎる。それで、いまいる場所から動かなかった。

エバンがせせら笑った。「そうか、そりゃ葛藤もするよな。なんだったらおれがここで決着をつけてやろうか？」銃口をケイトに向けた。

「いま行く！」ザックは指定された椅子まで後ろ向きに移動して、腰をおろした。

テオが射殺されるのを目撃したとき、ケイトは恐怖のあまり両手で口をおおっていた。いまはその手をおろして、ソファのクッションの端をそれが命綱でもあるかのように握りしめている。

ザックと目があったケイトが、まなざしで伝えてくる。いまふたりが直面している危機を理解していること、エバンの錯乱状態に気づいていること、逃げるチャンスがおのずと訪れるまではできるだけエバンに調子をあわせるしかないことを。そんなチャンスが来ればだが。

エバンはさらに部屋の奥に入ってきた。エンドテーブルまで来ると、左手で端をつかんでひっくり返した。陶器のランプが割れ、ザックと両親の写真をおさめてあった写真立てのガラスが砕けた。カルが置いた拳銃はラグを飛び越えて床に落ち、硬材の床をすべったが、すべった先はザックの椅子とは反対方向だったので、拾おうとすればその前にエバンに撃たれ、そうなればケイトがこの異常な男の手の内に残される。

エバンは拳銃が落ちている場所まで移動して靴のつま先でつつき、あざけりの笑いを漏らした。「おまえのよりおれのがうんとでかいぞ、ブリジャー」

性器がらみのあてこすりなどどうでもいいが、二丁の火器のちがいは重大事だった。銃器の専門家ではないザックにも、カルが持参したような装弾数五発の小型リボルバーと、エバンのフルオートマチック四五口径のちがいは明白だった。固定具は頑丈なストラップでエバンの前腕に留めつけられ、銃が手の延長のようになっている。あれならまばたきをする間に全員を殺せる。

「ベリーズにいるはずなのに」と言ったのは、カルだった。動かないテオを見つめている。

「よお、カル」エバンは言った。「居眠りしてるかと思ったぞ。合流してくれて嬉しいな」

えらそうな口調に動揺したカルは、さっと頭をめぐらせて、エバンを見た。カルは信じられない事態によるショック状態を脱して、憎しみとさげすみに目をぎらつかせている。

「おれを見て驚いたか？」エバンは高笑いすると、大げさなウインクをした。「おまえとテオがやけにあっさり逃亡計画に同意したんで、おまえがおれにはむかって、そこの州検事と取引をしようとくわだててるんじゃないかとうっすら思ったわけさ」エバンが拳銃でケイトを指し示したので、ザックは胃が鷲《わし》づかみにされたように感じた。

しかしエバンはすぐにカルに注意を戻した。「それでおれはきょう予防措置を講じるために、おまえたちの職場に出向いてふたりの車に送信機をしかけた。これもシンプリー・サイモンのおかげさ。やつの倉庫にはその手のおもちゃがそろってる。おもしろいのがさ……」言葉を切って、笑い声を放った。「リムジンを迎えに行かせると電話をかけながらしかけたんだぜ。迎えをおまえはばか丁寧に断りやがったよな、カル」

エバンは女性のような甘い声音になった。「〝ありがたいと思ってるよ、エバン。でも、テオもおれも移動は自分たちでなんとかするから〟と。おまえは徹底した猫撫で声で言った。だが、おまえの言うことは真っ赤なうそだった。おれといっしょにベリーズに飛ぶ気なんかはなからなかったんだ」

「あるわけがない」カルは言った。

エバンは指をぱちんと鳴らした。「賭けてもいいが、おまえは旅から戻ってこられないこ とを恐れたんだ。おまえとテオが暴漢に襲われるとか、ジャングルでジャガーに食われるとか、カリブ海で溺れることになるのを。いままでおまえたちふたり、小旅行から戻れないかもなんて思いが、頭をかすめたことあったか？」

カルはエバンをにらみつけただけで答えなかった。

「詰まるところ、おれたちは似合いの仲間だったのさ、カル。それなのになんでおれが死を招く災難を引き起こすかもしれないなどと思える？　とはいえ」エバンはもったいをつけるように言った。「おまえが死ぬのは都合がよさそうだ。なぜなら、はっきり言うぞ、おまえはおれの将来を脅かそうとしたし、いまもしてる」

カルはそれに対しても無言を貫いた。

「それはともかく」エバンの話は続く。「おまえは予定の時刻ぴったりにテオを拾った。そこまでは問題なかったさ。ところが、おまえは飛行場に向かわなかった。そうだ、反対方向に全力で走りだした。おれがどんなにがっくりきたか、口では言い表せないほどだ。おれの親友ふたりがおれから逃げた」

悲しそうに首を振り、肩をすくめる。「送信機がおまえのところへ導いてくれた。脇道近くの木立のなかにあったおまえの車の隣に車を停めた。まあ、ここまで歩くのは霧もあってなにかときつかったが、おれは夜目が利く」

エバンは突然、それまでの気さくな態度をかなぐり捨て、悪意に細めた目でカルを見た。

「この薄汚い裏切り者め。脳天気なかみさんに言われて、おれを出し抜いたのか？　彼女はおまえのそのセクシーな笑顔と官能的な目つきの奥にいるのがただのクズ野郎だって、まだ気づいてないのか？　あの女――」

「妻のことを言うな」

「黙らなかったら？　おれを殴るか？」

「おまえには罰が下るのさ、エバン」

「ふん、それはどうかな。そこのかわい子ちゃんはすべて解明したと思ってた。そうだろ、ミズ・レノン？」エバンはケイトを見て、「州検事さんよ」と、せせら笑った。

自由になるほうの手をズボンのポケットに突っ込み、ザックには黒い布地にしか見えない布切れを引っ張りだした。だが、エバンがそれを開くと、Tバックだとわかった。

「女のくせして」エバンはケイトに言った。「ピンヒールで法廷内をえらそうに歩きまわり、男の仕事をしようとする。悪いな、ベイビー、おまえのささやかな計画は失敗に終わった。おれを見くびってたな」Tバックを丸めて投げつけ、それが彼女の顔にあたった。

ケイトは眉ひとつ動かさず、Tバックは膝に落ちた。彼の目をまっ向から見返している。

「ええ、ミスター・クラーク、あなたを恐ろしく見くびっていたわ」彼女は言った。

「この女、しゃべったぞ！」エバンが嬉しそうに声をあげた。「しかも、こむずかしい言葉を使いやがった」

「わたしはあなたの堕落具合を見くびっていた。でも、あなたがそれを熱心に強調する理由はわかっている。あなたにはそれしかないから。それがなかったら、空間のむだづかい、ただの染みでしかなくなるから」

ザックは喝采をあげたくなった。みじんも不安を見せず、彼女は怪物に立ち向かった。内心は恐怖に縮みあがっているかもしれないが、はたから見るかぎりは冷静そのものだ。声は低く、明確で、軽く軽蔑の響きがあった。

どんな結末を迎えようと、彼女は目的を果たした。エバン・クラークを起訴することはできないかもしれないが、彼に対する恐怖心をあらわにしなかったことで、エバンをとるに足らない存在におとしめた。彼女にできる最大の攻撃的なプレーだった。

侮蔑されたことはエバンにも通じていた。顔が赤らんだ。

「彼女の言うとおりだ」カルが言った。「おまえは空間のむだづかいだ。気取りと口だけだ。いまとなっては、おまえのでたらめを買ってたことが、信じられない」

「おまえがなにか買ったことがあるか？」エバンは冷笑した。「おれのおごりだったし、気前のよさをおまえに非難された覚えもないぞ」

「気前のよさだと？　笑わせるな。おまえがやることは、なんだって自分のためだ」

エバンは考えるふりをしてから、芝居がかったため息をついた。「言えてる」

「なにがおもしろくて、テオを殺した？」カルはかすれ声になった。「人畜無害なテオを？あいつはずっとおまえにへつらってきた。おまえを喜ばそう、やさしい言葉をかけてもらおうと、がんばってきた。そいつを殺したんだぞ！　なんでそんなことができる？」

「なんでって、引き金を引いてさ。こうやって」

ザックにはその先が読めたが、防ぐことはできなかった。エバンがその気になれば外しようのない的だった。カルは至近距離にいて、的となる胴体は大きい。銃弾が撃ち込まれると、腕が激しく振れて、床に倒れた。

怒りと恐怖にケイトが叫んだ。「やめて！」

エバンは銃口をケイトに向けたものの、すでにザックが彼に飛びかかっていた。エバンがカルに発砲した瞬間に椅子から飛びだしたのだ。エバンの右腕をつかみ、死をもたらす装置をケイトから天井に向ける。つぎの銃弾がシャンデリアに命中し、ガラスの破片が降りそそいだ。

エバンに破片が刺さる。彼は甲高い声をあげて左手で頬に触れた。ザックは固定されている銃身を両手でつかみ、自分やケイトから銃口を遠ざけながら、練習用のダミーにタックルをかける要領でエバンの胴体に肩からぶつかった。腰を落とし圧をかけて押しつづけると、エバンは立っていられなくなって後ろ向きに倒れ、バーカウンターの花崗岩で頭を強打した。

ザックはくるりと向きを変えた。「ケイト、照明だ！」

すでにソファを離れていたケイトは、走って壁のスイッチを切った。室内は完全な闇に呑まれたが、ザックのいるところから玄関のドアまでは一直線だった。ザックは玄関へ駆けながら、怒りに絶叫するエバンがふたたび銃を連射するなか、反射的に頭をかがめた。

ケイトは早くもドアを開けて待っている。ザックは彼女をポーチに押しだすや、その手をつかんでしゃにむに走りだした。

デイブ・モリスはあのケンカの夜、クソブリジャーが森に投げ捨てた拳銃の代わりを手に入れていた。日中の明るいうちに探してはみたのだが、見つかるわけもなく、結局、質屋を経営する友人がこっそり一丁譲ってくれた。

顔の腫れはおおむね引いたとはいえ、痣のほうはまだ残っている。モリスが誰にむち打たれたか町じゅうの住人が知っており、なにより癪にさわるのは、それがあの元有名人であることだった。

しかも、こちらが親切にもあいつの元義父から監視を頼まれていたことを教えてやったにもかかわらず、ブリジャーはまんまとミーカー保安官の関心を引きよせ、保安官はブリジャーの横槍《よこやり》もあってモリスに無給の無期限停職処分を課した。

ブリジャーのせいでひどい目に遭わされつづけているというのに、なぜその自分が伝言係として豆のスープのように濃い霧のなか、首の骨を折る危険を冒して山道を運転しなければならないのかと自問せずにいられない。

だが、要請してきたのは医者――ギルブレスと言った――であり、クソ野郎のブリジャーのためというよりやつの元妻のため、モリスにだって多少の慈悲心はある。

そうだ、きょうの分の善行を果たしているのだ。いや、一年分だな。

しかしブリジャーの家に向かう脇道に来て、道がチェーンで封鎖されているのを見ると利他精神が弱まった。いったい誰がなんのためにこんなことをしたのか。ハンドルを小刻みに叩きながら、選択肢を思い浮かべた。おれは使い走りじゃない。ブリジャーの個人秘書でもないし、ましてや友だちでは断じてない。

だが、かつて人気者だったやつの元妻のことを思いだした。顔は十点、スタイルは十一点というたぐいまれな美女が、なんといまでは生命維持装置につながれている。

車のトランクにはボルトカッターが入っている。ブリジャーのトラックの側面に傷跡を刻むのにも使った。その埋めあわせとしてこのいまいましい伝言を届ければ、やつとのあいだには貸し借りがなくなる。ミスターMVPときっちり片をつけられるのだ。

自分の甘ちゃんぶりをののしりながら車を降り、トランクから懐中電灯とボルトカッターを取りだしてぶらっと近づき、しゃがみ込んでチェーンを調べた。

チェーンと錠前の頑丈さを見て、つぶやいた。「無理だ」この輪を切り落とすには並大抵でない忍耐力が必要になるし、チェーンが切れる前にボルトカッターが壊れそうだ。

それにこれはデイブ・モリスの問題じゃないだろう？　ここまで運転してくるために、居心地のよい酒場と、冷えたビールと、ビリヤードの試合に賭けた十ドル紙幣を置いてこなければならなかった。そうとも、ニューオーリンズのあの医者には別の伝達方法を見つけてもらうしかない。おれにできることはやった。

車に戻ろうと歩いていたそのとき、銃声がした。モリスは立ち止まった。

生まれも育ちもこのあたりのモリスは、霧がいたずらをするのを知っていた。霧は音をくぐもらせることもあれば、増強することもあり、音の出どころの方角やそこまでの距離をごまかす。霧のない日でも、山が音波を跳ね返して、物理法則どおりには届かない。

だが、この銃声の出どころはブリジャーの家以外にありえなかった。

ふたたび銃を連射する音がして、モリスの確信を裏づけた。

ボルトカッターは投げだしたものの、懐中電灯は手放さなかった。手に入れたばかりの拳銃に弾丸を装塡し、脇道を封鎖するチェーンを飛び越すと、霧をかき分けるようにしてブリジャー家への私道をのぼりだした。


みずから作りあげた訓練用のトレイルに精通しているザックは、霧の闇夜のなかでも走ることができた。どこによけるべき石、くぐるべき大枝、またぎ越えるべき倒木があるかを知っていた。地表を水が流れている箇所もだ。ほんの細流でも、水が流れていると石や森の堆積物が恐ろしくすべりやすくなる。

「どうやったら先が見えるの?」ケイトは息を切らしつつ、声をひそめた。

ザックがさっきなるべく静かにしろと注意したからだ。さらにエバンにつけられやすくなる。抑えようのない物音は単調な滝の落下音にまぎれることを祈るばかりだった。

「おれが足を置いた場所に足を置いて」ザックは言った。

「あなたはどうして足を置く場所がわかるの?」

「このトレイルを週に五、六度散歩してる」

「散歩ですって？」

「そうだ」

「これが散歩道だって言うの？」

「少し先の右手に低い枝が突きだしてる」

ケイトは歩調をゆるめることなく枝を避けた。「エバンは追ってきてると思う？」

「きみはどう思う？」

「人を殺した人間は目撃者を放置しないわ」

ザックは彼女に平らな岩を避けさせた。ときに立ち止まって水を飲む場所だ。

「でもあなたとちがって」荒い息の合間にケイトが言った。「エバンには道の見当がつかない。このトレイルをつけてくるなんてできないから、どこかで引き返す。もうそうしてるかも」ザックが答えないでいると、ケイトがまた言った。「あなたはそう思わないのね？」

「おれはこのまま走りつづけるべきだと思う」

「それはわたしも同じ。折り返し地点まであとどれくらい？」

谷底にある白く泡立った川が折り返し地点だとはとても言えなかった。「おれにぴったりついて、手を放すなよ」

「ずっと下りなの？」

「さいわいなことに」

「急斜面だけど」

「足をすべらせても、おれがつかまえる」

ありがたいことに、ふたりともブーツをはいていた。裸足でこの山道を行くのは不可能だった。とはいえ、アウターは着てこられなかった。外気は冷えて、霧をはらんでいる。苦しげなふたりの呼気が蒸気となり、眼前の霧を乱しつつ溶け込んでいった。

携帯電話があったら、と思わずにいられない。もしくはケイトの車のリモコンや、カルには役立たなかった拳銃がいま手元にあったら。そして荒々しく厳しい山中で見るケイトがこんなにも小さくはかなげでなければいいのに、とザックは思った。

ザックは、ケイトが言ったとおり、エバンが危険を冒してまで追ってこないことを願い、エバンの弾倉が空っぽでつぎの弾がないことを願った。だが、その願いがかなわないのはわかっていた。エバンはわが身を無敵だと思っている。なにをもってしても止められない。

そのときだった。つまずきそうな障害物を避けるために最善を尽くしてきたにもかかわらず、ケイトがブーツのつま先を地表に出た木の根に引っかけて転んだ。膝を強打して、とっさに声をあげた。

ザックはぴたりと止まった。

彼女は転んだまま動かないでいたが、ザックが手を貸して立ちあがらせた。「ああ、もう」ケイトが声を出さずに口を動かした。「ごめんなさい」

「だいじょうぶか？」

彼女はうなずいた。

「痛みは?」

彼女は首を振ってなにか言いかけたが、ザックはその唇の前に人さし指を立てた。頭を傾けて、物音に耳を澄ます。

「ヤッホー」

不気味な高音の呼び声が背後の高みから聞こえてきて、エバンが追跡をやめたかもしれないという淡い希望がうち砕かれた。距離はわからないが、ふたりが立ち止まったのを察知できるくらいだから、さほど離れていないことは確かだ。

「あきらめたか?」エバンの声がした。「息が切れてるだろ?　おれもさ。誰がこんなトレイルを作ったんだ?　おまえだよな、ブリジャー」そしてエバンは銃弾を四発、放った。

ふたりは大きな銃声四連発に身をすくめたが、その音がきっかけであることを思いついたザックは、そのアイディアを見失わないようにささやいた。「フォース・アンド・ショート」

「なに?」ケイトが身振りで尋ねた。

ザックはこの思いつきを一秒半で再検討して、ケイトに言った。「もう音をたててかまわないぞ。さあ、行こう」

それだけ言うとケイトの手を握り、ふたたび動きだした。立ち止まっているあいだに詰められた距離を稼ごうと、さっきより足を速めた。ザックの大きな一歩だと距離が稼げる。ケイトは文句ひとつ言わずについてきた。彼女がつまずきそうだと感じるたび、ザックはその手を強く引いて倒れないようにした。

早足で移動していたので、彼が速度をゆるめると、ケイトはすぐにそれに気づいた。唇のあいだから白い息を吐いている。「なぜ速度を落としたの?」

ザックは彼女を引っ張って、地面の亀裂の手前に立たせた。悠久の時間のいつかに起きた地殻変動によって生じたものだ。ザックがこれまでに調べたところによると、山肌全体の幅いっぱいに広がって、ゆがんだ笑みのようになっている。トレイルのコースもその地形を考慮して選んだ。ほかのどこより、ここの隙間がせまかったのだ。それも広範囲にわたって見てまわった結果だった。

ケイトは亀裂を見おろしているのに気づくと、たちまち体をこわばらせて、後ずさりをしようとした。ザックは彼女の手をしかとつかんだ。高所恐怖のある彼女が尻込みするのはわかっていた。だが、跳ばなければならない。目をつぶってでも。

彼女の肩に手を置いた。「幅はたいしてない。歩いて渡れるぐらいだ。深さのほうもそれほどじゃない」

「底が見えないわ」

「霧のせいだ。おれが先に行く。三歩下がって、そこから助走して跳べ。向こうできみを受け止める」

「無理」

「おれが絶対に落とさない」

「わたしにはできない」

「きみならできる、ケイト。やるしかないんだ。いまやるしか」

彼女をなだめている時間はなかった。さっと激しいキスを浴びせると、彼女を放し、地面を蹴って難なく向こうに着地した。ザックですら、ここが想像しうるもっともせまい幅よりなおせまいことを知らなかったら、向こうが見えないこの状態にびびっていただろう。

「また立往生なのか？」エバンの声がした。「もはやお手上げか？」

「ケイト！」ザックはひそひそ声で言った。

「あなたが見えない！」

「おれはここだ。跳べ。さあ」

彼女が後ろに下がる気配がした。と、走る足音がして、跳んだ瞬間がわかった。ザックは手を伸ばした。ザックの胸にいきおいよく飛び込んできた彼女は、窓ガラスに突っ込んで震えている鳥のようだった。

両腕を彼女にまわしてきつく抱きしめ、太い木の幹の背後に引き込んだ。彼女の首筋に顔をうずめると、脈動が伝わってきた。

「完璧なジャンプだった。完璧だ。さあ、あとはいっさい動かず、静かにしてて」

「なに？」

「木の後ろから出るな」

「なに？」

「おれを信じて、ケイト。なにがあっても動くな。静かにしてろ。わかったな？」

ケイトに袖をつかまれたが、ザックはその手をのがれてトレイルを横切った。思っていたとおり、下生えを踏みしだく音が、エバンの攻撃をケイトから遠ざけて、ザックのほうに引きよせた。霧を切り裂いて銃弾が飛んでくる。一発が近くの木の幹にあたり、もう一発はザックがその背後にしゃがんでいる岩石層にあたった。

連射が止まると、ザックはケイトの名前を叫んだ。「そんな!」

霧のなかからエバンのいまわしい声がした。「おやおや」

「ケイト、ケイト! ああ」ザックは苦しげな声をあげた。「クラーク、人殺しめ!」

地面の枝が折れたり、石ころが転がったりする音がして、エバンが近づいてくるのがわかる。

「ケイト、なにか言ってくれ」ザックはささやくように語りかける。

「胸が張り裂けそうだよ、ブリジャー」

エバンの呼吸は苦しげになっている。ザックには呼気と吸気のひとつずつが聞こえた。速度を上げて、早足で近づいてくる。

ザックはケイトの名前を口にした。「神さま」

「おっと、死んだか?」エバンが愚弄する。

重い音。エバンがなにかにぶつかったのだ。立ち止まって、悪態を吐き散らし、何発か撃ってから、また歩きだす。はあはあと息をつき、足音がさらに速まる。「かわいそうにな、ブリジャー。おまえらふたり、お似合いだったんだが」

「殺してやる」ザックは叫んだ。「どこだ、クラーク？」

「いや、それはどうかな。おれ――」

足元から突然地面がなくなると、エバンはショックに悲鳴をあげた。落下するにつれて腕に装着した拳銃が深く切れこんだ岩壁にがたがたとあたり、その音は、ザックがケイトにそれとなく伝えていたよりはるかに深い底へと遠ざかっていった。

エバンは最期の数秒に自分の運命を察したのだろう。甲高い悲鳴が亀裂の下からあがってきたものの、それもすぐに、静まり返った不透明な霧に吸い込まれた。

ザックは待った。もう音がしないことが確認できると、岩の背後から出て亀裂に近づいて、下を見た。「おまえじゃ神に会えないよな」

38

「ザック？」

「ここだ」

ザックはケイトが動かずに黙って隠れていた木の幹の背後から彼女を引きだし、ふたりは無言で抱きあった。やがてザックは彼女の頭に手をやった。髪が湿って頭皮に張りついている。「だいじょうぶか？」

「だいたいは」

彼女に取り乱したようすはなかったが、歯の根があわずに鳴っていた。寒さのせいというよりは、ショック状態なのだろう。ザックは彼女の頬を撫でた。「いまのこの状態で、だいたいよければ上出来さ」

ケイトが亀裂のほうに顔を向けて、ぶるっと身震いした。「これからどうするの？」

「家に戻って、保安官事務所に連絡する。うちには固定電話がないから、カルかテオの携帯でふたりの死亡を知らせなきゃな」

「こんなことになるなんて」

「そうだな。ふたりが生きているとは思えない。その現実はどうにもできないとしても――」

そのとき突然、霧がどぎつい光の埋葬布となって、ふたりの視界を奪った。

「動くな！」

どちらも言うことを聞かず、片手で目をかばった。ザックには男の姿形が見えた。左手に強力な懐中電灯、右手に拳銃を持っている。

「モリスか？」ザックは言った。「そのいまいましい明かりを消せ」

「武器をおろせ」

「武器など持ってない」ザックはケイトから離れて、ゆっくりと両手を挙げた。

ケイトが言った。「光を下に向けてもらえないかしら。まぶしいの」

「そうやって、この霧のなかブリジャーを逃がせと？　そうはいかない」

「おれは逃げたりしない」

「犯行現場から逃げただろ。おれは銃声を聞いたんだ。おまえの家で男がふたり死んでた」

「だからだ、おれが逃げたのは」ザックが両手をおろそうとすると、保安官助手が拳銃を振りまわした。

「手をそこから動かすな！」

「ザックが彼らを殺したんじゃない」ケイトが叫んだ。「エバン・クラークよ」

「クラーク？　あいつがこんなとこになんの用だ？　いいから、黙っててくれ。おまえたちふたりを連行する。これで仕事に復帰させてもらえるかもしれない」モリスが一歩近づいた。

「動かないで！」

「動くな！」

ふたりから同時に言われて、モリスは立ち止まった。

ケイトが言った。「亀裂があるの」

「亀裂？」

「深い亀裂だ」ザックは言った。「おまえの足元に」

保安官助手は懐中電灯の光を下に向け、地面を照らしてまわって、断崖の縁をとらえた。その下の空白は一面の濃い霧におおわれている。

ザックは言った。「エバン・クラークはこの底にいる」

「おいおい。深さは？」

「かなりある。まっさかさまに落ちた」

「死んでるのか？」

「おれが思うには」

モリスは少し前に出て、何度か下に向かって声をかけた。うめき声も、物音も、息遣いも聞こえてこない。「なんてこった。なにがあったんだ？　きみから聞きたい、ケイト、おまえじゃなくてだ、ブリジャー」

「エバン・クラークが友人ふたりを追ってここまで来たの」ケイトはふたりの名前と、彼らが自分を探しだした理由を話した。「そこへエバンが現れて、わたしたち全員の度肝を抜いた〕彼の登場と残酷な殺害場面を語った。「エバンは……」ケイトは助けを求めてザックを見た。

「クラークは四五口径のオートマチックを腕に装着してた」

「ザックとわたしはどうにか逃げだした」ケイトは続けた。「でもエバンは追ってきた。わたしたちをあざけったり、散発的に発砲したりしながら。あと少しのところまで迫ってい

た」ケイトはひと息入れて、言った。「彼には亀裂が見えてなかったの」

相変わらずザックに拳銃を向けたまま、モリスは軽く前のめりになって、亀裂をのぞき込んだ。「落ちたのか？」

「そうよ」ケイトが答えた。

「押されたわけじゃないぞ、それがおまえの訊きたいことなら答えるが」ザックが言った。

「落ち着けって、ブリジャー。おまえたちふたりはどうやって越えた？」

「跳んだのよ」ケイトは言った。

モリスが鼻を鳴らした。「そんな話を信じろと？」

ザックがそれと気づくより先に、ケイトが何歩か後ろに下がり、にわかに走りだして地面を蹴った。あぶなげなく着地したが、ザックの心臓は破裂寸前だった。向こうには彼女を抱き留める自分がいなかった。モリスの両手は塞がっていた。もし彼女がよろめいても、驚愕するモリスにはつかめなかっただろうし、そもそものろまなモリスには、そのつもりがあっても無理だっただろう。なんというむちゃを！

「わたしが言ったことはすべて事実よ」ケイトが保安官助手に話している。「わたしたちふたりともエバン・クラークに殺されかけたの」

「おれがそっちに跳んだら撃つか？」ザックは尋ね、モリスの許可を待たずに亀裂を跳び越した。モリスの怒声を無視して言った。「拳銃をしまえよ。ケイトとおれはおまえに脅威を与えてない」

「いや、おれの仕事に与えた。おまえのせいで無給の停職処分になったんだぞ」

「保安官が決めたんだ、おれじゃない」

「でも、おまえが――」

「いいから、自分の仕事をしろよ。そしたら保安官も停職処分を続ける口実がなくなる。うちで死体を発見したことはもう連絡したのか？」

モリスはぷりぷりしながらも、拳銃をジャケットの内側にしまった。「ああ。戻ったらもう捜査員が来てるはずだ。だが、保安官に連絡して、クラークの救助隊を派遣してもらわないとな。ヘリコプターは論外にしろ」モリスは霧のかかった空を見あげた。「携帯の電波は弱いが、つながるかもしれない」

携帯電話は通じ、モリスはすぐに保安官と話しだした。会話を寸断されながら、「聞こえますか？」と、何度となく尋ねていた。

ケイトはザックの肘に手をかけて自分のほうを向かせ、小声で言った。「フォース・アンド・ショート。あなたが言っていた意味がいまわかった。エバンをだまして、彼のオフサイドを狙ったのね」

「ファーストダウンまで残り数センチのときはそれを試す。この作戦はうまくいかないことのほうが多い。今回はまんまとはまってくれたが」

ケイトは彼の胸に手を置いた。「わたしの命を救ってくれてありがとう」

「おれの人生に入ってきてくれて感謝してる」

それ以上の言葉は口にされなかった。モリスが合流したからだ。「電波状況は悪かったが、大事な部分はやりとりできた。保安官は救助隊を組織してる。彼らじゃクラークが生きていないともかぎらないんで、急いでこちらに派遣したがってるが、クラークの居場所がわからない。おれがここまで救助隊を案内したら、仕事に復帰させてくれるそうだ」

「だったら、時間をむだにするな。ついてこい」ザックはモリスから懐中電灯を預かり、地面を照らしながら、ケイトの手を握ってトレイルをのぼりはじめた。最後尾がモリスだった。

ザックは肩越しに声をかけた。「ところで、モリス、今夜はここでなにをしてた？」

「おっと、まずい、忘れてた。あんたに大切な伝言があったんだ」

三人は危険な箇所を避けつつ大急ぎでトレイルをのぼった。ドクター・ギルブレスからレベッカの容態について新しい情報があるだろうと思いながらも、ザックは電波がよく入る場所まで待つことにした。会話が途切れるのがいやだから、とケイトには説明した。

ザックはその後、トレイル上の障害物をケイトとモリスに警告するとき以外、ほとんど口を開かなかった。懐中電灯がある程度の助けにはなったとはいえ、山頂の平らなところにたどり着いたとき、ケイトの全身の筋肉はゼリーのよう、肺は火がついたようになっていた。

ザックの家の前に停まっている車両のなかで、鮮やかな明かりをともしていないのはケイトのSUVだけだった。霧のせいで明かりの周囲には光輪が浮かび、すべてが拍動するオーラに包まれて、非現実感が強かった。

反射ベストを身につけた制服姿の救急隊員たちがあたりをうろついて言葉を交わしている。現場保存の立ち入り禁止テープを木から木へと張りめぐらせている者もいる。

ザックは保安官助手のひとりから携帯電話を借りると、木の切り株まで行って腰かけた。ケイトが彼の平和な生活に乱入した朝、彼のコーヒーマグが置いてあった切り株だ。

三人の到着を聞かされたミーカー保安官は、歩道の両脇に立つ石柱のところまで小走りでやってきてケイトとモリスに合流し、ケイトに自己紹介をした。ケイトは保安官についてきた保安官助手が差しだしてくれた水のボトルをありがたく受け取った。別の保安官助手が緊急用の保温ブランケットを肩にかけてくれる。ケイトはそれを胸でかきあわせた。

装備を調えた救助隊が待機していた。モリスはボトルの水をいきおいよく飲みほすと、もう一本を手に、隊員たちを率いてふたたびトレイルを下りだした。それを見てケイトはモリスを気の毒に思った。自分ならまたあの道を歩くなんて冗談ではない。しかも、仮にエバンが生きているとしても、亀裂では困難な任務が待ち受けているのだ。

「こちらへ、ミズ・レノン」保安官は救命士がドアを開けて待っている救急車を指さした。

「だいじょうぶです」保安官が膝を指さした。スラックスの生地が裂け、血がまだ乾いていなかった。

「転んで膝をすりむいたんです。なんともありません」

「診てもらいましょう」

保安官が引きさがりそうになかったので、彼の指示どおり救急車まで歩いていったが、なかに乗るのだけは断固として拒否し、開いた後部に腰かけた。

ザックを視界に入れておきたくて、保安官の向こうに視線をやった。ザックはいまだ電話中だった。鼻梁をつまんで話に集中している。保安官がケイトの視線をたどって背後を見たので、ケイトは言った。「緊急の電話だったんです」

「モリスから聞きましたよ」

救命士が膝に消毒薬を塗った。染みる。「酸素は必要ですか？」若い女性が尋ねた。

「いいえ、あと少ししたら呼吸も落ち着くと思います」

血圧が測られた。疲労以外とくに問題がないことがわかると、若い女性は納得して離れ、ケイトを保安官とふたりきりにした。「あなたのことはさんざん聞かされてますよ、ミズ・レノン」彼は言った。「いい評判ばかりだ。こんな状況で出会うことになって残念です」

ザックに心を奪われていたケイトは、上の空でうなずいた。ザックがこちらに歩いてくる。彼はケイトを見ると、重苦しい表情で首を振った。「感染症が悪化してて、ダグは抗生剤を続行したがってる。いま様子見だが、投与量を増やしたほうがいいかもしれない。ドクター・ギルブレスはおれの許可を必要としてた」

ケイトは彼の手を握った。「彼女にはなんと言ったの?」

「おれが向こうに行くまで安定した状態を保つよう頼んだ。明日の朝いちばんで飛ぶよ」

保安官が言った。「そういうことなら、なるべく早くここから解放しないとな。あんたの言い分はモリスからだいたい聞いてる。鑑識はまだなかで作業中だが、あんたたちふたりから個別に話を聞くことになる」保安官は握りあうふたつの手を見おろした。「あなたなら手続きの重要性をわかってくださるものと期待してますよ、ミズ・レノン」

「もちろんです」

「被害者については、ふたりの運転免許証から身元が確認できた。セオドア・シンプソンとカルビン・パーソンズ。二二口径は誰のだね?」

「パーソンズが持ってきた」ザックは言った。

「どちらかのものだろうと思った。ふたりがあんたたちに敵対心を抱いたわけをわたしなりに考えてみた」保安官はケイトに言った。「だがモリスに聞いたら、ふたりはここに告白するために来たらしいな」

「偽証したことをです。エバン・クラークの裁判でうそをついたんです。そのあと、心境の変化があって」

「クラークはふたりが証言を撤回できないように殺したわけだ」

小声でイエスと答えたケイトは自分の肘を抱えて、家を見た。「ふたりはまだなかに?」

「監察医がひとりを検視してる」保安官は言った。「もうひとりは大急ぎで山からおろした。まだ助かるかどうかわからないが。どちらに転んでもおかしくない」

アトランタからの長い道中、ビングもメリンダもあまり話さなかった。ビングは運転に集中しなければならず、その間彼女のほうは助手席で体をこわばらせて、目的地に早く着けと念を送るかのようにフロントガラスを一心不乱に凝視していた。

ビングは目的地に早く着きたいと思う反面、そこでなにが待ち受けているかわからないことへの不安を覚えていた。向こうで目にするかもしれない光景を思うと手のひらがじわっと汗ばみ、胃がむかむかしてくる。最悪の場面を想像するなと、くり返し自分に言い聞かせた。それでも、浮かんでくるのはその光景だった。

町外れまで来たとき、携帯電話が鳴った。カップホルダーに入れて充電器につないでいた携帯電話を手に取った。画面に表示されている知らない番号を見て、ぶつくさ言った。「こんな遅い時間に営業か？」

「出たほうがいいわ」メリンダが言った。

不満げに咳払いしつつ、電話に出た。「誰だ？」

「おれだ」

「ザック！」ビングがメリンダのほうをさっと見ると、彼女は唇を嚙み、期待に顔を輝かせてこちらを見ていた。「誰の電話だ？」ビングは尋ねた。

「まだメリンダといっしょか？」

「ああ、彼女はいまおれの隣にいる」

「彼女をここまで連れてきてくれ。いますぐ出発しろ。荷物なんかどうでもいいから、すぐに出るんだ」

「すでに出て、近くまで来てる」

「なんだって？」

「おまえたちに連絡がつかなかったからな。シッド・クラークが彼女の家に来て――」

「シッド・クラークが？」

「長い話だ。そっちに着いたら話してやる」

「うちには来られない。道路が封鎖されてる」

「誰がそんなことを？」

「メリンダを郡立病院まで運んでくれ。まだ命はあるが、カルが撃たれた」

39

霧が晴れ、わずかな残滓が森のなかを移動する亡霊のように揺れていた。天候がよくなったおかげで、エバン・クラークの回収作業は容易になり、亀裂から引きあげられた死体は、ヘリコプターで山から運びだされた。

ザックとケイトは保安官事務所の殺人課の刑事たちから別個に事情聴取を受けた。ふたりの証言は細部にいたるまで一致したが、立ち去ってもよいという許可が出るまでには喉が痛くなるほど話さなければならなかった。

空が白みはじめたころ、ケイトのSUVで山道を下って郡立病院に向かった。カル・パーソンズが死なずに踏ん張って数時間がたっていた。

ミーカー保安官がザックに提供してくれたプリペイド式携帯電話のおかげで、朝早い時間からビングと定期的に連絡を取りあうことができた。短い会話ながら、お互いに最新情報を共有することができ、カルが腹部の大手術を無事に切り抜けたというのがいまのところの最新だった。

いまザックとケイトが手術室のある階でエレベーターを降りると、ビングとメリンダがこぢんまりとした待機エリアで横ならびに座っていた。どちらも疲労と苦悶でげっそりしている。ビングは彼女の手を握りながら背中をさすっていたが、ザックとケイトを見ると、立ちあがった。

ケイトは彼に代わってメリンダの隣に腰かけ、穏やかな口調で話しかけた。

ザックはビングに尋ねた。「なにか進展は？」

「まだ回復室にいる。外科医によると、内臓をかなり縫わなきゃならなかったそうだ」

「どうやって出血死をまぬがれた？」

「ふたつのうちどちらかだとさ。奇跡か、神のしわざか」

「どちらも同じことだ」

ビングは肩をすくめた。「質問されたから答えたまでだ」

「やつが生き残る可能性は？」

ビングは手をひらひらさせた。「担当の外科医はアフガニスタンで二度軍務についてた。もっと軽傷で死ぬやつもいたし、もっと重傷で生き延びたやつもいたそうだ」

ザックがメリンダのいるほうに顔を向けると、彼女はケイトの肩を借りて小さく泣いていた。「彼女のようすは？」

「かわいそうに、へとへとになってるんだが、それでも恐ろしく強情でな。モーテルの部屋を取るというのに絶対にうんと言わない。休息も食事も拒否、亭主に会えるまではここを離れないと言ってる。彼女の両親がいまこちらに向かってる。両親の言うことなら、彼女も聞くかもしれない」ビングはいったん口をつぐみ、ザックの全身を見た。「最後に食事をしたり、鏡を見たりしたのはいつだ？」

ザックとケイトは山での追走劇から戻ってきたあともずっと同じ服を着ていた。彼女のスラックスの裂け目からは、包帯を巻いた膝がのぞいている。どちらのブーツも泥にまみれ、衣類に包まれていない部分には擦り傷やひっかき傷ができていた。

「保安官の用事がすむと、その足でこちらに来た」ザックは言った。「泥を落とす時間も惜しかった。それに、プライバシーもなかったしな。家のなかは捜査関係者でいっぱいだった。バッグはまだ詰めたままだったんで、それを持ってきた」

ザックはケイトとメリンダを見た。そのうちにビングがさっき言っていたことを思いだした。「シッド・クラークがカルとメリンダの家に来たと言ったか？」

「どこからともなく忽然と。エバンを探してな。できそこないの息子にだまされたことを認めて、なにかを企んでるんじゃないかと悪い予感にさいなまれてた」

「予感的中だな」ザックは額をこすった。「エバンは容赦なくふたりを撃ったんだ、ビング。ケイトとおれの目の前で。どうにか逃げてなかったら、おれたちも殺されてただろう」

ビングはザックの肩に手を置いて、ぎゅっと握った。みっともなく感情的になったりはしなかったが、ザックがケガなく無事でいることにほっとした証拠に、目が潤んでいた。ビングはぶっきらぼうに言った。「おれがそばにいてやらないと、たちまちこれだ」

「いまいてくれて、感謝してるよ」

「ここ以外のどこに行ける？」

ザックは彼を引きよせて男同士のハグを交わすと、メリンダとそれに付き添うケイトのもとへ行った。しゃがんでふたりと目の位置をあわせた。ケイトの慰めによってメリンダは落ち着きを取り戻していたが、いつ倒れてもおかしくない状態のようだった。

ザックは言った。「いいか、いまのままだときみが病気になる。そんなことになったら、きみの亭主がどんなに腹を立てるか。ケイトがこの町でいいB&Bを知ってる。そこへ連れていかせてくれないか。部屋を取って、食事を――」

「ありがたいけど、いや」言い終わる前に彼女が断った。

ザックは説得を続けた。「きみのご両親が来られるまで、ケイトがついてる。おれはニューオーリンズに向かわないといけない――」

「ニューオーリンズ？」ビングだった。「なにしに？」

ザックは彼を無視した。「メリンダ、休まなきゃだめだ」

彼女はにべもなく首を振った。「少なくともカルに会えるまではここを動かない。彼と話せなくてもいいから」

「いつになったら会えるんだ？」ザックが尋ねた。

「知らせてくれることになってるんだが」ビングは渋い顔で廊下の向こうにあるナースステーションのほうを見た。

ザックはケイト、そしてメリンダを見ると、黙って立ちあがって廊下を遠ざかった。何分かすると看護師をひとり連れて戻り、その看護師がメリンダに言った。「わたしがミスター・パーソンズのところへご案内します。でも、それには無菌ガウンとマスクをつけてもらいますよ」

「喜んで」メリンダは涙ぐみながらザックとケイトにお礼を言い、ビングにとびきり親密なハグをすると、看護師とともにそそくさと廊下を歩いていった。

三人がその姿を見送っていると、背後にあるエレベーターのドアが開いた。三人がふり返ると同時にシッド・クラークが降りてきた。

いつも写真で目にしている、自信と尊大さが滲みでているような堂々とした立ち姿とは、印象がちがう。近づいてくるその姿は、打ちのめされて、誇り高さと傲慢さを奪い取られたかのようだった。

彼は一瞬ビングと目をあわせたが、ビングのしかめ面には目を留めず、ザックとケイトに話しかけた。「シッド・クラークだ」

どちらも黙っていたが、ザックはうなずきを返した。

「病院の地下に死体安置所がある。ここまで息子の亡骸《なきがら》に付き添ってきた」憎しみを感じさせない静かな声だった。「テオの遺体が先に運び込まれて、わたしが彼の身元を特定した。カルの状態をスタッフに訊いたら、手術中だと言われてね。それで……」困ったように片方の手を挙げた。「それで訪ねてきた」

長く重苦しい沈黙が続いた。ザックは言った。「カルはいまのところ持ちこたえてるが、まだ危機は脱してない。どちらに転んでもおかしくない状態だ」

苦悶の表情でシッドがゆっくりうなずいた。「彼の奥さんは？」

「いま彼のところにいる」

シッドの視線はケイトに向かった。「キャサリン・レノンですか？」

「ええ」

シッドはケイトの全身に目を走らせ、スラックスの膝の破れや包帯や衣服の乱れに気づいた。「だいじょうぶですか？」

「そのうち治ります」

「そうですか。それならよかった」声が不明瞭になった。つぎに言うべきことが思い浮かばないようだ。シッドは大きく息をついた。「わたしはエバンを腐るほど甘やかした。しかも残酷な性質や、暴力的な傾向があるのを認めようとしなかった。したがって、わたしには息子が引き起こした破壊的な行為の責任があると考える。とりわけ、あなたの元妻がこうむった言葉にならない悲劇についてはそうだ、ミスター・ブリジャー。あなたもまたその件でたいへんな苦痛を味わわれた。謝るだけでは足りない。わたしがあなたの立場なら、そう言って責めるだろう。それでも、わたしは申し訳なく思っている。なにかわたしにできることがあれば――」

「じつはあるんだ」ザックは言って、その場にいた全員を、なかでもシッド・クラーク本人をもっとも驚かせた。

彼は希望に満ちた目でザックを見た。「言ってくれ」

「ジェット機を持ってるだろう？　レベッカ・プラットが危篤で、おれは彼女に責任がある。ニューオーリンズに飛ばなきゃならない」

「いつだね？」

「いますぐ」

シッド・クラークはいっときの躊躇もなくエレベーターの下向きボタンを押した。「何カ所か連絡を入れる。十分後にエントランスロビーで」

シッドがいなくなると、ビングはザックに向きあった。「なんであんなやつに借りを作った？」

「あいつに借りを作ったんじゃない、あいつの借りを返させてやったんだ、ビング」

のちにふり返ったとき、ザックはノースカロライナの郡立病院を出てニューオーリンズに到着するまでの数時間に関して、断片的な記憶しか残っていなかった。

ビングが適当なことを言ってその場を離れたので、ザックとケイトはふたりきりで別れを惜しむことができた。短いながらも心に染みる時間だった。「この騒動のなかにきみひとりを残して、おれは行かなきゃならない。おれの山、おれの地所、おれの家で起きたことなのに」ザックは彼女に言った。「マスコミのジャッカルどもを蹴散らすこともできない」

「マスコミなんか怖くないわ」

「きみに勇気があるのはわかってるよ」彼女の顎の下をくすぐった。「亀裂を跳び越えたんだもんな。いきなり跳んだときは、心臓発作を起こしそうになった」

「深くないなんて、うそをついたのね」

「きみに跳んでもらうにはそれしかなかった」

ふたりは笑みを交わしたが、せわしい別れの原因ゆえに苦さを伴っていた。ケイトは言った。「エバンという要素が消えたから、レベッカのことを決断するのにもう圧力はかからないわね」

「法的な圧力はないが、ケイト、ほかの圧力がある」

「どうするか決めているの?」

「いや、まったく。向こうについたら、はっきりするのを願ってる」名残惜しげな長いキスのあと、ザックは彼女をビングの庇護《ひご》にゆだねた。

ザックはてっきり車でアトランタまで送られるものと思っていたが、隣の郡にシッドのジェット機が離着陸できる滑走路を備えた民間飛行場があったので、そこまでの移動ですんだ。

アトランタからジェット機が到着するのを待つわずか三十分のあいだに、ザックは飛行場のシャワー室を使って汚れを洗い流し、ケイトの車から回収してきたダッフルバッグに入っていた清潔な衣類に着替えた。

シャワー室から出たときには、ジェット機はすでに到着して滑走路で待っていた。シッドが飛行機までついてきた。「感謝する」ザックは言った。

いまだ慎ましやかな態度のシッドは言った。「わたしにできるせめてものことだ。帰りも送らせてもらう」

「その必要はない。いつになるかわからないんだ」

「数時間前に教えてもらえば間にあわせる」

シッドの親切な申し出は彼なりの償いだとわかったので、ザックはそのまま感謝して受け入れた。ザックは彼と握手をして、搭乗した。

フライトアテンダントが温かい朝食を出してくれたので、がつがつと平らげたあと、シートを倒して眠った。目を覚ましたのは、アテンダントから肩を軽く叩かれたときだった。着陸するのでシートベルトを締めてくださいと丁寧に頼まれた。ジェット機を降りるとシッド・クラークが手配した運転手つきの車が待っていて、そこから特別看護施設まで直行した。

それがここ、いまいる場所だ。

ザックは歩道に立ち、施設を正面から見ていた。レベッカから課せられた義務だと自分に言い聞かせながら、待ちかまえている混乱に備えて自分を鼓舞した。

今朝、目を覚ました世の中の人たちは、エバン・クラークの死亡とその死を取り巻く異様な状況を報じるニュースを目にする。これから数時間のうちにザックがどういう行動をとるにせよ、それには全国的に関心が寄せられるだろう。魂を焼きつくすような葛藤を伴うきわめて私的な決断が、またもや国民的な論議を呼ぶことになるのだ。

渦中に入る以外にそれをくぐり抜ける方法はなかった。

ドクター・ギルブレスはオフィスでザックを待っていた。前夜の騒動は余さず耳にしており、ザックがデスクをはさんで向かいに座ると、彼女は言った。「あなたとミズ・レノンが無事で、本当によかった。レベッカの問題が起きるには、最悪のタイミングでしたね」

「そうだろうか、ドクター・ギルブレス。考えようによっては、クラークの死によってすべてが一巡して元の位置に戻ったようにも思う。不気味な均衡というか、カルマというか、宇宙の交差点というか。なにかそんなものだ」

彼女は納得の表情でうなずいてから、レベッカの病状を説明しだした。医学用語ではなく、素人に通じる言葉で。事実にもとづいて話を進め、私見を述べることも、考えを変えさせようとすることも、助言を与えることもなかった。

彼女の話が終わると、ザックは言った。「あなたが言いたいのは、こういうことだな。今回の感染症は切り抜けられるかもしれないが、感染症そのものと薬の影響で彼女の体の機能の一部もしくは全体が弱るかもしれず、そうなるとさらなる合併症を起こす可能性がある」

「そうです」

「そして彼女がこれ以上よくなることはなく、むしろ悪化の一途をたどる可能性がある」医師が答えに窮していたので、ザックは言った。「いや、いいんだ。あなたは神じゃないんだから」顔を伏せて、彼女にというより自分に語りかけた。「今回の感染症を乗り越えたら、またつぎがあって、おれにはまた決断が求められる。それがつぎつぎと続く」

「レベッカが亡くなるまで」医師は小声で言った。

「あるいはダグが後見人になるまで」

「彼はいまだそれには乗り気でありません」

「おれを罰し足りないからだ」

ドクター・ギルブレスはなにも言わなかったが、思いやり深い目つきでザックを見ると、立ちあがった。「どうぞおひとりで選択肢を検討してください」

ザックは座ったまま、視点を定めることなく、心のおもむくままに考えをめぐらせた。徐々に具体的な点へと考えを突きつめていく。漠然と脇にそれたりしながら、ありとあらゆる行動とその波及効果を検討した。なにもしないという選択肢とそのわびしい先行きを思案した。

そのうちに考えたことのすべてが結晶化して、確たる決心にいたった。これ以上は一日といえどもこの義務を足かせにはしない。

自分でも、結論だけ見るとひどく身勝手に思えた。だがこの胸が痛くなるような足踏み車にいつまでも身をゆだねているのはまちがっている。自分にしても、レベッカの父親にしても。

ザックは立ちあがってドアを開けた。ドクター・ギルブレスはオフィスのすぐ外にいた。腕組みをして廊下の壁にもたれかかり、辛抱強く待っていた。

ザックは言った。「彼はここに?」

「チャペルにおられます」

ザックがドアを押し開けると、室内には淡い明かりがともっていた。中央に通路があって、その両脇にクッションつきの会衆席が六列ずつならんでいる。正面には小さな祭壇があるが、特定の宗派のものではなかった。その上にはステンドグラスに模した窓があり、祈りの場所にふさわしい敬虔《けいけん》な雰囲気を醸しだしている。

防音処置も施されているにちがいなく、完璧な静謐《せいひつ》に包まれ、ダグ・プラットのほかには誰もいなかった。彼は頭を垂れて、後ろの列に座っていた。カーペットに吸収されてザックの足音は聞こえなかったが、会衆席の端まで来ると、ダグが顔をあげてザックを見た。「やっと来たか」

「大急ぎで駆けつけた」ザックはダグの前の列に腰をおろし、顔を見て話ができるように横向きになった。

「きのうの夜、山であったことは聞いてる。エバン・クラークは死んだのか？」

「ああ」

「ほかふたりのうちの片方も？」

「セオドア・シンプソンだ。カル・パーソンズはなんとか持ちこたえてる」

ダグがなにか言うかと思って待ったが、なにも言わなかった。

ザックはふたたび話しだした。「ふたりはエバンから撃たれる前、ケイトとおれにパーテイの夜のことを赤裸々に語った。事件へのかかわりを認めたんだ」ダグの娘が意識を失うにいたったときのことには触れなかった。

「ふたりとも窒息行為には加わっていなかったが、エバンを止められず、気づいたときにはもう手遅れだった。セーフワードを言ったかについては偽証をしていたと認めた。ふたりとも心の底から後悔してたと思う」

「やつらの後悔など、レベッカにはなんの足しにもならん」

「ふたりもさまざまな言い方でそれを認めてた。謝罪によるあがないには限界がある。カル・パーソンズがもし生きながらえれば、生きているかぎりレベッカの悲劇を悔やみつづけるだろう。それは確かだ」

　ダグは顔を伏せ、小声で言った。「当然の報いだ」

　どちらも難所にたどり着いたことに気づいて、重い沈黙にはまり込んだ。だが、ザックはこれ以上先送りにするのをよしとしなかった。

「レベッカの容態はよくない。彼女がよくなることはないんだ、ダグ。あんたもそれをドクター・ギルブレスから聞いてるのは知ってるよ。おれはもう、いたずらに彼女の寿命を延ばして、彼女が弱っていくのをただ見ているわけにはいかない」

　ダグが顔を上げて、まっすぐザックを見た。

「あんたにはふたつの選択肢がある」ザックは言った。「ひとつめは、あんたが正式にレベッカの後見人となって、双方とも快く思っていない不当な義務からおれを解放することだ」

「おまえを自由にしろと」

「そうだ」

「だめだ」

ザックが予期していた反応だった。それでも実際に聞くと気分が悪かった。自分でカードを切るしかないからだ。「だったら、レベッカから与えられた権限を行使して、おれの心と魂が彼女の望みと信じるところを実行に移し、生命維持の処置の停止を求める」

少なくとも三十秒、ダグはザックを凝視していた。ザックは引かず、目もそらさず、黙ってダグの目を見返した。

たっぷり三十秒たったところで、ダグが立ちあがって会衆席の端まで歩いた。ドアに向かうと思いきや、ダグはザックに近づき、カーキ色のズボンの後ろポケットに手を伸ばした。取りだしたのはたたまれた書類だった。「おまえにその権限はない」ダグはそっと書類を開いた。何度も開いたり閉じたりをくり返してきたらしく、折り山の部分がすり切れて変色していた。ダグはザックの顔前に書類を掲げた。「権限はわたしにある。一貫して」

40

ザックは立ちあがってダグの手から書類を奪い、詰問した。「これはなんだ?」

「レベッカの最終的な医療行為事前指示書だ。おまえを代理人から外して、わたしが指名されてる」

紙に印刷された文字がよれたりのたくったりして見えたせいで、ザックにはそれがまとまりとしてとらえられず、言葉としての意味を読み取ることができなかった。けれど、ようやく断片がつながった。

以下の場合……

……不可逆的と判断される状態……

……わたしはすべての治療を継続しない、あるいは控えることを要求……

……できるかぎり穏やかにわたしを死にいたらしめること……

……生命維持の処置は行わない……

……チューブ他、器具による栄養補給は行わない……

ふたりの離婚が決着してから数カ月後の日付になっていた。いきおいのあるレベッカの署名があった。さらにザックが名前を聞いたことのない人物ふたりが証人として署名していた。ザックは憤りの目でダグを見て、彼の顔の前で書類を振った。理解できない。「なぜだ？」

「娘の選択がわたしの信念に反していたからだ」

「おまえの信念だと？　信念！　おれの人生はどうなんだ」ザックはどなった。「レベッカの人生はどうなんだ。このクソ野郎！　おまえは彼女の求めにあからさまに反した。いったい何度おれに向かってどなった？　レベッカの意思を持ちだして？　そのあいだ、ずっとだと……？　おまえのせいで、おれがどんな地獄を見たと思ってるんだ！」

強い怒りのせいで、こめかみの血管が熱く脈打っているのがわかる。ザックは両手を挙げた。片方に指示書を持っていたので、ダグの首を締めあげたいという衝動はかろうじて抑えつけられていた。

「身近に聖書があれば清くなれると思ってるのか？　高潔になれると？　それで、他人の人生をもてあそぶ許可がもらえるとでも？　おまえは人を許すということを知らない、うそつきにして悪意に満ちた偽善者だ」

指示書を見おろして、それに手の甲を叩きつけた。「このふたりの証人は誰だ？　実在するのか？　いるんなら、どこにいる？　なぜ出てきておまえのうそを暴かない？　だいたい法的な手続きを経てるのか？」

沈黙を守るダグを前に怒りをたぎらせている時間が、ひどく長く感じた。口を開いたダグは、歯嚙みしたくなるほど淡々としていた。「おまえと離婚したあと、レベッカはあちこちせわしなく動いてまわり、どこか一箇所に留まることがなかった。それでうちの住所を自分の住所として使うようになった。役所からの通知や重要な郵便物を受け取りそこねないようにだ。

そしておまえの弁護士から、おまえが遺言書と指示書を書き換えたという知らせが届いた。わたしは娘にも同じようにしたほうがいいと助言した。娘はマルディグラで帰ってくる予定があるから、そのときやると言った。

わたしはインターネットで見つけたルイジアナ州の書類を出力した。とくに凝ったところのない標準的なものだったが、公的な拘束力はあった。簡単に終わると思っていた。ところが、いざとなったら、生命維持にかかわる項目でレベッカが態度を急変させた。おまえが元の書類を作成したときは、おまえをいらつかせるためにあえて逆らったと言っていた」

「その部分は信じる」いまだかっかしながら、ザックは言った。「証人の件は?」

「わたしと同じ教会の信徒だ」

「信念を同じくする?」

「そうだ」ダグは胸を張った。「人の生死を左右するのは神だけだと信じている者たちだ」

「それはちがう」ザックは言い返した。「だとしたら、昨夜、エバン・クラークがテオ・シンプソンを冷酷に殺害したとき、エバンは神の意志を実行したことになるぞ」

「悪魔のしわざもある」

「そうだろうとも。その結果がこれだ」ザックはふたたび指示書を掲げた。「こんなものを隠しおおせると思ったのか？」

　このままでは答えないかもしれないと思うほど、ダグは口を固く結んでだんまりを決め込んでいた。だが、ついに口を開いた。「証人には秘密にすると誓わせた。この件については信念を共有しているゆえ、ふたりはこの書類の存在を明かさないと誓った」

「レベッカが脳の機能をすべて失ったあとも」

「そうなったあとはとくにだ」

　いつしかザックの怒りは弱まり、失望へと姿を変えていた。どうしてこれほど確固とした信仰心を持ち、敬虔さを誇る男が、かくもひどいごまかしに手を染められるのか。「これを正式には提出しなかったのか？」

「ああ。レベッカの新しい遺言書と仕事関係の委任状だけを提出した」

「彼女は確認しなかったのか？」

「しなかった。プロのテニス選手といっしょにイングランドに行っていたんだ」

「覚えてる。熱烈な恋愛で、世間の注目を集めた」

「ウィンブルドン選手権のあいだだけだったが」

　悲しみを含んだダグの声を聞いて、ザックは一瞬気の毒に思ったものの、同情の余地のない男だ、と自分に言い聞かせた。「この新しい指示書にメアリーはどうかかわってる？」

「妻はなにも知らなかった。アトランタの病院におまえが現れたとき、妻はまだ古い指示書が有効だと思い込んでいた。おまえが医師団の勧めに従って、やつらがくどくどと申し立てていた代理判断を実行することを、レベッカの生命維持装置が外されることを恐れていた」

医師団の勧めに従わなかった理由がザックの頭に浮かんだ。レベッカが人知れず妊娠していたことだ。メアリーとダグがそれを知ったら、ふたりの狂乱はさらにひどくなっていただろう。ザックは静かに尋ねた。「もしおれが代理判断を行うと決めていたら、ダグ、そのときはこれを出したか？」もう一度、書類を手で叩いた。

「いいや。メアリーとわたしは娘をそのまま死なせるしかなかっただろう」

「そうだ、死なせるしかなかった。そして、その責めはおれに負わされた。レベッカがこの新しい指示書でしろと命じていたとおりのことをしてだ」

ダグは両肩を持ちあげて、落ちるに任せた。

苦い笑いがザックの口から漏れた。「おれはさっそうと現れて、不実な元妻を殺す機会を歓迎するいやな男にされるところだった」

ダグはなにも言わず、たるんだまぶたの下からザックを見た。

「あんたはおれをマスコミの食人鬼どもに食わせた。なぜだ？　あんたの娘と離婚したおれに対する罰だったのか？」

「いいや、結婚したことのほうだ」

ザックは困惑に首を振った。「そうもおれが嫌いか？　そんなにも？　あんたはおれの人生をずたずたにしたんだぞ、ダグ。おれがそこまでされるほどのなにをした？」

「娘を堕落させた」

「それはおれのせいじゃない」ザックはカッとして言い返した。「レベッカはおれに会った時点でもう荒廃の道を歩いてた。そもそも彼女がなにかと見せびらかして流し釣りをしてなけりゃ、おれとも出会ってない」

「ああ、あの子が奔放な暮らしをしていたのは知っている。娘を救ってくれと、膝にタコができるほどひざまずいて祈ったものだ。期待を捨てていなかった。そんなとき娘の人生におまえが入ってきた。名声もあり、金もあった。映画スターやロックバンドのメンバーと親しく交わり、娘の前にはあらゆる種類の悪徳への道が開けた」

「道が開けたことは否定しないが」ザックは言った。「彼女が勝手に溺れたんだ。おれは一度としていっしょだったことはない」レベッカの物質依存をめぐってぶつかった記憶がどっとよみがえり、ザックは頭をかきむしった。「完全に酔っぱらっておれたちのチームのホームゲームに現れて、ひと騒動起こしたこともあった。対戦相手の奥さん連中に警備員を呼ばれてスタジアムから連れだされたんだぞ。

おれがそんなふるまいをするようにしむけたり、焚《た》きつけたりしたと本気で思ってるのか、ダグ？ ありえない。あんな屈辱的なこと。ドラッグにしろ、酒にしろ、彼女が見せびらかしてた情事にしろ。別れるころには、おれにだけでなく本人にも手に負えなくなってた」

ダグは後ずさって通路を横切り、会衆席の端の肘掛けに腰をおろした。全身から力が抜けて、がっくりとうなだれている。「メアリーはおまえに責任をなすりつけるのはまちがってると言っていた。妻と意見が割れることは少なかったが、その件では対立した。おまえを責めるのはちがう、とあれは言っていた。だが、わたしには責める相手が必要だった。わたし以外の誰かが」

ダグは顔をそむけて祭壇のほうを見たが、ザックには彼がステンドグラスふうの窓を見ているのではなく、遠い過去の日々をよみがえらせているような気がしてならなかった。

「レベッカという名前は聖書からとった。よちよち歩きのころから、わたしは娘に宗教的な教えを根づかせようとした。だが、うまくいかなかった。娘は反発した。ばかにした。わたしが説き伏せようとすればするほど、反抗的になった。あらゆる罰を拒否し、手に負えなくなった。ハイスクールに通うころには、わたしたちに恥をかかせることが娘の趣味のようになっていた。

最初の学期で短期大学を退学になると、わたしたちは大喧嘩になった。あれが転機だった。娘はわたしたちに向かって、あんたたちにはもううんざり、退屈でわびしい生活にも、と言った。〝自分のしたいようにするし、あんたたちには止められないから〟と。娘が鼻息荒く荷物をまとめて出ていったあと、メアリーは何日も泣きつづけた」

ダグは話を中断して、感情の高ぶりを隠すように口にこぶしをあてて咳をした。「生まれたときからあの子を愛してきた。いまだってそうだ。だが、わたしは……よくわからないんだ。あの子に愛していると言ったことがあったかどうか。それを口にしていたかどうか」ダグは袖で涙をぬぐった。

「どれだけ過去をふり返って、自問したかわからない。もしわたしがあそこまで厳しく信仰を説かなかったらどうなっていただろう？　もう少しだけわたしに融通が利いていたら、あの子はアトランタのあのパーティに新しいスリルを探しに行かなかったかもしれないと。そして……そして、窒息させられることもなかったかもしれないと」

ザックはしばらく待ったあと、通路を横切って指示書をダグに渡した。「これについて口外しないと約束はできないぞ、ダグ」

ダグは書類を受け取ると、腿の上で皺を伸ばした。これまでも秘匿していることに対する罪悪感が高まったとき、何度となくこんなふうにしてきたにちがいない。「わたしからドクター・ギルブレスに手渡す」

「どうなるかわかっているのか？」

「ついにおまえが自由になるということだ、ザック」書類のいちばん下にあるねじれた署名を指先でなぞっている。「そして、レベッカのしたいようにさせるということだ」

エピローグ

「あなたに会えないのは寂しかったけど、ダグといてあげてくれてよかった」ケイトはザックに鼻をすり寄せながら言った。丸くなったケイトを膝に抱えている彼は、暖炉の前に置かれたお気に入りの椅子に座り、暖炉では小さな火が燃えていた。

「レベッカのことに向きあうため、彼は多くの助けを必要としていた。ドクター・ギルブレスは神の遣いだな」

「彼女の同情心は本物でしょうけど、慰めを与えるのは彼女の仕事でもある。その点、あなたが留まったのは親切心からで、それはほんとならダグには受ける資格もないはずのものだった。でも、そういう思いやりがあなたらしいのよね。あなたのことがわかってきたから、そう思うようになったんだけど」

「おれのことがわかってきたのは、いつから？」

「そうね、最初の朝はあなたのこと――」

「最悪の態度」

「そういう人なんだと思ってた」

「それがなぜ変わったんだ？」

「最初のディープキスで」

ザックは笑ってケイトを抱きよせ、最初のキスを再現するため彼女の顔を上げさせた。

ザックがニューオーリンズに滞在していた三週間のあいだに、自宅リビング全体に改装工事が施されていた。建築時に設計と内装を手がけてくれたデザイナーに総点検を依頼すると、デザイナーはザックの家を大災害前の状態に戻すために、進行中のプロジェクトを一時的に投げだして駆けつけてくれた。

堅木の床材は剝がされて新しいものに交換され、ラグもすべて取り替えられた。新しいシャンデリアが取りつけられた。交換されなかったものは、徹底的にクリーニングされた。

それでもザックは、帰宅したとき自分がどう感じるか、不安に思っていた。あの恐ろしい夜のできごとが永遠に消せない痕跡を残すのか？　リビングにいると、そこで起きたことがいつまでも思い出としてよみがえるのだろうか？

しかしきょうの午後、帰ってきてはじめて足を踏み入れると、二階分ある奥の大窓から日射しが燦々《さんさん》と注ぎ込んでいた。ケイトは新しいエンドテーブルに置いたランの花の鉢を手入れしていた。ザックと両親の写真は新しいフレームに入れなおされていた。ビングは、交換した照明の調光スイッチの範囲を最適にしようと奮闘する電気技師とやりあっていた。

この家庭的な光景が悪い思い出を一掃してくれた。ただひとつ感じた気持ちは、強い期待だった。新しい思い出を作りたい。自分の愛するこの家で、自分の愛する女性と。

そうだ、こうして結論に達したのだ。キャサリン・カートライト・レノンを愛しており、彼女がその中心にいない未来など描けないと。彼女との人生をどれほど熱望していて、どんなに早くはじめたがっているかが、いまふたりが交わしているキスには表れている。

キスを終えると、ザックは新しいコーヒーテーブルに足をのせようと、そちらに向かって脚を伸ばした。だが、テーブルは果物を盛ったカゴにほぼ占領されていた。「この巨大なカゴを送ってきたのは誰だ？　なんのために？」

「ミスター・マッキー・パークスよ」

「グリーンリッジの本部長？」

「ご本人が今朝届けてくださったの」

「うそだろ」

「改装中も、早く作業が終えられるようにって、契約してる業者を手伝いによこしてくれたの。彼からの伝言よ。エバン・クラークのせいで受けた被害を気の毒に思っているって。それと、今後は営業部の代理人に悩まされることはないからとも。あなたは山のこちら側以上のものを手に入れた、とも言っていたわ」

「まともな男だな」

「それと、あなたが都合のいいときに、十八ホールおつきあいいただきたいって」

「考えておこう」

「たまに山からおりるのはいいことかもね」ケイトは言った。「地元の人と知り合いになって、お店に出かけ、ビールを何杯か飲んで、くだらない冗談を交わし、ゲップをして、股ぐらを掻《か》いたりなんかして」

「どうして男たちが外で飲んだときどうなるか知ってるんだ？」

「話をそらそうとしてもむだよ」ケイトがザックの頬を指で撫でた。「あなたは長いあいだ隠遁してきた。長すぎたのよ」

「ビングみたいなこと言うんだな。神よ、助けてくれ」

彼がどんなにふざけようと、大切なことを聞かずに流すつもりはなかった。ケイトは伸びあがって、彼の額にかかった髪を押しあげた。「もう、孤立して暮らさなくてもいいのよ、ザック。もう終わったの。そのことを話せる？」

「ああ、きみになら。ほかのやつには無理だが」

「わたしはあなたのことを心の底から信頼してる」

ザックはちらつく炎を見つめた。「ダグが署名をしてから、三日かかった。レベッカは苦しんでなかったが、ダグは苦しんでた。彼にとっては塗炭の苦しみだった。だいたいは病室でレベッカといっしょにいた。おれは彼をひとりにした。

彼女が息を引き取ると、ダグはただぼう然としているようだった。おれが長く向こうにいたのはそのせいだ。彼にはまともに考えることも、すべきことを終えることもできなかった。おれは手を貸すことにした。ザック・ブリジャーがなにかを求めれば、人はまだ応えてくれる。おれはセレブの特権を利用して、できるだけ滞りなくものごとが進むようにした」

「ダグはあなたにひどいことをしたのよ、ザック。あなたはそんな彼に許し以上のものを与えた。どうしたらそんなことができるの？」

ザックは考えてみて、言った。「もしこれがおれの子だったら？　たったひとりの子だったら？」ケイトの目の奥をのぞき込む。「もしきみだったら？　きみを無理やり手放させようとするやつがいたら、そいつを殺すかもしれない」

ケイトの目に涙が滲んだ。「あなたのことを愛させてくれるってこと？」

「そうしてもらえるよう鋭意努力中だ」

ふたりは長いあいだお互いの視線を受け止めていた。口を開いた彼女の声には、まだ震えがあった。「レベッカが妊娠していたことは、彼に言わなかったんでしょう？　流産した赤ちゃんのことは？」

「言ってない。ダグとメアリーの耳には入れずにすんだ」

ケイトはゆっくりとうなずいた。「レベッカのお葬式はどうだった？」

「ニューオーリンズでは異例の葬儀になった。ジャズバンドなし。ドクター・ギルブレスに、おれ、施設のスタッフ数人にダグとメアリーの教会の友人が五、六人参列するだけの、静かでこぢんまりした式だった」

「マスコミは？」

「なしだ」

「あなたの発表が牽制《けんせい》になったのよ」

レベッカが死んだあと、ザックは施設の外に出て、数日前から発表を待つために芝地や道路に集まってきていた記者とカメラマンたちに話しかけた。彼らを避けてコメントを断っている時間が長引くほど、彼らはダグと自分につきまとい、よりしつこくなると考えてのことだ。それを避けたい一念で、まっ向から彼らに対峙《たいじ》した。

ザックは無言で集まった人たちからの質問がやむのを待って発表した。レベッカは穏やかに亡くなり、それに関する質問はいっさい受けつけない、と。

彼の発言は全国ニュースで流された。そう聞かされた、ということだが。というのも本人はそのニュースを観なかったからだ。

「すばらしい声明だったわ、ザック」ケイトは言った。「胸を打たれたし、剣闘士に関するくだりはみごとだった」

「剣闘士？」

「あなたはこう言ったわよね。通信技術とソーシャルメディアによって世界はいいほうに変わったけれど、反面、そうして生まれた公のフィールドでは、有名人にかぎらず、誰もが自分を守らなければならない。プライバシーだったり、品位だったり、ときには命さえも。そこらじゅうに血に飢えた観客がいるからだ」

「剣闘士なんて言ってないぞ」

「でも、そういう意味だわ」

「なにを言ったにしろ、施設の外の烏合《うごう》の衆は減ったし、葬儀も邪魔されずにすんだ」

「死にまつわる状況が状況だっただけに、アプトン・フランクリンの葬儀も質素だった」ケイトが言った。「検事総長が参列したんだけど、シッド・クラークは葬儀のあいだじゅうひとりですすり泣いていたって」

「エバンはどうなった？」

「葬儀は行わず、一族の区画にひっそり埋葬されたそうよ。うわさによると、シッドは会社の運営を重役たちに任せて、期限を決めずに国外にいるつもりみたい。いまの彼は恥辱にまみれ、その転落ぶりはたいへんなものよ。なんだか気の毒」

ダグの悲嘆ぶりが記憶に新しいザックは、ケイトほどの慈悲心を持てなかったが、シッド・クラークはこれから息子がもたらした悲劇と折りあいをつけて生きていかなければならず、そのことを痛ましいとは思う。

「テオは？」ザックは尋ねた。

「やっぱり静かな葬儀だったそうよ。わたしは参列できなかったのだけれど、わたしたちふたりの連名でお悔やみの品を送っておいた」

「ありがとう。それできみは検事総長のお気に入りに戻ったのか？」

「ええ、まあ、そうね」ケイトは複雑な笑みを浮かべた。「ここだけの話だけど、こういう形で決着して総長はほっとしてるみたい」

「エバン・クラークに関してはけりをつけられたからな」

「そうなの。問題解決。表だってややこしい点に触れなくていいし、彼の手も汚れずにすんだ。記者会見のときなんか、むずかしい案件に果敢に挑んだわたしの勇気を公に称えたりして」

「そのどうしようもないやつは、きみが九死に一生を得たことには触れたのか？」

「補足的にちょっと」

「不愉快なやつだな」ザックはぶつくさ言った。

「べつにいいの。つねに政治家としての顔を優先する人だとわかってるから」

さらにぶつくさ言ってから、ザックは続けた。「カルは快方に向かってるのか？」彼は郡立病院を退院して、アトランタに戻っていた。

「完全回復が望めるそうよ。うまくしたら、赤ちゃんが生まれる前にね。ビングはふたりのところに立ち寄ってようすを見るために、アトランタ経由でグリーンビルに戻るって。メリンダとのあいだに強い絆ができたみたい」

「嫉妬すべきか？」

ケイトは笑った。「そんなことないと思うけど。ビングはあなたにぞっこんだもの、ザック。あなたのことを愛してる」

「呪いでもあり、祝福でもあるな」

「わたしのことはだませないわよ。あなたも彼を愛してる。どちらにしても、感謝祭はここでわたしたちと祝うって、きょうここを発つ前に言ってたわ」

ザックは不審げにケイトを見た。「きみは料理はできるのか？」

「そうね、簡単なものなら。でも、感謝祭のディナーが作れるほどの腕はないから、ビングが七面鳥を焼いてくれることになってる」

「恐ろしいことを」

ケイトはまた笑った。「彼には手伝いがいるのよ。母がそれ以外の料理を作ってくれるわ」

ザックは片方の眉を吊りあげた。

ケイトはおずおずと言った。「両親にも声をかけたの。いやじゃないといいんだけど」

「もちろんいいさ。ふたりがフットボール好きならね」

「ご心配なく、ふたりともあなたの大ファンよ。いちおう警告しておくけど、父はスターを前にしたら大騒ぎするでしょうね」

「娘と寝てても か？」

「あの一回だけなんだけど」

彼はうなった。「一度じゃないだろ」

「一時間ぐらいのことよ」

「そう言うが、きみの体を知ったのは三度だ」

「そう三度なのね、あなたが数えていたんなら……あれを」

「ああ、おれはあれを数えてた」彼女の下唇を親指で撫でて、中央を押した。歯のあいだに押し込み、舌に触れる。「あれの前は、きみがコーヒーの泡を舐め取る姿ぐらいセクシーなものはないと思ってた」

ケイトは頬を赤らめると、息を切らす小さな音をたてながら、口から彼の手を遠ざけた。

「またそうやって話をそらす」

「おれじゃないぞ。自然の流れでこうなってる」ザックは手を彼女のトップスのなかに差し入れ、ブラジャーのカップのなかにもぐり込ませた。「いいことさ。きみはここに長くいるつもりみたいだからね」

「ちょっと待って」ケイトは彼の手を乳房から引きはがして、厳格な検事らしい口調になった。「その前にいくつか確認しておきたい問題があるんだけど、ミスター・ブリジャー」

「たとえば？」

「たとえばあなたからの誘いよ」

「きみは誘われてる。ほかには？」

「わたしには仕事がある。得意な仕事よ。その仕事を続けたい」

「続けたらいい。おれにも得意な仕事があって、続けるつもりでいる」

「けれど、あなたも欲しいの。ものすごく」

「それだけ聞かせてもらえればいいんだ、ケイト。大切なのはそこだけだ。実際にどうするかは追々解決すればいい。ひとつずつ。いいかい？」

「いいわ。でも――」

「でもなに？」

「わたしは計画があるほうが好きなの」

「おれにもいくつか計画があるぞ」ザックは周囲を見まわした。「この家は広い。空白を埋めないとな」

「あなたが頼んだデザイナーは、室内を整える以上の仕事をしてくれたみたいね」

「ああ、でもおれが考えてたのは男の子のことなんだ。スパイラルをかけたボールの投げ方を教えたい。小さな女の子についてはよくわからないが、女の子だってボールをトスしてまわるのはべつに悪くないよな？」

ケイトは彼を押して起きあがり、背筋を立てた。「あなたの話は、あいだに五段分ぐらいの飛躍があるんだけど」

ザックは彼女を抱えて立ちあがり、階段に向かった。「じゃあ、飛躍しているうちの一段をいますぐ埋めよう」

ケイトを抱えていても、彼は一段飛ばしで階段をのぼった。寝室に入るとケイトをおろし、両手を彼女の顔に添えた。「横になりたい？」

「どっちでもいい」

ふたつの唇が溶けあった。ザックは彼女を壁に押しつけた。激しいキスを終えると、彼女の服を脱がしはじめ、身につけているものをひとつずつ引っ張った。うまくいかないと悪態をつき、取りはらった衣類は投げ捨てた。最後に膝をついてスラックスを脱がせると、小さくて薄くて頼りない下着の上から口づけをした。その下着もすぐに脱がせた。

そのあとは彼女に唇をつけて吸ったり、舌で気持ちのいい部分を探ったりしているうちに、ケイトが髪をつかんできて、切れぎれの息やうめき声の合間に彼の名前をくり返した。ザックがなおも押しつけたり舐めたりをつづけていると、絶頂感がおさまった彼女が上におおいかぶさってきた。

ザックは立ちあがると、力の抜けた彼女の体を持ちあげ、ベッドに運んで横たえた。ケイトのとろりとした、けれど欲望に満ちた目に見られながら急いで服を脱いだ。「あなたはすてき、愛してる」ケイトが手を差し伸べる。「来て」

ザックは彼女のうえに乗りかかった。彼女を自分のものにしたいという熱に取り憑かれ、つがいたいという原始的な切迫感のまま、やわらかくおおらかな女性の部分を貫くと、ふたりは息を呑んだ。

背番号十二番。骨折と流血を伴う王座決定戦で、最後の瞬間にタッチダウンにつながるパスを出して激戦を制した男は、空にのぼる満月色の髪とブルートパーズ色の瞳を持つこの美しく可憐《かれん》な女性によって彼自身から救われた。

彼女を貫くたびに、熱い感謝の念を込めてその名をささやいた。彼女はあの日ザックの敷地にずかずかと踏み込み、心のなかにまで入ってきた。

彼女の奥深くで達したとき、ザックの魂は砕け散らなかった。

解き放たれて自由になった。

解　説

大矢博子

さあ、今年もサンドラ・ブラウンの季節が来ましたよ！

ロマンスとサスペンスが融合したロマサスのジャンルにおいて、サンドラは特にサスペンスの強さに定評があります。本書もロマンスではなくクライムノヴェルと銘打って出版されてもおかしくないような、手に汗握る展開が用意されています。

しかしサスペンスだけではありません。本書はさまざまな現代病理を抉《えぐ》る骨太なテーマを持ち、家族のあり方を考えさせられ、正義とエゴの折り合いをどうつけるのかというシビアな問いかけをも含んだ、あらゆる方向から読者の「今」に訴えかける力を持った物語なのです。

おっと、もちろんステキなヒーローと、彼に惹《ひ》かれていくヒロインのロマンスが主軸ですのでご心配なく。第一印象は最悪、でもそこから……というド定番のロマンス小説のフォーマットに載せながらも、それだけにとどまらない。まさにサンドラの真骨頂と言っていいでしょう。

アメフトの元スター選手であるザック・ブリジャーのもとに、五年前に離婚した元妻レベッカがパーティ会場から意識不明の状態で救急搬送されたというニュースが飛び込んできます。どうやらあまり希望の持てる容体ではないようで、呼び出しを受けたザックは急いで病院へ向かいました。

別れて五年も経つのに、なぜザックが呼ばれたのか——これが本書の大きな鍵です。それは、彼がレベッカの医療行為事前指示書の代理人になっているから。

患者が意思表示できる状態にない時、終末医療をどうするか。つまり、もう助かる見込みはないけれど生命維持治療（延命治療）を続けるかどうかは、日本では家族に委ねられます。アメリカの場合は（州によって違うのですが、本書のケースでは）、アドバンス・ディレクティブと呼ばれる医療行為事前指示書によって代理人が指名され、その代理人が方針を決定するという仕組みをとっています。家族であっても、指名された代理人でなければ方針を決める権利を持ちません。

普通は離婚した時点で指示書は失効するのですが、なぜかレベッカは代理人をザックのままにしていました。割り切れないものを感じながらもザックはレベッカの両親の思いを汲《く》んで、延命の判断をしました。

それから四年。レベッカは植物状態のままですが事態は大きく動きます。レベッカがそんな体になった原因であるパーティの主催者、エバン・クラークが刑務所を出所したのです。レベッカに対する直接の加害者でありながら、彼女が証言できないのをいいことにまったく反省のかけらもないエバンの憎たらしいことと言ったら！

そんな時、ザックのもとを州検事のキャサリン（ケイト）・レノンが訪れます。ケイト曰《いわ》く、エバンはレベッカに対する暴行罪で服役した。同じ罪で裁き直すことはできないが、レベッカが亡くなれば謀殺罪に問うことができる——。

序盤の展開をざっくりまとめてみましたが、これだけでもう、いくつもの謎や問題が浮かび上がってきます。

なぜレベッカは別れた後も元夫に自身の終末医療を託したのか。

レベッカの父はなぜ、ザックに権利移譲を求めないのか。

ケイトはなぜ、係争中の事件でも直接の関係者でもないのに、レベッカの死を願うような無遠慮な提案をしてきたのか。

このような不穏な謎が序盤からいくつも提示されます。これはサンドラの得意技ですが、とにかく焦らす！　ちょっとだけひっかかりを作っておいて、それがどこにどうつながるのか、読者がヤキモキするような構成が実に上手いのです。

そして何より、ザックはケイトの提案にどう答えるのか。

いや、それはすぐにわかります。ザックはこう返すのです。

「そのクラークとかいうウジ虫を謀殺罪でぶち込むために、おれにレベッカを殺す役回りを担えっていうことだよな」

このくだりを読んだ時、物語が持つ残酷さに震えました。ここに至るまで、エバンがどれほどひどい男か、つぶさに描かれます。金持ちの家に生まれたのをいいことに、何をやっても金で解決し、道義心の欠片《かけら》もない。刑期すら金の力で縮め、意気揚々と元の暮らしを楽しんでいます。誰であっても彼に罰が当たることを願わずにはいられないでしょう。けれどザックにとってはその方法が、元妻の生命維持装置を止めることなのです。自分だったら、と考えてしまいます。もう助からないのなら、と割り切れる人がどれほどいるでしょうか。親の思い。有名人であるがゆえのソーシャルメディアの無責任な注目と批判。加害者を野放しにすることへの罪悪感と迷い。そして何より、自分が誰かの生殺与奪の権を握ることの根源的な恐怖。ザックがどちらの道を選ぶのか、結論に至るまでの彼の心の揺らぎと、それをもたらした様々な要素をどうかじっくりと噛《か》み締めてください。これは命の物語なのです。

もうひとつ、本書は命の物語であると同時に、親子の物語でもあります。レベッカが亡くなれば謀殺罪に問われる可能性があることを知ったエバンは、それに対抗すべく策略を巡らします。そこからはもう一気呵成《いっきかせい》！　駆け引きありアクションあり絶体絶命のピンチあり——と文句なしのエキサイティングなサスペンスが味わえるのですが、そこで注目願いたいのが、エバンを甘やかしに甘やかしてきた彼の父の変化です。何が父を変えたのか、そのくだりは本書でも最も胸に迫る場面と言えるでしょう。レベッカとその父の関係も重要なポイントです。彼はなぜ、娘の命を左右する権利を、憎んでいるザックに与えたままにしているのか。本書はサスペンスとしての興奮の連続ですが、この真相がわかる場面はそれとは対照的に、とても静かで冷たい、けれどその静かな表面の下ではやり場のないエゴが激しく渦巻いているかのような印象を受けました。

このふたりの父親の、それぞれの葛藤。それぞれの後悔。それぞれの決意。それこそが本書の最大の読みどころと言っていいでしょう。

ケイトがなぜ、ザックに接近したか。詳細は本文でお確かめいただきたいのですが、ごく簡単にまとめるなら「後悔を繰り返さないため」です。そしてこの「後悔を繰り返さない」というのは、ふたりの父親についても、スター選手であるがゆえの苦労を背負ったザックにも、そしてエバンの関係者たちにも――つまり本書のすべてに通じるテーマでもあるのです。

ロマンス小説なのにそれ以外の話ばかりになってしまいましたが、もちろん、ザックとケイトのロマンスの行方あってこそなのは言うまでもありません。ですがそこが上手いのはもう大前提。その上で、ぜひ本書でサンドラが投げかけた命と親子の問題について、「後悔を繰り返さない」というテーマについて、考えてみていただきたいと思います。本書はジャンルを超えた、それだけの力がある物語なのです。

（おおや・ひろこ　書評家）

欺きの仮面

サンドラ・ブラウン　林 啓恵・訳

長年追い続けた連続殺人犯の居場所を突き止めたＦＢＩ捜査官のドレックス。だが、犯人の妻タリアに惹かれてしまい――。彼女は次の犠牲者か？　それとも共犯者？　疑惑の中、新たな殺人が起こり……。緊迫のサスペンス！

集英社文庫・海外シリーズ

First published in the United States of America by Grand Central Publishing
Japanese translation published by arrangement with Maria Carvainis Agency, Inc
through The English Agency (Japan) Ltd.

集英社文庫

いきすぎた悪意《あくい》

2023年12月25日　第1刷　　定価はカバーに表示してあります。

著　者　サンドラ・ブラウン
訳　者　林《はやし》　啓恵《ひろえ》
編　集　株式会社　集英社クリエイティブ
東京都千代田区神田神保町2-23-1　〒101-0051
電話　03-3239-3811
発行者　樋口尚也
発行所　株式会社　集英社
東京都千代田区一ツ橋2-5-10　〒101-8050
電話　【編集部】03-3230-6095
【読者係】03-3230-6080
【販売部】03-3230-6393（書店専用）
印　刷　中央精版印刷株式会社　株式会社美松堂
製　本　中央精版印刷株式会社

フォーマットデザイン　アリヤマデザインストア　　マークデザイン　居山浩二

ISBN978-4-08-760788-8 C0197